10
18

12, AVENUE D'ITALIE. PARIS XIIIe

Sur l'auteur

Diplomate, historien, Jean-François Parot vit aujourd'hui en Bretagne. Pour écrire les aventures de Nicolas Le Floch, commissaire au Châtelet dans la France de Louis XV et de Louis XVI, il s'est appuyé sur sa solide connaissance du Paris du XVIIIe siècle. Il a reçu le prix de l'Académie de Bretagne pour *Le Sang des farines*. *L'Année du volcan* est le onzième volume de cette série au succès sans cesse grandissant. Son œuvre est traduite dans de nombreux pays. Sa série est à l'origine du grand feuilleton de France 2, *Nicolas Le Floch*.

Site web de l'auteur : www.nicolaslefloch.fr

JEAN-FRANÇOIS PAROT

L'ANNÉE DU VOLCAN

Les enquêtes de Nicolas Le Floch, commissaire au Châtelet

10
18

Grands détectives

créé par Jean-Claude Zylberstein

JC LATTÈS

Du même auteur
aux Éditions 10/18

Les enquêtes de Nicolas Le Floch,
commissaire au Châtelet

L'Énigme des Blancs-Manteaux, n° 3260
L'Homme au ventre de plomb, n° 3261
Le Fantôme de la rue Royale, n° 3491
L'Affaire Nicolas Le Floch, n° 3602
Le crime de l'hôtel Saint-Florentin, n° 3750
Le Sang des farines, n° 3960
Le Cadavre anglais, n° 4169
Le Noyé du Grand Canal, n° 4369
L'Honneur de Sartine, n° 4505
L'Enquête russe, n° 4624
► L'Année du volcan, n° 4780

ISBN 978-2-264-06202-4

À Isabelle Tujague

LISTE DES PERSONNAGES

NICOLAS LE FLOCH : marquis de Ranreuil, commissaire de police au Châtelet
LOUIS DE RANREUIL : vicomte de Tréhiguier, son fils, lieutenant aux carabiniers à cheval de Monsieur
AIMÉ DE NOBLECOURT : ancien procureur
MARION : sa gouvernante
POITEVIN : son valet
CATHERINE GAUSS : sa cuisinière
PIERRE BOURDEAU : inspecteur de police
BAPTISTE GREMILLON : ancien sergent du guet, son adjoint
PÈRE MARIE : huissier au Châtelet
TIREPOT : mouche
RABOUINE : mouche
GUILLAUME SEMACGUS : chirurgien de marine
AWA : sa gouvernante
CHARLES-HENRI SANSON : bourreau de Paris
LA PAULET : tenancière de maison galante et devineresse
LA BOURDEILLE : maquerelle
SARTINE : ancien lieutenant général de police et ancien ministre
VERGENNES : ministre des Affaires étrangères
LE NOIR : lieutenant général de police
AMIRAL D'ARRANET : lieutenant général des armées navales
AIMÉE D'ARRANET : sa fille

TRIBORD : leur majordome
LA BORDE : fermier général, ancien premier valet de chambre du roi
HENRY LEFÈVRE D'ORMESSON : contrôleur général des finances
THIERRY DE VILLE D'AVRAY : premier valet de chambre du roi
AXEL DE FERSEN : officier suédois au service de la France
COMTE DE BESENVAL : colonel des gardes suisses
LOUIS BEZARD : caissier principal à la Caisse d'escompte
COMTE D'ADHÉMAR : ambassadeur du roi à Londres
VICOMTE GUILLAUME DE TRABARD : courtisan du cercle de la reine
VICOMTESSE DE TRABARD : sa femme
EUDES DE TRABARD : son frère, curé de Saint-Sulpice
DIEGO BURGOS : son secrétaire
PIERRE DECROIX : son palefrenier
NICOLE LOZANGE : femme de chambre
LORD ASHBURY : chef du secret anglais
ANTOINETTE GODELET, LA SATIN : mère de Louis de Ranreuil, agent du secret français à Londres
COMTE DE CAGLIOSTRIO : mage
COMTESSE DE LA MOTTE VALOIS : aventurière

PROLOGUE

> « Alors il se fit un violent tremblement de terre, le soleil devint aussi noir qu'une étoffe de crin et la lueur devint tout entière comme du sang. »
>
> *Apocalypse de saint Jean*

Lettre du chevalier de *** à M. Artaud, rédacteur du *Courrier d'Avignon*, de Salon-de-Crau en Provence.

Le 1er juillet 1783

Il y a environ dix jours qu'il règne dans nos contrées un brouillard singulier, & tel que nos vieillards assurent n'avoir jamais rien vu de pareil. Ce brouillard remplit l'atmosphère, & le soleil quoique très chaud (puisqu'à midi il fait monter le thermomètre à 45 degrés) n'a pas la force de le dissiper. Il est continu le jour & la nuit, mais avec une intensité qui varie. Quelquefois il nous masque les montagnes les plus voisines de la ville. Le ciel, qui est ordinairement d'un beau bleu dans ce climat, ne nous offre plus qu'un gris blanchâtre. Le soleil qui est fort pâle dans la journée est rouge à son lever & plus rouge encore à son coucher, & peut le fixer en tout temps sans en être incommodé, la lumière de ses rayons étant absorbée par le brouillard. On s'est aperçu que ce brouillard a quelquefois une odeur puante & très difficile à déterminer. Il est très sec, puisqu'il ne ternit pas seulement les glaces qu'on y expose, qu'il dessèche les sels au lieu de les faire entrer en déliquescence, qu'il ne fait point monter l'hygromètre, & qu'il n'empêche pas l'évaporation d'être abondante. Il cause une légère cuisson dans les yeux, & les personnes qui ont la poitrine délicate en sont désagréablement affectées.

Permettez-moi, Monsieur, de me servir de votre feuille... pour tâcher de calmer les alarmes de mes compatriotes & de nos voisins au sujet de ce phénomène, dont on s'effraye mal à propos. Vous ne sauriez croire combien le peuple est affecté : l'ignorance, la peur, un certain penchant à redouter tout ce qu'il ne connaît pas, lui font craindre des malheurs de toute espèce & qui n'ont pas le moindre fondement. Ce brouillard ne me paraît avoir d'autre cause que la sécheresse qui a régné si longtemps, & qui a retenu dans la terre des vapeurs qu'elle exhale ordinairement. Les dernières pluies ayant détrempé la matière de ces exhalations, elles montent actuellement dans l'air avec l'eau qui leur sert de véhicule, & quelques orages suffiront pour les consommer ou pour les abattre, ou si le vent du sud amène dans peu des nuages, ils s'empreindront de ces exhalations qui disparaîtront avec eux. J'ai l'honneur, etc.

Écuries de l'Hôtel de Trabard, nuit du dimanche 13 au lundi 14 juillet 1783

L'étalon pointa les oreilles. Dormait-il vraiment ? Quels rêves agaçants agitaient de frissons sa robe alezane ? De quels tourments le souvenir troublait ainsi son repos ? Il parut s'éveiller, s'ébroua, souffla puissamment, ses naseaux s'élargirent, il tendit le col comme si l'odeur chaude de l'écurie venait d'être infectée par autre chose. D'évidence cela inquiétait le cheval ; il se mit à broncher, une sorte de râle profond qui s'acheva par un hennissement strident. Chassait-il des images qui s'imposaient à lui ? Il se mit à piétiner sa litière, soulevant une fine poussière que la faible lueur de la lune à son plein développait comme un voile. Ce foudroiement l'irrita ; du sabot il grattait la terre battue. Un rat, énorme, fila entre ses jambes, suscitant un écart violent. La croupe heurta la mangeoire. Ce mouvement et le bruit qu'il engendra l'affolèrent ; il commença à tourner sur lui-même au milieu d'une levée de paille puis rua dans les planches. À ce moment la traverse qui bloquait la porte du *box* fut soulevée. Que distinguait-il de la masse sombre dont la silhouette élargie se découpait ? De nouveau, il hennit, allongea la tête vers cette forme qui s'agitait près de lui, les naseaux ouverts. Ce qu'il sentit rappelait la douceur d'une caresse, mais autre chose s'imposa tout proche avec le souvenir des coups, d'une voix mauvaise, des morsures de la cravache et des éperons. La bouche trembla au souvenir d'une main brutale. Au même instant un éclair l'aveugla, un bruit terrible l'affola. Saisi de fureur, il se cabra et ses sabots s'abattirent sur une masse molle qui venait de s'effondrer sur le sol. À plusieurs reprises il la frappa, la piétina avec fureur. Une odeur âcre se mêla à celle de la litière bouleversée. Le cheval finit par se retirer dans un angle, tête baissée, haletant, fourbu et couvert d'une mauvaise sueur. Peu après, son agitation reprit.

Intrigué par le bruit, le valet d'écurie, qui faisait sa ronde habituelle, découvrit le corps sanglant de son maître, le vicomte de Trabard.

I

BUCÉPHALE

« Le naturel de ces animaux n'est point féroce, ils sont seulement fiers et sauvages. »

Buffon

Lundi 14 juillet 1783

Le lieutenant général de police n'avait pas dissimulé sa surprise. Non que Nicolas Le Floch fût appelé à Versailles, cela participait des habitudes, mais la manière bousculée était inattendue. Avant l'aube, M. de Salvert, écuyer cavalcadour de la reine, était venu à franc étrier pour vociférer que le commissaire Le Floch – parlait-on ainsi à la cour du marquis de Ranreuil ? – eût à gagner Trianon sans désemparer. La reine l'attendait *pour affaire le concernant*. Tout cela sortait par trop de l'ordinaire pour ne pas sidérer le bon Le Noir. L'émissaire avait tant insisté sur l'urgence que le magistrat, agacé, lui avait sèchement signifié qu'il n'était pas sourd.

Rabouine, dépêché rue Montmartre pour quérir Nicolas, le trouva, en ce début de matinée, s'apprêtant avant de gagner le Grand Châtelet. Et maintenant le commissaire galopait par un beau soleil sur le chemin sablé menant à Versailles, sans état d'âme et à l'unisson de l'allégresse de Sémillante, ravie de cette promenade imprévue. Il respirait profondément l'air tiède qui lui fouettait le visage.

Cette égalité d'humeur se forlongeait depuis son séjour à Ranreuil. La Bretagne et le libre océan l'avaient lavé des vilenies dont l'avait accablé l'enquête à l'ambassade de Russie. Le temps lui avait été offert de réfléchir et de se hausser au-dessus des conjonctures. Il y avait gagné cette humeur apaisée que rien désormais, du moins le croyait-il, ne devait venir troubler. Parfois une emprise de nostalgie le poignait ; il imaginait la carrière des armes qu'il aurait suivie si les choses avaient été différentes. Il était heureux que Louis marchât dans les traces de ses ancêtres. Quant à lui, il servait le roi là où le destin l'avait placé. Cet éloignement volontaire sur ses terres lui avait remis les idées en ordre. Il s'était pénétré de l'insignifiance des complots et des trahisons de cour. Il saurait les affronter avec plus de sérénité. Il avait même pardonné à M. de Sartine ses dernières manigances.

Pendant deux mois, il s'était attaché à reprendre en mains l'administration de ses biens que Guillard, son intendant, gérait avec sagesse, mais sans imagination. Il avait renoué avec la société locale, acceptant les invitations mais recevant aussi, quand le temps le permettait, sur de grands tréteaux installés dans la cour du château. Soupers, chasses, beuveries et longues promenades sur les grèves s'étaient succédé. Il avait même dû déjouer les menées obstinées de quelques douairières attachées à lui trouver une épouse. Il fit aussi des découvertes. Et d'abord le constat du fossé qui s'élargissait entre cette noblesse campagnarde et celle de la cour. À Versailles, il n'avait guère prêté attention aux sarcasmes et aux brocards accablant ceux qui avaient le mauvais goût de s'enterrer dans les provinces. Nicolas mesura l'injustice de ces propos. Nombre de ses voisins ne menaient que par pis-aller cette existence étriquée. Jeunes, la plupart avaient apporté au roi le secours de leur épée avant de se retirer sur leurs terres, souvent aigris par le refus d'une promotion ou d'une distinction, justes récompenses des blessures et des veilles sur les champs de bataille. Ensuite il fallait nourrir des familles souvent nombreuses, établir après études les fils promis à l'armée ou à la tonsure, marier les filles ou les envoyer au couvent. Enfin, il y avait peu de fermiers en Bretagne et il fallait pourvoir aux dépenses de culture. Après tout, le marquis de Ranreuil, son père, n'avait pas agi autrement et lui-même n'était-il pas souvent tenté par l'idée de l'évasion et de la solitude au milieu des marais de ses terres ?

Autre chose le frappa. Le mode de vie de ces pauvres sires n'était guère éloigné de celui des paysans et, même, certains d'entre eux *déposaient leur épée au bord du champ pour prêter la main à la charrue*. Cette existence étriquée et l'amertume qu'elle suscitait pouvaient conduire à des attitudes des plus cruelles. Une poignée, rapace et vicieuse, se vengeait sur des paysans, congéables et corvéables à merci, de la médiocrité de leur vie. Et pourtant beaucoup, comme jadis son père, avaient souci constant de leurs gens, et demeuraient à tout coup bienfaisants, secourables et paternels. Mesurant et comparant, Nicolas Le Floch, marquis de Ranreuil, se trouva convaincu que, loin des faux prestiges de la cour, le vrai tissu honorable de la noblesse résidait dans les provinces avec comme valeur l'amour de la terre, le service des plus pauvres et la fidélité au roi. Un doute le saisit et il imagina l'inspecteur Bourdeau le sommant d'abandonner ses illusions et de porter plutôt ses regards sur la misère du peuple.

Que lui voulait donc la reine par cette convocation incongrue ? Était-ce l'affaire de Madame Élisabeth qui resurgissait ? Au printemps, sa maîtresse Aimée d'Arranet s'était affolée d'un aveu reçu sans l'avoir cherché. Ouverte et confiante envers ses dames d'honneur, la sœur du roi avait avoué à Aimée son admiration pour sa tante, Madame Louise de France, carmélite à Saint-Denis. À son exemple, Élisabeth souhaitait entrer en religion, mais le roi s'y opposait, arguant qu'à dix-neuf ans elle était trop jeune. À vingt-cinq ans révolus, et si sa vocation se maintenait, *on* envisagerait la chose mais *on* en délibérerait avant d'y consentir.

Aimée avait aussi découvert que la vicomtesse d'Aumale, ancienne sous-gouvernante de la princesse, servait de truchement pour le courrier entre la tante et la nièce. Elle apprit ainsi que Madame Élisabeth prévoyait de s'évader furtivement de la cour. Ne pouvant elle-même dénoncer ce projet, Aimée s'en était remise à Nicolas pour le faire. Celui-ci après avoir pris conseil d'un Le Noir embarrassé, avait décidé de s'en ouvrir à la reine, présumée moins brutale que le roi dans ses réactions. Il avait eu raison de compter sur sa délicatesse ; Marie-Antoinette avait résolu cette affaire en douceur. Elle avait habilement convié sa belle-sœur au Trianon et l'avait conduite à l'ouverture de la Comédie italienne jusqu'à la rupture de la chaîne de cette pieuse intrigue par l'éloignement de ses agents coupables. Mme d'Aumale avait été exilée et quelques complices subalternes dûment écartés. Certes la nouvelle avait filtré à la cour et à la ville, mais le roi évidemment informé avait feint d'ignorer ce petit drame.

Nicolas réfléchissait sur ses relations avec la reine. L'épisode avait resserré la connivence qui s'était de longue main établie entre la souveraine et le *cavalier de Compiègne*, avec, de la part du sujet, une déférence obligée. En dépit de quelques nuages passagers, rien n'était venu troubler cet état de choses. La position à la cour du marquis de Ranreuil, surtout à Trianon où il avait ses entrées, n'était pas passée inaperçue de la *coterie de la reine*. Cette énigmatique figure effrayait, on le savait écouté du roi, proche de M. de Vergennes et, murmurait-on, âme damnée de M. de Sartine. Le caractère mal défini de ses fonctions de commissaire suscitait mille rumeurs. Il ne laissait pas d'inquiéter sinon d'irriter des entours jaloux. Autour de la comtesse Jules de Polignac, douce et fidèle amie de la reine, s'agrégeaient, faisant fonds et boutique de son influence, tous ceux qui estimaient que l'accès à Trianon les mènerait à la fortune, aux places, aux honneurs et au pouvoir avec tout ce qu'il autorise.

Il semblait pourtant à Nicolas que la reine prît de plus en plus conscience, et avec tristesse, que les personnes royales n'ont pas d'amis. Pour elle – était-ce l'influence de ses maternités et du surcroît de sérieux qu'elles engendraient ? – les faux-semblants tombaient et ses yeux se décillaient. Restait que l'intrigue et son cortège de masques ricanants avaient planté leurs tentes sur les pelouses de Trianon. L'écho souterrain de couplets affreux et calomnieux, sans cesse renouvelés, accompagnait cette douloureuse découverte. Quelle injustice ! songeait Nicolas. Certes, elle aimait la parure, les frivolités, les spectacles, les bijoux, mais la dépense était-elle un crime pour un souverain ? Certes, elle était prodigue en grâces à des gens indignes. Certes, elle avait le tort d'avoir un penchant certain pour la plaisanterie, allant jusqu'à la moquerie. Son entourage, connaissant sa faiblesse, cherchait à la divertir aux dépens des autres. Elle continuait à moquer la mauvaise tournure ou les gaucheries d'hommes et de femmes qu'elle aurait dû respecter, là où la naissance l'avait placée. Mais selon une remarque amère de La Borde, *se conduisant en sultane, elle veut faire oublier qu'elle est reine*. Les manifestations hostiles n'avaient de cesse. Une nouvelle tragédie, *Don Carlos*, avait donné prétexte à l'expression de ce désengouement. L'endroit de l'ouvrage le plus applaudi était celui où le roi donnait le conseil à la reine *de s'occuper de plaire et de lui laisser le soin de régner*.

Placé là où il se trouvait, Nicolas entendait bien des propos. Ceux qui n'avaient pas accès à Trianon ne pouvaient qu'envier les privilégiés de la reine. Les grâces inégalement dispensées ne servaient qu'à multiplier les rancœurs. On n'allait pas à Trianon, on n'allait plus à Versailles. La cour, longtemps astre immuable autour duquel tout depuis Louis XIV devait graviter, n'existait plus et sa disparition conduisait à l'irrespect. L'autorité royale se délitait dans ce lent naufrage. Le roi, par son goût de la simplicité et de la vie privée, favorisait encore cette dérive fatale. Jusqu'aux façades parisiennes qui participaient de la calomnie répandue. Le lieutenant de police recevait rapport sur rapport concernant les majuscules qu'on lisait sur nombre de maisons, *MACL*, c'est-à-dire « *maisons assurées contre l'incendie* » et que le peuple interprétait ainsi : « *Marie-Antoinette cocufie Louis.* » Les naissances successives n'avaient fait qu'exacerber cette licence à laquelle s'ajoutèrent bientôt deux vers répétés à l'envi :

Les cornes ne sont pas ce qu'un vain peuple [pense
Ils furent tous cornards tous ces beaux rois de [France.

À Versailles, Nicolas gagna le château de Trianon par le parc. Il jeta les rênes de sa monture à un valet, se présenta à la porte du palais où un garçon bleu, après s'être enquis de son identité, lui indiqua que la reine l'attendait et avait donné des ordres qu'on le conduisît au Belvédère où, par cette belle matinée, elle prenait son déjeuner. Sur une petite colline se dressait cette construction voulue par elle pour contempler son domaine. Au milieu des buissons de roses, de jasmin et de myrte apparaissait un pavillon octogonal à quatre portes et quatre fenêtres.

Traversant le jardin anglais, il croisa Richard, le jardinier, qui le salua. Un curieux incident les avait jadis rapprochés. Deux étranges figures avaient été croisées sans qu'on pût déterminer au vu de leur curieuse vêture leur origine et la raison de leur présence à Trianon. L'enquête n'avait pas abouti. On craignait alors le jeu d'espions anglais. On avait décidé de renforcer les consignes destinées à assurer la sûreté de la famille royale. Alors qu'il s'approchait du Belvédère, un personnage qui en sortait lui parut se détourner pour l'éviter. Le mouvement n'avait cependant pas été si rapide qu'il n'eût le temps de reconnaître M. de Vaudreuil. Cet écart le surprit car ses rapports avec le chevalier servant de Diane de Polignac, belle-sœur de la favorite, ne s'étaient jamais départis d'une exacte courtoisie. Nicolas souhaita pour l'instant mettre cette impolitesse au compte d'une discrétion excessive.

Il s'arrêta un moment pour admirer le bâtiment, ses allégories des quatre saisons et les huit sphinx à tête de femme accroupis sur les marches. Une des suivantes de la reine l'accueillit, l'invitant à entrer sans l'interroger comme si son approche avait été annoncée. Au milieu du pavillon, Marie-Antoinette était assise devant une table aux pieds de bronze doré. De là elle pouvait admirer son domaine, distinguer le rocher et sa grotte, la chute d'eau et le pont tremblant, le lac, ses ports et sa galère fleurdelisée, enfin le temple de l'amour et la rotonde. Nicolas s'arrêta un instant, contemplant, ému, la scène. Son cœur lui battait devant cette femme simplement vêtue de linon blanc, une capeline inclinée sur le visage, d'une main tenant une tasse, l'autre abandonnée au long du fauteuil. La splendeur du lieu, le bruit joyeux de la nature, le chant des oiseaux, les parfums qui montaient des parterres, tout concourait à faire du moment un entracte précieux dont il se souviendrait. La reine, soudain, se retourna l'air inquiet. Sans doute avait-elle senti une présence derrière elle. Elle sourit en reconnaissant Nicolas qui s'inclina.

— Que je suis aise de vous voir.

Un long silence s'installa, que le commissaire se garda de rompre. Il en profita pour admirer la splendeur des stucs peuplés d'animaux, de bouquets, de carquois, de chalumeaux et de trompettes. Les yeux fermés, la reine portait la tasse à ses lèvres. Il eut l'impression qu'elle cherchait ses mots et comment aborder les raisons de sa convocation.

— Comment trouvez-vous le paysage ? Je vous sais homme de goût.

— Sans égal, Madame, et digne de Votre Majesté.

De nouveau ce silence. Il n'y avait pas de raison de lui faciliter la chose. Il savait par expérience que le mutisme était la meilleure manière de susciter la parole. Il s'en voulut d'employer avec la reine des procédés de basse police.

— Monsieur le marquis, il m'a été rendu compte d'un… incident survenu cette nuit à Paris. Connaissez-vous le vicomte de Trabard ?

— Je l'ai croisé à Trianon.

— Hélas ! Il est mort. Et dans d'étranges conditions.

— Lesquelles ? Si Votre Majesté veut bien me les confier.

— J'en ignore le détail. Il a été découvert tôt ce matin en tenue de nuit, piétiné par un des chevaux de ses écuries.

— Veuillez, Madame, pardonner la brutalité du policier. Mais pouvez-vous me dire comment vous avez été informée aussi précisément de ces faits ?

Il lui sembla que la reine se mordait les lèvres et que l'ombre d'un agacement ou d'un regret passait sur son visage. Déplorait-elle déjà d'avoir souhaité s'en remettre à lui ?

— Il n'est pas d'usage, ni d'étiquette, monsieur le *cavalier de Compiègne*, d'interroger la reine. Mais s'agissant de vous répondre à vous que je considère non seulement comme un fidèle serviteur mais comme un ami…

Voilà bien, songea Nicolas, une de ces paroles gratuites, eau bénite de cour, qui cherchent à gazer le principal au profit de l'accessoire.

— … je vous dirai qu'une personne qui m'est chère m'a rapporté la chose. Ne comptez pas sur moi pour en conter davantage.

Elle releva la tête en majesté et en un éclair Nicolas revit la figure de Marie-Thérèse rencontrée jadis à Vienne. Le visage désormais plus plein accentuait la ressemblance.

— Je veux, entendez bien, je veux que vous fassiez le jour sur cet accident. Le rapport me sera présenté. À moi seule.

Elle porta sa tasse à ses lèvres. Était-ce du thé, du café, du chocolat ? Il ne parvenait pas à le déterminer, mais ce qu'il distinguait fort bien, c'était l'œil froid et scrutateur qui le fixait.

— Dois-je en rendre compte à Sa Majesté ?

— Faut-il que je me répète ? À moi seule. Entendez-vous ?

Elle s'irritait et il semblait qu'elle s'empourprât sous le fard léger du *grand négligé* du matin.

— Si fait, Madame, j'ai bien noté votre volonté. Mais vous savez mon habitude de ne rien celer au roi.

Elle le regarda, moqueuse.

— Sauf, monsieur, quand vous vous précipitez pour m'informer des projets insensés de ma belle-sœur Élisabeth qui s'était mis en tête de rejoindre le Carmel.

— Madame, les bons serviteurs souvent épargnent à leur maître les soucis inutiles. Mais j'accepte l'argument. J'ai mérité qu'on me le serve.

Elle rit.

— On m'assure que vous obtempériez sans barguigner à tout ce que vous demandait Mme de Pompadour.

— Si c'est une question, je suggérerais à Votre Majesté de s'en remettre à de meilleurs informateurs. Elle était une rude jouteuse et quand elle a quitté ce monde, j'en savais trop pour qu'elle me considérât comme un ami.

— Bien, bien, n'en parlons plus. Autre chose, vous souvenez-vous du canard de Vaucanson dont vous aviez su si habilement me démonter le mécanisme, celui de l'extraordinaire digestion des grains qu'on lui tendait à manger ? Je vous en ai gardé le secret.

— J'en remercie Sa Majesté. M. de Vaucanson méritait qu'on préservât sa mémoire.

— Je souhaiterais que vous tentiez, pour moi seule, d'éclairer la nature de cet automate qui, en figure de Turc, joue aux échecs. Apprenez qu'en 1769 à Vienne, un certain Kempelen, conseiller aulique, prétendit à ma bonne mère être capable de faire une machine qui soit, pour l'esprit et pour les yeux, ce qu'est pour l'oreille le Joueur de flûte de M. de Vaucanson. Il tint parole, mais je n'eus pas l'occasion de le voir, ayant déjà gagné le royaume pour mon mariage. On dit qu'il battit le bonhomme Franklin, l'envoyé des Américains.

Bonhomme Franklin ? C'était vite dit ; on voyait que la reine ne l'avait pas pratiqué.

— Madame, je vous promets de m'y évertuer et de, si mystère il y a, l'éclaircir.

La reine lui tendit la main à baiser. Il s'inclina sous le regard empreint d'une bienveillance sans restriction de la souveraine.

À sa sortie du Belvédère, Nicolas fut ébloui par le soleil qui montait et enivré par les parfums qu'exhalaient plantes et fleurs qui encerclaient le monticule. Son goût le portait vers le jardin à la française, tout d'ordre et d'harmonie, mais il se laissait parfois séduire par les formes anglaises désormais à la mode. La reine avait reçu le conseil du prince de Ligne et ce détail aussitôt connu et colporté ajoutait encore à l'acrimonie de ses détracteurs. Cette influence autrichienne redoublait l'éloignement à l'égard d'une reine étrangère qui, disait-on, appelait Trianon et son domaine le *Petit Vienne*.

On lui ramena Sémillante qui avait été bouchonnée et abreuvée. Il récompensa le garçon que sa monture paraissait apprécier et partit au petit trot, faisant le point de ce qu'il venait d'entendre et réfléchissant à la mission confiée par la reine. Il dut contenir Sémillante qui encensait et tira sur son mors. Voulait-elle distraire son maître ou était-elle impatiente de partir au galop ? Que la reine intervînt dans une question particulière, cela ne laissait pas de susciter chez lui un malaise dont les raisons étaient multiples. L'une était d'agir en dissimulant un fait de cette gravité au roi. Il décida, considérant qu'aucun propos échangé ne lui interdisait de le faire, d'en avertir M. Le Noir et peut-être aussi Sartine. Tous deux seraient de bon conseil. L'autre raison tenait à la nature de la requête. Un proche du cercle de la reine était mort piétiné par un cheval. En quoi cela, nonobstant le regret de la perte d'un entour, conduisait-il Marie-Antoinette à recourir à ce qu'il représentait, la police ? S'en remettre à cette autorité suggérait qu'il y avait derrière cet apparent accident autre chose, indicible, qu'on ne saurait écarter. Un meurtre ? Il fallait raisonner à froid. Qui était exactement le vicomte de Trabard ? Il devait aussi se porter sur les lieux pour constater les circonstances de ce décès. Encore ne pouvait-on exclure que tout ait déjà été bousculé, au risque de troubler toute amorce sérieuse d'enquête. Qui dans la camarilla de Trianon avait intérêt à faire appel à la reine et pourquoi ? Cette influence inconnue serait-elle satisfaite que le marquis de Ranreuil se soit vu confié cette tâche ? Faire intervenir la force publique dans sa routine justifierait-il l'injustifiable ? Que le commissaire aux

Affaires extraordinaires s'en mêlât, alors la donne s'en trouvait modifiée du tout au tout. Il lâcha enfin Sémillante qui bondit et partit comme une flèche en direction de Paris. Nicolas se vida l'esprit. Il savait ne rien fonder d'assuré sur une seule information et toute spéculation était inutile. Il se laissa emporter par l'ivresse de la course.

À Paris, une surprise l'attendait à l'hôtel de police qu'il avait rejoint pour rencontrer le lieutenant général de police. Le Noir le reçut aussitôt.

— Ah ! Nicolas. J'espérais votre venue et craignais que vous fussiez passé par le Grand Châtelet. Cela aurait retardé l'ouverture de votre enquête.

— Mon enquête ?

— À l'Hôtel de Trabard, dit Bourdeau, debout dans un retrait de croisée, que Nicolas n'avait pas vu en entrant.

— Je constate que la grand'ville est déjà tout entière pénétrée de la nouvelle.

— Point d'ironie, Nicolas, dit Le Noir. Il se trouve que l'écuyer cavalcadour, cet arrogant et trop obtus gentilhomme, m'avait lâché le morceau. Il semble qu'au château cette affaire fasse événement !

— Bien plus que vous ne l'imaginez ! La reine m'a ordonné d'y jeter le flambeau éclairant de nos investigations.

— A-t-elle justifié ce surprenant intérêt ?

— Une personne qui lui est chère l'aurait engagée à y prêter attention.

— Je n'aime guère ces approches serpentines. Et Sa Majesté dans tout cela ?

— La reine impose qu'il soit laissé à l'écart de cette affaire.

Le Noir ferma les yeux, hocha la tête et émit un petit rire sec.

— Je ne suis enchaîné par aucune parole donnée. Il vaudra mieux pour vous, mon cher Nicolas, que le roi soit averti. Nous prendrons aussi nos assurances, car au bout du compte c'est sous mon autorité, monsieur le commissaire, que vous agissez.

— Vous m'en voyez, monseigneur, à la fois heureux et rassuré. Où se trouve l'Hôtel de Trabard ?

— Avant cela, il faut que vous preniez connaissance du contenu de ces petits papiers.

Il agita une liasse, la posa sur son bureau et se mit à lire la première :

Vicomte Louis, Harmand, Renaud de Trabard, né en 1740, fils de Jean de Trabard, maréchal de camp. Enseigne en 1759, lieutenant en 1765. Il sert pendant la guerre de Sept Ans au cours de laquelle il est blessé. On le répute jeune homme qui pourrait promettre, mais dont les qualités sont gâtées par un manque de volonté et un goût prononcé pour le divertissement et la licence. Je poursuis. A épousé une riche héritière, Marie, Sophie, Thérèse de Calanque, fille unique d'un président aux enquêtes du Parlement de Paris. Elle apporte à son époux une dot énorme et une fortune considérable qu'il s'empresse de dilapider. Il la trompe avec des filles d'Opéra qu'il affiche ostensiblement et plus secrètement avec des antiphysiques. On s'interroge sur le rôle d'un secrétaire espagnol réputé son Alcibiade et son recruteur.

— Comment, s'écria Nicolas, un pareil personnage a-t-il pu s'introduire parmi les entours de la reine ?

— Ce que j'aime chez Nicolas, commenta Le Noir, son bon visage plissé de plaisir, c'est qu'il conserve, en dépit de tout, une capacité de candeur et une vertu de scandale qu'on ne saurait lui reprocher.

— Je vous sais gré, monseigneur, de votre aimable persiflage. Mais la question demeure.

— J'entends bien, mais pour l'instant poursuivons, voici le signalement :

Yeux bleus, teint pâle, cheveux fournis châtains terminés par une queue de ruban noir. Taille moyenne, mais haute de buste. Cicatrice sous l'épaule gauche, trace d'une blessure de guerre. Rien n'annonce chez lui le goût qu'on lui prête et sa licence. Ses propos sont délicats et il joint la politesse à la grâce de ses manières.

Autre note :

Le vicomte de Trabard, ancien officier, ce 4 mars 1782 s'est présenté chez la Liebaud, rue du Ponceau, et a demandé une chambre, ayant, a-t-il prétendu, avoir à traiter d'une affaire avec un visiteur. Un jeune homme de dix-neuf ans, chevau-léger de la garde, l'a rejoint peu après. Ils ont fait monter une fille, Julie Gros dit Rosette, sans doute pour donner le change, qu'ils ont renvoyée assez vite. Ils y sont demeurés jusqu'à une heure avancée de la nuit.

Bel exemple en vérité ! Je hais cette débauche dont le goût infecte même Versailles. Le roi, qui partage mon sentiment, écarte pourtant lorsqu'il s'agit de porteurs de noms illustres l'éclat des châtiments juridiques. Il craint de déshonorer beaucoup de grandes maisons et que la publicité ainsi donnée excite l'opinion, dans ce domaine…

Il semblait que Bourdeau murmurait quelque chose, d'où ressortaient les mots d'égalité et de privilégiés.

— Que dites-vous, monsieur l'inspecteur ?

— Je m'indignais comme vous, monseigneur.

— Bien, bien ! Il est vrai que cela devient une mode et qu'il n'est point aujourd'hui d'ordre de l'État, depuis les ducs jusqu'aux laquais, qui n'en soit infecté. Heureusement la police a fini par s'éveiller et va fournir à la réflexion de l'opinion un exemple éclatant. On brûlera sans doute un coupable nommé Chabanne, que l'on dit capucin et prêtre. Il sera rompu vif et brûlé pour avoir lardé de dix-sept coups de couteau un petit Savoyard qui lui résistait[1]*. Mais nous nous égarons. Vous m'avez posé une question. Ce que je viens de vous apprendre, glané par notre police – la meilleure de l'Europe –, ne signifie nullement que ces révélations aient transpiré à Versailles. La cour est à ce propos souvent loin de Paris ou, pire, veut tout ignorer de ceux qu'elle protège… Enfin… Nous sommes entre nous. Le vicomte de Trabard est un client des Polignac et c'est par eux qu'il a pénétré le cercle étroit de la reine. Son allure et ses bonnes manières ont fait le reste. À vous maintenant de démêler le vrai de ces apparences. Car, je le pressens, nous avons affaire à un crime. Pourtant je ne sais ce qui fonde cette impression. La question est de savoir si l'on fait appel à nous pour le découvrir ou pour le dissimuler.

— Vous n'exigez rien de moi.

— Vous ai-je jamais imposé quelque chose contraire à l'honneur et la sincérité ?

— Où se trouve l'Hôtel de Trabard ?

— Faubourg Saint-Jacques, entre la barrière d'Enfer et le couvent des Carmélites.

— Quel curieux endroit pour un homme de cour !

— Il y a une bonne raison pour que M. de Trabard ait choisi d'y faire bâtir son hôtel. Vous savez mieux

* Les notes sont en fin de volume. *(N.d.É)*

que moi, Nicolas, pour en avoir naguère constaté les dégâts, que tout ce quartier porte sur de profondes carrières. Et tant dangereuses…

— Qu'à plusieurs reprises elles se sont effondrées. Et précisément des remises rue d'Enfer, près du Luxembourg, s'enfoncèrent d'un coup à plus de dix toises de profondeur.

— Et rien n'a été tenté pour prévenir ces risques terribles ?

Le Noir broncha, fixant Bourdeau avec sévérité.

— Comment cela, monsieur l'inspecteur, à quoi croyez-vous donc que je serve ? J'ai pris les mesures nécessaires. Nous avons multiplié les *coups de feu* destinés à détruire par explosion les piliers qui soutiennent les carrières. On a vu des collines faire la révérence ! Ensuite les creux causés par les effondrements et affaissements ont été comblés par des remplissages. Et tout cela explique que M. de Trabard ait choisi de construire à cet emplacement-là. Cette raison et une autre que je vous expliquerai.

Nicolas et Bourdeau s'entreregardèrent, indécis sur ce qu'il fallait penser du propos sibyllin du lieutenant général dont ils peinaient à suivre la déambulatoire logique.

— Ah ! Mes amis, vous figurez là de plaisantes physionomies. Ce que je veux dire, c'est que les surfaces gagnées par les comblements ont été vendues à bon marché. Tout le quartier est la proie d'une spéculation insensée. Acheter à bas prix des terrains incertains ou dangereux et bâtir aussitôt des immeubles modestes d'un rapport médiocre mais régulier : tous les ordres monastiques de notre ville s'y sont jetés à corps perdu. Capucins, Bénédictins, Augustiniens, Carmes déchaux, Dominicains, Minimes, Génovéfains, Récollets, Prémontrés, et j'en passe.

— Des sangsues, marmonna Bourdeau, des bénéfices, des sinécures... Un jour, il faudra leur faire rendre gorge.

— Et l'autre raison, s'empressa de demander Nicolas, dont vous parliez, qui nous met l'eau à la bouche et dont je présume que vous allez nous régaler ?

— Certes ! Pour un homme dont la situation de fortune est incertaine, un terrain à prix coûtant bien inférieur à celui exigé dans d'autres quartiers de Paris constitue une impérieuse raison. Enfin, notre homme est amateur de chevaux, pour la monte, pour ses équipages, mais aussi pour les courses mises à la mode par le duc de Chartres. Il lui fallait bâtir des écuries, un manège et un terrain où il puisse s'exercer, car il lui arrive de monter ses champions en course.

— De quelle manière est-il mort, le savez-vous ? lança Nicolas.

— Pas encore, dit Le Noir, agacé de ne point tout connaître, ce qu'il estimait, comme Sartine autrefois, être le propre essentiel de sa fonction.

— Piétiné par un de ses étalons.

Un long silence suivit cette annonce.

— Le voilà puni par ce qui était la moins blâmable de ses fantaisies. Cela redouble d'ailleurs l'interrogation. S'il s'agit d'un accident, qu'avait-on besoin du commissaire Le Floch ?

— Justement, monseigneur. Tout est là !

— Je verrai Sa Majesté, dit Le Noir à voix basse comme s'il se parlait à lui-même. J'essaierai de lui insinuer la chose dont il est normal, et je dirais obligatoire, que j'eusse été informé, mais je gazerai le plus possible l'intérêt de la reine dans cette affaire. Il sera toujours temps si...

Nicolas constatait avec satisfaction que le lieutenant général de police manifestait chaque jour davantage une sereine autorité que la si longue influence de Sartine avait jusqu'alors par trop écrasée. Il est vrai que l'ancien ministre, empêtré dans les fils multiples des intrigues suscitées par les négociations du prochain traité de paix avec l'Angleterre, prêtait de moins en moins d'attention aux affaires courantes et quotidiennes de la police. Libéré de cette sujétion et jouissant de la confiance amicale du roi, Le Noir assumait désormais ses fonctions avec une tranquille assurance.

Sémillante ayant été confiée à un garçon d'écurie qui la ramènerait rue Montmartre, Nicolas se concerta avec Bourdeau. Il convenait de gagner au plus vite le faubourg Saint-Jacques au-delà du boulevard afin de rejoindre l'Hôtel de Trabard, rue d'Enfer. Un fiacre fut arrêté place Vendôme où ils étaient toujours nombreux à attendre l'usager. Rue Saint-Honoré, ils furent ralentis par des valets qui tempéraient la vitesse des équipages. Du fumier et de la paille étaient répandus sur la chaussée devant un hôtel de riche apparence.

— Nicolas, rassure-moi, toi qui fus élevé par un chanoine, ne sommes-nous pas tous égaux devant la mort ?

— Pourquoi cette question ?

— Je me la pose constatant qu'on s'évertue à tempérer les bruits de la rue, pour ne point troubler l'agonie d'un puissant. Que fait-on pour un pauvre qui crève dans sa soupente ?

— Je comprends ton sentiment, mais, vois-tu, c'est l'usage. Et rien en France n'est plus malaisé que de le rompre. Cela serait souhaitable en effet.

Bourdeau retomba dans un silence morose. Nicolas pressentait que cette mauvaise humeur ne pouvait être que la conséquence d'un souci qu'il ruminait. Peut-être devait-il lancer une perche secourable ?

— Comment se porte Mme Bourdeau ?

Il n'obtint pour toute réponse qu'un grommellement.

— Et les enfants ?

— Parlons-en !

Allait-il se débonder ?

— … Richard, l'aîné, me fait peine. Il s'est amouraché d'une gueuse, fille de boutique chez une modiste.

Voilà donc où le bât blessait l'inspecteur.

— Il étudie toujours le droit ?

— Ah ! Voilà bien le pire, il veut tout arrêter et tout sacrifier à son caprice. La guenipe a déjà dû lui faire accroire qu'elle lui avait accordé son principal. Elle le tient ! Mme Bourdeau s'en tourne les sangs.

— C'est peut-être une gentille fille.

— Tiens, oui ! J'ai pris mes informations. Richard n'est point le premier. Faut voir ses tenues. Ce n'est pas le produit de son embauche qui engendre ces nippes-là !

— Allons, Pierre, ne te mets pas martel en tête. Souviens-toi de Louis quand il s'était enfui du collège de Juilly. Il faut le laisser jeter sa gourme, que diable !

Bourdeau jeta un regard peu convaincu sur Nicolas et retomba dans son silence. Ils avaient franchi la Seine et approchaient de leur destination.

— Sais-tu, Nicolas, dit Bourdeau qui sembla émerger de sa rumination, qu'il y a encore une autre raison qui justifie que Trabard se soit installé dans ce quartier ?

Nicolas saisit la perche tendue, heureux de retrouver son ami sorti de sa hantise.

— Je t'écoute.

— Qui se rassemble à la barrière d'Enfer, selon toi ?

— Des charrettes en nombre, deux fois par semaine.

— Parfait ! Et que contiennent ces charrettes ?

— Du foin, je crois.

— Du foin, des fourrages en quantité. Tous ceux qui le convoient sont les pourvoyeurs de toutes les maisons à équipage de la ville. Intendants, intermédiaires et palefreniers se précipitent y faire leurs achats. Ils flairent, fouillent, triturent et mâchent même, car tous redoutent la tromperie si fréquente.

— La tromperie ?

— Oui ! Au milieu de la botte de fourrage, le *farci* de bourre des champs. Des mauvaises herbes qui font volume et poids.

— Te voilà bien savant !

— Comme un inspecteur qui erre dans Paris depuis trente ans ! Mais aussi pour avoir démêlé une affaire de bottes truquées. L'intendant d'une grande famille avait partie liée avec des fourrageurs de cette clique de faussaires. La dépense croissait à l'avenant. Je signalai la chose à qui de droit. Que crois-tu qu'il arriva ?

— L'intendant fut innocenté et tu te fis taper sur les doigts.

— Tu sais ta police par cœur. Il est vrai que c'était avant l'arrivée de Sartine, qui sut remettre de l'ordre dans la maison.

— Et pourtant, soupira Nicolas, il arrive encore que bien des coupables échappent au châtiment. Et sais-tu, à ton tour, pourquoi ce nom d'Enfer ?

— Sartine avait dû te l'apprendre. Il connaissait Paris sur le bout des doigts.

— Les Chartreux s'installèrent à Paris sous le règne de Saint Louis au faubourg Saint-Jacques. Ils faisaient face au château de Vauvert bâti jadis par le roi Robert. Il était inhabité car infesté de démons et de spectres et, notamment, par un monstre vert moitié homme, moitié serpent. Tous poussaient la nuit d'affreux hurlements. Montée sur un chariot de feu, dès ténèbres, cette horreur patrouillait et attaquait des passants. Le peuple l'appelait le diable de Vauvert.

— Sans doute, dit Bourdeau incrédule, quelque bande de malfaisants qui avaient trouvé cet ingénieux moyen pour éloigner les curieux.

— Il paraît que c'étaient des faux-monnayeurs. Bref, les Chartreux, sans doute éclairés sur la réalité de la chose et peu effrayés par ces diableries, demandent le manoir à Saint Louis qui le leur accorde avec ses dépendances. Tout cessa et les bons pères y établirent un verger d'où résulta un fructueux commerce d'arbres fruitiers.

— M'est avis, s'esclaffa Bourdeau, qu'il n'y a pas que les troncs d'église qui rapportent.

Nicolas fut heureux de voir son ami recouvrer sa belle humeur.

Entouré d'un haut mur, le domaine de Trabard s'apparentait, vu de la rue, davantage à une ferme cossue qu'à une résidence aristocratique. Passé la grille, une allée sablée bordée d'arbres conduisait vers l'hôtel. Tout au long de ce chemin s'étendaient des prairies fermées de clôtures dans lesquelles s'ébrouaient des troupes de chevaux curieux du passage des visiteurs. Le bâtiment d'habitation aux lignes simplifiées évoquait ce nouveau classicisme qui l'emportait désormais et auquel la nouvelle salle de la Comédie-Française avait offert son sévère modèle. De part et d'autre, séparées par des plates-bandes fleuries, se développaient deux lignes d'écuries. À gauche, on distinguait au bout de la propriété une carrière de sable blanc servant de manège. Il semblait que la maisonnée les attendît car, en bas des degrés, un petit groupe les regardait approcher. Ce détail frappa Nicolas ; il n'en tira sur le moment aucune conclusion. Restait que cette affaire ne cessait de revêtir dans ses origines de bien curieux aspects.

Un jeune homme au catogan de cheveux noirs se dirigea vers les deux policiers. Il les salua, se présentant comme Diego Burgos, le secrétaire du vicomte de Trabard. Nicolas reconnut le personnage dont Le Noir l'avait entretenu. Il fut frappé de son regard lassé et d'un noir si profond qu'il semblait liquide. Le seul mot qui lui vint à l'esprit pour le caractériser fut *languide*. Il parlait parfaitement français avec un léger accent zézayant qui lui rappela celui de la comtesse du Barry.

— Votre venue, messieurs, nous a été annoncée. Rien n'a été dérangé. Nous avons juste retiré, oh, à peine de quelques toises, le corps de mon malheureux maître…

Il s'arrêta étranglé par un sanglot, les yeux noyés de larmes.

— Pardonnez, messieurs, à mon émotion, mais mon attachement à… M. le vicomte était si grand que je ne parviens à me persuader qu'il n'est plus.

Nicolas, tout en considérant les mines du secrétaire, s'interrogeait. Qui donc avait prévenu de leur arrivée prochaine ? Et quel degré de sincérité pouvait-on attacher à un chagrin si affecté ? Il se reprit ; ce qu'il avait appris sur Diego Burgos n'influençait-il pas son premier jugement ? Il devait tenter de se reprendre, même si tout incitait à la méfiance venant de cet interlocuteur-là.

— Mme de Trabard ?

L'homme leva les yeux avec affectation.

— Elle ne reçoit pas et d'ailleurs vit cloîtrée là-haut…

Il se retourna en désignant la partie droite de l'hôtel.

— … avec sa femme de chambre pour toute compagnie. Messieurs, désirez-vous entrer ?

— Non, nous souhaiterions de prime voir le corps et examiner les lieux. Soyez assez aimable de nous y conduire sur-le-champ.

Le ton du commissaire, tout courtois qu'il fût, convainquit le secrétaire de ne pas tergiverser. À demi courbé, il les précéda sur le chemin des écuries situées à droite de l'hôtel.

— Il y a combien de chevaux ici ?

— Un étalon, dix-huit hongres et quatre juments poulinières, sans compter une poignée de poulains.

— Comment se nomme le cheval qui a agressé votre maître ?

— C'est celui que M. le vicomte avait coutume de monter, monsieur, un étalon nommé Bucéphale. Selon moi, une bête vicieuse. Il ne parvenait pas à la maîtriser, la corrigeant souvent avec violence. Parions que le cheval lui en gardait rancune et a voulu se venger. Un sournois… Je ne vois pas d'autres explications. D'ailleurs vous l'entendez !

Approchant des écuries, leur parvenaient des hennissements aigus accompagnés du choc de ruades contre les planches. Il semblait que le cheval, par accès réguliers, ranimât son exaspération. Pour Nicolas, qui connaissait bien les chevaux, lui qu'on avait surnommé *le centaure* à l'orée de sa carrière et sur les traces duquel marchait son fils Louis, il y avait quelque chose d'anormal dans cette excitation maintenue. Un groupe de valets se tenait devant la porte de l'écurie. L'un d'eux se détacha, tira son chapeau et les salua. Burgos fit les présentations.

— Monsieur le commissaire, voici Pierre, Pierre Decroix, notre maître palefrenier. Enfin le mot est faible pour rendre compte de l'ampleur de sa tâche. Il dirige l'ensemble des valets qui soignent les chevaux. Il débourre les plus jeunes et entraîne ceux qui participent aux courses. Nul doute qu'il est le plus à même pour apporter sur l'étalon les informations les plus éclairées et les moins discutables. Dites-nous, Pierre, votre sentiment sur le drame qui a…

Un sanglot coupa ce flux de paroles.

— … qui a frappé notre maître.

Nicolas, qui avait écouté la tirade avec agacement, n'apprécia guère qu'on lui dictât ainsi sa manière de faire.

— Nous verrons plus tard. Je veux d'abord examiner et le corps et les lieux. Seul avec M. Bourdeau, je vous prie.

Le sombre regard du secrétaire s'accentua, le noir liquide des pupilles se figea, les muscles de la mâchoire se durcirent et saillirent ; l'ensemble du visage prit en un instant une apparence froide et cruelle. Le commissaire se garda de nourrir sa prévention à l'égard de cette étonnante transformation, sans doute conséquence de sa propre attitude. On n'écarte jamais la mouche du coche sans inconvénient, conclut-il, philosophe.

La porte à deux battants poussée, le soleil entra à flots dans l'écurie et fit poudroyer la poussière en mouvement qui l'emplissait de ses volutes grises. Les autres chevaux avaient sans doute été transférés car les *box* étaient vides. L'étalon dans celui du milieu poussa un long hennissement et rua dans les planches. La lumière frappait directement une forme allongée sur le sol, dissimulée sous une couverture brune. Nicolas accroupi, le nez au sol comme un limier, examinait avec soin le sol dallé couvert de paille et de crottin. Il parlait à voix basse.

— Que dis-tu, Nicolas ?

— Je me dis que tout cela a été bien piétiné. C'était pleine lune, la nuit dernière ?

Bourdeau sortit de son habit un petit almanach de poche qui ne le quittait jamais.

— Voyons… Oui, c'est cela, tu as raison. 13 juillet : pleine lune. Cela revêt-il une importance ?

— Peut-être… tout est important quand on ignore tout ! Soulève cette couverture.

L'odeur était déjà insupportable et les mouches bourdonnaient autour du cadavre. Le spectacle qui s'offrit à leurs yeux aurait fait reculer d'horreur des gens moins accoutumés à ces sinistres visions. La tête du vicomte de Trabard était complètement détruite et comme aplatie. Le reste du corps portait des blessures qui avaient imbibé de sang le vêtement qui l'habillait.

— Nicolas, pourquoi était-il en chemise de nuit ?

— Et pieds nus ! Il faut retrouver ses souliers ou ses mules. Nous avons besoin d'une charrette pour faire porter ces restes à la basse-geôle. Et avec précaution, vu l'état de ce corps. Il fait chaud. Nous allons encore perdre du temps.

— Que non ! La charrette et les hommes *ad hoc* sont en route. J'avais prévu à tout hasard que nous en aurions besoin.

— Que ferions-nous, sans toi ?

Ah ! songeait Nicolas, le *hasard* de Bourdeau ne tenait pas à une situation fortuite, mais à l'intelligence de l'inspecteur qui anticipait toujours les moyens de prévenir les inévitables obligations des enquêtes.

— Tu veilleras à ce qu'il soit recueilli avec précautions, dit-il en recouvrant doucement le cadavre.

Nicolas retira son tricorne, tomba l'habit qu'il tendit à l'inspecteur.

— Que fais-tu donc ?

— Je me mets en état de faire retraite au plus vite devant un étalon qui a déjà tué.

— Tu le vas approcher ?

— Non, je vais tenter de faire connaissance.

— C'est folie, s'écria Bourdeau, inquiet et pour qui un cheval était un animal inconnu et, selon lui, plein de fallaces, il n'est pas question que je te laisse risquer ta vie ainsi !

— Rentre sur-le-champ dans un *box*. Qu'il s'avise de sortir en furie, c'est toi qui serais menacé.

Il poussa Bourdeau dans le suivant et s'approcha de celui de l'étalon. Un trépignement accompagné d'un souffle rauque et court en sortait. Avant de soulever la planche branlante qui servait de fermeture, Nicolas se mit à chanter à voix basse une vieille chanson en breton que lui avait enseignée à Ranreuil le piqueux de son père. Cette rengaine était réputée posséder l'effet merveilleux de calmer la fureur des chevaux.

Marc'h Haman'zo act dra Vrest
Dishual ha digabestr
War ar vein, war an chein,
Hag an hini gozh war e gein.

Le cheval d'Haman est allé à Brest
Sans entraves et sans licol
Sur les pierres, sur les épines,
Portant la vieille sur le dos.

Tout en fredonnant, Nicolas esquissait un pas de danse martelé scandant le pas d'un cheval. Il entra dans le *box*. Acculé dans le fond, un cheval superbe, presque assis sur sa croupe, la bouche empanachée d'écume, les yeux fous et sanglants, le fixait, soufflant, les naseaux élargis. Le commissaire continua d'osciller en chantant. Il tourna le dos à l'animal. Derrière lui, il y eut comme un gémissement plaintif. Il entendit le cheval s'ébrouer et se replacer sur ses quatre fers. Nicolas se tint immobile, tout en continuant à murmurer le refrain. Soudain il sentit un souffle chaud sur sa nuque. Alors seulement il se retourna doucement et se retrouva face à la tête de l'étalon. Il semblait se calmer peu à peu. Nicolas tendit sa main à plat qui fut aussitôt remplie et goûtée d'une langue brûlante.

À mesure que l'étalon se calmait, la main amicale du commissaire lui caressait les yeux selon une technique maintes fois éprouvée, puis glissait, recherchant à la jointure de l'épaule l'endroit favori où les chevaux ont coutume de se flatter. Des vagues de frémissements parcouraient la robe alezan brûlé, mais ce n'étaient plus que des manifestations de plaisir. Nicolas poursuivit encore quelques instants ses soins, tout en examinant l'animal et, en particulier, ses sabots ensanglantés. Quelle fugitive folie s'était-elle emparée de ce magnifique spécimen dont rien n'indiquait, et son expérience était grande, qu'il fût le moins du monde vicieux ? Seules, la peur et la menace auraient été susceptibles de déclencher cette impulsion de fureur meurtrière. Restait à déterminer comment, par qui et pourquoi Bucéphale avait été provoqué et poussé à bout. Nicolas appela Bourdeau et lui demanda de trouver de la paille propre. Une fois reçue de la main de l'inspecteur circonspect, il s'en servit pour bouchonner soigneusement le cheval qui manifesta par de confiantes attentions sa reconnaissance et son soulagement. Il encensait et parfois appuyait sa tête sur l'épaule de son soigneur d'une tendre pression. Nicolas finit par lui passer une bride. L'étalon accepta sans broncher la têtière et le mors. Il suivit son sauveur qui le mena dans un *box* du fond de l'écurie, le plus éloigné du cadavre du vicomte de Trabard.

— C'est un bel animal et, je dirais, doux pour un étalon. J'espère qu'on ne le châtiera pas d'un acte dont il n'est pas responsable. Accident ou crime ?

— Crime ? C'est la première fois que tu agites cette perspective.

— Nous ne devons rien éluder, compte tenu des conditions particulières dans lesquelles nous avons été saisis de cette affaire. Tiens, voilà nos gens. Veux-tu veiller à ce que tout soit fait selon les règles ?

Les agents du guet paraissaient avec les hommes du Grand Châtelet. Bourdeau alla les accueillir pendant que Nicolas retournait dans le *box* pour examiner à nouveau le sol que le souci de l'étalon lui avait fait quelque peu négliger. Il considéra l'espèce de boue sanglante, macabre agrégat de paille, de crottin et de débris humains. Des minuscules parcelles grises qui paraissaient être des vestiges de papier attirèrent son attention. Il les recueillit soigneusement, les plaça dans le creux de son mouchoir et ce dernier au fond de sa poche. Il quitta le *box* et fit à reculons, tête baissée, le chemin jusqu'à la sortie. Le cadavre venait d'être enlevé et la charrette du Grand Châtelet s'ébranlait. Bourdeau le rejoignit. Il considéra perplexe son ami dont la contention d'esprit se lisait sur un visage fermé.

— Nicolas, tu me sembles bien soucieux. Est-ce le sort de ce cheval que tu as si miraculeusement calmé ?

— J'en suis en effet inquiet, mais, Dieu soit loué, le temps est loin où les animaux passaient en jugement ! J'ai relevé un jour que je compulsais de vieux registres que nos pères faisaient condamner des bêtes responsables de la mort d'humains. Ainsi des pourceaux qui avaient dévoré des enfants. L'Église s'y étant mise, les officiaux portaient sentences contre les sauterelles, les sangsues qui dévoraient le poisson ou les charançons des cultures. Heureusement sans attendre nos philosophes, des juristes considérèrent que ces procédures étaient justice perdue, car elles établissaient pour la vengeance d'un crime une peine que le coupable, bête brute sans discernement, ne pouvait comprendre[2].

— Donc, j'en conclus qu'autre chose te tourmente ?

— Garde cela pour toi, mais j'ai le sentiment déplaisant que nous sommes manœuvrés comme des pions sur un terrain que nous n'avons pas choisi. Veillons à ne pas tomber dans les pièges que je m'attends à trouver sur le chemin de la vérité. Ils seront nombreux et semés à foison là où nous agirons.

— Tu veux dire qu'on nous fera croquer le marmot et gober les mouches ?

Nicolas éclata de rire.

— Voilà qui est parfaitement exprimé ! On nous lanternera et on nous gavera de faussetés. Gast, c'est de coutume ! Ceci dit, on va interroger ce Decroix. En dépit des compliments déversés, je gage qu'il ne goûte guère le petit secrétaire. C'est tout miel pour nous. On va l'aborder par la marge, on tirera d'insignifiantes bordées, et soudain on virera lof pour lof.

— Je te reconnais bien là, dit Bourdeau hilare, à la barre le Breton, héros du combat d'Ouessant !

Le palefrenier et le secrétaire les attendaient à l'entrée de l'écurie. Nicolas, de loin, observa qu'ils ne se parlaient pas. Les circonstances justifiaient leur air fermé, mais pas seulement. Décidément ces deux-là ne se pouvaient souffrir et leur ressentiment transpirait de leur attitude. En policier d'expérience, il s'en félicita. Il ne pouvait en sortir que de l'intéressant. Féconde est l'animosité d'esprits rancis de haine.

Le secrétaire fit un pas en avant et tendit à Nicolas une paire de mules d'homme en cuir gaufré blanc, découvertes sur la pelouse. Nicolas les saisit et les considéra longuement. Il ne fit pas de commentaires et les passa à l'inspecteur qui, à son tour, les regarda avec attention, allant même jusqu'à les retourner.

— Monsieur Decroix, j'aurais quelques questions à vous poser.

Nicolas fixa Diego Burgos qui ne bougeait pas.

— Monsieur, reprit Nicolas, auriez-vous l'obligeance d'aller prévenir Mme de Trabard que je me présenterai à elle dans un instant et qu'elle veuille bien me recevoir.

— Mais… Monsieur le commissaire, j'ai eu l'heur de vous prévenir… Y a-t-il une bonne raison pour lui imposer ce désagrément ?

— Il n'y a point de désagrément quand on obéit aux nécessités de la justice du roi.

— Justice ? Pour un malheureux accident ?

— Monsieur, puisqu'on vous avait prévenu de notre arrivée, vous deviez bien supposer qu'on ne dérange des magistrats que pour…

— Pour ?

— Pour ce que nous aurons peut-être à conclure. Ceci dit, monsieur, le temps court et je vous prie de déférer à l'instant à la demande que j'eus l'honneur de vous faire.

L'homme se mordit les lèvres, s'empourpra et tourna les talons. Decroix eut un rictus méprisant.

— J'ai pu remarquer, depuis le peu que je suis sur ce domaine, que vos chevaux sont très bien soignés. Et avec des écuries qui en remontreraient à bien d'autres plus huppées, en dépit des circonstances.

Le palefrenier, bel homme brun à la dégaine sèche et redressée, se détendit et sourit d'aise à ces compliments. Nicolas, qui avait décidé d'user de tous les arguments de la question policière, sortit de sa poche sa tabatière ornée du portrait du feu roi et la tendit ouverte à Decroix, qui s'empressa d'y prendre un peu de tabac. Nicolas fit de même. Bourdeau, qui ne prisait pas, alluma sa pipe. Il s'ensuivit une tabagie fraternelle, des éternuements de concert et une fumée odorante. La glace était rompue.

— Monsieur Decroix, depuis quand êtes-vous au service du vicomte de Trabard ?

— Depuis deux ans. Auparavant je servais chez le baron de Malevaux, à Rue-en-Picardie, d'où je suis originaire.

— Et quel événement vous a fait monter à Paris ?

— La mort de mon maître. J'ai pensé trouver plus facilement du travail ici. Ce qui est heureusement arrivé.

— Êtes-vous satisfait de votre état ?

— Pour ce qui est de ma tâche, j'ai toute liberté pour l'élevage, les soins et l'entraînement des chevaux. Puis-je, monsieur, vous faire compliment pour avoir calmé Bucéphale ? C'est un brave animal, pas méchant pour un liard, mais qu'il faut savoir séduire. Alors il est soumis et aimable. Si tous étaient comme lui ici, la vie serait un rêve…

Voilà ce que recherchait Nicolas, ce moment où l'entretien bascule, où un propos sans intérêt dérive vers des révélations pleines de ragoût. Ne pas interrompre surtout. Decroix jeta un œil autour de lui, ce qui présumait qu'il envisageait des confidences indiscrètes.

— … Je m'entends bien, tiens ! Notre maître aime les chevaux, cela est sûr… Mais sa poche est trouée et je n'ai pas reçu mes gages depuis trois mois ! Pourquoi ? Je ne sais point, sauf les rumeurs qui galvaudent. Et l'autre petit furet, il lui fait croquer bien des louis ! Je vous en préviens, c'est un fourbe.

Tiens, ces mules qu'il a prétendu avoir découvertes sur la pelouse, il est sûrement allé les chercher dans la maison, car il a disparu pendant que vous étiez à l'intérieur de l'écurie. On ne sait pas trop le rôle qu'il joue ici. Et cette pauvre madame que chacun plaint. Tout passe en équipages, vêtures, fêtes à Paris et à Versailles. On le dit favori de la reine. Je vous préviens sur tout cela, cependant je n'ai pas à m'en plaindre. Il est toujours égal avec moi, courtois et prenant intérêt à mes conseils. Ce n'est pas comme l'autre perfide ! On jase que… Mais non, j'ai trop de respect malgré tout pour notre maître. On ne glose point sur un mort.

— Permettez d'interroger l'homme de cheval que vous êtes, plus écuyer que palefrenier selon moi. Est-il véridique que votre maître, le vicomte de Trabard…

Il lisait dans son carnet.

— … corrigeait souvent avec violence Bucéphale ? Pourquoi, contrairement à ce que vous affirmez, cet étalon était-il, selon Burgos, je cite, *une bête vicieuse, sournoise, impossible à maîtriser* ?

Decroix s'esclaffa, se tapant sur les cuisses.

— Ah ! Monsieur le commissaire, vous pouvez en juger par vous-même. Un mouton, même quand on le mène à la jument, à condition de savoir le prendre et lui parler. Le vrai, je vais vous le conter. Ce petit greluchon a un jour tenté de le monter. Il a usé de l'éperon et de la cravache. Qu'arriva-t-il ? Excédé, le cheval l'a jeté à terre. Il en a été quitte pour une semaine de lit, le corps passant par toutes les couleurs de l'arc-en-ciel !

Nicolas regarda Bourdeau. Tous deux pensaient la même chose et les paroles entre eux étaient inutiles. Ce que leur apprenait Decroix sur beaucoup de points posait davantage de questions qu'il n'en résolvait. Tout devait être repris et analysé par le menu.

— Je vous remercie pour votre franchise, mais si nous revenions au détail des événements de la nuit ?

— Soit. C'est Grégoire, un de mes garçons d'écurie…

Il désigna à quelques pas de là un grand garçon hirsute, un seau à la main.

— … Il attend pour nettoyer l'écurie.

Nicolas réfléchit un moment.

— Qu'il s'y consacre, mais s'il découvrait par hasard quelque chose d'anormal, qu'il me l'apporte aussitôt. D'ailleurs, je l'interrogerai.

Decroix alla parler au garçon qui approuvait en secouant sa chevelure rousse, puis revint auprès des policiers.

— Je vous disais donc que Grégoire au cours de sa ronde de nuit a découvert le corps. Il est aussitôt venu me chercher.

— Où ?

— Là où je loge, dans les communs qui se trouvent derrière la carrière. Je suis aussitôt accouru pour constater le carnage…

Il s'arrêta, la voix étranglée.

— C'était affreux… Et le cheval était comme fou. J'ai appelé de l'aide… Il a fallu tenir Bucéphale en respect pour retirer le corps de M. le vicomte.

— Et alors ? Que s'est-il passé exactement ? reprit Nicolas qui attendait en vain que le récit se poursuive.

— J'ai prévenu madame. Elle n'a pas ouvert et je lui ai parlé à travers la porte. Autant que j'ai pu en juger, elle n'a marqué aucune émotion, rien exprimé, ni pris de décision. C'est alors que, dans l'effroi du moment, Diego Burgos a pris les choses en main.

— Arrêtons-nous à cet instant, je vous prie. Il nous faut replacer tous ces événements dans un laps de temps précis. À quelle heure votre garçon d'écurie a-t-il découvert le corps ?

— Comme je vous l'ai dit, Grégoire a coutume de faire une ronde aux environs de minuit, un peu avant, un peu après, c'est selon.

— Le pourquoi de ces rondes ?

— Nous faisons courir des chevaux dans la plaine des Sablons. Vous savez sans doute que cela donne lieu à des paris plus ou moins licites. Le public est mêlé et les enjeux portent sur de grosses sommes d'argent. Et qui dit argent signifie moyen pervers d'en gagner. Ainsi on peut s'en prendre aux jockeys, mais aussi, et plus sûrement, aux montures, soit pour les estropier, soit pour les droguer avec du *picotin farci*.

— Donc, aux environs de minuit, Grégoire ouvre la porte de l'écurie. Est-ce un geste habituel ?

— Non, il patrouille dans tout le domaine sans pénétrer dans les écuries. Ce qui l'a poussé à ouvrir, c'est le vacarme de la fureur d'un cheval et l'agitation des autres. Il s'est bien rendu compte que quelque chose d'inhabituel s'était produit. De l'extérieur il ne pouvait savoir qu'il s'agissait de Bucéphale.

— L'écurie était-elle fermée par un cadenas ?

— Point. Il y a toujours risque d'un incendie, auquel cas il faut pouvoir faire sortir les chevaux aussi diligemment que possible.

— Donc à minuit découverte du drame, dix minutes plus tard on vous prévient. Vous vous rendez sur place vers minuit vingt. Le temps de prévenir Mme de Trabard, on atteint presque une heure. Êtes-vous d'accord avec ce décompte ?

— C'est cela. Je venais juste de rentrer d'une promenade sur les boulevards ; le temps était lourd et chaud, j'ai pris l'air. À ce moment, je retrouve dans l'hôtel Diego Burgos, habillé.

— Habillé !

— Oui, habillé. Il me précise d'ailleurs d'emblée que, du bruit l'ayant réveillé, il s'est aussitôt vêtu. Nous retournons à l'écurie, puis sans un mot il se fait seller un cheval et s'enfonce dans la nuit pour reparaître deux heures plus tard, annonçant que la police va venir constater les faits et ordonnant d'avoir à ne rien déranger.

— Vers quelle heure ?

— Environ trois heures et demie du matin.

— Le compte y est, dit Bourdeau.

— Dernier point, et non le moindre, reprit Nicolas, quelle était la position du corps du vicomte lorsque averti par Grégoire vous l'avez découvert ?

— Allongé en tenue de nuit, la tête, enfin… dirigé vers le fond du *box*, les pieds nus, par conséquent vers les planches de fermeture. L'odeur était atroce avec quelque chose que je n'ai pas défini.

— Quelle intéressante remarque ! Auriez-vous autre chose à nous indiquer ?

— Rien, monsieur le commissaire. Que va-t-il advenir de Bucéphale ?

— Je l'ignore, mais je ferai ce qui sera possible pour lui épargner un mauvais sort. Merci, monsieur, de votre témoignage. Veuillez nous envoyer Grégoire.

Le garçon d'écurie les rejoignit, l'air gauche et intimidé. Nicolas observa qu'une de ses mains était serrée.

— Mon ami, voulez-vous nous raconter tout ce qui s'est passé cette nuit.

— J'faisions notre ronde comme à l'accoutumée, quand j'tendions du raffut dans l'écurie. J'suis couru y voir de plus près. Le corps de no't maître et

Bucéphale qui faisait du pétard. J'avions vu tout de suite que c'était point beau. Ah ! non, point beau.

— La porte du *box* était-elle ouverte ?

— Pas du tout. Fermée on ne peut plus. Ça m'a étonné, que j'me dis qu'on ne s'enferme guère avec l'étalon comme ça.

— Alors, qu'avez-vous fait ?

— J'avions pris mes jambes à mon cou et j'étions allé chercher M. Decroix.

— Quelle heure était-il ? demanda Bourdeau.

— En't minuit et la demie.

— As-tu une montre ?

— Non, d'habitude je me fie aux cloches qui sonnent dans les couvents des alentours.

— Vous n'avez rien d'autre à nous confier ? dit Nicolas l'air sévère. Il ne faut jamais dissimuler aux magistrats, vous le savez n'est-ce pas ?

Grégoire baissait la tête, un peu lamentable. Il leva la main serrée, la tendit à Nicolas, l'ouvrit. Sur la paume calleuse, une pièce d'argent brillait.

— Où avez-vous trouvé cela ?

— Sur le sol, dans les débris de paille et de crottin.

Nicolas prit la pièce.

— Merci, Grégoire, vous êtes un brave garçon.

Soulagé, le valet s'éloigna. Nicolas regarda Bourdeau.

— Un vicomte à quia, un étalon en fureur, un Espagnol fourbe, des portes ouvertes et fermées, une pièce d'argent. Bucéphale est le bien nommé.

— Le cheval d'Alexandre !

— Oui, celui qui a tranché le nœud gordien. Je présume que celui qu'on nous impose sera tout aussi difficile à dénouer.

II

CRIME ?

> « Les chaînes impures dont je suis lié m'attachent par tant de nœuds à la profondeur du gouffre, que je demeure toujours immobile. »
>
> *Massillon*

Nicolas élevait la pièce d'argent qui brillait au soleil. Il la retourna plusieurs fois, examinant sur les deux faces ses gravures usées et ses bords rognés.

— Tiens donc ! Comme c'est curieux ! Une pièce espagnole, une piastre d'argent de huit *réals*. D'un côté je lis *PHILIPPUS V D.G.* et des armoiries, de l'autre *HISPANIARUM REX 1725*. Un peu ancienne, mais c'est fréquent. Est-ce une pièce perdue ? Quand l'a-t-elle été ? À qui appartenait-elle ? Il faudra donner réponse à ces trois questions. Pour l'heure, allons présenter nos devoirs à la vicomtesse de Trabard.

— Et Burgos ?

— Il ne perd rien pour attendre. Le gibier mariné est plus tendre !

Approchant de l'Hôtel de Trabard, Nicolas fut derechef surpris par l'aspect inhabituel de son architecture.

— Notre homme était décidément un esclave de la mode. Considère les colonnes doriques sans bases qui décorent le porche d'entrée. Cela ne te rappelle rien ?

— Que si : le noviciat du couvent des Capucins et aussi le portail des Frères de la Charité. Ont-ils fait assez scandale ? Il y a même eu un article du *Journal de Paris* en février dernier pour tourner en dérision avec beaucoup d'esprit ce qu'il nommait « *le retour à la misère esthétique* ».

Nicolas fut frappé à nouveau de la finesse et des connaissances de l'inspecteur, que personne n'aurait soupçonnées sous sa rude écorce sans l'avoir longtemps fréquenté. Il s'en voulut aussitôt de ce sentiment. Était-ce le marquis de Ranreuil ou Nicolas Le Floch qui parlait ainsi ? Pouvait-il passer d'un ordre à l'autre au gré de ses fugitives impressions ?

— On murmure, ajouta son ami, qu'une des cibles de cet article était l'abbé Laugier, celui qui, dans son *Essai sur l'architecture*, avance cette exécrable proposition que « *les pauvres doivent être logés en pauvres* ».

Nicolas se garda de répondre. Il n'aimait pas alimenter la hargne de Bourdeau, craignant qu'un jour quelque misérable débat ne fût la pierre d'achoppement qui dissocierait l'attelage constitué depuis tant d'années. D'ailleurs le sujet n'en valait pas la peine.

Ils pénétrèrent dans un vestibule blanc crème, lui aussi orné des mêmes colonnes et de torchères de bronze à l'antique. D'évidence ce rez-de-chaussée ne comprenait que les pièces de réception, antichambre, salons et bibliothèque. Le bruit de leur arrivée fit venir une femme de chambre, petite noiraude au nez pointu – une musaraigne, s'amusa Nicolas – qui leur demanda sans excès de politesse ce qu'ils désiraient.

— Veuillez annoncer à Mme de Trabard le commissaire Le Floch et l'inspecteur Bourdeau.

— Madame ne reçoit pas. Inutile d'insister.

Elle se mit en travers en écartant les bras.

— Il semble que vous vous opposiez à l'action des magistrats, dit Bourdeau menaçant.

— J'obéis à ma maîtresse.

Les deux policiers se regardèrent et se comprirent. Chacun saisit un bras de l'insolente et, en dépit de ses cris et gesticulations, elle fut tirée et traînée jusqu'au degré, jetée au-dehors, la porte lui étant claquée au nez. Un tour de clé acheva cette exécution.

— C'est que cette bougresse m'a griffé ! s'exclama Bourdeau. A-t-on jamais vu pareille furie ?

— Il ne faut pas lui en vouloir. Elle obéit avec fidélité à sa maîtresse. C'est charge difficile que d'être femme de chambre : subir tous les caprices, supporter les mauvaises humeurs, et mettre de côté son amour-propre.

— N'oublions pas, cher avocat, que nombre de secrets particuliers sont détenus par les servantes de cette espèce.

Il ne semblait pas, se dit à part soi Nicolas, que l'égalité tant prônée par l'inspecteur inclût encore la gent féminine.

— Après la méthode que nous lui avons infligée, il sera malaisé de lui tirer les vers du nez !

— Bah ! Nous redoublerons la menace le cas échéant. Cela lui assouplira l'échine. Ces femmes ne connaissent que cela !

Ils empruntèrent un escalier qui, après un palier, se divisait en deux parties pour rejoindre le premier étage où d'évidence se trouvaient les quartiers des maîtres. Le second palier était éclairé par trois fenêtres donnant sur la façade de la demeure. Deux portes en vis-à-vis ouvraient à n'en pas douter sur les appartements du vicomte et de la vicomtesse de Trabard. Nicolas frappa à celle de gauche. Sans réponse après des coups réitérés, il l'ouvrit. C'était une chambre de grande dimension où régnait un indescriptible désordre.

— M'est avis, dit Bourdeau, qu'on est passé avant nous.

— Une mort étrange et une fouille – un vol ? – en règle de la chambre du défunt, cette affaire commence à m'intéresser.

Nicolas sortit son petit carnet noir et sa mine de plomb. Il convenait de tout noter, d'être précis et de relever les détails qui pouvaient sortir de l'ordinaire.

— Tu observeras, Pierre, que le lit est défait et ouvert comme si son occupant l'avait quitté en hâte. Premier point.

Il considéra une commode dont tous les tiroirs gisaient sur le sol, déversant leur contenu de linge. Près de la fenêtre, il en était de même du bureau dont l'intérieur avait été vidé. Une masse de papiers s'étaient envolés tout autour du meuble. Nicolas désigna les feuilles éparses.

— Vois comme tout cela a été fait en hâte et agitation.

Ils se mirent en mesure de trier les papiers. Ils n'y découvrirent rien de particulier. Des mémoires de fournisseurs, des factures, des cartons d'invitation, un dictionnaire d'anglais. Même le cabinet de toilettes et la garde-robe avaient été ravagés par la fébrilité de l'auteur de ces recherches. Flacons et ustensiles jonchaient le sol. Leurs débris crépitaient comme gravier sous les semelles des souliers. Ils prirent place dans des fauteuils en vis-à-vis pour à nouveau fouiller plus commodément la masse des documents, espérant y trouver quelque chose qui leur aurait échappé en première lecture. Au bout d'un moment ils durent y renoncer.

— Rien de particulier ! Ne vois-tu pas tout ce qu'il y a d'impersonnel dans ce fatras ? Je puis t'assurer qu'il doit y avoir dans cette chambre d'autres papiers que ceux-là.

Bourdeau hocha la tête.

— Tu as raison et nous épuisons notre temps en tirant notre poudre aux moineaux. Référons-nous, que diable, à notre expérience ! Consultons les précédents. Chaque fois qu'au cours d'une perquisition nous n'avons rien découvert, c'est soit que la chose était parfaitement celée ou au contraire si évidente que nous passions devant sans rien soupçonner.

— Ou qu'elle avait été au préalable subtilisée. Reste que, pour le second cas que tu exposes, il faut prendre en compte que le domestique a accès à cette pièce et qu'il serait par trop risqué de mettre sous son nez telle ou telle pièce indiscrète.

— Alors il faut creuser dans le sens de la première hypothèse et sonder les murailles.

Avec système ils entreprirent de vérifier l'ensemble des boiseries, les meubles, la commode, le lit. Les efforts n'aboutirent pas. Dépité, Nicolas, assis le menton appuyé sur ses mains, considérait fixement la muraille. Bourdeau se garda d'interrompre cette réflexion. Il savait pour l'avoir longtemps observé chez son ami que ces moments d'apparente absence étaient au contraire les signes d'une mobilisation ardente de son intuition. Soudain, à la grande surprise de l'inspecteur, Nicolas se leva et alla coller son visage sur une gravure représentant un cheval dans une écurie. Il laissa échapper une exclamation, se retourna, fixa, hilare, son ami, le saisit par le bras, le fit pivoter, et l'entraîna dans l'escalier. La porte fut ouverte, la femme de chambre assise sur le degré bousculée et, à grandes enjambées, le commissaire entraîna Bourdeau vers les écuries.

— Me diras-tu à la parfin… ? Ouh !… Je perds le souffle.

— Plains-toi à Mme Bourdeau qui te nourrit trop bien. Ah ! Que n'y ai-je pensé sur-le-champ !

— Mais à quoi ? À quoi bon sang ?

— C'est cette gravure qui a servi de bluteau[1] à ma réflexion.

— Laquelle, il y en avait toute une séquelle ?

— Celle représentant un cheval dans une écurie.

Ils se tenaient devant l'entrée des écuries. Le bon visage de Bourdeau était cramoisi sous l'effet de la course.

— Et alors ? Ouf… C'est chose normale, ce type de dessin chez un amateur de chevaux. En as-tu assez offert à Louis.

— Sa vision m'a fait saisir la balle au bond. Reprends souffle et écoute mon raisonnement. On a découvert le corps piétiné du vicomte de Trabard dans l'écurie de son cheval préféré.

— Et en chemise de nuit. Et pieds nus…

— Précisément. Il y a donc tout lieu de supposer qu'il eut intention de se rendre dans cette écurie.

— Sans lanterne, ni bougie ?

— Tu m'as toi-même indiqué que la nuit dernière c'était pleine lune.

— Et les mules ?

— Ce détail intrigue, il est vrai. Cependant aurait-il souhaité se déplacer sans bruit pour sortir de l'hôtel ? Ces mules ont des semelles en bois !

— Soit. Et qu'allait-il faire en pleine nuit dans cette écurie ?

— C'est le nœud et l'inconnue du problème. Nous avons cherché des papiers personnels et n'avons rien trouvé. Pourquoi ? Nous en avons conclu qu'ils devaient être dissimulés quelque part, ou détournés. Approuves-tu cette manière de voir ?

— Je te suis sans toutefois te précéder, car j'ignore où tu nous mènes.

— Imagine que le vicomte de Trabard, soucieux de dissimuler quelque chose et convaincu que dans son appartement nulle cachette ne pouvait être assurée, ait choisi un autre lieu auquel personne ne songerait.

— Ah ! Voilà ! Sauf évidemment le commissaire aux Affaires extraordinaires.

Nicolas tira son tricorne et salua.

— Une objection pourtant. S'il avait choisi le *box* de Bucéphale, ce qui demeure à prouver, ce n'était pas la première fois qu'il s'y rendait, pourquoi alors le cheval l'a-t-il attaqué ?

— Je crois que l'étalon ne l'a pas attaqué, mais qu'un incident l'a rendu furieux. Souviens-toi que l'action se déroule dans une semi-obscurité.

Entrés dans l'écurie, ils constatèrent que tout avait été lavé à grande eau. Nicolas regretta de n'avoir point placé de scellés et interdit l'accès à ces lieux criminels. Mais pouvait-il supposer… ? L'enquêteur était un aveugle qui avançait à tâtons dans la nuit des possibles. Chaque pas ouvrait des chemins multiples. On s'engageait sans savoir, on refluait, on cherchait des brisées, les voies se croisaient, on repartait souvent sans comprendre les signes semés sur le chemin. Parfois on se trouvait face à un mur qu'il fallait contourner, en se jetant dans des contre-allées. Dans cette chasse, le policier se sentait poursuivi, traqué par d'insistantes hypothèses. Il était, davantage que le coupable, un gibier harcelé par de faux-semblants, des trompe-l'œil et des illusions.

Le *box* de Bucéphale était ouvert et rutilait d'un nettoyage tout frais. Nicolas embrassa l'ensemble d'un coup d'œil et constata d'emblée qu'il n'y avait guère d'endroit où dissimuler des papiers. Son regard se porta successivement sur l'auge de pierre servant d'abreuvoir et sur la mangeoire emplie de fourrage, solidement fixée au mur. Ils s'évertuèrent à tout examiner. Le sol et les murs furent sonnés et sondés, sans succès. Enfin Nicolas s'attacha à contempler la mangeoire. Il dégagea la paille. C'était un beau berceau de bois dur reposant sur un socle. Ce dernier l'intrigua tant il était épais en comparaison de l'ensemble. Il monta sur un seau renversé et passa son doigt dans la petite nef. Sur le côté intérieur en façade, il sentit une aspérité, comme une encoche dans le bois. Bourdeau, qui s'était interrompu dans sa recherche et qui observait le manège de Nicolas, sentit son frémissement.

— As-tu trouvé quelque chose ? Tu parais sur les charbons !

— Je crois bien. Il y a un retrait anormal. Ah ! Voilà !

La partie verticale du socle de la mangeoire s'ouvrit et un rectangle de bois tomba sur le sol.

— Il y avait une sorte de réglette à glissière qui en étant poussée fait jaillir la paroi. Voilà une cachette qu'on ne peut découvrir que si on la cherche, et encore !

— Alors, que contient-elle ?

— As-tu toujours ton bout de chandelle que je te vois transporter depuis que je te connais ?

— Certes, et les allumettes pour lui donner lumière.

Aussitôt dit, aussitôt fait et le commissaire put examiner avec la dernière attention l'espèce de conduit ainsi découvert.

— Hélas, il est vide !

— On pouvait s'en douter.

— Que veux-tu dire ?

— Que s'il y a eu crime et si le vicomte de Trabard n'était pas là par hasard, soit il y dissimulait des documents, soit il venait les récupérer, et par conséquent dans les deux cas celui qui, le cas échéant, serait son assassin les aura dérobés.

— Bien raisonné. La source de la vérité réside dans les faits. Oh ! Je crois avoir trouvé des vestiges…

Nicolas avait le bras presque entièrement engagé dans le socle de la mangeoire. Son visage se crispait dans l'effort pour récupérer ce qu'il avait découvert.

— Un morceau de papier et une pièce. C'est peu.

Il descendit de son seau et considéra ses trouvailles.

— Cela est bien étrange. Un bout de papier qui est resté coincé, accroché par une aspérité de bois intérieur mal raboté. Bénie soit cette écharde !

— Peut-on y lire quelque chose ?

— Un nom écrit à la main, « *Princesse de Bouillon* » et la monnaie est… une pièce anglaise, un shilling d'argent.

— Peste, bougonna Bourdeau, cet hôtel est une maison de change, piastre, shilling et quoi encore ? Et une princesse encore ! La connais-tu, celle-là, monsieur le marquis ?

— Je crois bien. C'est la maîtresse de Castries, ministre de la Marine, successeur de Sartine. Elle est réputée jouer gros jeu et ne pas dédaigner la débauche la plus crapuleuse.

— Peux-tu me dire ce que fait ce morceau de papier dans la mangeoire d'un étalon ?

— C'est le vestige d'un morceau plus gros et sans doute plus édifiant.

— Et selon toi, où trouverons-nous le reste du papier ?

— Je pense qu'il est entre les mains de celui qui était dans cette écurie cette nuit. Animé peut-être des plus funestes desseins.

— Selon toi, M. de Trabard a-t-il été tué avant de se trouver sous le sabot de Bucéphale ou le cheval l'a-t-il attaqué sans raison ?

— Point ! S'il venait de nuit dans ce *box*, c'est qu'il ne le craignait pas. Imagine-moi me rendant dans l'écurie de la rue Montmartre. Crois-tu que Sémillante m'attaquerait ? Pour le reste, l'ouverture nous confirmera ou infirmera cette hypothèse. Je crains que nous n'ayons plus rien à faire ici. Retournons voir la veuve.

La femme de chambre accepta de mauvais gré de les introduire chez Mme de Trabard. Allongée, quasi alanguie, sur un sofa, simplement vêtue d'une sorte de lévite lilas, elle les regarda sans un mot. Le salon, presque un boudoir, était tendu de ces toiles à figures et à fleurs que la mode, toujours souveraine à Paris, venait de lancer. Nicolas fut frappé de l'aspect de la vicomtesse, mince plutôt que maigre. Sa chevelure blonde tirant sur l'argent tombait en cascade sur un visage fin au teint éclatant. Les yeux bleu pâle entourés de cernes ne cillaient pas, n'offrant aucun signe de vie à ce visage ivoirin, figé et presque livide.

— Messieurs, dit-elle. On m'annonce des policiers. Faut-il ajouter à mon malheur l'indiscrétion imposée dans ma maison d'étrangers qui molestent mes gens ?

— D'abord permettez-moi, madame, de vous présenter mes condoléances. Je suis le commissaire Le Floch. Veuillez pardonner notre intrusion, mais il n'est point de maison où le domestique s'oppose aux magistrats du roi. C'est par égard pour vous que je n'ai pas ordonné de la faire saisir.

Elle se redressa, d'évidence piquée, rajusta sa robe, tapota un coussin et murmura quelques mots indistincts.

— Que cherchez-vous ici ?

— Sauriez-vous qui le secrétaire Diego Burgos est allé prévenir du drame de cette nuit ? Car c'est cette action qui a déterminé notre venue ici.

— Je n'ai rien à voir avec M. Burgos. Quant à ce que vous nommez drame, ce n'est à ma connaissance que la conséquence de la funeste passion de mon époux pour ces vilaines bêtes.

— Dont l'inconvénient majeur est aussi de dévorer le bien des familles. C'est en effet un très onéreux caprice. Et je n'évoque pas les paris…

Elle sourit et Nicolas observa que cela transformait du tout au tout son apparence, en irriguant son visage d'une vie nouvelle.

— Au vrai, monsieur, quelle est la raison de votre présence ici ?

— Nous avons été commis d'enquêter sur ce qui, au premier abord, ne laisse pas d'apparaître comme un accident, mais qui, en second examen, pourrait s'apparenter à un meurtre. Outre cela d'autres éléments entrent en ligne de compte qui, ajoutés à cette incertitude, enveloppent de soupçons le drame de cette mort.

— Vous m'en voyez furieusement étonnée et presque confondue. Comment cela est-il possible ?

— C'est pourquoi, madame, il vous faut répondre à nos questions. Où étiez-vous cette nuit ?

Nicolas nota un imperceptible sursaut.

— Mais… Monsieur, dans mon lit.

— J'entends bien, madame. Cependant quand on est venu vous prévenir de ce qui était advenu, vous n'avez pas ouvert votre porte et nul ne vous a vue.

Elle lui coula un nouveau regard dulcifiant.

— Monsieur, il y a des circonstances dans lesquelles une femme ne souhaite pas être surprise… sans apprêts.

— Votre beauté les rend sans doute superflus, mais dans ces funestes circonstances *on* a pu s'étonner de votre, disons, indifférence.

— Je devine qui est ce *on*. Il ne cessera donc jamais de me poursuivre.

Nicolas ne releva pas.

— Madame, quelles étaient vos relations avec votre époux ? Vous ne serez pas surprise d'apprendre que la rumeur rapporte que vous viviez très éloignés l'un de l'autre.

— Vous l'avez saisie au vol ; ma foi, tout est dit, monsieur. Que pourrais-je vous apprendre de plus ? Je suis privée depuis longtemps des devoirs qu'un galant homme se devrait d'avoir envers sa femme. J'ajouterai qu'ayant apporté en dot une fortune importante, celle-ci a fondu comme neige au soleil.

— Merci, madame, de votre sincérité. Rien dans cette nuit ne vous a donc frappée ?

— Mes chagrins me pèsent tant que j'ai coutume pour tenter de mieux me reposer de prendre chaque soir quelques gouttes de liqueur d'Hoffmann. Elles me procurent les instants de repos nécessaire.

Nicolas connaissait la propriété de cette drogue dont naguère abusait Mme de La Borde. Nommée lectrice de la reine, la jeune femme de son ami se portait mieux et avait renoncé à ce dangereux adjuvant.

— Auriez-vous, madame, quelques lumières sur les affaires qui pouvaient hanter le vicomte de Trabard, financières ou autres ?

— Monsieur, nous nous croisions par hasard, comment aurais-je pu apprendre quoi que ce soit sur ceux qui étaient en affaires avec lui.

Nicolas sentit Bourdeau qui frémissait à son côté. La réponse de fait était ambiguë et laissait entendre autre chose que ce qui était attendu… Devait-il poursuivre ? Rien n'était justifié tant que la lumière ne serait pas faite sur la nature de la mort du vicomte.

— Madame, nous aurons sans doute l'occasion de nous revoir. Le corps du défunt vous sera rendu dès que possible.

Elle lui tendit sa main à baiser. À la grande surprise de Bourdeau, Nicolas s'inclina fort bas. De fait, presque à genoux, il ramassait un livre aux pieds de la vicomtesse.

— Tiens, dit-il, vous lisez Lesage, un Breton de chez moi.

Il lut le titre.

— *Histoire d'Estevanille Gonzalez, surnommé le garçon de bonne humeur*. Un très plaisant ouvrage qu'on ne quitte qu'à regret.

— Je l'ai fréquenté une partie de la nuit, allongée ici sur ce sofa, y prenant grand plaisir. Mais, j'ignorais que les commis de police lisaient…

— Commissaire de police du roi au Châtelet, madame ! rugit Bourdeau, pourpre.

Cet incident renvoya Nicolas à sa précédente pensée sur l'inspecteur. C'était bien là, chez cette dame, ce détestable esprit de caste auquel lui-même pouvait sacrifier et dont il était parfois la victime.

Elle arrangea les plis de son vêtement et leva les yeux au ciel en une mimique lassée. Les policiers se retirèrent sans que fût répondu à leur salut.

En bas de l'escalier Bourdeau grommela entre ses dents :

— Foutue garce qui nous en conte !

Nicolas sourit.

— Te voilà bien galant avec cette beauté.

— Bien moins que toi qui te prosternes à ses pieds. Crois-tu que je ne l'aie point noté ?

— En temps voulu tu en connaîtras la raison. Et de préférence devant quelque plat réconfortant et quelque peu arrosé. Sémillante a dû avoir son picotin, son maître point ! Si nous posions quelques questions à cette drôlesse de femme de chambre ?

Elle se tenait dans le vestibule, guettant leur départ, collée à la muraille, son petit visage pointu tendu vers eux.

— Comment te nomme-t-on, ma fille ? demanda Bourdeau. Et point d'impertinence.

— Je n'ai rien à dire.

— La question n'est pas là. Ton nom ?

Le ton de l'inspecteur la subjugua.

— Nicole, Nicole Lozange.

— Depuis combien de temps es-tu en service auprès de Mme de Trabard ?

— Deux ans.

— Où loges-tu ?

— J'ai une couchette sous les combles.

Nicolas imaginait la chose. Il se souvenait du quasi-placard où dormait jadis la femme de chambre de la comtesse du Barry, dans son appartement du château de Versailles. Souvent les animaux familiers étaient mieux traités que les domestiques. Dans quel méchant réduit cette musaraigne de ruelle se trouvait-elle confinée ?

— Le commissaire a des questions à te poser.

— D'autres domestiques logent dans l'hôtel ?

— Non, ils habitent dans les communs.

— Quand avez-vous appris l'accident survenu à votre maître ?

— Au matin, par Madame.

— Était-elle couchée quand vous vous êtes présentée à elle ?

Nicolas nota une imperceptible hésitation qui serait passée inaperçue à moins expérimenté que lui.

— Elle était en chenille, sa tenue du matin…

— Sans trahir votre loyauté, quels étaient les sentiments de votre maîtresse envers son époux ?

Elle haussa les épaules, le regardant avec commisération.

— Chacun sait qu'ils vivaient séparés.

— Cette nuit, avez-vous bien reposé ?

Le petit nez pointu paraissait frémir.

— Fort bien. J'ai le sommeil profond, n'ayant nul instant de repos la journée avec une maîtresse fort exigeante.

— Que vous servez avec la plus grande complaisance, j'en suis sûr. Plus dévouée que vous, on ne trouve pas.

Elle parut ne point croire ce qui lui était affirmé. Son visage se plissa d'incertitude, mais le sérieux du commissaire finit par emporter sa conviction.

— J'accomplis ma tâche, dit-elle avec modestie.

— Et Diego Burgos ?

— Il se soucie de moi comme d'une guigne.

Encore une étrange réponse. Voilà un amour déçu, songea Nicolas. On ne mesurait pas assez la violence engendrée par des sentiments dédaignés. Il l'avait maintes fois constaté par le passé.

— M. Decroix ?

Le petit visage chafouin s'empourpra, hormis la pointe du nez.

— Un beau cavalier qui ne cause point.

Bourdeau regarda Nicolas, ils se comprirent. Les choix éclectiques, sinon les désirs de la femme de chambre, semblaient se porter sur tous les mâles de la maison, sauf, peut-être, sur le vicomte de Trabard.

— La vicomtesse a-t-elle procédé à sa toilette ce matin ?

— Point. Avec tout ce désordre… Et elle a toujours recours à moi pour ce faire.

— Nous vous remercions. Nous aurons peut-être l'occasion de vous entendre à nouveau.

Soulagée, elle esquissa une révérence et bondit presque vers l'escalier quand Nicolas la rappela d'un geste.

— Une dernière question : savez-vous si votre défunt maître a reçu des visiteurs hier ? Il me semble en effet, à ce que certains affirment…

Arrêtée dans son élan comme une cavale reprise à la longe, elle se retourna, empourprée derechef.

— J'ai entendu une voiture, tard. J'étais dans ma chambre.

— À quelle heure ?

— Je ne saurais dire, un peu après dix heures.

— Tiens donc ! Je croyais, à vos dires, que vous aviez fort paisiblement reposé ?

Elle baissa la tête. Elle n'était pas de taille.

— C'était avant que le sommeil ne me prenne.

— Voilà qui est des plus clair et bien entendu. Vous avez jeté un œil à l'extérieur. Je ne vous le reprocherai pas. Allons, un bon mouvement. Trotte-menu, vous vous êtes levée, avez guetté par une croisée ou encore, à pas de loup, avez descendu l'escalier pour saisir une vision ou une parole. Dépêchons, jeune fille, le temps désormais nous presse.

Elle considérait Nicolas avec effarement au fur et à mesure qu'il entassait suppositions et arguments.

— Je n'ai rien entendu… Seulement aperçu une voiture aux fanaux éclairés.

— Blasonnée ? demanda Bourdeau.

Elle le regarda, interdite. Il comprit qu'elle n'entendait pas la question.

— Y avait-il un dessin sur la portière ?

— Il me semble, oui. Trois fleurs dorées sur fond bleu.

— Est-ce bien tout cette fois ? Dans le cas contraire vous pénétreriez dans une dangereuse contrée où il pourrait vous en cuire. Me fais-je comprendre ?

— J'ai tout dit, tout dit, hurla-t-elle éperdue, les larmes aux yeux.

— C'est bien, vous pouvez disposer.

Bourdeau s'interrogeait. Que cherchait Nicolas penché sur la pelouse qui séparait l'Hôtel de Trabard des écuries ? Il entraîna ensuite l'inspecteur vers celle qui bordait les communs. Le même manège reprit. Interrogé, le commissaire émit un petit sifflement dans lequel Bourdeau décela l'excitation d'une découverte dont à l'évidence il lui serait fait part au moment voulu. Un valet leur indiqua la petite maison où se trouvait le logement de Decroix. Il était absent, mais la porte était ouverte. Ils s'introduisirent sans façon dans une petite salle basse de plafond, qui tenait à la fois de l'atelier, du bureau et de l'office. Elle était sobrement meublée d'une table en bois massif, de deux chaises paillées, d'un fauteuil défoncé recouvert de velours d'Utrecht, d'une fontaine en cuivre rouge et d'un potager. Des selles, des longes, un fouet, des mors et tout un fourniment lié au cheval étaient accrochés aux murailles. Une petite porte donnait sur un méchant réduit dont une couchette occupait presque toute la surface. Le lit n'était point fait et sur une commode bancale une cuvette de faïence blanche contenait une eau savonneuse et une éponge que Nicolas observa et même, à la surprise de Bourdeau, huma avec circonspection. Les interrogations de l'inspecteur redoublèrent quand il vit son ami s'agenouiller devant les draps froissés et les renifler avec application. Le petit carnet noir fut extrait de la poche de l'habit et une longue liste d'observations résuma les résultats de cette attentive visite.

Dans la voiture qui les ramenait au Grand Châtelet un silence lourd de réflexion s'installa. Le tricorne abaissé sur le visage, Nicolas semblait assoupi, mais certains élancements nerveux de ses jambes indiquaient une réflexion au travail. À hauteur de l'ancienne voûte du Petit Châtelet, le commissaire sortit de son mutisme, se félicitant de la récente destruction de la vieille prison. La Cité traversée, leur voiture gagna le quai de Gesvres et de là, la pointe du Pont-au-Change. Enfin, par la rue de la Joaillerie, elle rejoignit celle du Pied-de-Bœuf où ils avaient l'intention de dîner.

Il y avait maintenant plus de vingt ans que l'endroit les accueillait et l'hôte avait un peu blanchi. À chacune de leurs incursions, il se mettait en quatre pour régaler Bourdeau, comme lui natif du pays de Chinon. Ils s'assirent à leur table habituelle et l'inspecteur, à bout de patience après cette longue rétention de paroles, se mit aussitôt à interroger Nicolas.

— Allons, me diras-tu à la fin la raison de tes étranges mimiques et le résultat de cette rumination dans laquelle tu t'es complu depuis notre départ de la rue d'Enfer ?

— Paix l'impatient, paix le bavard ! Avant toute chose je n'accepterai pas de parler à jeun. Qu'on somme notre ami de présenter ses propositions. Et vite.

Sur un geste de Bourdeau, l'hôte se précipita et posa devant eux, en guise de bienvenue, une assiette d'andouille et un pichet de vin violet que Bourdeau versa dans les verres après l'avoir humé et apprécié d'un claquement sec de la langue.

— J'ai un plat des plus ragoûtants pour vous.

— Nous t'écoutons. Le commissaire mangerait un bœuf aujourd'hui.

— Savez-vous que j'ai reçu des cochons engraissés chez moi. Ils sont arrivés coincés entre des tonneaux de vin…

Il leur fit un clin d'œil éloquent qui signifiait, Nicolas préférait ne pas éclaircir la chose, que le chargement n'avait pas dû emprunter les barrières et avait pénétré dans la ville de subreptice manière.

— … Bref. Pour vous faire attendre, vous aurez du boudin aux oignons, épicé comme il se doit. Et une superbe réjouissance, une merveille que je me réservais, mais dont je me défais de bon cœur en votre honneur.

— Et quel est ce régal ? demanda Nicolas, les yeux brillants et qui avait déjà quasiment vidé l'assiette d'andouille.

— Des joues de porc braisées en terrine, longuement mitonnées au four du potager.

— Et comment les prépares-tu, beau cousin ?

— Ce sont des pièces délicates et, en effet, tout réside dans le coup de main du traitement. Je fais fondre dans ma terrine du lard gras, frais et bien blanc, la peste du rance, et cela à bonne température.

J'y couche mes joues, que j'ai passées à la farine – oh ! rien qu'un nuage – pour les faire rissoler. Je les retourne sur toutes les faces et quand elles commencent à chanter, ces mignonnes, toutes dorées qu'elles sont, j'ajoute rondelles de carottes, oignon, échalote, ail, épices à profusion jusqu'à ce que tout ait pris couleur. Je mouille d'une bonne quantité de vin rouge de chez nous et je dépose sur le tout un pied de veau fendu en deux. Couvercle sur la terrine, et au four ardemment assoupi du potager, je laisse mijoter entre deux et trois heures, en vérifiant à raison que le plat ne dessèche point, auquel cas j'y joindrais une louche de bouillon triple. À finition, je coule un verre d'alcool de prune bien fort ; j'ôte les os du pied et laisse reposer. Et nous voilà à point pour tâter de la chose ! Qu'il en reste, c'est rare, le mets prend en gelée et le délice est redoublé !

— Bien ! Si le goût vaut le bagout, le plat promet d'être friand !

Affairé, l'hôte s'empressa de regagner ses fourneaux.

— J'ai fait mander Semacgus, dit Bourdeau en se versant une large rasade de vin. Le cas est par trop ambigu et deux avis ne seront pas de trop. Le temps du dîner, il sera rendu à la basse-geôle. Et maintenant, vas-tu te décider à me donner la clé des manœuvres étranges que tu as multipliées à l'Hôtel de Trabard ?

— Je te voyais sur les charbons ; tu ne laissais pas de paraître intrigué. Je ne pouvais rien dévoiler, n'étant assuré d'aucune chose et devant présenter auparavant les pièces devant mon tribunal personnel.

— D'où cet air bougon et concentré que tu affichais tout au long du chemin de retour. As-tu pour le coup ordonné tes conclusions ?

— Que pouvons-nous décider avant l'ouverture ? Et je dirais même après, car pour éclairant que sera le verdict de mes amis, il ne peut être irréfutable. Je le sais, je le sens. Aussi le tri que j'ai opéré demeurera les bases et les outils de toute procédure ultérieure. En cette affaire, je crois que seul le doute peut fonder notre assurance. Cette incertitude produira deux avantages : nous agirons moins, mais nous réfléchirons mieux. Pierre, retourne-toi vers le passé et considère nos enquêtes. Souvent la lumière a surgi à l'improviste et le moyen de la rechercher a toujours été de ne jamais renoncer à la trouver. Reste que la présomption serait en l'occurrence une faute. Pour le moment, et dans l'obscurité qui nous environne, concentrons nos efforts uniquement sur les faits.

L'hôte, arrivé, portait avec précaution une large terrine d'où sortaient des fumées odorantes. Il la posa sur la vieille table.

— Je m'en vais vous servir avec la douceur d'usage car les joues sont à ce point confites qu'il ne faut pas les brutaliser. Elles se dégustent à la cuillère. Quant aux carottes, elles fondent sur la langue.

Bourdeau, le premier, se jeta sur son écuelle et bien qu'il se fût brûlé à la viande chaude, il ferma les yeux de bonheur gourmand. Quelques moments silencieux furent consacrés à la dégustation avant que le commissaire ne pose son couvert et reprenne le fil de son propos.

— Je vais répéter pour ta gouverne la liste des observations que m'ont inspirées certains faits et constatations relevées lors de notre visite rue d'Enfer.

Il sortit son petit carnet noir qu'il maintint ouvert à la page voulue grâce à un croûton de pain.

— D'abord un fait m'intrigue. Que le *box* de Bucéphale ait été trouvé clos. Cela va contre toute logique, ou bien…

— Ou bien ?

Nicolas ferma les yeux, l'air incertain.

— Ou bien, reprit-il, le vicomte de Trabard, ne voulant pas être surpris, accomplissait une tâche mystérieuse que nous pouvons supposer, après la découverte de la mangeoire, dépositaire des secrets.

— Ou encore, car ces stalles se ferment de l'extérieur, un agresseur s'est approché en silence et l'a enfermé avec l'étalon.

— Reste alors à expliquer pourquoi le brave Bucéphale est pris de folie furieuse au point de massacrer son maître. Je n'ai pas encore de doctrine définitive sur cette crise.

— Et qu'as-tu ramassé sur le sol de l'écurie ?

— Des fragments inconnus, du papier je crois. Je voudrais les examiner à la lentille grossissante avant que de me prononcer.

Le silence qui suivit fut à nouveau occupé à savourer le ragoût dont le pays de Bourdeau venait d'apporter un second service.

— Tu m'as reproché, il y a peu, de m'être agenouillé devant Mme de Trabard. Ce n'était pas chez moi excès de politesse ou tribut rendu à sa beauté.

— Alors quoi ?

— Un livre à ramasser ! Je ne les aime point à terre, ayant pour leur nature un respect révérant. Mais je me moque, tu as raison. C'est au moment où je me baissais qu'un fait m'a frappé. Mme de Trabard était pieds nus. Ce qu'on pouvait admettre le matin chez une femme avant sa toilette. Mais pieds sales ! Terreux, avec de petits fragments d'herbe et même quelques pétales de fleurs collés sur un orteil.

Bourdeau s'étrangla de rire, se frappa le front.

— Ah ! Je comprends maintenant pourquoi tu jouais les chiens d'arrêt sur les pelouses. Tu recherchais ce qui était sous les pieds de la dame.

— Justement !

— Et alors ?

— Tu cours la poste. Espère un peu ! Autre chose se relie à cette observation-là. La dame a affirmé avoir lu Lesage durant la nuit. Je ne la peux croire et son mensonge est patent. Point d'odeur de chandelle, un. Lesdites chandelles intactes, deux. Les bougeoirs et flambeaux sans coulée de cire, trois. A-t-elle lu dans le noir, à la lueur de la pleine lune ? Est-elle comme les chats ?

— Nous n'avons pas visité sa chambre. Peut-être était-ce là qu'elle lisait cette nuit ?

— Point, tu oublies un détail, elle nous a précisé avoir lu dans son boudoir et sur son sofa.

— Tu as raison, je l'avais oublié.

— Et pardi, tu étais à la fois irrité par ma supposée galanterie et furieux que la dame ose me traiter de commis comme jadis le Balbastre ! Donc, considère mes conclusions. Elle n'a point lu toute la nuit. Ses pieds démontrent qu'elle est sortie et en silence de manière à n'être pas découverte. Pour aller où ?

— Les pétales, l'herbe ?

— Ne prouvent rien, car de ce point de vue les deux pelouses sont identiques. Mais j'ai plus d'un tour dans mon sac.

— Le fait par exemple que personne n'a vu Mme de Trabard au moment de la découverte du drame ; il n'y a eu que paroles échangées à travers une porte close. La musaraigne ?

— Tu en ajoutes. Mais il y a plus. La reine de Hongrie entre en scène, semant sa trace à tout bout de champ.

— Marie-Thérèse ! Feu l'impératrice d'Autriche ?

Nicolas s'étranglait de fou rire.

— C'est de l'*Eau de la reine de Hongrie* dont je parle. Un parfum très apprécié. Je l'avais reconnue sur Mme de Trabard qui, d'évidence, s'en inonde. Or dans les draps de Decroix, mais aussi dans l'eau sale de la cuvette, j'ai relevé les effluves du même parfum.

— Et tu en conclus ?

— Un état des lieux gazé d'incertitudes. La vicomtesse n'a point passé la nuit dans sa chambre. Il n'est même pas assuré qu'elle ait été dans son appartement quand on est venu lui annoncer la macabre découverte. Où était-elle donc ?

— À gambader pieds nus sur les pelouses, tout inondée de suaves odeurs.

— Et comme cette même essence se retrouve à deux endroits chez Decroix… Et donc…

— Et nous nous accorderons pour opiner que la dame a un amant et qu'elle a passé la nuit chez son beau maître palefrenier pour un déduit parfumé. Elle peut te traiter de commis… Quand on se commet de la sorte !

Goguenard, Nicolas considéra Bourdeau.

— Quel sens des convenances et de l'étiquette ! Ah ! Elle a beau jeu, ta propension à l'égalité, te voilà scandalisé d'une situation assez commune, ma foi !

— Touché ! J'ai parlé sans réfléchir.

— Qu'elle ait un amant, c'est son affaire. Qu'elle ait eu des raisons de haïr son époux, c'est la nôtre. S'il s'avérait que M. de Trabard…

— Qu'on prouve le crime et elle devient suspecte sur-le-champ. Et elle n'est pas la seule. Le Decroix peut être impliqué.

— Et Burgos ? Ce bestiau-là ne me paraît pas franc du collier. Il nous a soutenu d'étranges propositions.

— Et que contenait la mangeoire truquée ? D'autres éléments sont à prendre en compte. N'oublions pas la chambre visitée et le mystérieux inconnu du soir en carrosse de cour.

Bourdeau sortit sa pipe en terre, la bourra et se mit à l'allumer au briquet battu.

— Sage précaution !

Cette voix tonitruante appartenait à Guillaume Semacgus.

— Je prévois, reprit-il, que Nicolas va justement sortir de sa poche une tabatière qui lui est chère et dont je ne le vois user qu'à la basse-geôle ou quand il veut se concilier un témoin en le faisant éternuer !

Il s'attabla, attira la terrine, prit l'assiette et la cuillère de Nicolas, et après s'être versé une rasade dans le verre de Bourdeau, entreprit de terminer les restes du repas. Nicolas saisit cette occasion pour résumer à l'inttention du chirurgien de marine l'affaire qui les occupait et les questions qu'elle posait.

— Comment nous avez-vous trouvés ? demanda Bourdeau.

— Mon cher Pierre, vous êtes tous deux si populaires dans le quartier qu'à peine étais-je sous le porche du Grand Châtelet que trois *vas-y-dire* successifs m'ont indiqué que vous dîniez rue du Pied-de-Bœuf.

— C'est dire, cher Guillaume, que vous êtes aussi connu que nous puisque votre seule présence signifie pour tous que vous nous cherchez.

Le repas s'acheva par un clafoutis de cerises aux peaux de lait que seul Nicolas dédaigna. Il se revit le matin à Guérande, sa nourrice essayant de lui faire avaler la couche parsemée de fines taches jaunes qui couvrait la surface du breuvage. Il en éprouvait une telle horreur qu'on avait renoncé à le forcer. Il eût été périlleux de tenter à nouveau l'expérience avant la redoutable épreuve d'une ouverture.

Quand ils descendirent dans les souterrains de la vieille forteresse, Sanson les attendait, l'air paisible, apprêtant ses instruments. Les aides du bourreau avaient lavé le corps du vicomte à grande eau. Nicolas se demanda si son apparence n'était pas plus épouvantable, ainsi présenté, que recouvert de sang et de fange, tel qu'il l'avait découvert dans les écuries de l'Hôtel de Trabard.

Après les saluts toujours chaleureux adressés à Sanson, leur ami depuis tant d'années, Bourdeau ralluma sa pipe, Nicolas prisa et Semacgus tomba l'habit et revêtit un tablier de cuir protecteur.

Les deux praticiens se penchèrent sur le corps. Ils se redressèrent, murmurèrent quelques paroles, puis, à nouveau, leurs têtes se courbèrent à se toucher. Ils continuèrent leur examen un bon quart d'heure. Il y eut enfin comme une lutte de politesse après que Semacgus eut longtemps parlé à son confrère.

— Mon cher ami, dit Semacgus à haute voix, il vous revient d'exprimer notre premier sentiment. Ici, nous sommes vos invités.

— Puissé-je, dit Sanson avec un pauvre sourire, vous recevoir dans des lieux plus accueillants. Puisque vous le souhaitez, je vais résumer nos observations afin d'éclairer nos amis. Nous sommes devant un cadavre, celui d'un homme âgé d'environ quarante-cinq ans, plus ou moins. Le corps est meurtri, des os sont brisés. Le diagnostic pourtant est malaisé. Dans ce genre de cas, il ne faut pas confondre les apparences et désigner indistinctement sous le terme de blessures, des plaies, des contusions et des lésions qui ne se ressemblent pas. Le respect des nuances s'impose dans ce domaine. Or dans cet examen nous distinguons, non des contusions ou des meurtrissures…

— Qui n'impliquent pas d'entamures de la peau.

— Le docteur Semacgus m'ôte les mots de la bouche. Notre victime porte des blessures ouvertes, avec des dilacérations des muscles et même, à certains endroits, nous avons noté des symptômes d'attrition…

— Qu'est-ce à dire ? demanda Bourdeau.

— Il s'agit de la désorganisation complète des parties molles réduites en une sorte de bouillie. C'est en particulier l'observation que nous avons faite au sujet du crâne de la victime. Il aurait pu survivre aux diverses plaies et fractures que nous avons relevées, mais certainement pas à la destruction de sa boîte crânienne.

— Sous réserve de ce que des examens ultérieurs pourraient nous révéler, ajouta Semacgus, il n'y a pas soupçon de tentatives dolosives ayant pu entraîner la mort.

— Reste, remarqua le bourreau, que la victime a pu être frappée, notamment à la tête. Les blessures ultérieures peuvent avoir masqué ce coup.

— Cependant, mes amis, intervint Nicolas, l'homme n'aurait-il pas été drogué et conduit à l'écurie ?

— Nous le découvrirons le cas échéant.

— Il aurait fallu pour cela que le vicomte de Trabard fût porté jusqu'à l'écurie. C'est un homme dans la force de l'âge.

Sanson leva la main et après un instant de réflexion s'adressa aux policiers.

— Le docteur Semacgus m'a confié en quelques mots ses premières constatations. Un fait ne laissera pas de vous intéresser. Avant de nettoyer le cadavre, j'ai relevé la malpropreté de la plante de ses pieds. J'y ai retrouvé, outre la paille et les souillures d'une écurie, des traces d'herbe. J'en conclus que le vicomte a marché sans souliers jusqu'à l'écurie. Encore que, menacé, il aurait pu y être contraint.

— Voilà un indice des plus précieux ! Cependant deux questions : primo, auriez-vous décelé des traces ou des cicatrices de blessures de guerre sur ce corps ? Secundo, les terribles destructions infligées auraient-elles pu l'être par un tiers et non par un étalon en fureur ?

— Je répondrai à la seconde et laisserai la première à Semacgus, plus expert que moi pour les blessures de guerre. La configuration des plaies, les vestiges du sol qu'on y peut recueillir, tout concourt à estimer qu'aucune autre intervention homicide n'est venue frapper le vicomte de Trabard.

Semacgus désigna le côté gauche du cadavre.

— Quant à la seconde question, il n'y a aucun doute. Il y a sous l'épaule gauche une cicatrice d'une ancienne blessure par balle…

Il posa le doigt sur cet endroit du corps.

— … et un cal osseux laissant pressentir la vieille fracture d'une côte.

— Cela correspond à ce que nous savons par ailleurs.

Tous se tournèrent vers le commissaire. Il prisa, éternua, se moucha et parut réfléchir.

— Mes amis, sous réserve de vos recherches complémentaires, nous pouvons désormais appuyer notre enquête sur des quasi-certitudes. Ce cadavre est bien celui du vicomte de Trabard, sa mort provient de blessures causées par le piétinement et la frappe des sabots d'un cheval. Rien ne donne pour le moment à suspecter toute autre main criminelle. La victime semble s'être rendue aux écuries à pied. Au passage, cela relance la question des mules prétendument retrouvées par Diego Burgos et le pourquoi de nous les avoir présentées. Il me reste à vous soumettre une autre énigme. J'ai recueilli en grande quantité de minuscules fragments de papier dont l'origine m'est inconnue. L'un d'entre vous aurait-il une idée de leur provenance ? J'envisageais de les examiner avec une lentille grossissante.

— Nous disposons de bien mieux ! s'écria Sanson. Il se dirigea vers un placard qui, ouvert, offrait une collection complète d'instruments utiles à son office. Parmi eux il sortit un étrange appareil. Intrigués, ses amis découvrirent un tube gravé d'arabesques monté sur un socle de bronze.

— Voici ce qu'on nomme microscope. Ce sont des verres d'optique enchâssés dans un tube de telle sorte que cette espèce de lunette permet de découvrir les corps les plus petits en les grossissant extraordinairement. Ainsi une puce placée devant vous apparaît comme un monstre. Les débris qu'a recueillis monsieur Nicolas, je les vais examiner.

Sanson disposa l'appareil sur une table de décharge, demanda au commissaire de lui confier les fragments de papiers ramassés sur le sol du *box* de Bucéphale. Il les plaça sous le tube de la lunette et appliqua son œil à l'autre extrémité en manipulant une petite roue dentelée qui faisait coulisser dans une enveloppe plus large, le tout permettant la vision la plus approchée, comme l'expliqua Sanson. Il y eut un silence, puis l'opérateur récupéra les fragments de papier qu'il déposa dans une coupelle de terre cuite.

— Qu'avez-vous découvert ? s'enquit Nicolas.

— Du papier et quelques petits dépôts noirâtres. Nous allons vérifier si ce que je suppose est exact.

— C'est-à-dire ?

Sanson mit un doigt devant ses lèvres. Il prit une petite brindille qu'il enflamma à un brasero et approcha de la coupelle. À peine la flamme avait-elle touché les fragments que ceux-ci produisirent comme une infime explosion et prirent feu brusquement.

— Par quelle diablerie ? s'exclama Bourdeau.

— Ma foi, je crois comprendre, dit Semacgus. De la poudre à canon.

— Vous voyez juste, mon cher confrère. Ces fragments sont ceux d'un ou de plusieurs pétards : des papiers pliés et solidement liés garnis dans chacun de leurs plis du produit que le docteur Semacgus vient d'évoquer.

— Heureusement, dit Nicolas en riant, que je n'ai pas tout confié à Sanson. Sinon vous auriez perdu toute trace d'une preuve complète qui selon moi confirme qu'il y a eu intention de meurtre contre le vicomte de Trabard.

— Tu veux dire, demanda Bourdeau incrédule, que ce pétard est cause de la mort de Trabard ?

— Ce pétard ou ces pétards ont été jetés volontairement dans le *box* de l'étalon alors que s'y trouvait la victime. L'explosion qui s'est ensuivie a affolé le cheval qui, pris de panique dans un espace d'autant plus restreint que la porte était maintenue close, a frappé et piétiné son maître.

— En assassin innocent, dit Semacgus. Il sera malaisé de retrouver la main criminelle. Le procédé est des plus tortueux.

— Où achète-t-on ces pétards ?

— Les galopins des rues s'en réjouissent tout au long de l'année et c'est essentiellement chez les marchands merciers qu'on les vend. Tu connais le dicton : *Merciers, marchands de tout, faiseurs de rien.*

— Alors, en ondes concentriques nous enverrons nos gens écumer les marchands merciers autour de la rue d'Enfer.

— Qui, comment, pourquoi ? Les habituelles questions.

Et encore, songeait Nicolas, je ne peux tout dire car seul Bourdeau sait la raison de notre présence rue d'Enfer. Il était soudain frappé par le fait que si la reine ne l'avait pas appelé, le crime serait sans nul doute passé inaperçu et aurait été mis au compte d'un malheureux accident. Dans ces conditions, l'intervention inhabituelle de Marie-Antoinette se révélait utile et bénéfique. Restait à découvrir pourquoi tant d'insistance pour le jeter dans cette enquête. Que souhaitait-elle éviter ce faisant ? Pourquoi le roi devait-il être mis à l'écart de cette affaire ? Que voulait-on lui dissimuler ? Il y avait apparence que la reine à bout de recours avait pensé au *cavalier de Compiègne* comme à la seule planche de salut à laquelle elle pouvait dans ces circonstances difficiles et périlleuses se raccrocher et encore et toujours se confier.

— Que comptes-tu faire, maintenant ? demanda Bourdeau à Nicolas alors qu'ils remontaient au bureau de permanence.

— Rien. Laissons croire à chacun que la thèse de l'accident est retenue par le *Magistrat*[2]. Il y a plus d'apparence d'action dans l'immobilité que de vérité dans la précipitation. Et comme le dit le poète :

On rendrait son esprit tout morne et rebouché
Qui le tiendrait toujours au labeur attaché :
Il faut épier l'heure, attendre qu'à la porte
Frappe le Délien[3] *qui la matière apporte...*

— Le Délien ? dit Bourdeau éberlué. Hé, je ne le connais point ce gueux-là !

— C'est un insulaire qui inspire ! Fions-nous à lui.

Et sous le regard perplexe de l'inspecteur, Nicolas esquissa un entrechat et quitta le Châtelet pour la rue Montmartre. L'écho rapporta longtemps son grand rire.

III

PIÈCE DÉCHIRÉE

> « Croyez qu'il n'y a pas de plate méchanceté, pas d'horreurs, pas de conte absurde qu'on ne fasse adopter aux oisifs d'une grande ville, en s'y prenant bien. »
>
> *Beaumarchais*

Rue Montmartre, la première chose qui frappa Nicolas fut la présence d'un équipage dans lequel il reconnut le carrosse timbré du duc de Richelieu. Son premier mouvement fut pourtant de vérifier que Sémillante avait été ramenée au logis par le garçon d'écurie de l'hôtel de police. Elle l'accueillit par un joyeux hennissement. Il lui flatta le chanfrein. Elle tendit l'encolure et se mit à le sentir, d'évidence intriguée par l'odeur de l'étalon qui imprégnait le pourpoint de son maître. Pluton surgit et appuya ses pattes sur Nicolas qui, enveloppé par l'affection du cheval et du chien, éprouva un moment de bonheur et d'oubli.

Dans l'office, Marion et Catherine devisaient tandis que Poitevin s'acharnait à faire briller une chocolatière d'argent.

— Te voilà ! s'écria Catherine qui lui apparut excédée. Il fa l'énerver, le fieux bouc. A-t-on idée de fenir si tard, au risque de lui gâter la digestion ? Rien que son odeur vous lèfe le cœur : il fleure le fauve comme un lièfre faisandé de huit jours !

— Allons, allons, gronda Nicolas qui s'étranglait de rire. Cesse de gloser ainsi sur un duc et pair, l'un des quarante de l'Académie. Surtout venant de toi...

— Et bourquoi donc ?

— Pour la seule raison que tu tympanises un maréchal de France, toi simple cantinière. Aurais-tu par hasard oublié le respect et la discipline ?

— Yo, yo, grand flandrin, je suis blus sous les armes et tu ne m'embêcheras boint de dire ce que je bense.

Marion pleurait de rire et Poitevin avait dû s'asseoir et se tenait les côtes. Décidément tout était à la joie à l'Hôtel de Noblecourt. Il monta à l'étage vers l'appartement du maître de maison par un escalier tout assaisonné d'une persistante odeur de musc. Sur le palier, il entendit la voix glapissante du maréchal qui semblait animé d'une rare véhémence.

— Noblecourt, mon ami, c'est ainsi que l'on me traite ! Des bélîtres m'accusent d'avoir fait édifier le pavillon de Hanovre sur le boulevard, en soldant le coût par je ne sais quelle malversation. Allons donc, cent mille écus que m'a dépensés l'architecte, tout cela était-il si tant au-dessus de ma fortune qu'on pût tenir de si mauvais propos ? On dénonce de la maraude de guerre. Parlons-en ! On ne serrait pas de si près le maréchal de Villars ! Le vieux bougre ne lésinait pourtant pas sur la rapine en campagne ! Ah, foutre non !

Le duc sentit sans doute le regard de Nicolas, il se retourna, toujours vif en dépit de l'âge.

— Tiens ! Le petit Ranreuil.

Nicolas s'inclina.

— Je vous salue, monsieur le maréchal.

— Je vous le rends, je vous le rends. Venez vous asseoir, vous ne serez pas de trop.

D'un coup d'œil le commissaire envisagea les éléments de la situation. Noblecourt, tassé dans son fauteuil, tenait un fin mouchoir devant son nez. Mouchette, sans doute apeurée par le ton du duc, s'était réfugiée dans la robe d'indienne du magistrat, seul le bout de son oreille pointait, accusant sa présence. Le maréchal portait un habit bleu sombre pailleté d'étoiles d'argent sur lequel tranchait le bleu clair du Saint-Esprit. Un maquillage excessif offrait du volume à un visage de plus en plus réduit. Et pourtant, se disait Nicolas, quelle énergie encore dans cette défroque presque vide !

Noblecourt eut un regard suppliant pour l'arrivant qui comprit aussitôt ce que cela signifiait.

— Messieurs, dit-il, que ne profitez-vous de la douceur du soir ?

Et il se dirigea vers la croisée qu'il ouvrit à deux battants. Le bruit d'un charroi qui passait rue Montmartre se fit entendre. Noblecourt, sans perruque, saisit près de lui une coiffe.

— Avec votre permission, monseigneur, je me couvre.

Il posa la petite calotte de soie noire sur son crâne chauve.

Un courant d'air salubre traversa la pièce. Le maréchal haussa les épaules et reprit son propos, respectant son habitude de vider jusqu'à ses conclusions le sujet qui, sur le moment, lui tenait à cœur. Et derechef la fureur anima le vieil automate de cour et lui remit à la bouche son langage lâché et peuple, souvenir de sa jeunesse sous le régent d'Orléans. M. de Noblecourt qui en avait l'usage depuis longtemps essaya de divertir la conjoncture.

— Voyez, Nicolas, cette délicate célestine…

Il se tapota la tête

— … dont m'a fait présent le maréchal pour me sauver des vents coulis. Ne voilà-t-il pas que déjà elle me sert ? N'est-ce pas merveilleux ? Et de surcroît, notre hôte m'annonce l'arrivée d'une pièce de son vin de Fronsac. Quel privilège et quel honneur que l'amitié d'un grand. Je suis votre humble serviteur, monseigneur.

— Peuh ! Broutilles que tout cela ! Ah ! La calomnie, celle-là, cette boucaneuse des salons et des ruelles, elle me croque le foie, la gueuse ! Elle n'a qu'une voix et mille visages. Que ne puis-je tenir un de ces marauds de couloir, un de ces gredins de latrines qui tentent de me déshonorer, moi, un Richelieu !

Pour les Richelieu, songea Nicolas, chacun sait ce qu'il faut en penser. Le père du duc était à l'origine un Vignerot qui avait ajouté à son patronyme celui du grand cardinal appartenant à son épouse.

— Et tout vieux mâtin que je sois, je lui foutrai mon gant à la gueule, j'irai sur le pré et te le larderai. Ou mieux, je lui ferai donner les étrivières par mes valets au point que le sang lui giclera par le nez !

Il s'était dressé et mimait un imaginaire combat contre un fantomatique adversaire.

— De grâce, monsieur le maréchal, plaise à vous. Toutefois prenez garde de vous retrouver, pour la quatrième fois, emprisonné à la Bastille, vous, le vainqueur de Fontenoy et de Mahon !

— Fi donc ! L'impertinent. La première fois, ce n'était point pour un duel. J'étais alors duc de Fronsac.

Les oreilles du roi furent agacées par la rumeur – mon père n'y était pas pour rien – que je faisais la cour à la duchesse de Bourgogne, sa petite-fille. Mme de Maintenon, ma protectrice – je la charmais, cette vieille guenipe, la faisant rire –, en avertit elle-même Louis XIV, sachant que la punition serait moins rigoureuse si elle était demandée comme une grâce. Je me retrouvai entre quatre murs puants et les quittai seulement pour gagner l'armée comme mousquetaire. J'y servis sous Villars, le pillard, qui sauva le royaume par la victoire de Denain. Ce fut un mal pour un bien. Ah ! Jeunesse. Le bon temps où l'on montait à la tranchée au son des tambours et des fifres !

— La seconde sous le régent, pour un duel avec M. de Matignon.

— Ciel ! J'oubliais qu'il était commissaire.

— La troisième à cause des affaires d'Espagne. Ne paraissiez-vous pas être entré dans la conspiration ? Le régent vous pardonna.

— Mais pour la bonne raison qu'il ne s'agissait, mon cher, que d'une affaire tendre avec la duchesse de Modène. Vous êtes un fourbe et le maître des secrets, Ranreuil ! Mais vous n'oubliez pas que l'évocation de la gloire passée sait calmer les injures du présent. Que faisiez-vous donc avec la reine au Trianon ce matin ?

Richelieu pensait le désarçonner, mais il en fallait plus pour décontenancer le commissaire. Il comprit soudain que cette visite, la célestine et l'annonce d'une pièce de vin n'étaient que prétextes pour venir visiter Noblecourt dans l'espoir de rencontrer Nicolas et lui tirer les vers du nez. À demandeur, demandeur et demi.

— On ne dément pas un maréchal de France qui dirige le tribunal du point d'honneur. Il me suffit de lui demander de qui il tient cette nouvelle ?

— Ah ! Ranreuil, vous auriez eu beau jeu à me démentir. Savez-vous qu'il y a soixante et onze ans que je hante ce pays-ci ? Que n'ai-je vu et entendu durant tout ce temps…

Il s'arrêta un moment, le regard perdu. Le passé soudain s'imposait-il à lui avec la conscience que tout avait une fin ?

— Je fus jadis sous le feu roi le maître des secrets et des grâces. Je n'avais garde de manquer au moindre babillement. Je m'ingéniais à mettre à blanc les coopérateurs de désordres cachés. Tout m'était bon, tant l'or que le patard[1], je savais qu'il ne fallait rien négliger. Les déluges de politesse les incitaient tous à jaboter comme des pies. J'avais soin de favoriser les flux. Il n'était avilissement ni déportement qui ne tombassent dans mes filets. J'en faisais bon usage, ayant, Dieu merci, une mémoire utile. Qu'ils prennent garde…

De nouveau il parut rêver. Se parlait-il à lui-même ? Nicolas le supposa.

— Chacun venait me réciter son histoire ou celle des autres. Premier gentilhomme de la chambre, la main sur les pages, la Comédie et l'Opéra, tout me revenait. Jusqu'aux garçons bleus qui m'apportaient ma provende quotidienne. Bouches, oreilles, yeux, parfois jusques aux confessions, œuvraient pour moi. Aujourd'hui ni le roi ni la reine ne m'aiment. Leurs regards me traversent sans me voir. Je suis un fantôme qui passe, déjà presque effacé. Pourtant je sais tout. Tout, vous dis-je.

Nicolas considérait cet homme dans l'hiver de son âge. Tout perclus et pourtant redressé, tenu désormais en lisière et pourtant acharné à imposer sa péremptoire présence, il incarnait le siècle, ses défauts, ses vices et ses qualités. Il ne pouvait se défendre à son égard d'un sentiment qu'il ne démêlait pas.

Était-ce de l'affection ? De l'admiration ? De l'effroi peut-être ? La curiosité stupéfaite devant le monstre d'une rocaille baroque ? Tout cela sans doute. Pour un Ranreuil, il ne comptait pas pour rien qu'il ait été présent à toutes les grandes batailles du siècle et avec un mérite que seul tempérait le souvenir de la province de Hanovre honteusement pillée. Nicolas savait bien qu'il avait flatté sans vergogne la faiblesse du feu roi. Toujours il avait espéré un pouvoir qui ne s'était jamais offert à lui. Il portait comme une croix d'avoir tenté d'atteindre les hauteurs par les moyens les plus bas.

— On me dit grand écrivassier et on a raison. Le feu roi prétendait qu'il n'y avait que deux conteurs qui le distrayassent : le duc de Richelieu et le petit Ranreuil. Bast ! Je laisse courir qu'il existe vingt-huit volumes de ma main. Gare ! Gare !

— Me voici, monseigneur, en trop bonne compagnie.

— Cela nous rapproche et nous procure les mêmes ennemis. Il est vrai que vous me fûtes cher depuis vos débuts ainsi que votre fils Louis.

— Monsieur le maréchal, je suis votre serviteur.

Il y eut un silence d'émotion qui toucha jusqu'à Noblecourt qu'une quinte de toux étrangla.

— Allons, Ranreuil, je fais un pas et vous donne ma parole que, de ce que nous dirons, rien ne transparaîtra.

Nicolas, une fois de plus, réfléchit que la reine lui avait seulement imposé de n'en point parler au roi. Mais déjà le maréchal poursuivait.

— Je vais vous mettre à l'aise. Déjà tout bruit à la cour de la mort étrange du vicomte de Trabard. Que la reine s'inquiète de la disparition d'un proche de son cercle le plus étroit me paraît légitime… même si…

— Même si, monsieur le maréchal ?

— Parade du tac à mon estocade ! Ai-je raison ?

— Je ne demande rien.

— Cela me suffit. Je vous répondrai donc. La réputation du vicomte était faite.

— Ses débauches ?

— Peuh ! À qui cela importe-t-il ? Seul le roi ne laisse pas de s'en indigner. Certains mauvais esprits dont je suis…

Il ricana et dans ce visage grimaçant Nicolas discerna déjà la face osseuse de la camarde.

— … s'inquiètent de voir si proche de la reine un personnage réputé ruiné, mais dont la dépense surprendrait les plus blasés. Et je suis à cet égard bien placé pour en parler.

Nicolas connaissait l'histoire récente des démêlés financiers du duc. Quelques années auparavant une intrigante, Mme de Saint-Vincent, faisait circuler dans Paris des billets souscrits par lui pour un montant de cent mille écus. Si les billets furent déclarés faux, il avait pourtant perdu dans cette affaire autant que s'il eût payé la somme en question. Restait que sa réputation demeurait entachée, car le Parlement n'avait point épargné le plaignant dans ses débats et ses attendus, et que l'opinion était loin d'être prévenue en sa faveur.

— Et quoi ? Était-il joueur ?

— Il pariait gros aux courses, mais ne gagnait pas assez pour le train de vie qu'il menait. Il achetait des chevaux en Angleterre, et cela en pleine guerre. On ne sait le chemin qu'il pouvait emprunter ni les accointances que cela supposait. De fait, on le soupçonnait d'avoir la main liée avec des traitants pour des affaires que jamais personne n'est parvenu à traverser. En vérité il semble que les déportements connus du vicomte ont servi à jeter le manteau de Noé sur des activités sans doute fructueuses.

— J'entends bien, monsieur le maréchal. Cela signifie-t-il que d'autres proches de la reine pourraient être compromis par les menées secrètes du vicomte de Trabard ?

— Je suis toujours satisfait de m'entretenir avec vous. Le temps n'y est pas perdu. Vous voulez une réponse ? Je n'en dispose point. Sauf à estimer que, peut-être, c'est bien là tout le nœud et le pourquoi de la réception du commissaire Le Floch par la reine !

Le duc se leva. Il était attendu à l'Opéra. D'un geste il empêcha Noblecourt de se dresser. Mouchette jaillit et s'enfuit en écart pour éviter le visiteur.

— Ne bougez pas, mon vieil ami. Le marquis de Ranreuil va me reconduire.

Dans la cour, s'étant accoigné, le maréchal baissa la glace et sa face de vieille poupée se pencha vers Nicolas.

— Prenez garde, mon expérience me dit que cette affaire vous mènera loin. Vous découvrirez sans doute le coupable d'une mort qui fait trop de bruit pour être innocente… Le coup de pied dans la fourmilière… Oui, dans la fourmilière.

Il frappa la caisse de sa canne et l'équipage s'ébranla, réveillant les échos de la rue Montmartre. Nicolas, pensif, remonta chez M. de Noblecourt qu'il trouva plongé dans une gazette, le nez chaussé de ses besicles. Mouchette avait réintégré ses genoux. Elle émit un petit gémissement tendre en reconnaissant son maître.

— Ah ! Cette odeur de putois, j'ai cru étouffer.

— Il est trop tard pour qu'il change ses habitudes.

— Je suis touché d'une amitié qui m'honore et que je crois sincère, car qu'a-t-il à faire d'un vieux magistrat comme moi ?

Nicolas songea que l'habitude pouvait également tenir lieu d'attachement. Cette propension rapprochait le maréchal du feu roi dont on avait dit que seule l'habitude de monter l'escalier menant aux appartements de la Pompadour perpétuait cette liaison. Il y avait autre chose : n'étaient pas si nombreux ceux avec lesquels il pouvait encore évoquer le passé, leur folle jeunesse sous la régence, un temps lointain et révolu.

Noblecourt frappa son journal.

— Voilà une invention de votre ami Franklin qui défraye la chronique.

— Mon ami ? Mon ami ! Mesurons nos paroles.

— Je me moquais ! Enfin, il est bien l'inventeur du paratonnerre. Savez-vous que les échevins de Saint-Omer avaient interdit à un certain Vizery de Boisvalé de poser sur sa demeure l'appareil en question ? Les magistrats viennent de lui donner raison et l'autorisent à le rétablir. Et pourquoi ? Grâce au talent d'un jeune avocat, M. de Robespierre, qui, dans ce débat où les arts et la science étaient en cause, a témoigné de la plus belle éloquence et d'une efficiente sagacité !

— De quoi enfler encore la gloriole de l'Américain.

Noblecourt le regarda amusé.

— Quelle hargne, mon ami. Il n'y a que Balbastre que je vous ai vu poursuivre ainsi de vos sarcasmes.

— C'est que je ne pardonne pas à Benjamin Franklin d'avoir été à l'origine du massacre de nos alliés algonquins. Naganda m'a relaté cent fois cette sanglante expédition fomentée par l'actuel envoyé du Congrès à Paris. Femmes, enfants, vieillards, tous furent massacrés !

Nicolas relata à son vieil ami les événements de la journée. Noblecourt fermait les yeux et le silence s'établit. Nicolas allait quitter la pièce. Il fut arrêté d'un geste du procureur.

— Demeurez, je réfléchissais. Votre affaire commence mal. Vous avez un cadavre, vous avez le *modus operandi* probable du guet-apens, vous disposez de présomptions sur les proches de la victime. Plusieurs autres éléments conduisent encore à multiplier les interrogations. Tout cela doit être mis en relation avec l'intervention de la reine. Qui l'a informée ? Pourquoi l'a-t-elle été ? Agit-elle pour ses propres intérêts ou pour ceux d'autrui ? La question est brutale, je le conçois ; elle vous agite, je le comprends. Cependant elle se doit énoncer, car seules des bases claires, fondées, solides, peuvent étayer votre enquête. La clarté est enfantée par l'obscur.

— Voilà, hélas, parfaitement résumée la nasse dans laquelle je me débats.

— Que comptez-vous faire maintenant ?

— Laisser dormir la rue d'Enfer. Qu'ils se rassurent.

— Mais encore ?

— M'appuyer sur les rochers. La mer est mouvante, mais toujours existent des points fermes. Engager donc un travail de police sans éclat, à petits pas. Y a-t-il un testament ? Qui en bénéficie ? Quel est l'état de la fortune du vicomte de Trabard ? Quelle était sa position exacte parmi les entours de la reine ? Par quelles voies pouvait-il acquérir des chevaux en Angleterre ? Cela a-t-il une relation avec sa mort ? La tâche est considérable, il y faut procéder avec méthode. Seules des certitudes recoupées me permettront d'avancer degré par degré vers une vérité dont je crains aujourd'hui ne pas encore être en mesure d'approcher la gravité.

— Moi, je crains que vous ne vous heurtiez à des forces redoutables. Que la reine ait recours à vous me paraît significatif. Tout en vous liant les mains vis-à-vis du roi, notez-le.

— Qu'est-ce à dire ?

— Nicolas, ouvrez des yeux qu'avec confiance vous maintenez clos depuis trop longtemps. Un idéal respectable vous conduit en loyal serviteur du roi. Qui gouverne ce royaume ? Vous êtes persuadé dur comme fer que c'est votre maître. Ce fut vrai, ce ne l'est plus. À l'origine, oui, le bien du roi était le bien du peuple, aujourd'hui non ! Le pouvoir a été sculpté à l'image de ceux qui en bénéficient. La vieille machine monarchique avance brinquebalante. Le pouvoir, le pouvoir réel, façonné, bâti, utilisé pour servir des rapaces dont les membres de la coterie de la reine sont les exemples parfaits, ne lui appartient plus. Et vous, témoin désintéressé, vous assistez sans cesse depuis des années à ces jeux insensés de rivalités et d'ambitions développées en violences et complots, même si ceux qui s'y complaisent se divisent pour dominer et se rassemblent pour préserver leurs privilèges.

— Cependant, le roi…

— Arrachez ce voile qui vous dissimule la vérité, Nicolas. Ce n'est pas le roi que je mets en cause, mais ceux qui, usant de son autorité, abusent le royaume au mieux de leurs intérêts. Éveillez-vous au plus vite, vous n'êtes pas de ce côté-là et l'affaire qui s'annonce vous le prouvera une fois de plus. Que croyez-vous que j'entends, assis dans mon fauteuil, quand la rumeur de la ville parvient jusques à moi par la croisée ouverte ? Que dit ce peuple pauvre qui n'est pas un pauvre peuple ? Il souffre et espère. Et il croit encore en son roi. Vous, qui connûtes les paysans de votre enfance, les clercs de notaire, vos compagnons, qui, chaque jour, dans cette ville, appréhendez d'un cœur compatissant misères et souffrances, vous, le rejeton d'une noble famille et le commensal des rois, je vous conjure d'ouvrir les yeux !

Pourquoi soudain Noblecourt jouait-il les oiseaux de mauvais augure ? Il arrivait parfois qu'il portât sur la société le regard critique du vieillard sur le monde nouveau. Cet immobilisme rejoignait des goûts immuables en cuisine et en musique qu'aucun argument ne parvenait à faire vaciller. N'était-ce qu'une apparence ? Il y avait bien ces mystérieuses disparitions sur lesquelles Nicolas avait garde de l'interroger, respectant cette part obscure de son vieil ami. Il n'était cependant pas sans le suspecter d'appartenir à l'une de ces loges maçonniques qui se multipliaient et qui portaient, en les allumant, les lumières du siècle. Alors que l'âge et sa mélancolie pesaient de plus en plus sur le vieil homme, le laissant parfois silencieux et morose, il revenait de ces vraisemblables et discrets conciliabules pour un temps rajeuni, gaillard, plein d'idées nouvelles, parfois en contradiction avec celles qu'il avait coutume de professer. Janus à deux faces, Noblecourt épousait alors son siècle. Le sentiment le portait à regretter un passé qui se confondait avec sa jeunesse, mais la raison lui faisait admettre la nécessité d'un changement que les idées des philosophes et sa propre aménité imposaient.

Nicolas, qui regagnait son appartement, s'interrogea avec cette capacité d'examen de soi-même favorisée par son éducation, sa foi et la richesse d'une vie intérieure que peu de ses proches soupçonnaient. Était-il cet aveugle-né que seules ses fonctions conduisaient, avec pourtant un cœur compatissant que lui avait accordé Noblecourt ? Il fut frappé soudain de constater que l'avertissement proféré n'était guère éloigné, sous une forme plus policée, de ce que lui ressassait chaque jour Bourdeau dans son inlassable censure parfois poussée jusqu'à la rage. Il est vrai que les enquêtes ne pouvaient qu'abonder le flot grossissant des critiques. Corruption aux marches du trône, immoralité et libertinage répandus dans les parties les plus respectables de la société, tout concourait à nourrir le triste jugement qu'en homme du peuple l'inspecteur portait sur les mœurs de ce temps.

Certes, Nicolas constatait chaque jour l'aggravation des malheurs d'une multitude de peuple côtoyée à tout moment. Les paysans affluaient toujours vers la capitale, augmentant le nombre des mendiants et de ceux qui, à la Grève, demandaient du travail. Une agitation larvée couvait dans plusieurs faubourgs. Un peu partout, aux carrefours, des groupes d'hommes aux mines patibulaires se rassemblaient, parlant haut.

Toutes les parties de la société étaient gangrenées. Au jeu insensé des plus grands, la reine en donnant le plus mauvais exemple, correspondaient chez un public avide le goût et le vertige des loteries. Le déficit qui touchait les finances avait conduit l'État à multiplier ce recours facile. Beaucoup engloutissaient leurs économies, leurs salaires, leur pain même dans cette chimérique espérance. Les rapports des commissaires, Nicolas l'avait souvent relevé, s'accompagnaient de ruines, de désespoirs et de suicides. Il pensa à tout ce qu'il avait observé dans sa Bretagne natale. À tout cela s'ajoutait l'espèce de resserrement d'une noblesse ancrée sur ses privilèges, dans l'armée en particulier. Or si Nicolas était convaincu d'une chose, c'était qu'un homme valait un homme, que rien, ni origine ni naissance, n'était à même d'imposer l'idée contraire et que, seuls, l'éducation et le talent justifiaient une hiérarchie fondée sur le principe d'utilité à la société. Bourdeau, lorsque Nicolas se laissait aller à argumenter avec lui et émettait cette proposition, grommelait, heureux au fond de ce qu'il entendait, que « *c'était là un bon commencement* ». Restait que Nicolas ne poussait pas dans leurs ultimes conséquences ses constatations et ses convictions.

Nicolas peina à trouver le sommeil. Trop d'images se mêlaient dans sa tête échauffée. Il appréhendait la suite de sa quête. Au terme d'une longue réflexion, il décida qu'aucune action ne saurait être entamée avant qu'il ait revu la reine. Elle ne pouvait le lancer dans cette affaire sans lui révéler les circonstances qui la conduisaient à compromettre la loyauté d'un bon serviteur à l'égard du roi. Ce n'était pas, hélas, la première fois ! D'autant plus que ce qu'il avait déjà découvert pouvait être contraire à ce qu'on avait espéré de lui, ce pourquoi on l'avait dépêché rue d'Enfer.

Cette résolution l'apaisa. Il sentit une petite masse s'appesantir sur sa poitrine. Un ronronnement suivit. Mouchette, à son habitude, veillait au repos de son maître, petite sentinelle contre les ombres de la nuit.

Mardi 15 juillet 1783

Nicolas fut réveillé en sursaut par Poitevin ; un exempt de M. Le Noir le demandait sur-le-champ. Il fit une rapide toilette, s'habilla et descendit à l'office où il reconnut Durut, un des hommes de confiance du lieutenant général de police. Il devait se rendre immédiatement rue Neuve-Saint-Augustin, une voiture l'attendait. Nicolas avala son chocolat, se brûla, prit au vol un petit pain et suivit Durut. À l'hôtel de police, il trouva Le Noir fort agité. Debout, il considérait avec consternation un rouleau de papier déposé sur son bureau.

— Ah ! Mon cher, vous voilà. Je brûlais de vous voir. Je crois que ce que je vais vous apprendre ne laissera pas de vous inquiéter. Un porteur est venu déposer ceci tôt ce matin…

Il avait saisi le rouleau et l'agitait au-dessus de sa tête.

— … Origine inconnue, expéditeur de même. J'en ai pris connaissance à mon réveil. J'augure mal la suite. Il faut abandonner l'affaire Trabard où d'ailleurs rien n'est assuré, même si la manière a été si finement démontrée.

Tiens, se dit Nicolas, les lieutenants généraux de police se succèdent mais ils sont toujours aussi bien informés ! La basse-geôle aurait-elle des oreilles ? Il est vrai que l'été les mouches y abondaient…

— Pourquoi le devrions-nous ? Monseigneur, je vous écoute.

— Chacun, et tout le monde, se trouve sous la menace. Sa Majesté, la reine, la cour, de grands noms et vous-même, mon cher Nicolas, oui, vous-même !

— M'expliquerez-vous enfin, monseigneur ?

— De cet amas de papier qui transpire la haine et la fange… Ah ! La rage et l'indignation m'étouffent…

M. Le Noir trébucha, son visage était pourpre, il vacillait. Nicolas se précipita, le fit asseoir, lui desserra la cravate. Peu à peu une respiration normale se rétablissait. Une quinte de toux, et le visage reprit son teint habituel. Un verre d'eau lui fut tendu.

— Merci… Merci de vos soins. Écoutez ce que j'ai à vous dire. Ces papiers qui s'apparentent à ce que nous poursuivons de toute éternité… Ah ! Les mots me manquent devant de telles ignominies.

Il fut de nouveau quelque temps à reprendre sa sérénité.

— Vous savez combien la rue est saine. On ne voit plus de ces placards injurieux qui tapissaient nos murailles et jusqu'à certains recoins du château de Versailles. Désormais ils ont disparu. La vigilance de notre police les a vaincus. Les calomnies circulent de bouche à bouche, se copient même, mais ne s'affichent plus. Restent les libelles qui entrent par paquets dans le royaume en provenance de Londres, d'Amsterdam, de La Haye. Et le pire, Nicolas, le pire, ce sont ceux qui ne sont pas publiés, mais qui servent de réceptacles à des chantages odieux. Tels sont ceux que j'ai sous les yeux. Écoutez !

Il déploya le rouleau et se mit à le lire à haute voix.

— « *Qui est selon vous ce ministre qui détourne des sommes gigantesques pour payer les dettes de sa maîtresse et se commet dans des orgies où un prêtre batifole avec la chambrière âgée de la belle ? Et quel scandale, monseigneur, quand, surpris par le cocher qui pensait avoir l'exclusif de la servante, le prêtre flagellé à coup de fouet est pourchassé dans la rue où le vacarme se perpétuant, vos hommes, ceux du guet, sont intervenus. Et que dire quand pour étouffer le scandale…*

Il tourna la page.

— Las, il y a un manque, le papier est déchiré.

Nicolas s'approcha et se pencha sur la page.

— *La princesse de Bouillon.*

— Comment, la princesse de Bouillon ! Comment le savez-vous ? Connaissez-vous l'affaire ? Ne me dites pas, je ne le croirais pas, que vous êtes…

Nicolas éclata de rire.

— Point ! Je n'en suis pas l'auteur.

Il sortit son petit carnet noir et en tira un angle de papier qu'il tendit à Le Noir.

— Je n'en crois pas mes yeux ! D'où sortez-vous ce fragment ?

Nicolas raconta comment, ayant découvert la cachette ménagée dans la mangeoire de l'étalon, il l'avait recueilli, vestige de documents qui y étaient déposés.

Le Noir approcha le fragment de la page qu'il lisait. Cela correspondait exactement.

— Peste, une seule et même affaire ! s'écria-t-il, se frappant la tête de la main.

— Monseigneur, nul doute que cette découverte concentrera la tâche sans pour autant faciliter le dénouement.

— Je vous épargnerai la suite. C'est un ignoble salmigondis de calomnies. Elles reprennent pour le fond le libelle « *Les amours de Charlot et d'Antoinette* » qui, j'ose à peine le formuler, accusait le comte d'Artois d'être le père de nos princes ! Il y a aussi des fac-similés de « *La Naissance du dauphin dévoilée et les amusements de la reine* » à laquelle s'ajoutent pour faire bonne mesure « *Les Amours du vizir Vergennes* ». Imaginez du peu ! Le tout argumenté de planches obscènes et de couplets de Noël qui intéressent l'honneur du roi, de la reine, du duc de Coigny et de Mme de Polignac. Et le pire pour vous est à venir…

— Comment, pour moi !

— Hélas ! Nicolas. À mots couverts il est question d'un marquis espion qui aurait eu un enfant avec… avec… une fille galante. Imaginez votre position si cela venait à se répandre et surtout le drame pour votre fils, le vicomte de Tréhiguier.

Soudain, le lieutenant général de police vit Nicolas pâlir à son tour et tituber comme frappé par la foudre. Il se précipita, le prit à bras le corps et le porta presque jusqu'à un fauteuil. Il alla prendre un petit flacon dans un tiroir de son bureau, en versa le contenu d'un dé à coudre dans un petit verre et le fit avaler au commissaire.

— Je comprends votre émotion. Cela va-t-il mieux ?

— Pardonnez cet étourdissement, mais cette nouvelle…

— C'est bien mon tour de vous porter aide. C'est ma faute. J'aurais dû prendre davantage de précautions.

Les images et les pensées se bousculaient en une danse effrénée dans la tête de Nicolas. Il entrevoyait la suite redoutable des conséquences, non pour lui, mais pour son fils. Il sentit s'appesantir sur sa poitrine la main du malheur.

— Rassurez-vous, rien n'est public, rien n'est su. Nous sommes dans le système de chantage habituel. Nous connaissons bien le petit groupe qui à Londres fait métier de ces horreurs. Il faudrait écraser d'un coup de talon ces insectes au lieu de les payer comme l'habitude s'en est malheureusement établie.

Et Le Noir de torturer du soulier le tapis de la Savonnerie qui décorait son bureau.

— Ils œuvrent sous le couvert des Anglais qui s'en félicitent et font leurs choux gras de ces trames. Ici nous avons des moyens : on perquisitionne chez la personne supposée être l'auteur ou le fauteur et si l'on trouve l'ouvrage, le voilà convaincu. La Bastille l'attend. Nicolas, essayons de réfléchir froidement sur votre cas. Qui connaît le secret de la naissance de Louis ?

— Hélas ! Trop de monde, je le crains. En dehors de moi-même, de sa mère, vous, monseigneur, M. de Sartine, M. de Noblecourt, Bourdeau, le docteur Semacgus, la Paulet, tenancière du *Dauphin couronné*, c'est tout je crois. Et bien sûr Aimée d'Arranet à qui j'ai fini par le révéler.

— Mon Dieu, autant dire tout le monde !

— Il faut y ajouter, j'en suis persuadé, le roi.

— Cependant il me semble avoir appris par Sartine que vous n'aviez connu votre paternité que fort tardivement. De quelle manière cette découverte se fit-elle ?

Comment avait-il pu oublier ce moment, l'effacer de sa mémoire ? Soudain il se revit marchant dans Londres après un entretien avec l'affreux Morande[2]. Il se heurte à une femme en robe rouge et mantelet de lapin. Tous les détails resurgissaient. Elle lui demande des nouvelles de son fils, c'est ainsi qu'il apprend ce qu'Antoinette n'a cessé de lui cacher. Comment la fille s'appelait-elle donc ? Il cherche dans sa mémoire. La lumière se fait.

— La Présidente ! Oui, la Présidente.

— Comment ? demanda Le Noir.

— C'est une fille galante exilée à Londres, l'amie d'Antoinette Godelet, la Satin, qui a mangé le morceau.

— Est-elle encore à Londres ?

De nouveau Nicolas replongea dans un passé pourtant proche. Des bribes faisaient surface.

— Je crois qu'elle est revenue. La Paulet lui avait confié la direction du *Dauphin couronné*. Peu satisfaite, elle l'avait renvoyée. C'était en 1775.

— Voilà la suspecte idéal ! Et la Paulet ?

— Elle a bien des défauts et quelques vices, mais je la crois fidèle et capable de conserver un secret. Elle préférerait se faire couper la langue. N'oubliez pas qu'elle a veillé sur Louis enfant. Enfin, nous lui demanderons. Elle est à même d'ailleurs de nous éclairer sur ce qu'est devenue la Présidente.

— Voilà pour vous, mais il y a bien pire encore.

— Comment, bien pire ! s'écria Nicolas qui trouvait déjà la coupe bien pleine.

Le Noir eut ce mouvement qu'avaient toujours ceux qui vont révéler un secret. Il marcha à pas de loup jusqu'à la porte du bureau, posa son oreille contre sa boiserie et l'ouvrit brusquement. Rassuré, il se rapprocha de Nicolas, poussa un fauteuil contre le sien et prit la parole à voix basse.

— Ce que j'entends vous confier exige le secret le plus absolu. Seul, Sartine est au courant…

Ainsi l'ancien ministre œuvrait toujours dans l'ombre, tirant de multiples ficelles et agitant une foule de pantins à sa solde. Même si Le Noir avait conquis de haute lutte plus d'indépendance vis-à-vis de son prédécesseur dans la place, les liens demeuraient étroits en raison des matières et des situations que leurs fonctions officielles ou officieuses avaient à traiter.

— L'affaire est si grave qu'il est hors de question, écoutez-moi bien, que ce que je vais vous révéler soit porté à la connaissance du roi.

Pour que Le Noir affirmât cela, lui le serviteur modèle du trône, il fallait que la question sortît de l'ordinaire. Nicolas devait-il comprendre qu'on attendait la solution à cette affaire ? Oubliant un moment son propre souci, il prêta une attention redoublée aux propos du lieutenant général de police.

— Vous qui, en habitué de Trianon, êtes proche de la reine, dont le dévouement à Sa Majesté n'est plus à prouver et qui, dans ce cercle étroit des entours, n'avez jamais cessé d'être à ses yeux le *cavalier de Compiègne*, rien n'a attiré votre perspicace attention ?

Que cherchait donc Le Noir à lui faire dire ? Que signifiait cette accumulation de précautions ?

— De vous à moi, monseigneur, j'observe ce que vous savez vous-même bien. Le prince de Ligne que je connais par Mercy-Argenteau, l'ambassadeur d'Autriche, m'a un jour bien résumé la situation. « *Que beaucoup de ceux qui entourent la reine appartiennent à la première noblesse du royaume, la plus ingrate et pourtant la plus comblée de bienfaits de cour.* » Des oiseaux de proie perchés sur une branche, dont l'imprudence, les excès, la rapacité ébranlent dangereusement l'arbre.

Le Noir eut un geste d'impatience.

— Soit. Tout cela, nous ne le déplorons que trop. Passons, si vous le voulez bien, du général au particulier. Pour aller directement au fait, connaissez-vous un officier suédois, le comte de Fersen ?

— J'ai quelques fois échangé avec lui des paroles de courtoisie.

— Qu'en pensez-vous ?

— Je sais qu'il fut jadis présenté à la dauphine, puis à la reine, en 1778 je crois. À sa demande, il avait une fois revêtu le costume suédois : tunique blanche, dalmatique bleu et jaune, ceinture dorée et épée d'apparat. La figure fit événement. Il reparut en 1779, puis rejoignit nos forces en Amérique. Il vient de revenir et la coterie des Polignac laisse courir des rumeurs sur le goût, j'ose à peine le dire, que la reine pourrait nourrir à son égard.

— Pardi ! Un étranger ne risque pas de faire choir leurs quilles. Pensez, il est isolé, sans parents, sans clique autour de lui pour les éclipser. Or…

La voix se fit presque inaudible.

— … Il est d'apparence que Sa Majesté témoigne au Suédois une amitié flatteuse. Aux Promenades, à l'Opéra, à Trianon, tout est bon pour la lui manifester.

— Il est vrai qu'elle a toujours marqué une dilection particulière envers les étrangers. À quelqu'un qui lui faisait observer cette préférence, qui pouvait la desservir auprès de ses sujets, elle en a convenu, indiquant que « *les étrangers eux ne lui demandaient rien* ».

— Cela est bel et bon ! Il demeure que le beau Fersen vient d'obtenir grâce à l'entremise de la reine la charge de colonel du régiment Royal-Suédois, assortie d'une pension de vingt mille livres qui compense l'absence d'appartements conservés à l'ancien détenteur. Elle en a même écrit au roi de Suède.

— Enfin, monseigneur, cela ne dépasse pas le ton général des rumeurs de ce pays-ci.

— Je vous l'accorde, mais il y a plus fâcheux. Vous connaissez nos pratiques pour le courrier…

Nicolas hocha la tête. Le cabinet noir perpétuait ses habitudes, traversant sans vergogne la correspondance. M. de Vergennes, qui aimait plaisanter à froid, avait un jour remarqué que lire les dépêches des ministres étrangers à Paris facilitait furieusement l'intuition.

— … Des lettres de Fersen ont été ouvertes et lues, notamment celles destinées à sa sœur. Il vient de lui apprendre qu'il renonce à se marier.

Il tira une étroite bande de papier de sa poche et chaussa ses besicles.

— Écoutez ! *Je ne puis être à la seule personne à qui je voudrais être, la seule qui m'aime véritablement, aussi je ne veux être à personne.* Saurait-on être plus clair ?

— Cette lettre ne prouve rien. Il ne s'agit peut-être pas de la reine, mais d'une autre personne. Et quant à la réciproque…

— Vous témoignez de votre bon cœur. Mais, Nicolas, ouvrez les yeux !

— Vous êtes la seconde personne à me le reprocher. Serais-je devenu un ange de candeur, incapable de rien discerner ?

— S'il n'y avait que moi, Sartine et vous, et l'eunuque sourd et muet qui, au fond d'un obscur bureau, défait les cachets, lit le contenu des lettres, en prend note et les referme, la chose ne dépasserait pas le lot fangeux des secrets que chaque homme de pouvoir entasse. Or cette lettre, j'ignore comment, a transpiré et ce torchon…

Il frappa le rouleau sur ses genoux.

— … en jabote d'importance. Toutes ces calomnies – ou non –, l'expéditeur menace de les rendre publiques ! Et pour étayer son chantage, il entend publier des pièces authentiques. Concevez-vous la chose ? Ceci dit, rien ne prouve qu'il les possède. Mais pouvons-nous faire courir ce risque à la reine et, hélas, à d'autres ?

Nicolas réfléchissait. Il ne croyait pas à ce désastre et s'imagina rêver. Puis la réalité s'imposa et un froid glacial succéda à cette espèce de délire. Cette suspension totale de ses facultés fut suivie d'une oppression affreuse.

Le Noir s'était levé et marchait à grands pas. À la fin il s'accouda à la cheminée.

— Plan de bataille, Nicolas. Un travail précis de police s'impose. Il ne faut négliger aucun détail. Plus redoutable à mes yeux demeure la manière dont des papiers ont été retirés de l'Hôtel de Trabard que de savoir qui a tué le vicomte. La résolution de la première énigme engendrera naturellement celle de la seconde. Ensuite, comment ces mêmes documents ont-ils pu parvenir jusqu'à moi ? Par qui et par quel canal ? Et comme vous êtes partie prenante dans cette affaire, il vous faut d'urgence démasquer qui a mangé le morceau concernant votre fils. Toutes ces questions résolues, les voies devraient remonter aux origines.

Le Noir parlait d'or et semblait estimer que les réponses seraient obtenues dans la facilité et par le seul exercice de la méthode et de la raison. Nicolas savait bien, lui, quels prodiges de travaux ingrats et successifs aboutiraient, peut-être, à ce résultat. De la même manière que Sartine jadis considérait de haut la cuisine des enquêtes dont il méprisait au fond les moyens et les détours, l'actuel lieutenant général de police, en dépit de sa douce aménité, piaffait tout autant. L'impatience le dévorait de constater l'aboutissement des instructions données. Sartine, dès qu'il avait lancé le limier sur les pistes, aurait voulu que tout s'enclenchât comme par magie. Son idéal s'apparentait à celui d'un montreur d'automates. Il tirait une manette de sa bibliothèque à perruques, un mécanisme se mettait en branle, une mélodie s'élevait, des engrenages grinçaient et travaillaient et un tiroir jaillissait, présentant la perruque dans son enveloppe de papier de soie. Même si Le Noir ne s'égarait pas dans de telles extrémités, il n'en possédait pas moins, mais à un niveau moindre, la frénésie du résultat et la sous-estimation des méandres d'une enquête.

— Toutefois l'essentiel pour l'heure est d'interroger… je veux dire de suggérer à Sa Majesté de vous en confier plus et de la convaincre de nous aider et que, ce faisant, elle se préservera elle-même.

— Dois-je, monseigneur, lui dévoiler les raisons qui nous conduisent à cette insistance ?

— Mon cher Nicolas, je m'en remets à votre sagesse. Les réponses et l'attitude de la reine présenteront sans doute des ouvertures dont vous pourrez, je l'espère, tirer avantage.

Nicolas frémit. Il connaissait assez Marie-Antoinette pour savoir quel interlocuteur retors elle pouvait être. La seule chance d'en obtenir une aide serait sans doute à la mesure de la menace qui pesait sur elle. Le recours à Nicolas marquait cette crainte, auquel cas la convaincre en serait facilité.

— Bien, Nicolas. Agissez tout de suite, prenez une voiture et gagnez Versailles au plus vite.

Avant de quitter l'hôtel de police, il fit parvenir un message à Bourdeau lui donnant rendez-vous en fin d'après-midi au Châtelet et lui rappelant d'avoir à engager les recherches prévues, notamment sur l'origine des pétards dont les vestiges avaient été recueillis dans le *box* de Bucéphale. Il monta dans le cabriolet qui partit au galop, accompagné des cris du cocher hurlant à pleine voix « *Gare ! Gare !* », puis ferma les yeux sans se préoccuper outre mesure du train d'enfer de son équipage. Sa hantise était telle qu'elle rédimait son habituelle censure des excès des voitures dans les rues de la ville. Sa main chercha sur son habit le petit reliquaire que lui avait remis, au carmel de Saint-Denis, Madame Louise. Il en éprouva du réconfort. Cet objet qui lui avait sauvé la vie irradiait un apaisement et une sérénité dont il ressentait les effets.

Il tenta de mettre ses idées en ordre. Soit, une menace pesait sur les siens. Il frémit à cette pensée : cette formule n'intéressait que lui-même et Louis. Que la rumeur éclate, face au scandale, il remettrait sa charge au roi et irait cuver son chagrin à Ranreuil. Ce retrait, il en avait éprouvé à plusieurs reprises la tentation, il le supporterait aisément. Mais pour Louis, c'était une vie gâchée, une carrière compromise, et licence offerte à la meute hurlante de se précipiter sur le gibier. Cette idée le fit frémir et le désespéra. Elle en fit naître une autre, aussi effroyable : si tout était rendu public, Antoinette à Londres risquait d'être démasquée dans son rôle si particulier d'espionne française au sein du Service anglais. Alors sa vie même serait en grand péril.

Il gagna Versailles après avoir hésité à s'arrêter à Fausses-Reposes à l'Hôtel d'Arranet. Il n'était pas assuré d'y trouver Aimée, peut-être de quartier à Montreuil auprès de Madame Élisabeth, sœur du roi. Au château il rencontra dans l'antichambre des appartements Mme Campan, femme de chambre de la reine. Il la trouva agitée et lui en demanda la raison. Une vieille intimité autorisait qu'elle lui parlât en sincérité.

— Monsieur le marquis, tout va à vau-l'eau ce matin et se bouscule sans ordre. La reine n'a point déjeuné dans son lit et a renvoyé les petites entrées. Après son lever et la toilette, Sa Majesté a revêtu un manteau de lit et rejoint la comtesse Jules dans son appartement, celui qui se trouve en haut du grand escalier. Sans blanc, ni rouge ! Songez ! Elles ont resurgi peu après et, pour l'heure, se tiennent enfermées avec Mme Diane de Polignac. La reine a annulé la toilette de représentation et les grandes entrées.

— Las, madame, il me faut pourtant voir la reine au plus vite. Pourriez-vous me faire annoncer ?

Campan eut un mouvement de tête de surprise et de quasi-scandale.

— La chose est impossible pour le moment, je le crains. Votre insistance ne pourrait qu'être importune.

— Je puis vous garantir, foi de gentilhomme, que Sa Majesté vous reprochera de ne point avoir signalé ma requête. Si j'insiste, c'est que la raison en est grave.

Elle le regarda au fond des yeux un long moment et, sans un mot, se dirigea vers la porte des appartements. Elle revint peu après avec un huissier de la chambre qui invita Nicolas à le suivre. Il fut introduit dans le grand cabinet intérieur, principale pièce de l'appartement de la reine. Il s'y trouva seul. Il avait maintes fois eu l'occasion d'y pénétrer et il fut heureux d'y admirer les aménagements les plus récents. Marie-Thérèse ayant légué à sa fille un ensemble de boîtes précieuses, la reine avait choisi de les présenter dans une vitrine de laque et de bronze doré. La Savonnerie avait fourni un tapis à fond blanc décoré d'arabesques et de guirlandes de fleurs avec des parasols chinois à chaque angle. Il remarqua un secrétaire et une commode tout récemment installés quand un froissement le fit se retourner. Entrée sans bruit dans le cabinet, la reine, en chenille, le regardait. Il s'inclina. Elle répondit à son salut et, au lieu de s'asseoir, demeura debout devant une encoignure encadrée de deux lambris en frises athéniennes flanquées de sphinges. Se sentait-elle protégée en se tenant ainsi presque réfugiée dans cet angle ? Il fut frappé de l'angoisse qui se lisait sur son visage fatigué. Était-ce l'absence de fards, il ne retrouvait rien de la beauté tranquille qui l'avait reçu la veille à Trianon. En quelques heures tout avait basculé, pour lui et, à bien y regarder, pour la reine elle-même. Il attendit, soucieux de respecter l'étiquette, qu'elle lui adressât la parole.

— Eh bien, monsieur, vous ai-je fait appeler ? La mémoire me manque-t-elle ?

Le reproche était si évident qu'il ne put feindre de ne pas l'avoir entendu.

— Sa Majesté a bien voulu me confier une mission à laquelle je me suis aussitôt consacré. Elle serait à même de me reprocher de ne pas la tenir informée de ce que j'ai découvert. Les graves résultats de mes investigations justifient l'audace qui s'est imposée de troubler son repos.

— Je ne vous en veux pas, dit-elle sur un ton radouci. Mais y avait-il urgence ?

— Dois-je rappeler à Votre Majesté qu'elle m'a ordonné de lui faire aussitôt rapport, à elle seule ?

Elle sourit tristement.

— Et je constate que cela vous autorise à me déranger et à m'assassiner de vos reproches.

— C'est une audace, Madame, qui ne m'a pas effleuré, mais pour parler d'assassinat, c'est bien de cela qu'il s'agit pour le malheureux vicomte de Trabard. Premier point de mon rapport.

Il lui sembla que la reine s'appuyait des deux mains contre le meuble même si son visage ne reflétait aucune émotion particulière.

— Assassin !… C'est bien cela…

La seconde partie de la remarque de la reine ne lui était sûrement pas destinée tant elle fut prononcée dans un murmure.

— … Et comment, monsieur ?

— Un stratagème a déclenché la fureur d'un étalon. Il a été piétiné. C'est vous dire, Madame, l'importance que j'attache à ce que vous me révéliez la personne qui vous a informée. J'ose une nouvelle fois interroger la reine, dussé-je subir sa colère. Et ce point est d'autant plus capital que le vicomte de Trabard, Votre Majesté ne peut l'ignorer, n'apparaît pas comme digne d'appartenir à son cercle le plus étroit.

— Qu'est-ce à dire, monsieur le donneur de leçons ?…

Elle avait quitté son encoignure et arpentait le grand cabinet, le teint animé. Les effluves de son parfum flottaient dans l'air.

— … Quelle mouche vous pique d'oser porter un jugement sur mes proches ? Quels autres faits que les rumeurs recueillies par une basse police vous autorisent à ternir la réputation de quelqu'un admis en ma présence ? Ne sentez-vous pas la peine que cette perte et ses conditions suscitent en moi ? Qui êtes-vous pour vous arroger un tel droit ?

Nicolas, blême, s'inclina.

— Votre Majesté me donne son congé. Je l'assure de mon dévouement.

Et, conformément à l'étiquette, il se retira à reculons.

La reine émit un petit rire aigrelet et s'assit.

— Allons, allons, est-il mauvaise tête, ce *cavalier de Compiègne* ! Au moindre écart, il vide les étriers et nous abandonne. Revenez, monsieur, la reine a tort de s'irriter. Que ferait-elle sans vous ? Vous avez raison. Bien, soyons bons amis et causons.

— Comme il plaira à Sa Majesté, je suis son serviteur.

Nicolas demeurait sur ses gardes. Ces coups de caveçon que l'altier caractère de la reine favorisait, il en avait par le passé éprouvé bien d'autres. Mais qui était-il face à la fille des Césars, à la mère du futur roi, soudain renvoyé à son insignifiance ? La menace pesant sur Louis le ramenait aussi à sa propre bâtardise. Il mesurait avec amertume la rapidité extrême avec laquelle un destin pouvait chavirer et une vie se dévoyer.

Il s'enferma dans un silence qu'il savait par expérience se révéler plus éloquent qu'un discours. La reine, les yeux fermés, caressait les accoudoirs de son fauteuil.

— Je ne sais comment vous conter la chose, monsieur le marquis. Je n'ai point votre talent qui, dit-on, avait charmé le roi, mon grand-père. Ma mère avait, elle aussi, gardé le souvenir d'une audience qu'elle vous avait accordée à Vienne.

Qu'elle parle et s'étourdisse de son discours, cet encens de boudoir ! se dit Nicolas. Il ne s'en laisserait pas griser, tendu de l'attente de ce qu'il allait apprendre

— Considérez combien ma position est délicate. À qui me fier ? Chaque regard me transperce. Il n'est pas un de mes gestes qui ne soit observé, remarqué, commenté et la plupart du temps critiqué. Je pensais que mes enfants seraient mon rempart. Il n'en est rien. J'ai peu de distractions. Trianon et le Hameau sont mes refuges. J'aime la comédie. Me sait-on en privé sur les planches qu'on s'empresse de me reprocher ce goût. On le prétend incompatible avec la majesté du trône. Pour peu que je me travestisse en soubrette, la chose fait scandale et aussitôt les légendes les plus malveillantes se multiplient et tout est en rumeur. Et pour brocher le tout, ceux qui sont admis auprès de moi sont jalousés par ceux qui ne le sont pas.

Elle s'étourdissait de paroles sans pour autant en venir à l'essentiel. Nicolas prit sur lui de relancer le propos.

— Madame, je supplie Votre Majesté de m'éclairer et de me dire sans détour le souci qui, je le vois et en suis au désespoir, l'agite.

Il pressentait que la reine était touchée de plein fouet par l'affaire Trabard et que ses hésitations à parler tenaient à un orgueil qui la taraudait et faisait obstacle à la nécessaire sincérité. Il s'interrogea. Quelle vision un souverain peut-il avoir des autres ? En permanence séparé du reste de la société, il ne rencontre que courtisans courbés et flatteurs et, non amariné à un débat sincère et aux aléas de la vie quotidienne, il demeure, immuable, l'étalon unique d'un modèle qui n'existe pas.

— Jouez-vous, monsieur le marquis ?

Nous y voilà ! songea Nicolas. Le jeu ! Cette aristocratique distraction que le roi réprouvait, ne se prêtant, pour prendre contenance devant la cour, qu'au tric-trac et aux petits écus.

— Ayant dans mon office à poursuivre les jeux clandestins, je connais leurs règles, mais ne m'y suis jamais adonné.

Elle pinça les lèvres ; d'évidence la réponse ne lui convenait guère. Elle partageait cette fâcheuse passion avec son beau-frère, le comte d'Artois. Tous deux jouaient des montants si considérables qu'ils étaient contraints d'admettre à la cour des gens tarés pour trouver à faire leur partie. Ainsi des étrangers étaient-ils admis dans le salon de jeu de la reine, autorisés à prier une des dames titrées, placées au lansquenet ou au pharaon, de jouer sur leurs cartes l'or à foison ou les billets d'effarantes valeurs qu'ils leur présentaient.

— J'ai perdu une somme considérable… Six cents louis d'or… J'ai voulu doubler ma chance et j'ai multiplié mes pertes.

Elle hésitait à poursuivre.

— J'invite instamment Votre Majesté à me confier la suite.

— La somme n'étant pas disponible dans ma cassette, j'ai dû demander une avance à M. Lefèvre d'Ormesson, notre nouveau contrôleur général, si peu habitué…

Et si jeune et si honnête que dès sa prise de fonctions une cabale s'était formée contre lui, le traitant de *blanc-bec, d'homme qui ne sait rien, n'a rien vu, qui n'a pas même l'idée des immenses fonctions qu'on vient de lui confier et ne possède ni l'expérience ni des hommes ni de la cour et va nécessairement être dupe de tous les pièges qu'on lui tendra*. Et celui-là, venant de la reine était de taille.

— … à comprendre et à régler ces petites questions de routine.

De routine ! En parlait-elle à son aise ! Mesurait-elle même ce qu'on pouvait faire avec six cents louis ? Était-ce tolérable au moment où l'État s'évertuait à remettre en ordre les finances du royaume que grevait lourdement le coût considérable de l'appui apporté aux *Insurgents* américains ?

— … Il m'a refusé cette avance. J'ai donc eu recours à ma petite société…

Celle du Trianon, les Polignac, Vaudreuil, Besenval et les autres. Auraient-ils eu l'audace de refuser d'aider la reine ?

— … Ils se sont concertés pour trouver une solution. Le vicomte de Trabard leur a proposé un moyen infaillible. Ils m'ont assuré que c'était une question de peu de jours. Et puis on m'a appris… Et je me trouve tout aussi démunie…

Enfin la vérité ! La vision était par trop générale pour qu'il lui facilitât la tâche. La reine devait lui offrir plus de détails. Ne pas la presser, aller dans le sens de son propos, l'y entraîner et à la fin revenir à l'essentiel.

— Madame, il faut vous en remettre à la bonté du roi, votre époux. Nul doute que Sa Majesté réglera la dette sur sa cassette.

Elle eut une moue incrédule qui en disait long sur sa pensée.

— Le roi m'avait fait promettre de modérer ma passion pour le jeu. Le moment est mal choisi. Il a manifesté une terrible colère à l'annonce, à l'automne dernier, de la banqueroute de son cousin, le prince de Rohan-Guémené. Il est bien morose en dépit de la paix et de notre victoire. Lors de sa dernière sortie à Paris, il n'a reçu aucune acclamation. Pour moi, il y a longtemps que j'y suis accoutumée… Il trouve le peuple bien ingrat envers lui.

— Mesurez, Madame, les inconvénients et comparez-les. Il vous faut trouver une solution, la première a échoué. Croyez un bon serviteur, le roi est votre seul recours. Qu'en dit votre société ?

— Vaudreuil recherche une autre sortie…

À peine avait-elle laissé échapper ce nom qu'à nouveau elle se mordait les lèvres. Il sentit qu'elle s'en voulait d'avoir par mégarde révélé le nom qu'il recherchait et qu'elle n'avait pas souhaité jusque-là lui donner.

— Vaudreuil et d'autres, chacun m'a apporté son conseil.

— Mais le conseilleur n'est pas le payeur. Votre Majesté a dû le constater.

— Hélas !

Que pouvait-il attendre de plus ? Il avait obtenu ce qu'il cherchait à savoir. S'imposer outre serait malséant. Il ne parviendrait pas à faire dire à Marie-Antoinette ce que sans doute elle ignorait. Il cherchait la phrase qui inciterait la reine à mettre fin à l'audience quand des pas se firent entendre et interrompirent la réflexion de Nicolas. Le roi, en costume de chasse, entra dans le grand cabinet, un fouet à la main. Évitant le dandinement habituel, la marche rapide lui allait bien et mettait en valeur sa haute silhouette. Le commissaire s'interrogea : Le Noir l'avait-il déjà informé de la requête de sa femme ?

— Ah ! Antoinette. Je m'inquiétais. On me rapporte que les entrées ont été annulées. Seriez-vous souffrante ?

— Un peu lasse, seulement, Monsieur. Je déplore le souci que je vous ai donné.

Louis XVI tourna la tête vers Nicolas incliné. Il marcha sur lui à le toucher et le considéra de ses yeux myopes.

— Tiens ! Mais c'est Ranreuil.

Nicolas n'attendit pas la question qui allait suivre.

— Je faisais ma cour à la reine.

— Bien. Venez me voir à l'occasion, là où vous savez. J'ai toujours plaisir à parler avec vous.

Le roi faisait allusion à son cabinet secret, cet atelier sous les combles du château où il avait reçu plusieurs fois Nicolas. Il demeura un moment silencieux, d'évidence à la recherche d'un sujet de conversation. Le commissaire en profita pour dévisager le roi à la dérobée. Il nota la physionomie ouverte, les yeux bleus clignotants, le nez aquilin un peu épaté, les lèvres épaisses s'ouvrant sur des dents noires, larges et mal enchâssées. Il fut surpris que la belle chevelure du souverain ait été rassemblée en un chignon. Quelle était cette fantaisie ? Il avait encore pris de l'embonpoint et ses cuisses avaient atteint une prodigieuse grosseur.

La reine s'était mise à rire.

— Mon Dieu, Monsieur, dit-elle en désignant le chignon du roi, quelle est cette mascarade ?

— Trouvez-vous cela vilain ? Qu'en pensez-vous, Ranreuil ?

Nicolas se réfugia dans le rire.

— Voyez donc, Ranreuil trouve cela ridicule. Mais c'est une mode que j'ai envie d'amener, dans ce domaine je n'en ai encore institué aucune.

— Ah ! Sire, gardez-vous-en bien, celle-là est affreuse.

— Cependant, Madame, il faut bien que les hommes aient quelque manière de se coiffer distinguée de celle du sexe. Vous nous avez enlevé le plumet, le chapeau, la cadenette, la queue, seul le catogan nous restait et le voilà capturé alors que je le trouve fort vilain aux femmes. Comprenez-vous, Madame ?

— Sire, j'ai entendu la leçon. J'abandonne les catogans et je reprends le chignon[3].

Elle plongea dans une grande révérence de cour.

— Je vous enlève Ranreuil. À tantôt. J'espère, dit le roi en prenant familièrement Nicolas par l'épaule, que cette mode adoptée avec fureur à Paris va tomber au moyen de cette plaisanterie. Je veillerai à ce que cet échange soit répandu. Je le conterai à Richelieu. Dans ce pays le rire tue le ridicule.

Dans l'antichambre, le roi s'arrêta et, se tournant vers Nicolas, s'avança sur lui jusqu'à le faire reculer contre la muraille. Il le dominait.

— Ranreuil, je vous sais gré de faire votre cour à la reine, mais aussi de votre loyauté à son égard et… au mien. Le Noir vient de m'avertir. Je sais tout. D'ailleurs tout se sait à Versailles, y compris ce qui ne devrait pas l'être… Je connaissais la dette de la reine, j'attendais qu'elle me l'avouât. Quant à vous, veillez sur elle. Je vous le demande.

Le roi lui lança une bourrade et repartit à grands pas vers la chasse du jour.

Nicolas rejoignit sa voiture. Devait-il chercher M. de Vaudreuil ? La reine, il en était assuré, le préviendrait. Le mieux était de ne point donner l'éveil, on pourrait tabler sur son inattention. Dans le cercle de Trianon, sur qui pouvait-il appuyer ses recherches ? Une précédente affaire lui avait fait approcher le comte de Besenval. Affable et ouvert, il avait aidé sans réticence à la manifestation de la vérité. Disposant d'une fortune importante, il ne profitait pas de sa position. La rumeur rapportait qu'il avait naguère souhaité entrer en galanterie avec la reine, avances qui avaient été fermement repoussées, mais qui ne l'avaient pas écarté du cercle en question. Il demeurait dévoué à la reine et serait sans doute heureux d'aider le commissaire, et marquis de Ranreuil, à la protéger. Une totale sincérité serait de mise. Nicolas prit la décision de lui faire visite en son hôtel rue de Grenelle.

Il fit le point. Il avait peu obtenu de la reine. La venue du roi lui avait permis de régler une situation dont souffrait sa loyauté. Ce qu'il avait appris simplifiait-il le tableau ? Il tenta de résumer les éléments en sa possession. La reine, ayant joué et perdu une grosse somme d'argent, avait cherché les moyens de régler sa dette. Pour déplaisante et, à certains égards, scandaleuse que fût cette situation, elle avait connu de nombreux précédents. Demandée à la petite bande de Trianon, une solution avait été recherchée et apparemment trouvée par le vicomte de Trabard. Restait que celui-ci avait été assassiné et qu'on pouvait le soupçonner d'avoir détenu de compromettants papiers. Quel lien y avait-il entre ce meurtre et la dette de la reine ? Qui était le mystérieux visiteur du soir en carrosse de cour, vu à l'Hôtel de Trabard ? Quels soupçons légitimes pouvaient-ils peser sur les habitants de la rue d'Enfer ? L'un d'eux avait-il un lien avec le cercle de la reine ? Il eut un soupir. Enfin, qui menaçait de dévoiler le secret de la naissance de Louis et sur quelle indiscrétion ce chantage avait-il pu s'appuyer ?

Un équipage doubla son fiacre ; il reconnut les armoiries du lieutenant général de police. *Peste ! Le Noir n'avait pas perdu son temps, lui évitant ainsi le risque de se trouver en porte-à-faux avec le roi !* À la sortie du château, il éprouva la curieuse impression qu'en ce milieu de la journée le jour déclinait. Il baissa la glace et se pencha à la portière. Une bouffée d'air brûlant le flagella. Les rayons du soleil, comme tamisés, semblaient impuissants à traverser la brume grisâtre qui submergeait tout. Une lumière voilée rampait sur le sol. Le temps avait changé depuis le solstice. Partout des orages destructeurs éclataient, d'une violence inhabituelle. Thierry, premier valet de chambre du roi, avait été le premier à lui signaler le phénomène. Il est vrai que près dc chcz lui, à Ville-d'Avray, la foudre avait labouré un champ entier. Autour de Paris, les victimes ne se comptaient plus. À Vanvres, un paysan avait été trouvé presque totalement carbonisé. À Sainte-Geneviève-des-Bois, la foudre avait frappé quatorze fois, faisant quatre morts et dix blessés. Le phénomène s'était renouvelé à Neuilly, Suresnes, Longjumeau et Popincourt. Que signifiait cette colère du ciel ? Que se passait-il donc ? Il revit Noblecourt jouant les Cassandre. Jadis cette fureur des éléments eût constitué un sinistre présage. Il s'interrogea sur le sens de l'angoisse qui soudain le tenaillait.

IV

LE GRAND COPHTE

> « Un de ces êtres qui se font passer pour adeptes, se mêlent de médecine, d'alchimie, merveilleux en tout et qui, après avoir ruiné les sots, finissent leurs exploits par le carcan. »
>
> *Besenval*

Au Grand Châtelet, un Bourdeau déçu l'accueillit. Il avait hanté sans succès tous les marchands merciers des alentours. Aucun ne conservait le souvenir récent d'un acheteur de pétards.

— Ils affirment tous que la dernière flambée d'achat a été le jour de la Saint-Jean, quand le peuple se presse place de Grève pour y admirer le monumental bûcher que tu sais et danser autour. Hors cela, seuls quelques gamins qui prolongent la fête… J'en ai interrogé une volée, sans résultat.

— Des gamins ? Comme le *vas-y-dire* qui a été utilisé pour porter un message anonyme à Le Noir.

Autant chercher l'aiguille dans une botte de foin ! Tu as comme de juste semé quelques liards parmi ces moineaux ; il en ressort toujours quelque chose.

Bourdeau ne comprenait pas l'allusion au message et, toujours susceptible quand il avait le sentiment que Nicolas lui dissimulait quelque chose, fronçait les sourcils, l'interrogeant du regard.

— J'arrive de Versailles, je te l'annonce. L'affaire de la rue d'Enfer prend mauvaise tournure.

Aucune raison n'empêchait désormais de dévoiler l'ensemble des données à Bourdeau. Il lui rapporta donc par le menu ce qu'il avait appris, gazant le plus possible le rôle de la reine qui risquait d'irriter l'inspecteur, toujours critique à l'égard de la cour. Puis il consulta sa montre.

— Je vais de ce pas trouver le comte de Besenval. C'est l'heure où il s'apprête pour l'Opéra. Je ne le peux manquer.

— Et Louis ? dit Bourdeau timidement, lui serrant la main.

— Pour le moment, que faire ? Nous ignorons même les conditions d'un éventuel marché. Demain nous irons parler avec la Paulet. Notre vieille amie aura sans doute des choses à nous dire à ce sujet. Il nous faut retrouver qui a commis cette indiscrétion. Ce sera un indice de taille pour remonter jusqu'à l'instigateur de ces ignominies. Comment va Mme Bourdeau ?

L'inspecteur commenta avec amertume l'attitude de son fils aîné, toujours entiché de sa drôlesse. Il fut écouté si patiemment qu'il ne se rendit pas compte que Nicolas ne souhaitait qu'une chose : dévier son attention sur le fait qu'il ne l'invitait pas à l'accompagner chez Besenval. Il déplorait d'agir ainsi, mais demeurait convaincu qu'une démarche personnelle s'imposait. Ce serait le marquis de Ranreuil, proche de la reine, qui s'enquerrait de l'avis d'un aîné, atténuant ainsi le mordant de son enquête. Un tête-à-tête était toujours préférable dans de semblables circonstances. Il s'en voulut aussitôt de cette habileté nécessaire à l'égard de Bourdeau. Ils se retrouveraient donc le matin suivant pour une visite au *Dauphin couronné*.

Rue de Grenelle, quand il entra dans la cour de l'Hôtel de Chanac-Pompadour, il constata que l'équipage de M. de Besenval s'apprêtait. Il était temps qu'il arrivât. Il gravit le perron et fut accueilli par un laquais dont le visage s'éclaira en le reconnaissant[1]. Il courut prévenir son maître et reparut aussitôt, invitant le visiteur à le suivre. Depuis leur aventure commune, ils s'étaient rencontrés à maintes reprises et l'ancien soldat retrouvait avec plaisir le fils d'un compagnon d'armes.

— Ranreuil, que me vaut l'heur de votre visite ? Je vous invite souvent et vous ne paraissez jamais. Soyez moins discret, vous êtes toujours le bienvenu.

— Le roi s'en plaignait ce matin, vous êtes en bonne compagnie ! Rassurez-vous, comte, vos céladons ne sont pas en cause.

Ils éclatèrent de rire.

— Ils sont toujours là, dit Besenval désignant le dessus de la cheminée. Mais asseyons-nous. Je présume que vous souhaitez m'entretenir…

— D'une affaire délicate sur laquelle j'attacherais du prix à recueillir votre sentiment d'homme d'honneur et de sujet, vous le plus français des Suisses. Et d'un ami.

— Vous me flattez. Je vous écoute.

— J'irai directement aux faits. Le vicomte de Trabard, qui fait partie de la *petite bande* de Trianon, a été découvert piétiné par un de ses chevaux. Cette mort est entourée de mystère et tout laisse penser qu'il s'agit d'un meurtre. Or j'ai appris de bonne source que le vicomte avait suggéré un moyen de solder une dette de jeu de la reine. Que m'en pouvez-vous dire ?

— Voilà qui me plaît. Direct sur la muraille, sans chantourner le propos. Et je vais vous répondre tout aussi clairement. La reine a perdu une grosse somme, énorme même. Son montant dépassait de loin les possibilités de sa cassette. Le contrôleur général a, fermement, et il faut du courage pour s'opposer à Sa Majesté, refusé de solder l'échéance. Les Polignac ont tenu *le conseil*, Vaudreuil a opiné. Bref, sur son avis, il a été décidé de s'en remettre à Trabard qui proposait un expédient. Pour ma part je suis resté coi…

— Ne me dites pas que vous étiez sans jugement sur la question, je ne vous croirais pas.

— Non pas, et pour deux raisons. Primo je n'entends pas, quel que soit mon attachement vis-à-vis de la reine, avoir la moindre part à une dissimulation vis-à-vis du roi. Secundo, je n'aime point Trabard et la solution qu'il a avancée ne recueillait point mon approbation.

— Je vais poursuivre dans la curiosité. Quelle était cette solution ?

— Je suis homme de raison et ferme dans mes convictions. Aussi bien ce qui fut suggéré au conseil me sembla si invraisemblable et extravagant que je ne pouvais me résoudre à m'en satisfaire et encore moins à l'approuver.

— Mais encore ?

— Trabard proposait que l'on recourût à un empirique qui aurait la réputation de transmuter des espèces banales en or et, dans ce cas précis, des pièces d'argent en pièces d'or sonnantes et trébuchantes. Rien de moins, Ranreuil, imaginez-vous !

Tous applaudirent d'enthousiasme et je me retirai, n'en voulant pas entendre davantage.

— Et cet alchimiste, car c'est ainsi qu'on nomme, je crois, ce genre d'expérimentateurs, qui est-il ?

— Vous en avez sans nul doute entendu parler. La mode régit la France, et Paris en particulier. Ce personnage, un certain Cagliostro, hante depuis longtemps nos salons et nos boudoirs.

Le nom n'était pas étranger à Nicolas qui consultait toujours avec assiduité et attention les rapports des inspecteurs de police et les relations des nombreuses mouches qui, dans tous les milieux, recueillaient nouvelles et ragots.

— Certes, n'est-ce pas cet étranger protégé du cardinal de Rohan, qui s'en est entêté, arrivé, il y a quelques années, de Strasbourg à sa suite. Celui-là même qui a défrayé la chronique par ses récits incroyables et ses guérisons miraculeuses ?

— Cet homme-là ! Et savez-vous, Ranreuil, ce qui m'étonne le plus, c'est de voir des hommes raisonnables en faire l'éloge, le porter aux nues, et avaler ce qu'il leur débite au détriment de leur intelligence, ce fâcheux histrion.

Besenval secoua la tête avec énergie et disparut un instant dans un nuage de poudre.

— Savez-vous, reprit-il, qu'un personnage aussi froid et raisonnable que M. de Vergennes en est arrivé à chanter ses louanges. Quel vertige général s'empare-t-il des esprits ? Déjà avec le baquet de Mesmer les bien portants se tenaient pour malades et les mourants s'obstinaient à se croire guéris ! Est-ce l'ennui de la société qui l'incite ainsi à l'aventure ? Et je cite Vergennes, mais il n'est point le seul. Chacun se jette à sa tête et la loge maçonne d'Isis, que dirige sa femme, compte les femmes des plus grands noms de France.

— Et c'est à cet homme que l'on confie la réputation de la reine ? J'ose à peine le croire. L'avez-vous rencontré ?

— Ah ! La plaisante question. Je ne le voulais voir. Or précisément ce soir je suis convié à souper chez La Borde, notre ami commun. Cette invitation a trois prestiges, l'hôte m'est cher, sa femme est charmante et la chère est délicieuse. Or il veut me présenter l'animal en question. Au début je renâclais à cette idée, mais au fond je ne suis pas mécontent de pouvoir me former un jugement sur pied. Mais… J'y pense, vous m'allez accompagner et nous demanderons à souper pour vous selon l'usage. Je suis assuré que notre ami sera ravi de vous recevoir et nous aurons ainsi l'occasion de sonder de concert le mage en question.

— Je ne sais… Et ma tenue…

— À ce que l'on dit, mon cher, votre naturelle séduction vous vêt davantage que toutes les soies de la terre ! Je vous emmène.

Besenval toisa Nicolas de l'œil.

— J'y songe. Nous sommes à peu près de la même taille. Montons à mes appartements. J'ai là un habit de satin bleu sombre que mon embonpoint ne me permet plus de porter. Il me guinde ! Passez-le, il vous ira comme un gant. Allons ! Point de manières. Entre soldats, car Ouessant ce n'était pas rien ! Que diable, vous êtes le fils de mon ami Ranreuil. Savez-vous qu'il me sauva la vie d'un parti de cavaliers qui me voulaient embrocher ? Vous le garderez en souvenir de moi.

Nicolas se laissa convaincre, suivit le comte à l'étage et se changea. L'habit lui allait à ravir. Il plia sa précédente défroque, l'emporta et la déposa dans son fiacre. Ils montèrent dans la voiture du comte et gagnèrent la place du Carrousel par le pont Royal. Au cours de ce trajet, Besenval confirma à Nicolas l'appartenance de leur ami à la franc-maçonnerie, allégeance qui avait favorisé la nature de sa propension à l'égard dudit Cagliostro. Le personnage se prétendait lui-même restaurateur de la maçonnerie égyptienne. Nicolas s'inquiéta de l'heure car il était bien tôt pour un souper. Besenval s'esclaffa en lui donnant la clé du mystère.

— Mon cher, l'homme, dit-on, ne soupe jamais et se couche à neuf heures en toute saison. Il apparaît qu'il fait une grande faveur à La Borde en acceptant cette invitation. Il me semble fort habile, alternant l'audace, l'humilité, la sincérité, la dissimulation et la faquinerie. Il semble taillé tout exprès pour jouer le rôle du *signor Tulipano* dans une de ces pochades dont nous régale la Comédie italienne.

Ce fut Mme de La Borde qui les accueillit dans ce grand salon où s'accumulaient les pièces de porcelaine et les laques chinoises dont son époux demeurait en France l'amateur le plus éclairé. Une table, fleurie d'abondance et chargée de cristaux et d'argenterie, était dressée près d'une croisée.

D'une longue période de mélancolie, Mme de La Borde avait conservé une sorte de langueur et de sérieux qui convenait à son genre de beauté calme. Nicolas comprit pourquoi elle avait séduit la reine qui, après se l'être attachée comme lectrice, avait créé en sa faveur la charge nouvelle de dame de lit, consistant à ouvrir et fermer les rideaux et à dormir au pied de la couche royale. Cela ne laissait de susciter la jalousie des Polignac, toujours attentifs aux affections de la reine. Une autre conséquence de cette faveur avait été le retour en grâce de Benjamin de

La Borde, longtemps tenu à distance, réputé avoir été le complaisant de la dernière sultane du feu roi.

— Mon époux va paraître, mais il a pris jadis dans les petits appartements de Versailles… le goût de la cuisine. Pour l'heure il préside à l'office aux derniers apprêts. Nicolas, il sera heureux de vous voir. Comte, étiez-vous à l'Opéra récemment ?

— Tous les soirs, lorsque je ne suis pas au château.

— Qu'en est-il de ces rixes entre ces dames de l'empyrée dont on s'amuse dans les salons ? Sa Majesté s'en est enquise et je n'ai su lui répondre. Posséderiez-vous sur cette affaire quelques détails piquants ?

— Il se trouve que Mlle de Saint-Hubert y ayant joué le rôle d'*Armide*, interprétation qui fut goûtée du public, la Levasseur, sa rivale, lui a cherché querelle. En présence de son amant, Mercy-Argenteau, l'ambassadeur d'Autriche, elle a crêpé le chignon de sa camarade. Mercy voulant protéger la Levasseur tire son épée, chacun s'en mêle et prend parti. La lutte a continué. Cheveux arrachés et horions. Je ne sais la fin de l'acte !

— Je la connais, dit Nicolas. Mon collègue le commissaire Le Blond, accompagné d'une escouade de la garde de Paris, est entré à l'Opéra. À l'aspect de la robe noire du magistrat, les déesses ont pris leurs jambes à leur cou et se sont dissipées comme des ombres.

— *Colombes effarouchées, elles rejoignirent l'Olympe…*, s'écria une voix joyeuse.

La Borde fit son entrée, le visage encore enflammé de la chaleur des fourneaux.

— Comte, je vous salue. Mais c'est notre Nicolas !

— Que j'ai entraîné, dit Besenval, à m'accompagner pour vous demander à souper ce soir. J'en suis le seul coupable.

— Soyez-en remercié. Il est le bienvenu, étant ici chez lui.

— Vous avez piqué ma curiosité avec la promesse de me présenter un personnage très couru. J'ai pensé que le marquis de Ranreuil apprécierait aussi de faire sa connaissance.

— Et de surcroît, nous accueillons une personne de sang royal.

— Comment cela ?

— Cela vous intrigue, n'est-ce pas ? Une descendante du sang des Valois, par Nicole de Savigny, maîtresse d'Henri II. Sa généalogie a été jugée authentique par le juge d'armes de la noblesse d'Hozier de Sérigny et par l'érudit Chérin, généalogiste des ordres du roi. C'est la marquise de Boulainvilliers, femme du prévôt de Paris, qui l'a recueillie, dans le ruisseau où elle demandait la charité. Elle a reçu depuis aide et appui du prince Louis, cardinal de Rohan, grand aumônier de France ! C'est par lui qu'elle a connu notre grand homme, Cagliostro.

À ce moment, le laquais annonça les visiteurs.

— Mme la comtesse de La Motte de Saint-Rémy de Valois et M. le comte de Cagliostro.

Pendant que La Borde s'empressait auprès des arrivants et que s'échangeaient les habituels compliments, Nicolas, avec cet œil de collectionneur d'âmes, essaya de se faire une première impression. Il dévisagea les nouveaux venus.

La comtesse appartenait à l'espèce menue, gracieuse et vive. Cela frappait dès l'abord. Son visage éclatant de blancheur, éclairé d'yeux bleus vifs et mouvants, ne celait guère ses impressions. Sous la fine chevelure châtain sans poudre, l'ensemble était accentué par la courbure mouvante des sourcils. Un fard habile et discret ne parvenait pas à masquer une bouche trop large qui s'ouvrait pourtant sur des dents parfaites. Elle parlait d'une voix douce et insinuante. Il semblait qu'elle eût acquis depuis, en dépit de son enfance misérable, un ton aristocratique, un maintien distingué et une capacité assurée d'adoption des rites de sa caste. Était-ce le sang qui parlait ? Elle tendit sa main à baiser et, quand Nicolas releva la tête, le clair regard de la comtesse plongea dans le sien avec une gênante insistance.

Le regard du comte de Cagliostro ne fut pas moins insistant, mais d'une autre nature. La curiosité, l'inquiétude aussi, celle qui saisit devant un inconnu, et une sorte de volonté d'en imposer, tout cela fut déchiffré par un Nicolas sur ses gardes. De gros yeux à fleur de tête semblaient pénétrer l'autre comme une vrille. À cela s'ajoutaient des traits grossiers qui déparaient un petit ragot court et épais, sans cou et au front dégarni. Il parlait haut, d'un ton éclatant coupé de rires saccadés et moqueurs qu'il décochait avec une hardiesse effrontée. Il accabla Nicolas d'un long couplet complimenteur.

Le souper fut annoncé. Chacun alla prendre place autour d'une table ronde quand Cagliostro arrêta le mouvement. Il demeurait immobile, se tenant la tête et marmonnant d'inintelligibles formules. Il leva une main, l'air inspiré.

— Ié crois qu'oune autre chaise est nécessaire autour de la table. Oune intelligence nous visite. La sentez-vous ? Elle veut participer au festin. Il faut, oui, il faut ajouter oune chaise.

— Soit, mon ami, dit La Borde sous le regard excédé de sa femme. Qu'on ajoute un couvert.

Un valet modifia la disposition de la table et les convives prirent place. Élisabeth de La Borde avait Cagliostro à sa gauche et Besenval à sa droite. L'hôte fit asseoir la comtesse à sa droite et Nicolas à sa gauche. La place réservée à l'intelligence en visite, en forme symbolique, sépara Besenval du commissaire.

Cagliostro s'empara aussitôt du dé de la conversation. Son verbiage était un ramas d'italien et de français, le tout lardé de mots d'une langue étrange qui compliquait encore l'entendement de son galimatias. Il entreprit, sans doute à l'intention d'inconnus qu'on venait de lui présenter, de dévider le récit de sa vie depuis sa naissance en Arabie[2] sous le nom d'Acharat. À douze ans, il avait commencé ses voyages par Médine où il acquit la certitude d'être le fils caché du chérif de La Mecque. Il parcourut ensuite les principaux royaumes d'Afrique et d'Asie. Il séjourna à Malte, puis en Italie où il rencontra les cardinaux et les princes romains, en particulier le cardinal Ganganelli, depuis pape sous le nom de Clément XIV. Il poursuivit sa connaissance du monde par l'Espagne, le Portugal, l'Angleterre, la Hollande, la Courlande, la Russie où il fut l'ami du prince Potemkine et de Corberon, chargé d'affaires de France, et la Pologne. Enfin, cédant aux instances de la ville de Strasbourg et de la noblesse d'Alsace, il avait accepté de consacrer ses talents en médecine au service du public.

— J'ajouterai qu'oune très cher ami prépare oune ouvrage[3] dans lequel, au détriment de ma modestie, il rappelle et honore mes pauvres talents.

Il fixait La Borde aux anges.

— C'est vrai ! C'est vrai ! J'y fais l'apologie de cet homme singulier, étonnant, admirable, toujours prêt à voler au secours des malheureux…

— Pour voler, cela assurément il sait le faire ! murmura Besenval en se penchant vers Nicolas pour lui parler à voix basse.

— … Cet homme incroyable tient un état d'autant plus étonnant qu'il paie tout d'avance et qu'on ne sait d'où il tire ses revenus. Personne n'a plus d'esprit et de connaissance que lui.

— N'est-ce pas, dit Besenval sans sourire, le propre du mage de prétendre assurer la transmutation de tous les métaux imparfaits en or fin ? Vous le confirmez, monsieur ?

Cagliostro éclata en un rire sarcastique. Ses mains virevoltèrent au-dessus de sa tête, faisant scintiller plusieurs bagues de prix.

— Eh ! Voilà bien la plous commune question qu'on mé pose. Que ié sache soigner importe peu, c'est l'or qui fascine, c'est l'or qui attire, c'est l'or qui subjougue ! Demandez au cardinal de Rohan. Son Éminence vous répondra. Douteriez-vous de la parole d'oune prince de l'Église ?

Suivit un terrible baragouin où il fut question des astres, du grand arcane, de Memphis et des anciens Égyptiens, de l'hiérophante et de la chimie transcendante.

— Ne craignez-vous pas, monsieur le comte, tomber par votre activité alchimique sous le coup des Édits renouvelés de nos rois qui poursuivent avec rigueur ce genre d'industrie ? Consultez Delamare[4]. Reste que vos confrères…

— Je n'en ai point !

— … que vos confrères qui officient faubourg Saint-Marceau, qui composent des élixirs, distillent des eaux, grossissent les pierres fines, crèvent de faim dans la crasse et l'obscurité, tout en prétendant faire de l'or. On verra, on verra, mais on ne voit jamais. C'est du vent qui est transmuté !

— Méfiez-vous, Cagliostro, s'écria La Borde réjoui, le marquis de Ranreuil est aussi commissaire de Sa Majesté aux Affaires extraordinaires.

Le comte jeta sur Nicolas un regard froid où se mêlaient la crainte et un autre sentiment que l'intéressé préféra ignorer.

Le premier plat apparaissait.

— Madame, et vous, messieurs. Chacun sait ma fantaisie de prêter la main à cet art gourmand qu'est la cuisine. Je m'y consacre pour mes amis à l'instar du feu roi. Voici une timbale à la Duhesme dont, pour satisfaire une tradition chère à notre ami Ranreuil, je vais vous confier la recette.

— L'alchimie della natoure ! s'écria Cagliostro. Vous, ma biche, qui êtes bec-fine et délicate comme oune chatte…

Il s'adressait à Mme de La Motte.

— … ouvrez grandes vos oreilles, ma gazelle, ma colombe[5].

— Il vous faut, reprit La Borde, préparer avec une fine farine, du beurre fin de Vanvres, du sel, de l'eau et un œuf entier, une pâte dont vous garnirez un moule rond.

— Et que mettez-vous dans cette tourte ?

— Il faut préparer peu avant divers ingrédients. Je me procure des cailles bien grasses. Ces mignonnes, je les braise doucement à point que la chair des filets puisse être retirée facilement. Puis je me prépare un godiveau composé de rouelle, de lard et de moelle, bien assaisonné. Je le place au fond de ma croûte et, sur ce lit, je couche mes filets de cailles, des ris de veau, des tranches de truffes, des cubes de foie gras et des œufs durs de l'espèce. Je mouille d'un peu de gelée de veau, je ferme le couvercle et ouvre un nombril.

— Un nombril ! La chose est plaisante, minauda la comtesse de La Motte.

— C'est oune image, ma colombe.

Nicolas riait à part lui, persuadé qu'un autre nom d'oiseau eût mieux convenu à la dame.

— Mais, mon cher, intervint Besenval, d'où tirez-vous des truffes à cette époque de l'année ? Est-ce là un miracle de M. de Cagliostro ? Fait-il aussi croître les champignons ?

— Ié suis lé plous innocent du monde pour ce coup-là !

— Je vais tout vous confier. Ces truffes récoltées à la fin de l'hiver sont soigneusement placées dans des vessies emplies de sable, fermées d'un lien de paille des plus serrés... Pour en revenir à la manière, je dore le couvercle d'un jaune d'œuf et je fais cuire au four du potager une heure et demie.

La Borde entreprit aussitôt de servir ses invités appétés par le suave fumet qu'exhalait ce plat de haut goût. Seul Cagliostro multiplia les regrets et excuses. Son régime et sa religion ne lui permettaient pas de souper. Il avait cédé aux prières de La Borde soucieux d'honorer une invitation par déférence – il se dressa de son siège pour saluer – envers le comte de Besenval.

— Mais quelle est votre religion, si vous permettez que je vous pose la question ?

— Moussu lé comte, c'est celle de la raison.

Nicolas jugea la réplique un peu brève pour un homme que la rumeur décrivait évoquant Jéhovah avec la plus grande éloquence et le plus profond respect. Qu'il se dise guidé par la raison dépassait l'entendement pour un oracle qui agitait de grands mots dans des phrases inintelligibles. Son art, ou sa duplice, ne relevait en aucun cas de la raison tant il s'appuyait sur l'obscurité des termes et des développements.

Cagliostro demanda du café et sortit de sa poche une petite ampoule de cristal contenant un liquide verdâtre dont il prit, avec des mines de dévot à la communion, quelques gouttes dans sa tasse. Nicolas surprit un étrange regard de la comtesse de La Motte jeté sur son protecteur. Que signifiait ce curieux mélange de froideur, de mépris et, à vrai dire, de cruauté ? Quels intérêts pouvaient lier deux êtres aussi éloignés par les origines et que seule, apparemment, la volonté du cardinal de Rohan avait rassemblés ? Il se promit de consulter les fiches de police, si tant est qu'il en existât sur Mme de La Motte. Quelle mouche avait piqué son ami La Borde pour s'enticher de ces troubles personnages ? L'appartenance de Cagliostro à la maçonnerie était-elle la seule raison qui justifiât cet engouement ?

— Votre potion est-elle de celles dont on dit force merveille ? dit Besenval d'un ton d'inénarrable hauteur.

Il jeta un regard connivent à Nicolas.

— *Si !* répondit-il, en agitant sa chaîne de montre en diamants à trois brins.

À l'un d'eux pendait un gland de rubis, à l'autre un cachet d'agate. Au troisième était attachée une clé d'or ornée de brillants.

— Cette liqueur a la vertou de maintenir ceux qui en usent dans l'âge où ils se trouvent au moment même. J'en suis le vivant exemple.

— Ne dit-on pas que vous auriez rencontré le Christ ?

— On dit vrai !

Le ton était moqueur et provocant.

— Nous étions ensemble du dernier bien et souvent nous marchâmes ensemble au bord du lac de Tibériade. Sa voix était d'une douceur infinie. Il a réuni des gueux, des pêcheurs, des loqueteux. Et il s'est mis à prêcher. Il n'a pas voulu écouter mes conseils. Mal lui en est advenu. Je n'ai point de témoin pour confirmer la véracité de mes dires. Mon principal domestique n'est à mon service que depuis quinze cents ans.

— Peuh ! Un jeune homme, lança Besenval qui secouait sa vieille tête avec commisération.

La Borde paraissait agacé des propos de Cagliostro qui ne pouvaient manquer de faire douter du sérieux de son grand homme. De surcroît, sensible à la tension latente qui croissait entre ses deux invités, il décida de faire diversion et s'adressa à la comtesse de La Motte.

— Chère comtesse, vos démarches en vue de reconnaître vos droits sont-elles en passe d'aboutir ?

— Hélas, monsieur, je m'y efforce. Je me dois à mon nom, c'est lui la cause de mes malheurs. Pourquoi suis-je issue du sang des Valois ? Oh, nom fatal qui m'a contrainte à une errance qui n'eût jamais dû m'être imposée !

Des larmes jaillirent en abondance. Cagliostro lui tendit un mouchoir.

— Calmez-vous, ma biche ! *Poverina !* Nous compatissons tous à votre situation.

— Pardonnez l'émotion qui m'étreint. Dieu et la fortune ont voulu que Mme de Boulainvilliers ait eu l'heur de me présenter au cardinal de Rohan. J'avais enfin trouvé un protecteur en Son Éminence. Je ne demande pas grand-chose : retrouver mon domaine de Fontette et être reconnue pour ce que je suis, une fille de sang royal.

Cela fut dit les yeux baissés, presque susurré, dans une sorte d'affaissement modeste du corps.

— J'ai, reprit-elle, perdu beaucoup de temps en sollicitations infructueuses sous l'administration de M. Joly de Fleury et, maintenant, auprès de M. d'Ormesson qui s'obstine à ne point répondre à mes instances et à mes objurgations.

— *Ma*, il faut poursuivre ! *Bueno studio vince rea fortuna.*

— C'est parler d'or ! dit La Borde qui connaissait l'italien. L'opiniâtreté réussit toujours à dompter la mauvaise fortune.

— Que ne vous adressez-vous à Sa Majesté ? dit Besenval avec un rien d'ironie.

— Hélas, monsieur le comte, encore faut-il réussir à l'approcher. Une fois, l'occasion s'est présentée. Pourtant il n'est pas au pouvoir de la sagesse humaine d'enchaîner la fortune. Toujours conduite par le hasard, le bandeau sur les yeux, elle tend la main, mais si elle n'est pas saisie à l'instant même de son passage rapide, celui-ci ne revient jamais. Cette chance, j'espérais l'avoir approchée…

À quoi aboutirait cette églogue ? Que voulait-elle dire ? Nicolas, à l'écoute de ce ton spécieux et apprêté, ne put s'empêcher de douter de la sincérité de la comtesse, non pour ce qu'elle rapportait, mais pour les conséquences qu'elle allait sans doute en dévider…

— … Un faible rayon de la faveur réveilla mon ambition et ranima mes espérances. M'étant un jour trouvée sur le passage de la reine lors de la procession dans la galerie, Sa Majesté daigna m'honorer d'un de ces sourires auxquels il est si difficile de résister. Son Éminence le prince Louis présent témoigna de la joie de cette attitude si bienveillante de la reine. Il me déclara que ma fortune était faite ! Que ce premier pas serait suivi d'autres et qu'il était dans l'ordre de poursuivre dans cette voie.

— Le char de cette fortune se serait-il depuis embourbé ? Quelles ornières, madame, freinent-elles son élan ?

Elle jeta un regard vipérin à Besenval.

— Seule, croyez-le, l'occasion a manqué. Il me fut conseillé d'écrire un placet à Mme de Polignac. Je crois que l'avis était des plus mauvais. Cette famille dispose du droit presque exclusif de présenter à la reine. Mais pour les convaincre d'agir il est nécessaire qu'ils soient bien assurés des créatures à produire, tant les tourmente la crainte de se voir supplantés. Ne trouvant apparemment pas leur compte à ma présentation, ils se gardèrent bien de s'y prêter. Le cardinal me morigéna, estimant qu'à la première contrariété je jetais le manche après la cognée. Il m'assura que le vent demeurait favorable et que la persévérance seule m'aiderait à trouver la *craille*.

Une nouvelle fois Besenval ne put s'empêcher de commenter le propos.

— La *craille* ? Voilà un mot que je n'entends pas. Puissiez-vous m'en éclairer le sens ?

Elle le considérait, le rouge soudain aux joues. Cet empourprement se fondait en vague au maquillage prononcé des pommettes.

— Ne vous troublez pas, *carina mia*, chacun joue avec ses propres mots. *Ma*, celui-là, mon français s'y perd, est oune énigme qu'il vous faut éclairer.

— *Craille*, dit-elle la voix éteinte, c'est un trou… une fissure dans le mur.

— C'est sans doute, ajouta Besenval, un de ces termes paysans de la Champagne, cette province qui vous vit naître ?

L'arrivée d'un jambon de Mayence froid, décoré de pétales de fleurs, et de sa sauce aux câpres, divertit l'attention. La Borde précisa l'avoir fait cuire de longues heures avant que de le maintenir baignant dans son bouillon pendant deux jours, seule méthode estimable pour en préserver le moelleux et les arômes. Ce plat était accompagné d'une salade tiède de petites févettes au lard. Mme de La Borde, jusqu'alors silencieuse, jugea utile de relancer la conversation et évoqua le goût qu'avait la reine pour le compositeur Grétry et combien cette faveur suscitait de jalousies.

— *Il signor* Grétry règne en effet. N'a-t-il pas obtenu à Pâques la direction de l'Opéra ? Sa Majesté n'est-elle pas *madrina della sua ragazza* ?

— Marraine de sa fille, traduisit La Borde.

— Si fait. Et son opéra-bouffe *Zémire et Azor* a triomphé cet hiver au Théâtre italien. Sa Majesté l'a honoré de ses applaudissements.

— En particulier, ajouta La Borde entrant dans le propos, la reine a porté aux nues l'effet enchanteur du trio du père et des sœurs de Zémire derrière le miroir magique. Le compositeur ne se tenait plus de joie et, embrassant Marmontel, auteur du livret, qui était présent, lui lança : « *Ah ! Mon ami, voilà de quoi faire de l'excellente musique...* » Et l'autre, rongé de dépit, lui répondit : « *Et de détestables paroles !* »

— Et c'est justice de chanter, conclut Nicolas, au milieu des rires :

Grétry plein d'esprit et de grâces
Et savant sans être profond
De personne ne suit les traces
Et fait pourtant mieux qu'ils ne font

Chacun applaudit le quatrain. L'atmosphère s'était allégée et le souper se poursuivit animé par le vin de Champagne.

— Notre danseur Vestris, était de la partie pour les morceaux de ballet, remarqua Besenval. Connaissez-vous la dernière nouvelle à son sujet ?

Tous s'empressèrent de la lui réclamer.

— Le père Vestris, en fureur d'apprendre que son fils Auguste Vestrallard s'était endetté d'une grosse somme par des emprunts chez différents marchands de la place, le fait comparaître, le tance d'importance, lui intime d'être désormais plus sage. Et pour brocher le tout, notre *diou de la danse* qu'on surnommait jadis *bella gamba* assène à son fils chéri cette saisissante mercuriale : *Si vous recommencez, monsieur, on saura vous mettre en lieu de sûreté. Ne croyez pas que la grande famille des Vestris souffre en son sein un second Guémené !*

Au milieu de la joie générale, seule la comtesse de La Motte paraissait renfrognée. Était-ce parce que l'attention avait quitté sa personne et que se développait sans égard pour son souci l'habituelle et brillante conversation des agapes parisiennes ?

— Madame, dit-elle en s'adressant à Mme de La Borde, vous qui avez l'insigne privilège d'approcher Sa Majesté, oserais-je vous solliciter de me faciliter une audience qui permettrait de lui soumettre mon affaire ? J'en serais à jamais votre reconnaissante obligée.

Cela fut débité sur un ton de suffisante hauteur qui tentait d'effacer tout ce que la requête pouvait avoir d'humiliant. Un lourd silence plana sur l'assemblée. Cagliostro jouait avec sa chaîne de montre et les autres convives, rentrés en eux-mêmes, semblaient s'abstraire de la conjoncture. Enfin, sans qu'une expression déchiffrable s'imprimât sur son beau visage, Mme de La Borde répondit.

— Pour désireuse que je pourrais être de pousser votre… affaire…

La fin de la phrase fut énoncée sur un ton d'inimitable mépris.

— … je n'en ferai rien. Comprenez que la charge qui est la mienne impose, et je dirais même exige, le respect de règles infrangibles. Les principales en sont la fidélité, le dévouement, la probité, la discrétion et la prudence. Cela signifie, madame, vous le comprendrez, que je ne dois en aucun cas me prévaloir de la grâce qui m'est faite en vue d'en user à quelque entregent que ce soit. Je suis au désespoir de ne pouvoir accéder à votre requête.

— De qui tenez-vous ce nom de Cagliostro qui jusqu'à présent n'a point paru sur le théâtre du monde connu ?

C'est très benoîtement que Besenval, soucieux en apparence de dissiper le malaise, venait de décocher cette nouvelle flèche. Nicolas s'interrogea de savoir si c'était volontaire et plaignit leur hôte. Ce rassemblement était malvenu. La Borde, pourtant si subtil, aurait dû prévoir les chocs inévitables, les étincelles de ces caractères entrechoqués comme pierres à feu.

— *Ma*, ié dois vous dire, afin de répondre à votre si aimable question, que j'ai porté dans toute l'Europe le nom de Cagliostro. Quant à la qualité de comte, on peut juger par l'éducation que j'ai reçue et les égards qu'ont eus pour moi le mufti Salahaym, le chérif de La Mecque, le grand maître de Malte Pinto, le pape Rezzonico et la plupart des souverains de l'Europe, si ce n'est pas plutôt un déguisement qu'une qualification.

Nicolas trouva la défense, au choix, pauvre en dépit de l'accumulation de noms célèbres ou éclatants d'étrangeté, ou des plus provocantes. Et la chute confirmait les doutes qu'avait manifestés Besenval en posant une question aussi directe et pour tout dire si insultante.

Besenval se pencha à nouveau vers Nicolas.

— D'autres m'auraient dit : *Sortons, monsieur*. Et nous aurions tiré l'épée !

Le commissaire constata que les vieux coqs conservaient leurs ergots : après Richelieu, Besenval !

Cagliostro avait repris la direction de la conversation. Le jambon de Mayence y passa et même les tartelettes amandines piquées de pignons de pin. Nicolas l'écoutait en l'observant. Quel bagout ! Ce qu'il débitait avec verve ne manquait pas d'intérêt et chacun se laissait prendre et emporter par ce flot bigarré de paroles. Rien n'y était banal, tout surprenait. Successivement il expliqua comment il se faisait fort de donner au carton le lustre de la soie et de transformer le chanvre le plus commun en fil de Flandre le plus ténu. Parfois au sein de ce tumulte verbal paraissait une langue étrangère inconnue. Il parcourut vingt sujets, transporté et le prenant de haut.

— On prétend, monsieur, que dans vos fours alchimiques vous auriez, à Strasbourg, transmuté le vil métal et procuré des diamants d'une eau parfaite au cardinal de Rohan. Mais il appert aussi que le prince Louis n'en a pas pour autant payé ses dettes.

— Mais, moussu le comte, qué ne posez-vous la question à Son Éminence ? Ceux qui ne veulent pas croire ne peuvent comprendre. Tout cela est bien au-dessus de leur petite raison.

La Borde s'empressa de divertir la conversation qui menaçait derechef de s'envenimer et se jeta à paroles précipitées dans un nouveau sujet.

— Savez-vous que le goût des calembours, si lancé par le marquis de Bièvre, touche jusqu'à nos princes ? Le duc d'Orléans, si grave pourtant, et qui n'a jamais approuvé la cupidité sordide qu'on reproche à son fils, en a commis un fort bon. En sa présence, quelqu'un évoquait les difficultés de Chartres à remplir les souscriptions pour les nouveaux bâtiments du Palais-Royal. *Je ne sais,* a dit son père, *d'où vient l'acharnement du public contre mon fils, j'y vois de plus près que les autres et je puis assurer que tout est à louer chez lui.*

L'anecdote détendit l'atmosphère. Cagliostro se mit à conter des histoires glanées au cours de ses nombreux voyages. Nicolas ne pouvait s'empêcher d'être fasciné par l'extraordinaire agilité mentale du personnage. Il comprenait de mieux en mieux les raisons qui expliquaient son succès dans une ville où les modes succédaient aux modes, la nouveauté présente chassant la précédente. La puissance de suggestion de l'homme le surprenait. Qu'en était-il de sa vantardise et de ce discours si mélangé où le vraisemblable le disputait à l'incroyable en couches superposées, comme la dernière vague est aussitôt submergée par l'écume de la suivante ? Tout cela intriguait l'homme et le policier. Pourquoi Cagliostro s'était-il installé à Paris ? Quel était le but de ses actions de séduction auprès d'importants personnages de la cour et de la ville ? Quel lien pouvait-il exister entre lui et un prélat grand aumônier de France ? Pourquoi s'érigeait-il en soutien de la comtesse de La Motte-Valois ? Quels étaient, au fond du vrai, les réels intérêts de ce prétendu mage ? Il se promit d'y réfléchir et, dans l'immédiat, de lui faire visite puisque désormais Cagliostro devenait une pièce de l'échiquier qu'avait dessiné la mort du vicomte de Trabard.

La soirée s'achevait et chacun congratulait les hôtes. La comtesse de La Motte tendit sa main à Nicolas, l'invitant à venir la visiter dans sa maison rue Neuve-Saint-Gilles au Marais. Nul doute, dit-elle, par une phrase contournée et en retenant un peu trop sa main, qu'il lui ferait l'honneur d'entendre le récit de ses misères et, peut-être, de se montrer miséricordieux envers elle en lui facilitant ses démarches à la cour, lui qui, elle l'avait compris, y avait ses entrées. Lorsqu'il salua Mme de La Borde, celle-ci lui confia à voix basse combien ses invités du soir lui avaient déplu et l'inquiétude qui la taraudait de voir son époux, si naïf parfois, s'en laisser conter par ces escamoteurs. Nicolas promit d'y veiller. Avant de reprendre sa voiture qui avait suivi celle du comte de Besenval, il salua ce dernier, convaincu comme lui que ce souper aurait des suites éloquentes pour l'affaire qui les intéressait. Enfin, il arrêta Cagliostro qui montait dans sa voiture, le priant de bien vouloir le recevoir au plus tôt. Surpris, le comte lui donna rendez-vous le lendemain en son hôtel, à six heures de relevée, rue Saint-Claude, à l'angle du boulevard.

Il se faisait tard et, dans la voiture qui le reconduisait rue Montmartre, Nicolas réfléchissait. L'enquête sur le meurtre du vicomte de Trabard pouvait connaître plusieurs suites. La première était celle, courante, d'un crime domestique, fruit d'un banal adultère, la seconde correspondrait aux conditions plus sournoises que suggérait la présence de libelles calomnieux. Quel était le lien de la victime avec ces papiers ? Pourquoi se trouvaient-ils en la possession d'un proche de la reine ? Quel sens attacher au projet de Trabard de s'en remettre au comte de Cagliostro ? Que signifiait la découverte de monnaies étrangères dans la cachette des écuries ? Nicolas décida d'arrêter le flux tumultueux de ses réflexions. La nuit procurerait son apaisement utile. Les éléments de l'affaire allaient poursuivre leur lente maturation. Dans le mystère du sommeil, ils se heurteraient, s'assembleraient, se diviseraient et certains, même, s'effaceraient. Au petit matin, ne subsisterait qu'une épure qui n'offrirait encore aucune solution, mais poserait les bases d'une nouvelle réflexion, celle-là plus solidement fondée.

Rue Montmartre, Catherine à son habitude veillait près de son potager. Elle surveillait une bassine de cuivre dans laquelle cuisait à petits bouillons une confiture de groseilles à maquereau qu'elle écumait de temps en temps. Il fallait les choisir petites, vertes encore, avant que les pépins ne soient trop formés La recette provenait de Mme Sanson, cuisinière émérite, et la récolte de quelques buissons du jardin de Noblecourt. Pluton, qui sommeillait aux pieds de Catherine, ouvrit un œil curieux, bâilla, s'étira et se rendormit, rassuré de reconnaître son maître. Mouchette, qui avait fait son esclave du molosse, dormait, béate, entre ses larges pattes.

Plusieurs coups de canne énergiques ébranlèrent le plafond. Le maître de maison, qui ne dormait pas encore, avait entendu la voiture et le bruit de la porte. Il réclamait la présence de Nicolas, qui monta aussitôt et le trouva dans son fauteuil habituel.

— Ah ! Mon ami, je suis heureux d'avoir veillé. Je n'aurais pas voulu m'endormir sans vous avoir parlé tant, tout au long de la journée, j'ai regretté les propos, ou plutôt le ton sur lequel j'ai cru devoir vous assener quelques pauvres vérités. Je crois que la crainte d'une attaque de goutte m'avait aigri le caractère. Au fait, je suis désolé si je vous ai peiné.

— Ma reconnaissance et mon affection envers vous sont bien au-dessus de propos dont l'acuité ne m'a pas échappé. Bourdeau m'a habitué à m'en asséner de plus forts du même acabit ! Trop souvent, le policier avance droit avec des œillères et l'homme privé n'écoute pas suffisamment la rumeur du siècle. Aussi bien demeure-t-il parfois insensible à la marche du temps, même si bien des constatations lui devraient signifier d'y prêter plus d'attention.

— Me voici un peu rassuré ! J'ai écarté les œillères et le cheval n'a pas bronché.

Au visage de son vieil ami, Nicolas mesura combien cette affaire l'avait tourmenté. Il prit son parti de ne point revenir sur la leçon de la veille, mais au contraire tenta de distraire le repentant. Il lui conta avec l'art qu'il savait mettre dans ses récits, et qui lui avait valu la faveur du feu roi, le souper chez La Borde et les échanges aigrelets entre Besenval et Cagliostro. Noblecourt demeura un instant silencieux, les yeux fermés dans une attitude que Nicolas connaissait bien pour l'avoir souvent observée. Le magistrat, dont les lèvres bougeaient, semblait déchiffrer à voix basse un message intérieur.

— Son nom est *légion*, dit-il, sentencieux.

— Parlez-vous de Cagliostro ? Le tenez-vous pour le diable ?

Noblecourt eut un petit rire sec.

— Nicolas, il ne s'agit pas de cela. Plus exactement, mesurez combien les faux prophètes, ces nouveaux sorciers, ont hérité du vrai diable sa plus redoutable capacité : son pernicieux pouvoir de séduction[6]. Tout est agencé pour lancer dans le public leur réputation. Notre peuple est léger et rien plus que l'extraordinaire le suborne. La réflexion n'y a point sa part.

Il s'arrêta, hochant la tête.

— Les dupes qui s'adressent à ces mystificateurs se font abuser. Ils gobent leurs trompeuses paroles. Ces faussaires, je les ai bien connus, jadis. Au début de ma carrière, j'ai eu à suivre le cas d'un Italien. Son nom, je ne l'ai même pas oublié : Francesco Forassassy. Même phénomène que votre Cagliostro, la même allure sans doute. Pour les uns c'était un mage, un grand philosophe, un génie, pour les autres un escroc et un fripon. Il s'introduisit dans beaucoup de milieux à la ville. Comme le serpent du jardin d'Éden, il fascinait ses auditeurs avec des discours sur le mouvement perpétuel. Il prétendait savoir faire de l'or…

— Comme Cagliostro !

— Tous s'en targuent ! C'est la pomme tentatrice de leur manœuvre ! C'est le vil moyen d'appâter le curieux avide et de le ferrer. Il assurait en faire avec du vif-argent et de l'esprit de sel auxquels il mêlait un peu d'un élixir de sa composition.

— Et qu'arriva-t-il ?

— Il essayait d'entraîner, moyennant finances, quelques candides jusqu'au moment où la police mit un terme à ses tentatives. Vous savez la sensibilité des gens du roi dans ces matières !

Nicolas réfléchit un moment.

— Le pire avec ce genre d'individus, c'est qu'on ne laisse pas d'être emporté, sinon séduit, par l'allant de leurs discours. L'apparente sincérité et la chaleur persuasive du personnage entraînent l'adhésion de beaucoup, hélas ! Et souvent de ceux que la position et leur capacité devraient préserver de tels égarements. Se pourrait-il que ce type d'homme *ait, comme les plantes, des propriétés cachées que le hasard fait découvrir* ?

— La Rochefoucauld est ici le bienvenu, dit Noblecourt souriant. L'âme la plus pure à l'origine peut s'égarer sur la route même du bien, si une solide raison ne la guide. Ainsi le clair peut être aussi opaque que le sombre. Ces gens-là jouent sur la crédulité d'autrui. Ils bâtissent leur fonds sur la bêtise et l'ignorance. Même vous, Nicolas, je sens que par certains côtés ce Cagliostro vous étonne. Craignez-le plutôt, il n'y a qu'un pas entre cette impression et la fascination qu'un reptile exerce sur sa proie.

Il ajouta comme pour lui-même :

— … Et cet homme commet le crime de dévoyer les nobles principes d'une association d'hommes libres. Il en insulte les valeurs et en brise la pierre angulaire… Cette vérité qui est notre but, notre fin dernière… Vérité pour laquelle tant d'efforts… fraternels…

La réflexion parut trop personnelle à Nicolas pour qu'il la relevât. Et d'ailleurs le magistrat n'acheva pas sa phrase, son visage s'affaissa sur la poitrine. Inquiet, Nicolas se leva et s'approcha de son vieil ami. Il perçut une respiration calme et régulière qui le rassura : M. de Noblecourt venait de s'assoupir dans une sérénité recouvrée.

Nicolas regagna son appartement, précédé de Mouchette, mystérieusement apparue, qui s'arrêtait à chaque marche de l'escalier pour vérifier que son maître la suivait bien et ne s'égarait pas, comme trop souvent, dans un départ imprévu. Il se déshabilla mi-joyeux de l'éclaircissement de Noblecourt au sujet de sa mercuriale de la veille et mi-soucieux d'une affaire qui s'avérait éclater dans trop de directions, en fusées de feu-volant. Devait-il lier les activités du vicomte de Trabard au meurtre commis sur sa personne ou, au contraire, se persuader que l'un était la conséquence des autres ? Il savait d'expérience que tout *a priori* était à rejeter, que l'intelligence d'une enquête ne tenait en rien à des choix préconçus. Par des chemins détournés, et souvent inattendus, la vérité, celle dont parlait Noblecourt, s'imposerait au bout du compte. Le commissaire aux Affaires extraordinaires éprouva comme un regain d'excitation, de joie presque. Une fois de plus la chasse était lancée.

La vérité à nouveau dépendrait de ses qualités d'expérience et de courage. Peut-être, il le savait bien, la justice n'y trouverait pas tout son compte, mais au moins le chemin emprunté y conduirait. À l'issue de cette quête, ce ne serait plus son affaire, même s'il le regrettait. Il ne connaîtrait, selon le mot de Sartine, que la *surface des choses*. Il en avait pris son parti, serviteur du roi lucide, parfois révolté, mais toujours dans l'obéissance. Qu'y pouvait-il d'ailleurs ? Il songea soudain à la reine. Où donc sa fâcheuse passion pour le jeu l'avait-elle conduite ? Le roi exécrait ses errements[7]. Vingt fois, cela se savait, ses femmes en parlaient, il avait durement fait ses représentations à la reine, sans succès.

Nicolas avait fini par se dévêtir et s'allonger. Il tomba brutalement dans le sommeil comme dans un puits… Qui était cette femme en noir qui lui tendait une main ? Dieu, qu'elle était froide ! Ils descendaient ensemble quelques marches conduisant à une petite chapelle qu'il reconnut aussitôt : la crypte gothique de la collégiale Saint-Aubin à Guérande. L'ombre le conduisit devant le double gisant en granit de Tristan de Carné et de son épouse, Jeanne de la Salle. C'était là, au creux des deux effigies, que le chanoine Le Floch, un matin de tempête, l'avait découvert, vagissant. Se pouvait-il qu'il éprouvât encore dans son corps et dans son âme le rugueux et le glacé de la pierre ? Que faisait-il là ? La femme en noir s'était arrêtée et lentement se retournait. Elle releva son voile et le visage de la camarde apparut. Un hurlement strident le tira soudain du cauchemar. Mouchette, les griffes plantées dans la poitrine de son maître, le poil hérissé, les oreilles aplaties, miaulait sur un ton aigu et désespéré. Que signifiait ce rêve qui reliait le mystère de sa naissance à la mort en habit de carmélite ? Pour quel funèbre carnaval ? Pour quelle prise de voile diabolique ? Était-ce là un avertissement que lui lançait Madame Louise du fond de son couvent de Saint-Denis ? Ou encore la manifestation de la mystérieuse et bénéfique puissance qui veillait sur les Ranreuil, père et fils ? Tout ce qui subsistait en lui de la vieille Bretagne reparaissait avec le souvenir des récits de sa nourrice. Fine, la conteuse, comme on la nommait avec un rien de respect craintif quand elle passait, pressée, dans les ruelles de la vieille cité. Il l'entendait encore lui réciter par cœur, en breton, comme une mélopée, le *Dialog etre Arzur ha Guyngloff*, ces entretiens légendaires entre le roi Arthur et Gwinglaff, magicien et devineur d'avenir.

Il se reprit, calma d'une tendre caresse Mouchette encore grondante et tenta d'élucider le sens de son rêve. Des précédents lui avaient découvert combien ces songes pouvaient recéler d'avertissements. La part la moins rationnelle de son esprit l'y engageait. À qui s'en ouvrir qui ne le moquât point ? Et pourtant ! Ce siècle de lumières ne dédaignait pas de s'en remettre à un escroc alchimiste après s'être abandonné à un magnétiseur bonimenteur. Il renonça à chercher la signification de cette apparition et, apaisé, s'endormit.

Mercredi 16 juillet 1783

Un corps tiède et chaud se serrait contre lui. Une bouche mordilla son oreille. Il se retourna ; le sommeil était chose étrange, faisant succéder aux cauchemars les rêves les plus doux. Il embrassa une forme qui ranima ses plus ardents souvenirs. Une bouffée de jasmin monta jusqu'à ses narines, ajoutant encore à sa soudaine excitation. La forme gémit et se colla à lui. Tout cela n'était que trop réel. Il voulut ouvrir la bouche, elle fut close d'un baiser. Remettant à plus tard le moment des explications, Nicolas étreignit Aimée d'Arranet, visiteuse de l'aube.

Ce fut Catherine chargée d'un grand plateau qui les réveilla, l'œil frisant d'un amusement contenu.

— Alors mes bigeons, je vous ai concocté un betit chocolat à la cannelle, amélioré d'une jetée de schnaps. Cela fous réfeillera. Enfin, si le besoin s'en fait sentir !

Elle pouffa.

— Et de bonnes brioches pour édancher le liquide. Si vous m'aviez prévenue, je vous aurais brébaré un bon kouglof.

Elle posa le tout sur une commode et se retira en ployant sa grosse taille dans une esquisse de révérence du plus comique effet.

— Alors, madame, vous surgissez dans mes rêves.

— Plaignez-vous ! J'espère y régner toujours.

Elle lui frappa la joue de deux doigts qu'il saisit et baisa.

— Loin de moi l'idée de vous en chasser ! Vous avez dissipé d'autres images peu plaisantes.

— Je me suis envolée dès la princesse couchée, espérant que vous seriez au logis. Feu follet que je n'arrive pas à fixer…

Elle s'était à nouveau lovée contre lui. Elle caressait une mèche de Nicolas qui commençait à blanchir. Nicolas consultait sa vieille montre à répétition et poussa un cri en découvrant que la matinée était déjà si avancée.

— Qu'avez-vous, mon ami ?

— J'ai que Vénus l'emporte sur Mercure et que Bourdeau doit m'attendre au Châtelet !

Elle fit la moue, se cambra, impudique dans son étirement.

— Voyez comme vous êtes. Je vous surprends au petit matin et au lieu de me consacrer… Enfin, vous m'abandonnez déjà.

— On voit bien, madame, que vous n'êtes pas de quartier aujourd'hui et que le temps vous compte pour peu !

— Point, mon ami, vous avez tout faux. Madame Élisabeth m'attend cet après-midi à Montreuil. Il y aura cueillette de cerises en noble compagnie dans ses vergers…

— C'est dire l'importance de votre charge, dit Nicolas la bouche sur sa poitrine. Des cerises, en voilà, de celles que je préfère.

Ils basculèrent sur le lit et la pauvre Mouchette, effrayée du tintamarre et des soupirs d'Aimée, s'enfuit en crachant, pressée de retrouver l'office, lieu protégé où toutes sortes de gâteries lui étaient promises et dispensées.

Midi sonnait à la tour Saint-Jacques quand Nicolas surgit dans le bureau de permanence où un Bourdeau bougon l'attendait.

— Es-tu passé sous une gouttière, pour dégouliner de la sorte ? Il ne pleut pas pourtant.

— C'est que j'étais pressé et que j'ai usé de la pompe de la cour de la rue Montmartre pour chasser de la nuit, une nuit agitée…

— Il semble en effet qu'une nymphe soit passée par là. Oh ! Ne prends pas cet air innocent, il ne te dévoile que trop bien. Seul cela ou un coup sur la tête, chez toi, justifie un retard ! Bref, reste que nos affaires ne souffrent pas de délai. J'ai une piste. Un des moineaux que j'avais interrogés, appâté par le millet…

Il frottait deux doigts l'un contre l'autre.

— … est venu me trouver.

— Et ?

— Et m'a indiqué qu'un autre oison pourrait bien être celui-là même commissionné pour porter le poulet en question à M. Le Noir, mais également…

— Et quoi ? Tu me fais languir.

— C'est vengeance de ma part de m'avoir fait tant attendre. Il aurait également acquis un grand nombre de pétards pour le même commanditaire, collection dont il aurait conservé une part pour ses réjouissances personnelles. Et, tiens-toi bien, j'ai une adresse ou du moins un lieu approché, comme toujours.

— Et alors ?

— Le repaire se trouverait chez un marchand de ferraille, cour du Dragon. L'oiseau répondrait au doux nom de *Mange-rat.*

— Curieux surnom !

— Va savoir ! Que faisons-nous ? Quelles sont tes intentions ?

— Une chose me surprend. D'ordinaire les crieurs de vieux fers qui achètent les carrosses, chaises, calèches, cabriolets et autres voitures hors d'usage, les dépècent et en revendent les parties de métal au détail. Ils vont par les rues, un sac sur le dos, criant *ferraille à vendre*. N'étalent-ils pas leur marchandise le long du parapet du quai de la Mégisserie ?

— Qu'on appelle couramment quai de la Ferraille.

— Alors je m'interroge sur ceux de ta cour ?

— C'est sans doute l'aristocratie de la profession. Et puis il faut bien mettre son fonds à l'abri.

— Bon. Cela restreint la recherche. Reste que la cour est grande, et s'il m'en souvient bien compte pour le moins une vingtaine de maisons. M'est avis que l'arrivée de deux pendards comme nous, en noir et tricorne, va affoler la volaille qui se dispersera.

— Je te vois venir ! Y aurait-il mascarade à chien-lit à venir ?

— Tu vois juste. Nous allons avoir recours à notre petit cabinet de transformations. Je te conseille une vieille barbe et un bandeau de borgne. Pour moi, perruque filasse et lunettes bleues. Nous serons censés rechercher de vieilles lames de ressort, du moins c'est ce que nous avancerons.

Aussitôt dit, aussitôt fait. Les deux policiers mirent l'habit bas et revêtirent les tenues les plus repoussantes de leur collection, dont la majeure partie était fournie par les clients de la basse-geôle. Outre une saleté générale, ils répandaient une odeur infecte qui ajoutait encore à la véracité des apparences. Un pot de terre et de poussière leur servit de boîte à maquillage, sans oublier les ongles des mains parfaitement couronnés de crasse. Il ne fallait négliger aucun détail qui eût permis de les démasquer. Bourdeau en rajouta, en utilisant une bourre d'épaule, ayant appartenu à un faux mendiant, qui le transforma en un bossu très convaincant. Ils s'entreregardèrent et éclatèrent de rire en découvrant ces individus caricaturaux qui leur permettraient de passer inaperçus au sein des bas-fonds de la ville, mais surtout d'empêcher qu'on devine à quelle redoutable autorité ils appartenaient.

Une voiture les mena par le Pont-au-Change, les rues Saint-André-des-Arcs, de Bussy, du Four, à proximité de leur destination. Là, ils l'abandonnèrent, souhaitant ne pas attirer l'attention et continuèrent à pied, tournèrent à main droite dans la rue de l'Égout pour trouver, un peu avant la rue Saint-Benoît, la cour du Dragon. Une porte cochère monumentale y donnait accès, surmontée d'un porche orné de deux croisées superposées, la plus élevée possédait un balcon dont le support figurait un dragon sculpté. Deux énormes bornes protégeaient les angles du portail. Les deux policiers levèrent le nez pour admirer l'ensemble.

— C'est Mme Crozat, mère de la duchesse de Choiseul, qui acquit la propriété et fit ériger le dragon.

— Sur Paris il ne tarit point, dit Bourdeau goguenard.

— Allons, prenons l'allure comme de vieilles rosses de manège.

Ils firent leur entrée d'une démarche heurtée, accentuant encore leur désastreuse apparence.

Nicolas comprit aussitôt, en envisageant l'ensemble qui s'offrait à ses yeux, le pourquoi de sa précédente interrogation. Une vingtaine de maisons de trois étages se faisaient face, donnant sur une cour fangeuse inégalement pavée. Chaque rez-de-chaussée comportait de grandes portes en bois qui ouvraient sur des ateliers. Les enseignes qui pendaient devant chacun d'eux indiquaient leurs activités et spécialités. Les principales intéressaient la serrurerie, l'étamage et la chaudronnerie. Il s'agissait donc bien de ferraille, mais à l'autre bout de la chaîne menant de la récupération à la transformation.

Nicolas envisagea des enfants, pieds nus, qui jouaient avec un toton. L'enjeu consistait à ce que la petite toupie s'arrêtât au plus près d'une pièce d'un liard posée sur le pavé. Nicolas, d'un mouvement vif, se pencha et rafla le disque en bois. Il y eut une protestation générale de la part de la marmaille qui s'accrocha en piaillant aux basques des policiers.

— Paix ! cria Nicolas. Je hausse l'enjeu à un écu…

Il fit miroiter la pièce tendue entre le pouce et l'index.

— … à condition que l'on me dise où je pourrais trouver *Mange-rat.*

Le plus grand leva une tête hardie et mal lavée.

— C'te pour sûr qu'on voudrait vous aider, seigneur écu le bien puant.

Tous se mirent à huer, crier et certains à faire des cabrioles.

— Mais c'est qu'on le cherche aussi notre compain. Le *Mange-rat*, on ne l'a point vu ici depuis deux jours !

V

GRIGNOTIS[1]

« Non seulement les choses doivent se suivre, mais elles doivent se tenir les unes aux autres. »

Lucien

Nicolas et Bourdeau se regardèrent.

— Comment cela, gamin ? Cela sort-il de l'ordinaire ?

— Quoi que tu m'dis ? Pas ordinaire ? Et comment ! On vit tous ensemble. Pas vrai les autres ? On s'quitte jamais.

Il n'y eut qu'un seul cri dans la marmaille.

— Alors, où est-il ? Toi qui sembles le chef de cette basse-cour morveuse, qu'en dis-tu ?

— J'en dis, lunettes bleues, c'que j'en dis. J'marche point comme la crevisse et j'machote point mon propos. Où's qu'est notre compain ? Et vous, pourquoi tu nous questionnes, seigneur puant ? Z'êtes point de la pousse, au moins ?

— Nous avons une récompense à lui remettre pour un service rendu.

— Ouais ! C'qu'on dit. Z'êtes point de la pousse, vous puez trop !

Sur ce il rafla l'écu demeuré entre les doigts de Nicolas, émit un bref sifflement et toute la troupe s'égailla, courant et hurlant, vers la rue de l'Égout.

— Ah ! Les sacripants, ils nous filent entre les mains !

— Tout n'est pas perdu. Pendant que tu parlais avec ce coquillon, j'observais la scène. As-tu remarqué que l'un d'eux nous a quittés sur la pointe et, l'air cafard, a rejoint l'un des ateliers ? Je crois que nous aurions intérêt à voir de plus près de quoi il retourne.

Bourdeau désigna la troisième maison à gauche qui portait l'enseigne d'une gigantesque clé, éloquente indication de son activité. Le portail de bois tiré, un rayon de soleil éclaira l'intérieur de l'atelier, un invraisemblable capharnaüm apparut. D'un côté s'accumulaient, en amoncellements successifs, toutes sortes de débris, morceaux, pièces, de l'autre, plus ou moins disposés dans des casiers de bois, s'entassaient crampons, boulons, ustensiles de ménage en fer, loquets, gonds, pivots et verrous. Au fond trônaient une forge éteinte et son soufflet. De clés, point et cela frappa Bourdeau.

— Tout cela ne correspond guère à l'enseigne, qu'en penses-tu ?

— Ah ! Là encore il faut en revenir aux textes. Lors tu apprendrais que le grand roi, aïeul de notre sire, octroya en 1750 des statuts aux serruriers et l'article 44 de ceux-ci déclinait les marchandises qu'ils pouvaient fabriquer et vendre, dont les objets que tu as sous les yeux.

— Vous m'avez l'air bien renseigné sur mon métier en dépit de votre apparence. Que faites-vous chez moi ?

Un homme corpulent, tête chauve, le corps protégé par un tablier de cuir, venait de surgir du fond de l'atelier, une serpette à la main qu'il balançait de menaçante façon.

Nicolas hésita un moment sur l'attitude à adopter. Leur langage venait de les trahir tout autant que sa démonstration sur les statuts des métiers.

— Monsieur, vous n'êtes pas menacé. Sachez que je suis commissaire de police au Châtelet et que mon ami est inspecteur. Nous sommes en train d'enquêter sur une affaire délicate et, en particulier, sur la disparition…

— Que vous soyez ça ou autre chose m'importe peu. Vous n'êtes pas ce que vous paraissez être. Et qui me prouve ce que vous avancez ?

— Monsieur, il vous faudra me croire sur parole. Encore que cette lettre de cachet signée de la main de Sa Majesté devrait suffire à vous convaincre de notre sincérité.

Sans lâcher le document, Nicolas le tendit à l'artisan qui, après avoir chaussé ses besicles, l'examina en grimaçant.

— Et qui me dit que ce n'est pas un faux ?

— Bigre, l'homme, dit Bourdeau, contrefaire la signature du roi, sais-tu ce qu'on y risque ? Autant se jeter dans le fleuve. Qu'il te prenne d'en douter et nous t'emmenons sur-le-champ. Quatre exempts rue de l'Égout n'attendent que notre appel. En dépit de ton volume, ils te saisiront aux quatre membres et, lié, tu seras conduit aussitôt au Grand Châtelet.

Bourdeau, qui s'amusait sous cape et que l'agitation de faux exempts remplissait toujours d'aise, accompagna son propos d'un rire sarcastique. L'homme posa sa serpette et recula, effrayé.

— Messieurs, il faut comprendre. Le doute est possible, votre costume, votre… odeur, tout concourt à laisser supposer ce que j'ai eu le malheur de vous énoncer. En quoi puis-je vous aider ?

— À la bonne heure ! Ne perdons plus de temps. Connaissez-vous un gamin, un *vas-y-dire*, qui répondrait au surnom de *Mange-rat* ? Et d'abord, comment vous nomme-t-on ?

— Lambroie Jacques.

Il s'arrêta pour se gratter le crâne, ses petits yeux enfoncés papillonnant.

— Un *vas-y-dire* ? *Mange-rat*, m'avez-vous dit ? Je ne vois pas. Non, point du tout. L'engeance, savez-vous, abonde par ici.

Bourdeau décida de piquer droit.

— Si nombreuse que l'un d'entre eux s'est introduit chez vous, il y a un instant. Quel est-il, ce marmot qui nous a précédés ?

— C'était mon fils. Je n'aime pas qu'il fraye avec cette bande de va-nu-pieds.

— Le pouvons-nous voir ?

— Il n'est pas ici. Je l'ai envoyé livrer une commande.

— Et par où est-il passé ?

— Il y a une porte derrière qui donne sur des cours.

— Vraiment !

Bourdeau s'était avancé dans l'atelier. Il marchait la tête penchée, examinant le ramas de ferraille, regardant sous un châssis, tapotant la muraille d'un index recourbé. Il finit par déplacer un établi de bois bancal. Il s'accroupit un long moment et se releva, hochant la tête.

— Auriez-vous une brosse ou un balai ? Il y a là quelque chose qui m'intrigue.

L'homme, que Nicolas tenait à l'œil, semblait respirer difficilement, une mauvaise sueur suintait à son front, lui coulait dans les yeux. Il eut un brusque mouvement en avant que le commissaire arrêta d'une jambe rapide. Fauché, l'homme s'effondra et, avant de pouvoir s'y reconnaître, fut proprement retourné et ses mains aussitôt entravées par une paire de poucettes qui ne quittait jamais le commissaire dans ce type d'expédition.

— Voilà un bougre, dit Bourdeau qui s'était porté à la rescousse, qui n'a pas la conscience nette. Où pensait-il fuir ? Ma foi, je crois qu'il va jaser comme une pie et dégoiser ce qu'il sait. Sinon… Ah ! Je ne me retiendrai pas.

L'air terrible, il avait levé la main, menaçant.

— L'inspecteur cause un peu iroquois, mais je ne méjuge pas son propos, et l'écouterais-je que je lui ouvrirais volontiers la carrière pour un petit dressage. Qu'en dites-vous, mon cher monsieur Lambroie ? Qu'avez-vous à cacher qui vous mette en un tel état ?

Il haussa le ton.

— Hein, je vous cause, qu'y a-t-il que vous souhaitiez ainsi dissimuler ?

Buté dans son silence, l'homme baissait la tête,

— Bien. Bourdeau, trouve une corde et lie-moi solidement notre homme, qu'il ne puisse bouger. Il ne perd rien pour attendre.

La chose faite, l'inspecteur finit par dénicher un vieux balai qui permit de dégager la poussière de limaille qui couvrait le sol. À la place du bahut apparut une dalle différente des autres et pourvue d'un anneau de fer.

Le ferrailleur s'était mis à pousser des hurlements au point que Bourdeau dut le menacer de la poire d'angoisse. La dalle soulevée, en fait un trompe-l'œil en bois, révéla une échelle de meunier qui plongeait dans l'obscurité d'une cave. Bourdeau tira des bouts de chandelle de ses poches, battit le briquet et les alluma. Il descendit le premier, suivi par Nicolas. Lorsqu'ils mirent pied sur le sol, une rumeur étrange frappa aussitôt leurs oreilles, faite de petits sons aigus, de grattements et de frottements. À cela s'ajoutèrent des points rougeâtres qui constellaient, mouvants, la muraille en face d'eux. Ils ne parvenaient pas à distinguer, éblouis par leurs propres lumières, l'origine du phénomène. Le bruit soudain enfla, les cris aigus atteignirent au paroxysme. Nicolas décida de fermer les yeux. Il tendit sa chandelle à Bourdeau afin d'avoir la lumière dans son dos et approcha la muraille. Grande fut sa surprise de découvrir des dizaines de cages posées, les unes sur les autres, qui toutes contenaient des rats dont les yeux, reflétant la lumière, expliquaient l'origine de ces points rouges.

— Un mur de rats ! Et pour quel motif ?

— Mon ami, la question est par trop évidente pour ne pas donner la réponse. Ce mur vivant cache autre chose.

Nicolas continua son inspection de la pièce qui possédait de nombreux recoins. Dans l'un d'eux il trouva une méchante couchette faite de chiffons sales entassés. À un morceau de fer fiché dans la pierre pendaient des hardes d'enfant, pauvres pièces rapiécées et usées jusqu'à la trame. Sous la couchette s'entassaient des peaux de rat mal tannées qui dégageaient des odeurs infectes. Sous cette couche pestilentielle, était dissimulée une petite boîte en bois munie d'un couvercle à glissière. Il la tira et, parmi de pauvres vestiges, mine de plomb, ficelles, billes en terre, deux clous, un éclat de verre, une lame de canif sans manche, deux queues de rat desséchées, une image naïve de la Vierge, quelques liards, un bout de chandelle, il aperçut un paquet de pétards entamé et, enfin, une piastre espagnole en argent. Ce qui le frappa dans cette étrange trouvaille, ce fut l'état de la pièce, brillante, sans usure ni rayures, d'évidence une pièce neuve. Que faisait-elle dans les misérables biens d'un gamin de la rue ?

Bourdeau s'approcha et à son tour inventoria les découvertes du commissaire. Grattant le sol autour de la couchette, il dégagea de petits ossements qui avaient l'apparence d'avoir été rongés. D'un mouvement accablé de la tête, il les désigna à Nicolas.

— Est-il possible ? Imagine…

Le commissaire réfléchissait. Sa gorge se serrait en songeant à la vie de cet enfant, voué à quelle innommable besogne ? Était-il le gardien du secret de cette cave, de cette fosse aux rats ? Que faisait, dans cette accablante misère, une pièce d'argent étrangère ? Se pouvait-il que ce petit fût condamné à se nourrir du bétail couinant dont d'évidence il était le berger ? Et les rongeurs eux-mêmes ? Une pensée affreuse le traversa. La seule ressource pour le troupeau et leur gardien, sans nécessité d'avoir recours à aucune intervention extérieure, c'étaient les rats qui se dévoraient et se reproduisaient, augmentant ainsi la nourriture utile de ce lieu d'abjection. Une question surgissait aussitôt : quel indéniable secret cette organisation perverse pouvait-elle bien dissimuler ? La pensée du gamin l'obsédait. Qu'était-il devenu ? Combien de ses semblables croupissaient ainsi dans Paris la grand'ville, épaves misérables nées du malheur et de la misère ? Une fois de plus, et avec une sensibilité que sa maturité aiguisait, la cité lui apparaissait comme un Moloch destructeur d'existences, divinité dont le brillant faux-semblant dissimulait de bien ténébreux et redoutables mystères. Sans doute sa récente retraite dans sa Bretagne natale, dont pourtant la misère paysanne n'était pas absente, mais où elle revêtait des aspects moins effroyables, accentuait-elle encore ce sentiment.

— Que dis-tu de cette pièce ?

Bourdeau approcha la piastre du bout de sa chandelle.

— Ma foi, je trouve qu'elle paraît être la sœur jumelle de celle découverte dans la cachette du *box* de Bucéphale

— Et qu'en conclus-tu ?

— Que le fil n'est point rompu et que nous avançons bellement vers quelque chose d'incertain.

— Tu ajouteras à cela les pétards qui confirment nos soupçons.

— Récapitulons. Un inconnu charge un *vas-y-dire* de faire l'emplette de pétards. Il l'envoie sans doute porter un paquet chez le lieutenant général de police. Il n'y a en effet aucune raison qu'il ait dû employer un autre moineau. Grâce à nos recherches et recoupements, nous retrouvons sa trace et son… disons, gîte. Les preuves s'accumulent. La véracité de notre hypothèse s'impose. Présence d'un paquet de pétards, mais aussi apparition d'une seconde piastre.

— As-tu songé que cette pièce aurait pu lui être allouée en récompense de ses services ?

— C'est en effet une possibilité plausible. Quoique…

— Qu'as-tu derrière la tête ?

— Ce marchand de fer a voulu nous dissimuler quelque chose. Se pourrait-il…

— Il a seulement tenté de voiler les conditions dans lesquelles il loge son *vas-y-dire*. Voilà tout.

— Dans une cave à l'accès condamné par un établi et recouvert de poussière ? Il y a autre chose. Peux-tu imaginer qu'un gamin ait organisé cet élevage, et par ailleurs où aurait-il trouvé les moyens d'acquérir toutes ces cages, en fer, note-le ? Il était le gardien d'un secret redoutable.

— Et il a disparu.

— Il nous faut chercher ici et dégager la muraille. Sinon il nous restera d'interroger le Lambroie.

Ils s'y attachèrent aussitôt, avec cependant des précautions infinies car les bestioles enragées tentaient de leur mordre les doigts. Dans plusieurs cages des combats se poursuivaient qui s'achevaient par des mises à mort, préludes à des festins carnivores qui déclenchaient de nouvelles rixes. Peu à peu, à mesure que la muraille était dégagée, une porte apparaissait. Une simple poignée permettait de l'ouvrir, le battant pivotant dans une arrière-cave. Ils s'avancèrent avec prudence vers une masse imposante recouverte d'une toile grossière. Le long des murs, des caisses s'empilaient. Ils posèrent leurs chandelles et se mirent à examiner les lieux. Doucement, Nicolas entreprit de dévoiler la chose. Une étrange machine surgit, faiblement éclairée renvoyant quelques reflets métalliques.

— Serait-ce là un pressoir ? demanda Bourdeau.

— Je reconnais bien là un seigneur de vignes à Chinon, se moqua Nicolas. Mais au fait, tu n'es pas vraiment éloigné de la vérité. Nous avons là, ma science provient de la lecture assidue des planches de l'*Encyclopédie*, une machine de frappe à balancier qui sert à graver les monnaies.

— De la monnaie ! Serions-nous tombés sur un nid de faux-monnayeurs ? Ce serait mettre à blanc quelque chose de considérable ! C'est la première fois que je déterre pareille entreprise. Nos pions ont été à dame !

L'enthousiasme de Bourdeau plaisait à voir.

— Considère cette machine. Elle possède un corps de balancier muni à chacune de ses extrémités de pesantes boules de plomb qui fournissent la force du coup qui marque les pièces. Un coin mobile.

— Un coin ?

— Oui, le fer gravé qui va former l'une des faces de la pièce. Ce coin est fixé à l'extrémité d'un axe vertical à vis. Il faut placer le flan.

— Quel flan ?

— Le flan est une pièce de métal, or ou argent, préfigurant la pièce avant sa gravure. Ainsi la monnaie est-elle frappée entre le coin mobile qui descend et le coin fixe, placé sur un socle en bas de la machine.

— Tout ceci est d'une simplicité quand c'est toi qui expliques !

— C'est en effet ce qu'aimait relever le feu roi, dit Nicolas d'un air cafard qui fit éclater de rire l'inspecteur.

Bourdeau commençait à inventorier le contenu des caisses en bois accumulées le long du mur. Il brandit un rectangle de métal blanc.

— Des lingots d'argent ? Non, trop mince, des feuilles.

— D'argent ? Je ne le croirai que lorsqu'un changeur me l'aura dûment confirmé. Qui dit fausse monnaie suggère aussi malversation de la matière noble et titre infidèle…

— Cela je le sais. Le titre est le degré de finesse ou de la pureté d'un métal.

Nicolas semblait perdu dans ses pensées.

— Quelque chose te chiffonne ?

— Je songe que notre ami Lambroie ne peut être à la tête d'une telle organisation. Au mieux, il en est le greffier, le gardien des lieux. Car battre monnaie avec cette machine ne suffit pas. Les coins doivent être gravés par un artiste habile et qui accepte les risques de cette complicité. Il faut aplatir les feuilles où seront découpés les flans. D'autres artisans sont chargés avant la frappe de les mettre au poids légal de la monnaie choisie. On ajuste la chose à la lime en pratiquant des stries sur les bords. Enfin, après la frappe, les flans seront martelés. Tu imagines la difficulté de ces successives opérations et le nombre d'acteurs qu'elles requièrent ?

— Que vient faire le vicomte de Trabard dans cette affaire ?

— C'est ce que nous devrons traverser. Il nous faut trouver un indice et remonter la filière. L'ami Lambroie sait-il seulement quelque chose ?

— Et que signifie la présence de cette piastre ?

— Surtout ne l'égarons pas ! Si elle a été frappée ici, elle parlera d'elle-même et nous livrera bien des informations. Reste que ces criminels sont d'une rare audace. Comme moi tu connais les lois qui régissent ce genre des crimes.

— Oui, « *faire, contrefaire et altérer la monnaie est un crime capital, ainsi que de l'exposer, et en introduire d'autre que celle qui provient des Monnaies de Sa Majesté* ».

— Et, poursuivit Nicolas, « *les serruriers, forgerons et autres ouvriers travaillant le fer qui auront fabriqué des ustensiles, machines, balanciers et autres outils servant aux monnaies seront punis de mort ainsi que les graveurs et autres qui y auront mis la main* ». Et tout cela d'après les ordonnances de nos rois de 1262, 1273, 1549 et 1726.

Bourdeau jeta un regard d'admiration sur Nicolas dont l'encyclopédique connaissance ne laissait jamais de le méduser.

En soulevant les caisses, d'autres pièces apparurent, encore de la piastre et de la monnaie anglaise.

— Quel intérêt y a-t-il à contrefaire en France des espèces étrangères ?

— Cela n'est pas le moins curieux ; en d'autres lieux, j'aurais soupçonné une fomentation de notre Sartine. C'eût été tout lui d'imaginer un tel expédient pour gêner l'ennemi anglais !

— Cela n'expliquerait pas la monnaie espagnole. Ce sont nos alliés, même si une certaine apathie a marqué leur alliance !

— Ce que nous avons sous les yeux me paraît répondre à d'autres desseins et à des intérêts qui nous sont, pour l'heure, inconnus. Mais nous devons dresser notre plan de bataille. Retrouver l'enfant est urgent. Il convient d'activer nos mouches. Gremillon s'en chargera. Secundo, la maîtrise de cet atelier s'impose, car c'est ici que se nouent les écheveaux compliqués que je pressens. Le Lambroie doit être emprisonné.

— Faut voir ! Songe que si nous le sortons, toute la cour du Dragon l'apprendra et, vêtus comme nous le sommes, nous ne passerons pas inaperçus. Les ferrailleurs peuvent prendre fait et cause pour leur confrère et nous menacer d'un mauvais parti.

— C'est bien pourquoi je suggère un autre plan. Il convient d'extraire notre prisonnier par cette porte de derrière dont il nous a parlé.

— Existe-t-elle seulement ?

— Le gamin qui était entré a disparu. Au su des activités illicites qui se développaient ici, on peut aisément imaginer qu'une sortie de retrait était prévue afin de faciliter la fuite éventuelle des participants. Répondons à quelques questions : Lambroie occupe-t-il la totalité de la maison ? Existe-t-il une porte comme annoncé ? Sur quoi donne-t-elle ? Si nous parvenons à quitter la cour du Dragon avec notre prisonnier, cette maison devra se transformer le plus tôt possible en piège. Rabouine et ses hommes l'investiront, par le dehors et au-dedans, sans désemparer tant que des visiteurs ne se seront pas manifestés.

Il parut après un rapide état des lieux que Lambroie n'occupait que la partie commerciale de la demeure. Une fouille s'ensuivit sans résultat. Il semblait peu assuré qu'il y vécût. Une porte existait bien donnant sur une petite cour qui s'étrécissait en un boyau puant et rejoignait une autre cour pour finalement déboucher rue Taranne. La voie était donc libre pour les deux policiers. Ils revinrent interroger le ferrailleur qui s'obstina, quand il ne les insultait pas, dans un silence buté. Ils le tinrent entre eux deux, quasiment porté, et rejoignirent sans encombre leur voiture rue du Four.

Dès leur arrivée, le prévenu fut confié au père Marie qui se chargea des formalités d'écrou et, dûment éclairé sur la cause, fit jeter Lambroie dans l'un des cachots les plus sinistres de la vieille forteresse. Son obscurité humide permettrait peut-être de délier une langue jusqu'alors embarrassée. Gremillon et Rabouine furent convoqués et mis au fait de la situation. Le sergent devait se mettre en quête de *Mange-rat* et Rabouine organiserait la surveillance de la cour du Dragon, aidé de mouches dont l'aspect ne dénoterait pas au milieu du petit peuple des lieux. L'endroit demeurait le plus propice pour relier les écheveaux inconnus de ces mystères. Le piège le mieux agencé serait mis en place, qui se refermerait dès qu'un quidam s'aventurerait à approcher l'atelier du serrurier. Il conviendrait aussi de veiller à la sortie du passage de la rue Taranne. Quiconque s'introduirait dans la nasse se trouverait ainsi dans l'absolue impossibilité d'en sortir. Cet *épiement* se poursuivrait jour et nuit, sans relâche tant que le stratagème n'aurait pas produit le résultat escompté.

La mise en forme et les multiples préparatifs de ce plan se prolongèrent tard dans l'après-midi. Contrairement à M. de Sartine qui ne goûtait pas la *cuisine* des enquêtes, le commissaire Le Floch savait d'expérience combien la présence du chef activait les énergies des subalternes. Il serait au bout du compte le responsable de ce qui adviendrait, aussi estimait-il nécessaire d'être partie prenante de tous les détails d'une opération comme celle qui s'apprêtait. Ses proches qui lui vouaient une fidélité adamantine lui en étaient reconnaissants, assurés par le haut d'être dirigés, couverts et garantis. Il écrivit un court billet à M. Le Noir pour l'informer du déroulement inattendu de l'enquête et le fit porter incontinent à l'hôtel de police.

Vers cinq heures de relevée, Nicolas, ayant consulté sa montre, quitta le Grand Châtelet pour se rendre à pied chez le comte de Cagliostro. Il aimait ces marches dans la ville. Il en appréciait les curiosités, notait les transformations que le siècle apportait aux quartiers traversés. Il demeurait attentif à l'atmosphère, à ces mille petits incidents de la rue qui, plus que d'autres indices, donnaient la température et l'état d'esprit du peuple. Ce faisant, il se souvenait que le premier souci de la police demeurait qu'aucun désordre ne se développât dans la capitale du royaume.

Au coin de la rue de la Coutellerie, il rencontra Tirepot qui lançait aux chalands pressés de trouver le lieu idoine pour satisfaire leurs besoins d'une voix éraillée sa sempiternelle sentence *Chacun sait ce qu'il a à faire, le chalet pour un, le chalet pour deux !* Nicolas observa que son vieux complice ne portait plus le lourd et puant fardeau des deux seaux et de la toile cirée. Un jeune homme en culottes bouffantes et vieux gilet brodé avait pris la place du légitime propriétaire.

— Ah ! Nicolas, il y a lurette que j't'ai vu. Toujours à la cour, hein ?

— J'étais chez nous, à Guérande.

— Hé, l'heureux homme !

— Mais, que vois-je ? Les affaires reprennent ; tu embauches désormais ?

— J'te présente Yves, de chez nous, il vient d'Elven, comme tu l'as noté à sa défroque. C'est un petit cousin. Je le forme au métier…

Il cligna d'un œil.

— Tu vois ce que je veux dire… Il faut bien préparer sa succession.

Il flanqua une bourrade à son commis, lui désignant Nicolas.

— Le commissaire Nicolas Le Floch, un pays à nous. Tu lui obéiras comme à moi. Entends-tu ?

Le garçon secoua la tête, découvrant des dents dont l'éclat frappa Nicolas tant à Paris la chose était rare.

— Tu pourras compter sur lui quand je n'y serai plus.

— Allons, tu te portes bien.

— Une hernie qui m'empêche de porter. Des douleurs… J'me réserve la voix pour le moment… Yves, un jour, prendra ma place. Je lui laisserai mon négoce. C'est un brave gars. *Yac'h evel u c'hloc'h*, sain comme une cloche.

— *Ya pa ne ve ket faou !* rétorqua Nicolas, oui, quand elle n'est pas fêlée !

Un grand rire suivi d'une interminable quinte de toux secoua le vieux Breton. Il asséna une seconde bourrade à son petit cousin.

— Y a pas danger, c'est du solide ! Tu vois, Yves, tu peux lui parler. Il est comme nous et nous comprend.

Nicolas, ému de cette rencontre, gagna la rue de la Tixanderie. Le temps faisait son œuvre, seul vrai adversaire contre lequel nulle esquive n'était possible. Cette pensée le tarauda. Il réfléchit que le temps était multiple, que ses durées, quoique parallèles, ne se dévidaient pas à la même vitesse. Il eût été plus aisé de marcher au même pas, de n'avoir ni avance ni retard. Cela aurait évité de souffrir de cette décadence. À l'entrée de la rue Vieille-du-Temple, il se reprit, se traita de sot, mesura l'inanité de son raisonnement et écarta cette méditation de morfondu.

Le ciel disparaissait sous une sorte de brouillard rougeâtre qui voilait le soleil de cette fin d'après-midi et peu à peu s'assombrissait. Le sol paraissait ébranlé des grondements sourds d'un tonnerre lointain, accompagné de furtifs éclairs. Les remugles habituels de la ville avaient laissé la place à une autre puanteur qui oppressait la respiration du commissaire. Nicolas songea à ce qui était advenu en Bourgogne quelques jours auparavant, nouvelles dont lui avait fait part Noblecourt en lisant sa *gazette*. La terre avait tremblé et cette commotion, disait-on, s'était doublée d'un bruit sourd, semblable à celui d'un chariot roulant avec rapidité sur le pavé. L'effroi avait été plus considérable que le dommage. Seules quelques cheminées avaient chu et des plafonds s'étaient lézardés. Certains rapprochaient ces faits du désastre qui avait bouleversé au début de l'année la Calabre et la Sicile. Les descriptions parvenues à Paris montraient des fleuves rétrogradant vers leurs sources, des montagnes s'abaissant en vallées et des vallées en montagnes. Des secousses à la fois horizontales, concentriques, excentriques et perpendiculaires avaient mis à bas Messine, Casal et Huovo, et cela si rapidement qu'aucun habitant n'en avait réchappé. En Islande, une île nouvelle avait surgi au milieu de la mer. Nicolas réfléchissait qu'après ces événements, des brouillards étranges, comme celui qu'il était en train d'observer, s'étaient répandus sur le royaume, produisant orages et grêles. Des physiciens instruits affirmaient que ces phénomènes n'avaient aucun rapport avec des événements survenus dans des pays éloignés où les volcans formaient un péril coutumier dont la France était heureusement préservée.

Cette réflexion le mena par les rues Thorigny, de la Perle et Saint-Gervais jusqu'à sa destination. Il découvrit aisément l'hôtel du mage à la mode. Sous l'orage sec qui développait ses menaces, la demeure, située à l'angle du boulevard, c'est-à-dire le long du rempart de la ville, offrait une image sinistre. Il y pénétra par la porte charretière s'ouvrant rue Saint-Claude. Une cour resserrée donnait sur un porche dallé dont le degré portait une rampe en fer. Nicolas fut accueilli par un valet muet qui, sans écouter son propos, lui indiqua aussitôt un escalier en plein mur, où il s'enroulait dans l'obscurité. Nicolas eut juste le temps de déchiffrer le début de l'inscription gravée dans l'antichambre en lettres d'or sur un marbre noir : « PÈRE DE L'UNIVERS, INTELLIGENCE SUPRÊME. »

Dans une pièce vide toute tendue de damas rouge, Cagliostro l'attendait et l'accabla avec excès de compliments aimables. L'habit quasi oriental étincelait, surbrodé, le mollet droit tendu, comme pour une pose d'apparat, laissait entrevoir un bas chiné à coins d'or. Les souliers en velours arboraient des boucles en pierreries. Au débordement des paroles correspondait celui des diamants, présents aux bagues des doigts, à la jabotière et aux chaînes des montres. Les nattes poudrées réunies en cadenettes ajoutaient encore au bizarre de l'aspect du grand cophte.

Nicolas observait le comte. Il le faisait l'esprit libre, loin de la dispersion d'attention qu'occasionne toujours la conversation mêlée d'un souper. Pour décisive que fût pour lui la première impression, il s'évertuait toujours à offrir une seconde chance à son jugement. Et sa religion n'était pas établie à l'issue de la première rencontre chez La Borde. La silhouette mordorée qui s'agitait, le verbe haut et le geste multiplié, lui rappelait les mimiques des bateleurs de la foire Saint-Laurent ; la parole du comte s'apparentait à leur bagout. Cette face aux traits grossiers, aux yeux étincelants et au triple menton parvenait, l'espace d'un court instant, à refléter mille émotions, innocentes ou matoises. Un relief tourmenté et mouvant sur lequel l'ombre des nuages chasse par à-coups la lumière. Quelle était la vérité profonde de ce personnage de la *commedia dell'arte* ? Sa façade n'était-elle qu'un masque, peint et maquillé, peut-être celui d'un pauvre homme ? Quelle recette lui permettait de s'ériger en mage et guérisseur ? La croyance en ses pouvoirs surnaturels et la presque dévotion de beaucoup, et parmi les plus huppés de la société, pour son prétendu génie, dérivaient-elles de ces croyances irraisonnées venues du fond des âges ? En ces temps de lumières, celles-ci surnageaient et emportaient les esprits les mieux éclairés. Qu'on croie en lui renforçait sans doute sa propre assurance en ses capacités et en redoublait la jactance.

— *Ma, signore* commissaire, ou moussu lé marquis. Ié cause, ié cause. Pour quel objet avez-vous souhaité m'entretenir ?

Il fit un geste pour inviter Nicolas à passer dans une seconde pièce, qui tenait de la bibliothèque et du cabinet de curiosités. Pourtant ce désordre était organisé, sans doute destiné à l'effet d'impressionner. Ils prirent place dans des fauteuils gigantesques aux formes torsadées rechampies d'or.

— Je vous remercie, monsieur, d'avoir aussi vite consenti à me recevoir. Je ne suis pas ici à titre personnel, mais pour une affaire criminelle de mon ressort.

Nicolas s'arrêta et laissa durer un silence qui parut mettre son hôte dans le malaise. La conscience du comte était-elle si tranquille qu'il pût sans angoisse laisser la police se pencher sur ses affaires ?

— Dois-je comprendre que j'aurais contrevenou aux lois dou royaume ? Serait-ce en liaison avec vos propos presque menaçants portés hier soir chez notre ami La Borde contre mes recherches, pourtant bien innocentes ?

— Peut-être, c'est selon.

La réponse du commissaire n'était pas de nature à rassurer Cagliostro qui se leva et fourragea dans un monceau de papiers empilés sur un bureau. Il revint s'asseoir près de Nicolas.

— J'ai là des lettres qui joustifient amplement mes actes…

Il les agita.

— … rédigées pour moi par de hautes pouissances du royaume.

— Je n'en doute pas. La société de la cour et de la ville bruisse de vos éminents mérites. L'écho est monté jusqu'aux entours de la reine.

Cagliostro se dressa pour se plonger dans une quasi-génuflexion qui rappela à Nicolas les pantins actionnés par des fils, si goûtés par les enfants.

— Ié souis son très humble serviteur à Sa Majesté !

— Monsieur, j'irai droit au but. On rapporte que vous ne réclamez aucun paiement pour vos soins, que votre générosité est sans limite, et que vous disposeriez d'une fortune immense. Je vous serais reconnaissant de bien vouloir m'instruire de la nature de vos revenus.

— Ié souis surpris ! S'agit-il d'une enquête officielle ?

— Elle ne peut l'être davantage, répondit le commissaire en agitant une lettre de cachet qui se déplia dans un claquement sec.

— Apprenez que la ressource dont je dispose ressort de ce que, dès mon arrivée dans oune nouveau pays, oune banquier me fournit de tout ce qui m'est nécessaire. Il en est ensuite remboursé. Pour la France, j'ai Sarazin de Bâle, lequel comme oune *frère*…

Il appuya sur cette étrange dénomination qui fit penser Nicolas à l'affiliation de Cagliostro à des sociétés secrètes.

— … me donnerait toute sa fortoune si ié la lui demandais. Même chose à Lyon avec M. Sancostar. Cependant ié vous confie cela pour vous répondre, mais j'ai toujours prié mes banquiers de nier qu'ils l'étaient. J'ai en outre d'autres ressources dans diverses choses qui me sont connues.

— Bien. Je dois donc m'en satisfaire. Que doit-on penser de vos prétendus pouvoirs ?

— Auxquels, bien sûr, vous ne croyez pas ?

— Mon rôle n'est pas de croire, mais seulement de savoir qui est en vérité un homme dont le nom a été cité dans une affaire criminelle.

— Oh ! Oui, la vérité… On m'accuse d'être oune empirique. Que signifie ce mot ? Veut-on par là désigner oune homme qui, sans être docteur, a des connaissances en médecine, qui va voir les malades et ne fait point payer ses visites comme vous l'avez justement relevé, qui les guérit, pauvres ou riches ? Ma, oui, si c'est cela, ié suis oune empirique !

Il agitait à nouveau les papiers. Dehors le tonnerre grondait et la lueur des éclairs démasquait des figures étranges dans les recoins obscurs de la pièce.

— J'ai là des certificats. L'un de M. le marquis de Miromesnil, garde des Sceaux, et l'autre du marquis de Ségur. Les voulez-vous lire ? Tenez, le premier date du 15 mars 1783, il dit avoir eu connaissance de « *plusieurs actions pleines d'humanité de cet étranger* », moi ! Monsieur, moi ! Et ié ne parlerai pas du prince Louis.

Il se frappait la poitrine.

— Et pour le marquis de Ségur, il apprécie toujours parlant dé moi, dé moi ! « *La bonne conduite et l'usage respectable qu'il a fait dans la ville de Strasbourg de ses connaissances et de ses talents, et les preuves multipliées d'humanité qu'il y a données.* » Et il ajoute : « *Cet étranger mérite la protection du gouvernement.* » La protection, entendez-vous ? Voilà, monsieur, l'homme qué vous poursuivez de vos inquisitions !

— Monsieur, je ne suis pas un inquisiteur, je poursuis une enquête et dussé-je vous blesser, je dois en savoir un peu plus sur un terrain important d'une affaire que je traite. Je vous crois sur parole, ayant par ailleurs d'autres moyens de vérifier vos dires.

— Soit.

— Je poursuis. Que doit-on penser de la capacité que vous auriez prétendu posséder de transmuter les métaux en or et d'augmenter la grosseur des diamants ?

— Qué dois-je vous répondre ? Si ié vous assure que c'est la vérité, vous me déclinerez tous les édits de vos rois, et si je nie que cela soit la réalité, ié mé trahis moi-même. Comprenez que je suis un savant, quelqu'un qui essaye de percer les arcanes les plous hermétiques de l'univers. Ié pourrais vous en apprendre long, moussu, dans ce domaine. Nous sommes quelques-uns réunis pour y réfléchir sous l'égide de la raison.

Cagliostro avait levé les mains. Les yeux écarquillés laissaient seulement voir leur blanc. Une sorte de transe tremblée s'était emparée du mage.

— Monsieur, dit Nicolas, nous reviendrons si vous le voulez bien à l'objet de ma visite. Avez-vous reçu ces derniers jours la visite intéressée d'un homme qui souhaitait dans une situation difficile avoir recours à vos prétendus pouvoirs…

— Prétendous, prétendous !

— Supposés, si vous préférez le terme. Pouvoirs qui autoriseraient l'espérance de voir transmuter un vil métal en or ?

— Décidément, cette question vous obsède, *signore* marquis. Serait-ce qué vous-même souhaiteriez y avoir recours pour combler… quelque dette de jeu, peut-être ?

— Monsieur, vous insultez le magistrat !

— Ié retire, ié retire. *Mille scuze signore marchese !* Ié vois bien que vous n'êtes pas de cette natoure-là.

— J'attends votre réponse.

— Monsieur, j'aime votre pays. Ié ne souhaite pas devoir lé quitter sur des malentendous. Quoique ténou par le secret que tout médecin doit conserver à l'égard de son patient, ié vais…

— Il ne s'agit pas ici de santé, mais d'affaires concernant des intérêts particuliers.

— Soit. J'ai reçu oune noble seigneur qui, sous le couvert du secret…

Il secoua la tête et sembla se parler à lui-même.

— Non, vraiment, ié ne veux pas être mêlé à oune intrigue aussi délicate…

— Alors, monsieur ?

— Il m'a requis de l'aider. Ce n'était pas à son avantage, il servait d'intermédiaire à oune haute et pouissante personne qui se trouvait gênée, ne possédant pas la somme, oh ! considérable, pour régler oune dette.

— Un homme aussi subtil que vous a-t-il une idée du bénéficiaire de la demande ?

— Ié vous remercie du compliment. Ié crains de prononcer un nom que le respect devrait m'empêcher de dévoiler. Le personnage que j'ai reçu m'a semblé, semblé notez-le bien, venir de la part, puis-je vraiment lé dire ? de la part de Sa Majesté la reine, *signore marquis*, oui, de la reine !

Nicolas frémit. La souveraine lui avait-elle bien révélé l'entièreté de sa scabreuse situation ? Ce ne serait pas la première fois qu'elle lui cèlerait une partie de la vérité.

Ayant désormais lâché l'essentiel, Cagliostro débitait son récit d'abondance, multipliant les détails.

— Voilà ce personnage, fort bien vêtu, de haut lignage selon moi, qui après de nombreuses circonvoloutions de langage, me demande s'il ne serait pas possible d'augmenter la taille d'oune poignée de diamants qu'il mé présente. La chose était pressée, il haussait le ton, parfois plaintif, parfois arrogant. Ié loui ai expliqué que s'il était en mon pouvoir dé transformer des pierres, cela impliquait de longs préparatifs et que le résultat n'était, de toute manière, pas assuré à tout coup.

— C'est étonnant, dit Nicolas ironique. Le cardinal, dit-on, prétend le contraire.

— Oh ! Lé cardinal… Et que dans ces conditions, ié ne pouvais m'y engager, d'autant plous que les opérations alchimiques requièrent une configuration favorable des astres qui se pouvait faire attendre.

— Bref, vous écartez donc cette première possibilité.

Cagliostro le considéra, étonné de la remarque.

— Oui, car il y eut bien une autre proposition, n'est-ce pas ?

— Il me supplia de transmuter en monnaie d'or oune masse considérable de monnaie d'argent.

Il hésitait à poursuivre.

— Et ?

— C'étaient des piastres espagnoles dont ié fis l'essai et qui se révélèrent fausses. Oui, moussu le marquis, fausses !

— En êtes-vous assuré ?

— Moussu, si ié vous livre de bon gré un secret aussi dangereux, c'est que ié souis dans la certitude de ce que ié viens de vous confier.

— Et qu'avez-vous fait, ayant découvert cette tromperie ?

— *Ma*, mon expérience a guidé ma conduite. Sous un prétexte ié mé suis éloigné. J'avais subtilisé une pièce pour la vérifier. Ié souis assez habile de mes mains…

Il les agita, les diamants des bagues étincelèrent à la lueur des chandelles qui éclairaient cette pièce aux croisées voilées de lourds rideaux. Nicolas faisait confiance à Cagliostro, expert en tout bonneteau, dans l'escamotage de la piastre sous le nez de son hôte.

— La preuve obtenue, ié décliné la proposition au grand dépit de mon hôte qui a même tenté de me menacer. Il n'était pas en position de le faire. Il mé suffisait d'adresser oune lettre au lieutenant général de police, et dé dénoncer un crime capital, celui qui touche la fausse monnaie.

— Je vois avec satisfaction que vous connaissez bien nos lois. Toutefois je m'étonne que vous ayez dissimulé jusqu'à ce soir ce que le hasard vous avait fait découvrir.

— *Ma*, j'en étais demeuré à la requête de faire de l'or. Lé reste est oune grâce que je vous accorde.

Cagliostro n'imaginait guère que lui, Nicolas, sût tout de cet entretien. Cela facilitait l'intuition.

— Il vous revient, monsieur le comte, de compléter votre témoignage. Je ne vous ferais pas l'injure de penser que vous n'avez pas cherché à savoir qui était votre visiteur, ce patient aux si dangereuses exigences. Or donc, j'attends que vous m'apportiez cette information, en seconde grâce que vous me ferez l'honneur de me consentir.

— Les choses né m'apparaissent pas aussi simples.

— Ne me forcez pas, j'en serais au désespoir, à vous rappeler, avec les arguments les plus décisifs que vos propres paroles ont soulignés, qu'il s'agit désormais d'une affaire d'État. Vous-même avez été… Comment dire ? Aux limites de ce qui est tolérable. Oui, je sais, avec prudence et circonspection. Une illustre personne… Mettez-vous, je vous en prie, à ma place et tirez-en les conclusions utiles. Consentez-y et nous environnerons votre rôle dans tout ceci de ténèbres bienveillantes.

— Vous êtes un roude jouteur et…

— Je ne suis qu'un instrument de la justice et un serviteur du roi.

— Pour vous dire vrai, ié ne connais pas son nom.

— Hélas ! Monsieur. Me pousserez-vous à des extrémités que je regretterais ?

— Non, point d'excès prématouré. Ié dispose de quelque chose qui devrait vous intéresser. On sous-estime toujours oune belle âme comme la mienne.

Il se leva et alla fouiller dans un tiroir de son bureau. Il en tira un petit carton qu'il tendit à Nicolas.

— Cagliostro prend toujours ses précautions, surtout quand on le menace. Ié voulais savoir à qui j'avais affaire. Aussi bien Cagliostro a reproduit à la mine les armoiries timbrées sur la voitoure de mon visiteur. Ié n'ai eu qu'à ouvrir la croisée.

Nicolas reconnut les alérions du blason de la maison de Trabard. À ce moment la rumeur d'une altercation et le parler haut perché d'une femme, puis des pas pressés se firent entendre, la porte s'ouvrit avec fracas et la comtesse de La Motte surgit, suivie du valet éperdu qui tentait de la retenir et qu'elle repoussait à coup d'ombrelle.

— Allons, ma colombe, calmez-vous.

— Ce manant ose m'interdire votre porte. Il a tenté de lever la main sur moi, ce vieux bubon !

Soudain elle aperçut Nicolas, se mordit les lèvres. Son visage se transforma et la harpie glapissante redevint une petite femme charmante. Elle se mit à minauder en le reconnaissant.

— Qu'y avait-il de si pressé que vous arriviez ainsi poussée par la comète et portée par les furies ?

— Tenez-vous réponse de Son Éminence sur ce que vous savez ?

— Non, ma belle, pas encore. Il faut savoir patienter.

Nicolas, qui s'était levé à l'entrée de la comtesse, annonça qu'il se retirait.

— Je vous remercie, monsieur le comte, de cet intéressant entretien. Je ne doute pas que nous nous revoyions bientôt.

— Serviteur, *signore marchese*, serviteur !

— Vous nous quittez déjà, dit la comtesse. Je n'ai pas vu votre équipage. J'ai là un fiacre qui m'attend. Il se fait tard… M'accompagneriez-vous ?

— Je retourne au Grand Châtelet.

— Alors vous garderez la voiture après m'avoir déposée rue de la Verrerie. Ne me refusez pas. Je suis craintive dès que le soir tombe.

Elle se pendit à son bras, avec une moue d'enfant boudeuse.

— *Ma*, vous ferez ainsi plus ample connaissance.

Cagliostro les reconduisit jusqu'au porche de son hôtel. Nicolas eut le sentiment, au-delà des grimaces qui accompagnèrent les adieux, que le magicien était dépité de l'envol de la comtesse. Redoutait-il que son obligée, dans un tête-à-tête avec le commissaire, en vînt à lâcher de gênantes indiscrétions ? Alors qu'il montait dans le fiacre, un homme coiffé d'un curieux chapeau ouvrit la portière à la comtesse, puis se colla à Nicolas en lui prenant le bras comme pour l'aider et lui parla à l'oreille.

— Méfie-toi, Nicolas, la dame est dangereuse.

Alors que l'homme se reculait et se perdait dans le soir qui tombait, le commissaire le reconnut. C'était bien lui, Restif de La Bretonne, l'errant de la nuit, celui qu'on surnommait *le Hibou*. Ses avis, dont il s'était toujours bien trouvé, ne devaient pas être négligés. En toute occurrence, Nicolas n'était pas disposé à s'en laisser conter par une femme jugée au plus près dès leur première rencontre. Qu'elle fût descendante des Valois ne pesait en rien pour quelqu'un qui estimait les êtres, non à leur position de naissance, mais à leurs humaines qualités. Il se tint donc sur ses gardes.

La caisse était étroite et la comtesse tapota le panier de sa robe et sa main effleura la cuisse de Nicolas. Elle se pencha vers lui. Il respira son parfum capiteux.

— J'habite pour l'heure à l'hôtel, à *la Ville de Reims*, rue de la Verrerie.

— Je croyais avoir entendu hier que vous logiez rue Neuve-Saint-Gilles ?

Il y eut un silence et un soupir.

— Vous avez raison. Nous avons loué une petite maison vis-à-vis la porte des Minimes. Les travaux ne sont pas achevés… S'installer à Paris n'est pas aisé. Il faut trouver les meubles et garnir…

Elle semblait gênée. Elle lui décocha un sourire plus qu'enjôleur.

— Monsieur le marquis, on vous répute bien en cour. Je recherche des appuis. Puis-je vous demander conseil ? La reine a, dit-on, fort bon cœur et se penche volontiers sur les malheurs d'autrui. Je voudrais lui soumettre une humble requête, celle d'une pauvre orpheline issue du sang de nos anciens rois. Me pourriez-vous aider dans cette voie difficile ?

Elle se pencha jusqu'à lui parler presque bouche à bouche, l'air implorant.

— Madame, il est des règles absolues et des convenances non écrites, celles que vous a si justement rappelées Mme de La Borde. Lorsqu'on a l'honneur d'occuper certaines fonctions et le privilège d'approcher Leurs Majestés, il est d'usage et d'obligation de ne jamais s'en servir pour quelque démarche que ce soit. Est-ce clair, madame la comtesse ?

— Mais monsieur, je n'en puis plus… L'appui que j'espérais…

Elle s'était mise à pleurer. Nicolas lui tendit un mouchoir, qu'elle lui rendit, sec, après s'être tamponné les yeux.

Nicolas s'était penché à la portière.

— Nous ne prenons pas le bon chemin. Je crains que ce cocher ne s'égare.

— Je lui ai ordonné de passer au Grand Châtelet.

— Cela fait un détour qui vous va retarder.

— Oh ! Si peu. Il me permet de vous parler plus longuement.

Nicolas eut un doute.

— Êtes-vous certaine de loger à *la Ville de Reims* ? Savez-vous, madame, que la police est à même de tout savoir et qu'il est périlleux de lui mentir, même si rien ne peut vous être reproché.

— Hélas, monsieur, en vérité je suis à bout de ressources. Je dois tout vous avouer. Mes effets sont au mont-de-piété et j'en suis réduite à coucher sur la paille. Nous avons dû quitter *la Ville de Reims*. Je loge dans un autre garni, hébergée par la mère de ma femme de chambre.

— Mais votre époux ?

— Le comte menacé d'arrestation par ses créanciers se cache en province. Je vis d'espérances trompées. J'attends une aide du cardinal de Rohan. Une autre personne des entours de la reine a promis de m'apporter son soutien.

— Un appui, madame, auprès de la reine ? Peut-être est-il de mes connaissances ?

— Il n'y a pas d'inconvénient à vous le révéler. Il s'agit du vicomte de Trabard. Nous nous sommes rencontrés aux courses de chevaux. C'est d'ailleurs moi qui lui ai présenté le comte de Cagliostro. Il était fort curieux de vérifier tout ce qui se disait sur notre grand homme.

— S'était-il engagé à intercéder en votre faveur ?

— Il m'avait assuré le vouloir et, sous peu, me secourir de substantielle façon. Mais depuis, hélas, il ne s'est pas manifesté.

Devait-il lui annoncer la mort tragique du vicomte ? Elle l'apprendrait bien assez tôt.

La voiture venait de s'arrêter sous le porche du Grand Châtelet. À nouveau la comtesse, les yeux chavirés, se pressa contre Nicolas.

— J'ose espérer, monsieur, que vous voudrez bien me faire la grâce de mettre au compte de mes malheurs l'incohérence de mes propos. Le désespoir où je me trouve, le nom que je porte qui ne m'autorise à aucun abaissement, la nécessité où je me débats de tenir ce rang, tout concourt à m'accabler. Puisse, monsieur, cette situation vous convaincre de ma sincérité.

Nicolas s'inclina sans répondre. Une petite main tira lentement la portière. Espérait-elle qu'il remonterait ? Immobile et pensif, il regarda s'éloigner la voiture de la comtesse de La Motte-Valois.

La vieille forteresse était déserte. Seul, le père Marie fricotait sur son potager la pitance du soir. Il proposa à Nicolas de la partager avec lui, ce qui fut gentiment décliné. Une réflexion dans la solitude s'imposait désormais. Enfermé dans le bureau de permanence, il s'assit, prit un papier et une plume et commença à rédiger deux notes sur Cagliostro et Mme de La Motte où il résuma à la fois ses impressions et les informations recueillies. La plume crissait sur le papier, il s'appliquait, tant il avait souvent remarqué que nombre de ces états relevaient de plumes négligentes et offraient aux lecteurs successifs d'illisibles grimoires. Une fois achevée cette fastidieuse tâche, il tenta de mettre en ordre les éléments divers offerts par la quête d'une journée fort remplie.

L'usage criminel des pétards constituait le point de départ. Tout provenait de ceux-ci. Bourdeau avait retrouvé trace de leur achat. Ce faisant, ils s'étaient transportés à la cour du Dragon, chez un marchand de ferraille-serrurier. L'homme pour le moins ne s'était pas montré ouvert aux questions. Une cave découverte, l'existence d'une muraille de cages de rats dissimulant la porte dérobée d'un local clandestin qui contenait une machine à frapper la monnaie offraient de nouvelles et graves dimensions à l'affaire.

Les plaques d'un métal inconnu, la piastre ramassée, identique à celle des écuries de l'Hôtel de Trabard, constituaient autant d'éléments qui se rattachaient les uns aux autres. Le mutisme de Lambroie, la fuite de son fils, la disparition inexpliquée de *Mange-rat*, plaidaient en faveur de la découverte d'une vaste entreprise criminelle.

Chaque élément s'attachait au précédent comme les grains d'un chapelet. Le témoignage du baron de Besenval brochait le tout, apportant une perspective qui reliait l'affaire Trabard, par le bas, à la fausse monnaie et à la transmutation des métaux par Cagliostro et, par le haut, à une raison première qui risquait de compromettre la reine et menacer le trône. Et la chaîne des causes continuait à filer, accumulant de nouveaux éléments. Cagliostro avait admis et reconnu, dans la sincérité forcée de celui qui, incertain de ses protections, entend ne pas provoquer les autorités d'un pays qui l'accueille, avoir reçu le vicomte de Trabard. Enfin, à l'initiative de cette rencontre surgissait la comtesse de La Motte qui, dans sa situation, pouvait espérer grappiller quelque bénéfice d'une éventuelle opération alchimique réussie.

Sur cette dame, son jugement demeurait partagé, il ne négligeait pas l'avis de Restif de La Bretonne mystérieusement surgi de l'ombre et qui portait écho de ses propres questions. Il conviendrait d'interroger *le Hibou* pour en savoir plus. Il estima n'avoir rien omis. Soudain une angoisse lui poigna le cœur. Il oubliait qu'à tout cela s'agrégeait cette tentative de chantage qui menaçait, non seulement la reine, mais encore Louis, son propre fils. Le vicomte de Trabard demeurait le dénominateur commun de toutes ces menées, l'élucidation de son assassinat sans doute la clé de l'énigme. Et pourtant, certaines constatations déjà engageaient à privilégier des mobiles précis. Sa religion n'était certes pas faite à cet égard. Derechef il fallait chercher, creuser les faits, sonder les âmes. Alors qu'il pensait avoir franchi un grand pas dans son enquête, le commissaire aux Affaires extraordinaires était de nouveau confronté à la *surface des choses*.

VI

MAQUERELLE, NOTAIRE ET TURC

« Se promener d'un pas agile
Au temple de la vérité
La route en était difficile. »

Voltaire

Jeudi 17 juillet 1783

Levé dès l'aube, Nicolas rejoignit le Grand Châtelet. Il y trouva Bourdeau toujours matinal et qui attendait dans l'impatience le compte rendu de son chef. Celui-ci, qui avait eu le temps d'y réfléchir, dressa un tableau à la fois concis et précis de tout ce qu'il avait appris au cours de sa visite chez le comte de Cagliostro. L'inspecteur tira sur sa pipe, inondant la pièce d'âcres relents.

— Tout cela se tient comme les doigts de la main, sans pourtant n'apporter aucune lueur sur la mort de Trabard et le lien qui pourrait exister avec la tentative de chantage reçue par Le Noir.

— Mon expérience me dit qu'il nous faut poursuivre pas à pas dans la direction que j'ai hier indiquée et nous armer de patience. Où est *Mangerat* ? Que nous offrira le piège de la cour du Dragon ? Et une rencontre avec notre amie Paulet s'impose au plus tôt.

— Et poursuivre l'enquête rue d'Enfer. Qui a tué Trabard ?

— Qui pourrait y avoir intérêt ?

— Sa femme et son possible amant, le maître palefrenier ? Ou encore Diego Burgos ?

— Il serait prématuré de se prononcer avant de savoir qui a intérêt matériel à la mort du vicomte. Il nous faut donc trouver son notaire et l'interroger. Y a-t-il un testament et, dans le cas contraire, qui bénéficie de cette mort ?

— Il s'agit de maître Liénard, successeur de Latre de Colleville, quai d'Orléans, près du pont de la Tournelle.

— N'oublie pas cette mystérieuse voiture aux armes de France entrevue la nuit de la mort du vicomte, rue d'Enfer.

— Je crois raisonnable de supposer qu'un proche de la reine – M. de Vaudreuil ? – ait pu venir interroger Trabard sur le succès de ses tentatives de rechercher la somme nécessaire à solder la dette de jeu de la reine…

Il se mordit les lèvres, n'ayant jusque-là jamais abordé ce point précis avec l'inspecteur, soucieux de ne pas nourrir sa naturelle animosité contre les désordres de la cour.

— Tiens, remarqua Bourdeau mi-figue mi-raisin. Ah ! Ah ! Voilà bien un coup de jésuite de robe courte. Oh ! oui, tu peux feindre de ne pas comprendre. Je te perce à jour, commissaire.

Nicolas soupira. Il préférait que Bourdeau prît la chose à la plaisanterie. Son souci essentiel était de ne point peiner son ami. Il décida de continuer sur le même ton.

— Tu t'égares, inspecteur. Je ne voulais pas ajouter à tes soucis de famille la sollicitude que tu aurais prise à ceux de la reine.

— Le bon apôtre ! s'écria Bourdeau, s'étouffant de rire.

— Bon, tu sais tout le détail désormais. As-tu eu des nouvelles de la cour du Dragon ?

— J'ai eu un message. Pour l'heure rien ne bouge là-bas.

— Et Gremillon ?

— Il a lancé la traque et nos chiens prennent la voie sans espoir réel de réussite. Un gamin à Paris, c'est une aiguille dans un pré.

— Allons, le *Dauphin couronné* nous attend.

Nicolas ne savait pas combien de fois il avait vu le décor de la maison galante changer d'apparence. Les mouches rapportaient que la Paulet percevait en nature les honoraires que lui valait son talent reconnu de devineresse à la mode. Meubles, tentures et bibelots se succédaient, les plus riches remplaçant dans un mouvement perpétuel les plus modestes. Il se faisait ainsi un commerce permanent par lequel le *Dauphin couronné* réunissait en un seul lieu une maison galante, un tripot élégant de jeu clandestin, le temple d'une devineresse et une salle de ventes.

La silhouette qui les accueillit en chenille avait la mine mâchée et l'air épuisé. Elle bâillait et traînait la savate. Elle les fit attendre puis revint les chercher. Bien qu'à sa toilette, madame allait les recevoir. Ils furent guidés dans les arrières de la maison où, fatiguée de gagner l'étage, la maîtresse des lieux s'était fait installer un petit appartement composé d'une chambre, d'un boudoir et d'une garde-robe. La Paulet leur tournait le dos, masse énorme comme accroupie devant son miroir. Leurs regards butaient sur l'édifice pyramidal d'une sorte de houppelande de satin rougeâtre ornée de fleurs blanches. Son extrémité supportait une tête mafflue d'où pendaient flasques, bajoues et fanons. Ils pouvaient voir son reflet alors qu'armée d'une petite truelle, elle s'appliquait à parer son visage d'une épaisse couche de céruse qui, en séchant, se craquelait avant même que le rouge fût mis.

— Elle a encore épaissi ! souffla Bourdeau. Regarde ses pieds, le cuir de ses mules a été tranché pour permettre aux membres de s'y insinuer.

Les ayant entendus, elle s'empara d'un geste vif de la perruque blonde aux flots bouclés qu'elle enfonça d'un coup de poing rageur sur sa tête chauve protégée d'une coiffe de dentelle.

— La raison entoure de gaze le flambeau de la vérité, murmura Bourdeau hilare.

Elle pivota soudain sur son tabouret avec une prestesse étonnante pour une femme de son âge et de sa corpulence et posa ses mains sur les hanches, ce qui eut pour effet d'élargir, si cela était encore possible, sa silhouette.

— Ah ! Pour le coup vous tombez bien, mes mignons. J't'allais faire quérir, mon bon Nicolas. Et te voilà avec le gros joufflu gouailleux que je prise tant !

Elle lança une crapuleuse œillade à Bourdeau, qui rougit jusqu'à la racine des cheveux.

— Et quelle était, chère Paulet, la raison d'un tel empressement pour que votre indignation vous incite à rechercher l'appui de la *pousse* ?

— Il y a trois jours, deux godelureaux me sont venus demander deux filles pour la soirée…

— Tiens, remarqua Nicolas l'air sévère, je croyais que vous aviez abandonné ce genre de négoce ? Me serais-je donc trompé sur votre compte ?

Une jambe se leva d'agacement. Le peignoir pourpre s'entrouvrit, la découvrant tout enveloppée de bandages qui laissaient voir des espaces violets de chair ulcéreuse.

— Que m'bailles-tu là ? C'est pas à un vieux singe comme moi qu'on apprend à faire la limace !… On a bail à vie tous les deux et j'ai point mis de coups de ciseaux dans le contrat.

Nicolas, étouffé de rire, renonça à corriger la sentence.

— Alors, ces godelureaux ?

— Deux étourdis bien mis m'ont donc demandé des filles. Je n'avais rien à leur refuser : deux bonnes pratiques au pharaon…

— Au pharaon ! Le jeu maintenant, vous aggravez votre cas, ma chère Paulet.

— Il faut cesser, Nicolas ! Si tu veux cracher dans ma malle jusqu'au cadenas, j'te vas répondre illico et te dire que t'as jamais ignoré ce que je traite et que ça t'a toujours arrangé, pas vrai ?

— Bien sûr, je vous taquine. Alors ?

Nicolas se rappela que c'était lui le demandeur et que l'heure ne convenait pas pour provoquer l'ire de la dame.

— Alors ? Ils ont conduit deux de mes plus tendres poulettes dans une petite maison où, après quelques préliminaires innocents, les deux bougres les ont fustigées jusqu'à ce que le sang ruisselle et ont usé d'elles de la plus vilaine façon. Je tiens leurs noms à ta disposition, je les ai notés dans mon registre. Tu connais ma douceur et ma délicatesse, j'supportions point ces avanies. Ah ! Elle est belle la jeune noblesse.

— Le bureau que vous connaissez fera le nécessaire. J'ai moi-même, prenez en compte notre indulgence, une requête à vous présenter.

La Paulet, soudain attentive, se carra sur son siège et, frileusement, referma son peignoir.

— J't'écoutions comme le lait chez le fromager.

— Vous souvenez-vous de la Présidente, une ancienne d'ici, une amie de la Satin, qui vous a quittée pour gagner l'Angleterre ?

Pour y avoir bien réfléchi, il avait préféré aborder l'affaire de cette manière de telle sorte qu'à aucun moment la Paulet, dont il connaissait la susceptibilité, eût le sentiment d'être en position d'accusée.

— Cette puante carogne ? Que la teigne et la rogne la dévorent ! Ah, combien que je me la rappelle, cette vieille éponge à mercure ! Ah, que oui !

— Sauriez-vous ce qu'elle est devenue ?

— Elle n'a point fait fortune chez le *Godon*, elle est revenue faubourg Saint-Marcel et c'te bagasse, pour gagner son quignon, courait les remparts, fosse à purin des rouliers et des portefaix.

— Qu'est-il survenu pour que vous la vomissiez ainsi ? N'étiez-vous pas en bons termes jadis ?

— T'me connais, je suis bonne mère, surtout avec mes anciennes. Elle est venue crier famine. J'ai trop de cœur, ça me perdra. Vu son état, j'pouvions point la mettre aux enchères. Elle aurait fait fuir la pratique. Je l'ai engagée comme gardienne et portière. Vois-tu, j'avais confiance en elle. Et sais-tu ce qu'elle m'a agonie ? Un jour elle a disparu avec ma cassette. Elle connaissait, hélas, tous mes secrets !

Elle essuya une larme qui dérangea tout à fait son maquillage, puis soudain ses petits yeux noyés dans la graisse s'étrécirent encore.

— Mais qu'est-ce que tu lui veux à c'te loquette de morue ?

— Nous la recherchons…

Nicolas poussa un tabouret près de la Paulet et lui saisit la main.

— Paulet, écoutez-moi. J'ai besoin de votre aide.

— Oh ! dit-elle à mi-voix. À langue sucrée, oreille fermée. Tu me dores la pilule.

— C'est la parole d'un vieil ami qui vous connaît depuis vingt-trois ans. Durant tout ce temps, vous ai-je jamais manqué, jamais ?

— C'est ma foi vrai. Que me veux-tu pour l'heure ?

— Vous ne voudriez pas qu'il arrivât du mal à Louis ?

Il sentit la main frémir sous la sienne. Il savait qu'au milieu d'une mer d'iniquité subsistait chez la vieille maquerelle un îlot de pureté, son affection pour son fils.

— À Louis, mon petit, mon neveu, ma croquignole. Tu sais c'est le meilleur côté de ma vie. Je donnerais tout pour lui, tout ! Et si queuque z'un s'avisait de…

Ce *quos ego* était éloquent et ne surprit pas Nicolas.

— Sachez qu'il est menacé, et moi aussi, cela va de soi.

— Qu'attends-tu de moi ?

— Vous connaissez tous les secrets, ma liaison avec Antoinette et la naissance de Louis. Cette affaire a été traversée et fonde une menace de chantage qui détruirait mon fils. Comme je suis assuré de votre discrétion, je recherche qui a pu connaître les dessous de cette naissance. Croyez-vous, Paulet, que la Présidente aurait pu commettre ce crime de révéler ce qu'elle savait ?

— Tout est possible venant de cette langue fourchue… Dans son bel âge, elle était fort amie d'Antoinette. Elle a beaucoup changé…

— Savez-vous où la trouver ?

— Tu imagines qu'après ce qu'elle m'a fait subir j'l'aurais laissée en paix ? J'avais mis sur le coup quelques vieux amis des Gardes-françaises. On a fait chou blanc. La garce s'est cachée et, profitant de la paix proclamée, elle a filé et serait retournée à Londres se faire pendre.

— La croyez-vous capable d'en être venue à trahir ses amis ?

— Eh, bâfre, ne m'a-t-elle pas dépouillée, moi, sa mère ? Dans l'état où elle se trouve tout est possible. Hélas ! Pauvre Louis. Quel souci tu viens de m'apporter. Je m'en vas me ronger les sangs !

Sortant du *Dauphin couronné*, Nicolas demeura un long moment silencieux. Il remarqua soudain que Bourdeau s'agitait, impatient de parler.

— Que t'en semble, Pierre ?

— Je trouve que tu es passé bien rapidement sur les possibilités d'indiscrétion de la Paulet.

— J'ai souvent observé qu'il y avait plus de sûreté en faisant confiance qu'en donnant libre cours à une méfiance que, dans le cas présent, rien n'autorise à nourrir contre cette femme. Je te rappelle que, depuis un demi-siècle, la police s'appuie sur elle et que jamais elle ne nous fit défaut. On peut évidemment déplorer que le vice soutienne la vertu, mais c'est ainsi que le monde va. Cette femme adore Louis. Jamais elle n'a essayé de l'approcher, sachant que, si elle le faisait, elle risquait de le compromettre.

— Tu as sans doute raison, en tout cas ton bon cœur te dicte ta conduite. Reste que l'oiseau s'est envolé.

— L'oiseau n'est qu'un incident mineur. C'est la puissance à laquelle la Présidente s'est confiée qui nous intéresse. C'est par cet autre bout que nous saisirons le début d'une explication. Et cette question est liée à l'affaire Trabard et à tout ce que nous avons appris déjà…

— Que faisons-nous ? demanda Bourdeau au moment où il montait dans leur voiture.

— Allons *renarder* chez le notaire du vicomte de Trabard.

Ils rejoignirent la galerie du bord de l'eau au long des Tuileries, puis les quais pour gagner le pont de la Tournelle par l'île Saint-Louis.

— Regarde, dit Nicolas, penché à la portière dont il avait abaissé la glace, c'est l'un des plus beaux points de vue de Paris. Toute la ville le long de la Seine et ses monuments comme une haie d'honneur, avec Notre-Dame, souveraine, qui domine tout. Ah ! Dieu que j'aime cette cité.

L'étude de maître Liénard se trouvait au premier étage d'une haute maison de belle apparence. Un clerc bossu et chauve les reçut et courut en boitant prévenir le notaire de la visite inattendue de deux policiers.

Ils attendirent un moment avant que le clerc ne revienne pour leur demander l'objet de leur visite, et cela sur un ton dépréciant. Bourdeau, dont la patience n'était pas à la hauteur de celle de Nicolas, saisit le personnage par le col, le souleva du sol, le secoua d'importance et le pria de leur indiquer le chemin. Suffoqué, l'homme obtempéra et les précéda dans un sombre couloir tendu de papier marron gaufré. Il poussa une porte et s'effaça pour les laisser entrer dans un petit bureau qu'éclairait chichement une étroite croisée donnant sur une cour aveugle. Les murailles étaient entièrement couvertes de casiers empilés débordant de papiers. Une curieuse et désagréable odeur prenait aux narines sans qu'ils pussent en déterminer l'origine. Sous la fenêtre, posée sur une crédence, une cage, porte ouverte, surprenait dans cet austère décor. Une vaste table encombrée de layettes en cuir occupait le fond de la pièce. Un petit homme sans âge, emperruqué, se dressa comme le diable d'une boîte et brandit un doigt menaçant.

— De quel droit ? Veuillez sortir de céans ou j'appelle le guet.

— Monsieur, dit Nicolas, il n'y a pas lieu de vous irriter. Je suis commissaire de police au Châtelet et suis conduit chez vous pour une enquête criminelle à laquelle vous êtes requis de prêter votre concours.

— Monsieur, ces méthodes… et votre brutale incursion ne m'incitent guère à obtempérer à vos réquisitions.

— Libre à vous. Alors il vous faudra nous suivre au Châtelet où vous serez conduit à l'audience ordinaire de monseigneur le lieutenant général de police.

Il interrogea Bourdeau.

— J'ai oublié le jour…

— Le mercredi d'usage.

— Dans ce cas vous devrez répondre de votre rébellion aux requêtes du magistrat, que dis-je, des magistrats que nous sommes, l'inspecteur et moi. Et demeurer en cellule une bonne semaine. Rassurez-vous, le *régime à la pistole* est supportable. Je vous enverrai le *Mercure*.

Ce discours parut aussitôt ameublir les défenses du notaire qui se rassit, grommelant.

— Et pourrais-je connaître en quoi mon aide peut être nécessaire dans une affaire criminelle ? Qu'ai-je à y démêler ?

— Avez-vous parmi vos clients un vicomte de Trabard domicilié en son hôtel à Paris rue d'Enfer ?

— C'est possible.

— Est-ce le cas ?

— Oui, monsieur ! Mais je ne vois pas…

— Avez-vous eu connaissance de son décès ?

Maître Liénard fit une moue de surprise.

— Mort ! Je n'en ai pas été informé. Je l'avais reçu il y a quelques temps. De fait il passait me voir une fois par mois. Je l'avais trouvé en bonne santé et apparemment sans souci.

— Reste qu'il est mort et, de surcroît, il semble avoir été assassiné.

— Peste, monsieur ! Je l'ignorais. J'en suis navré.

— Nous allons prendre les choses dans l'ordre, si vous le voulez bien. Tout d'abord, depuis quand êtes-vous le notaire du vicomte de Trabard ?

— Il m'a confié ses intérêts quand il a fait l'achat de son terrain rue d'Enfer et c'est par-devant moi, notaire, que la vente s'est conclue.

— Cet achat a été soldé dans les conditions habituelles ? Qui était le vendeur ?

— Un ordre religieux. Le couvent des…

Il ne termina pas sa phrase. Nicolas le fixait. D'évidence le notaire s'émouvait par trop de la question sur cette transaction. De petites observations s'additionnaient, éloquentes en elles-mêmes. Bourdeau lança un coup d'œil connivent à Nicolas. Son impression devait être identique. L'homme leur dissimulait quelque chose ou se sentait coupable d'un acte qu'il souhaitait celer.

— Voilà bien les difficultés et ce qui pose problème, pas vrai ?

Nicolas à tout hasard avait lancé cette phrase qui ne signifiait rien et qui dans son esprit n'avait de valeur que d'un appât.

— Ce sont les bons pères qui ont insisté… Je n'y étais vraiment pour rien. Un intermédiaire… seulement…

— Qu'est-ce à dire, maître Liénard ? Il serait opportun que vos propos fussent éclaircis dans un délai très rapide.

— Je n'ai été qu'un instrument. J'ai apporté la science de mon état pour monter un acte qui permettait de faciliter la protection des intérêts des parties en présence.

— Maître, cela est loin d'être limpide et je vous serais reconnaissant de bien vouloir apporter des lumières au confus discours que vous nous tenez.

— Euh ! Euh ! Vous connaissez, messieurs, la spéculation qui a touché les terrains de ce quartier après les effondrements et le nivellement des sols. Ainsi ont été libérées des surfaces sur lesquelles chacun s'est jeté. Le vicomte de Trabard ambitionnait d'acheter un terrain sur lequel l'ordre des Prémontrés envisageait de bâtir des immeubles de rapport. De fait, le vicomte de Trabard ne possédait pas la somme requise…

— Et alors, comment et par quel miracle a-t-il pu acquérir ce domaine ?

— C'est que, messieurs, il pouvait user de protections influentes lui permettant d'empêcher les religieux de procéder. Ainsi la situation était-elle bloquée. J'ignore comment cela s'est fait, mais les deux rivaux ont réussi à s'entendre. Mon client obtenait le droit d'acquérir, cependant que des moyens dilatoires autorisaient les Prémontrés à devenir en dernier ressort les propriétaires du terrain en question. Et c'est là que je suis intervenu. Oh ! uniquement, pour contourner…

— Contourner ! Vraiment ? Je gage, monsieur, que ce petit rien participait de votre récompense. Il est d'usage d'agir ainsi, n'est-ce pas ? Ne vous en défendez pas, je ne vous croirais pas.

— Toute tâche mérite salaire.

— J'entends bien. C'est une question de mesure et d'intégrité. À partir, selon vous, de quelle somme glisse-t-on du salaire à autre chose que je me garderai de nommer ?

— Vous m'offensez, monsieur le commissaire.

— J'en suis désolé. Je m'étonne toujours du chatouillis d'humeur sur un mot, mais sur les actes jamais. De quelle manière cette vente s'est-elle exactement conclue ?

Soudain un bruit se fit entendre qui tenait du piétinement et du rampement, bientôt suivis d'un cri strident ponctué de claquements. Une sorte de boule grise bondit sur l'épaule de Bourdeau et se mit à s'acharner sur la perruque de l'inspecteur. Elle l'aurait mise en charpie si l'agressé n'avait de ses poings écarté l'attaque. Ce qui suivit défiait la description. La chose bondit en tous sens, glissa sur la planche du bureau bousculant les papiers qui s'effondrèrent de tous côtés. Le notaire, effaré, se leva et règle à la main poursuivit l'assaillant qui hurlait. Le macaque fut finalement repoussé dans sa cage où, gémissant, il s'accroupit avant derechef de claquer des mâchoires, l'air menaçant.

— Casimir n'aime pas les étrangers. C'est un singe des Indes orientales dont on me fit jadis présent. Il m'est fort affectionné, mais d'un caractère quinteux. Je suis navré.

— Encore un bénéfice… Peu importe. Nous souhaiterions en revenir aux conditions de l'achat rue d'Enfer. Je vous pose de nouveau la question.

Le notaire avait repris son assurance et paraissait peu disposé à parler.

— Je vous ai relaté tout ce que ma charge m'autorise à révéler. Je n'ai donc rien à ajouter.

— Vous m'obligez, monsieur, à vous rappeler que rien ne saurait être dissimulé à la justice de Sa Majesté. Dois-je mettre à exécution des menaces dont vous avez pu mesurer les risques ? Vous demeurez silencieux ? Très bien, veuillez nous accompagner.

Déjà les deux policiers se levaient.

— Messieurs, messieurs, qu'allez-vous faire ? Vous devez avoir égard à l'honnête homme…

— Que vous prétendez être. Allez, monsieur, ne nous forcez pas à vous mettre le feu sous le ventre.

Ce langage imagé qui n'avait aucun rapport avec le sort réservé au notaire fit mouche. Sa résistance affaiblie, celui-ci, après un dernier moment d'hésitation, lâcha le morceau.

— La chose fut un peu inhabituelle…

— Nous l'imaginons. Allons, monsieur, parlez. Ces moyens dilatoires, quels sont-ils ?

— C'est que, monsieur le commissaire, l'affaire est sortie des moyens ordinaires. L'exercice de mes charges dépend des édits et ordonnances de nos rois qu'on sait, et qui obligent notaires royaux, notaires de Paris ou de province ou notaires établis chez les seigneurs hauts justiciers du royaume. Pour ces derniers…

— Il a été fait dispense de passer aucun acte entre d'autres personnes que les justiciables dans le ressort duquel ils sont établis et pour les biens qui y sont situés, à peine de nullité et trois cents livres d'amende.

— Monsieur, je m'émerveille de votre science, je n'imaginais pas que vous en fussiez l'aussi précis détenteur.

— J'ai pratiqué jadis… Mais nous nous égarons. Si je suis le *tordu* de votre discours, je suppose que les règles de droit n'ont pas été respectées. Est-ce cela ?

— D'une certaine façon. On ne peut dire. L'accord a été passé sous seing privé et…

— Et ?

— Et sans que les droits…

— Papier timbré et autres ?

— … Oui, soient levés sur cet accord.

— Soit. Et quel fut votre rôle dans tout cela ? Après tout, les choses auraient pu se conclure sans votre concours.

— Il y avait autre chose, un détail qui n'en était pas un. Savez-vous ce qu'est une hypothèque ?

— Certes, c'est une charge qui pèse sur des biens immeubles, soit qu'on emprunte, soit qu'on s'engage à faire quelque chose, soit qu'on y soit condamné par une sentence de justice. Et dans ce cas, quelle était la source de l'obligation ?

— Le vicomte de Trabard, mon client, ne possédait pas, je vous l'ai dit, les fonds nécessaires pour solder son achat. L'ordre écarté du marché de cette possession entendait pourtant s'en saisir. Le vicomte a accepté que le bien soit aussitôt hypothéqué au profit des Prémontrés et que, de surcroît, il ait à leur verser une rente régulière en dédommagement.

— Mais peste ! s'écria Bourdeau. Cela veut dire que, non seulement il perdait à terme son achat ; mais qu'en plus il devait payer loyer.

— Non, car l'ordre lui avança la somme pour l'achat. Ainsi le loyer n'était que les intérêts d'un emprunt.

— Et c'est ainsi que chaque mois le vicomte de Trabard vous venait trouver pour vous remettre la somme convenue ? C'est bien cela ?

— Il est possible d'envisager la chose ainsi.

Nicolas réfléchissait. Confidence par confidence, le notaire avait fini par dévoiler tout un système qui favorisait par sa discrétion les intérêts immédiats ou lointains des parties en cause.

— Monsieur, dit Nicolas, que devait-il arriver si le vicomte de Trabard passait de vie à trépas ? C'est la situation que nous constatons aujourd'hui.

— L'accord prenait tout son effet et l'ordre entrait aussitôt en possession. Sauf en ce qui concerne une réserve de droit pour le *preciput* de la veuve.

— Ce droit inaliénable de Mme de Trabard de prendre une part sur les biens du décédé avant le partage de la succession. Mais cela c'est de l'argent comptant.

— Reste que des liquidités, il n'y en a plus depuis longtemps. Et par conséquent tout ce qui est immeuble, le domaine en particulier, revient aux Prémontrés.

— Et comment subsistait le vicomte de Trabard ?

— Je l'ignore, monsieur le commissaire, et n'y ai eu, au grand jamais, nulle part.

— Et comment parvenait-il à régler les intérêts chaque mois aux Prémontrés ?

— Il bénéficiait sans doute de revenus à l'étranger, car cette somme était toujours versée en piastres espagnoles.

Les deux policiers s'attachèrent à dissimuler leur surprise.

— Vous reste-t-il quelque exemplaire de ces espèces ?

— Hélas, non, le dernier versement a été effectué le premier de ce mois. Je ne comprends pas votre question.

— Peu importe. En revanche, je dois vous dire, maître, qu'en tant que notaire vous avez couvert un accord qui enfreint les usages et les lois du royaume.

Des conséquences judiciaires en découleront et il me revient de saisir le procureur du roi de cette affaire.

Au fur et à mesure que les paroles s'égrenaient, prononcées sur le ton monotone d'une sentence, le petit homme s'enfonçait dans son fauteuil.

— Pour le reste l'ordre en question aura également à s'expliquer. Vous voudrez bien nous remettre sur-le-champ les minutes relatives à ce traité. Elles constituent des pièces pour la suite judiciaire à instruire. Elles ont été enregistrées, bien sûr ?

— Euh ! non, les parties ne le souhaitaient pas, s'agissant d'une affaire privée.

— Cela ne fait qu'aggraver votre cas.

— Que vais-je dire à mes clients ? Ils ne vont guère tarder à se manifester… Dès qu'ils apprendront la mort de M. de Trabard.

Sans doute impressionné par l'émotion qui transparaissait dans le bredouillis de son maître, le singe, sautant sur lui-même, se mit à pousser des cris déchirants accompagnés de claquements de mâchoires.

— Un dernier point, monsieur, demanda Bourdeau. Outre la substantielle commission que vous avez touchée au moment de la conclusion de l'affaire, il va de soi qu'en cas de décès du contractant vous deviez vous aussi recueillir quelque avantage du règlement définitif.

La question était posée avec une telle assurance que le notaire, dont les défenses étaient depuis trop longtemps battues, considéra avec effroi l'inspecteur.

— Certes… En effet… Il allait de soi… Compte tenu de ce que j'aurais à faire pour la dévolution. Une petite contrepartie.

— Une poire pour la soif. Bien, bien, dit Nicolas. Vous mesurez, j'espère, la situation où vous place cet aveu. Le vicomte de Trabard ayant été assassiné, toute personne proche ou ayant eu avec lui des relations d'affaire ou qui profiterait du décès d'icelui, se trouve par là même placée au rang des suspects tant que la lumière n'aura pas été faite sur les conditions du crime. Monsieur, serviteur, et ne vous éloignez pas de Paris. Vous serez rapidement appelé à témoigner. Dès à présent, ce lieu demeure sous la surveillance de la police.

Quand ils se retrouvèrent dans le fiacre, Nicolas remarqua à nouveau l'étrange éclat du soleil. Quoique aucun nuage ne parût, il était voilé, comme gazé par un ciel lourd et uni. Il fit observer à Bourdeau la nuance rougeâtre de l'astre dont le regard pouvait soutenir l'éclat. L'inspecteur n'attachait pas la même attention au phénomène. Pour lui, il ne s'agissait que d'une vapeur, un fin brouillard suscité par les orages et que favorisait le contact entre une excessive chaleur et l'humidité des terres.

Les embarras de la circulation leur offrirent tout loisir pour commenter leur rencontre avec le notaire du vicomte de Trabard. Bourdeau vitupérait contre la clique des trafiquants et sur la hausse des terrains à Paris qui s'augmentait à l'infini sans prendre en compte les ordonnances royales et en respecter les règlements. Il y avait là, disait-il, des crimes contre un peuple écrasé. De redoutables gredins s'emplissent les poches alors que les pauvres et les mendiants continuent d'affluer des provinces, Paris constituant la retraite et le refuge de toute la misère du royaume.

— Après tout, reprit Nicolas, cette affaire est simple. Il y a de la piastre partout. Piastre rue d'Enfer.

— Et une pièce anglaise.

— Tu as raison. Le diable se loge parfois dans les détails qu'on néglige. Je reprends. Piastres chez notre marchand de ferraille.

— Fausses, et le matériel *ad hoc* pour les frapper.

— Et enfin rente consentie aux Prémontrés en piastres sonnantes.

— Toi qui es si versé, éclaire-moi. Les hypothèques ne devraient-elles pas être colligées par l'État qui en vérifierait la régularité ? La prise de possession par les Prémontrés n'aurait-elle pas éventé le trafic ?

— Sauf à penser que la corruption aurait autorisé le transfert sans anicroche. Pour les hypothèques, il y a bien eu une ordonnance de 1581 établissant des registres spéciaux. Elle ne fut pas exécutée, non plus que celle d'Henri IV en 1606. Le plat fut réchauffé par le grand roi et son édit de 1693 imposait dans chaque baillage ou sénéchaussée un greffe chargé d'enregistrer les hypothèques. Il ne fut pas mieux obéi.

— Et le pourquoi de cette impuissance ?

— Trop d'intérêts particuliers s'opposaient à cette réglementation. Tu peux imaginer que ce régime clandestin faisait le bon profit des débiteurs, mais aussi des créanciers.

Bourdeau grommela comme chaque fois que la réalité venait par le travers de sa propre pensée. La perspective d'un petit ambigu, l'heure en étant largement dépassée, vint le rasséréner. Au préalable, ils passeraient au Grand Châtelet pour vérifier que rien de nouveau ne s'était produit et feraient une descente dans une petite taverne, cul-de-sac du Chat blanc, puante venelle donnant rue Saint-Jacques-de-la-Boucherie. L'endroit avait été découvert par Bourdeau au cours de la longue absence de Nicolas en Bretagne.

Au Châtelet, une heureuse surprise les attendait. Semacgus, à tout hasard, était venu pour les convier à dîner. Ayant quitté Vaugirard de bon matin, il s'était aventuré à jouer une partie d'échecs avec le Turc automate dont les exploits défrayaient la chronique.

Marri d'une défaite sans conteste, le chirurgien de marine venait se consoler avec ses amis. Rien ne les retenant au bureau de permanence, ils gagnèrent l'adresse en question, se bouchèrent le nez dans une rue Saint-Jacques-de-la-Boucherie empuantie des remugles émanant des boutiques des vendeurs de suif. La taverne portait le nom de l'impasse où elle se situait. Le lieu était sombre, bas de plafond. Des murailles sortaient des piliers et des colonnes, vestiges d'un très vieil édifice. L'hôtesse, une accorte jeune femme, en jupe rouge et tablier blanc, dont le potelé inspirait la plus grande confiance dans la qualité de ses mets, les conduisit dans une petite arrière-salle où ils *pourraient jaser tranquilles* à l'abri de la rumeur des habitués.

— La belle, dit Bourdeau qui se sentait chez lui et qui annonça tout de go que ses amis étaient ses invités, qu'as-tu à nous proposer, et n'oublie pas que je veux la manière. Je te l'ai expliqué l'autre jour.

Elle se ploya en révérence tenant son tablier à deux mains.

— Comme vous voudrez, monsieur Pierre.

— Monsieur Pierre, oui-da ! J'en rendrai compte à Mme Bourdeau, murmura Nicolas. Tu sembles le coq dans cette basse-cour-là !

Bourdeau était partagé entre rire et confusion. Il s'empourpra.

— Peuh ! Alors, Marguerite, nous t'écoutons.

— Et en plus elle s'appelle Marguerite ! renchérit Semacgus.

— D'évidence ils sont très intimes, répondit Nicolas.

— Paix, démons ! La faim nous presse.

— D'abord peut-être goûteriez-vous une soupe à la jacobine, que je vous servirai chaude ou froide à votre choix.

— De la soupe de frappard ? dit Bourdeau perplexe.

— Du nanan, mon grand.

— Elle l'appelle son grand, bigre, repartit Semacgus.

— Vous m'enragez.

— Les perdrix sont rôties puis désossées. Leur chair est hachée menu et mêlée de bouillon d'amandes fraîches passé à la gaze. Un œuf battu lie l'appareil. Ce bouillon est versé sur des croûtes de pain grillées et amélioré de fromage de Parme. N'oublions pas le poivre et le cerfeuil. Chaude ou froide, la soupe ?

— Froide, par ce temps d'été. Ensuite, ensuite ?

— Ensuite, mon gourmand…

— Son gourmand ? Décidément, dit Semacgus, les indices s'accumulent.

— Un sauté de crevettes grises, des normandes comme moi. Arrivées vivantes dans un baquet d'eau de mer par un chasse-marée qui remonte la Seine. Je les ai prises à la halle avant que la chaleur monte. Un jeté de beurre dans un poêlon et on y retourne les mignonnes qui gigotent un instant avec persil, ail, sel, poivre et un filet de limon.

— Ensuite ?

— Toujours dans le rafraîchissant, des oiseaux sans tête farcis de veau, noyés dans leur gelée, largement mitonnés au cidre, à petit feu. Je vous les servirai avec des cornichons nouveaux et une salade de concombres. Et pour les amateurs, une bonne moutarde de Meaux. Pour la fin, de bonnes cerises, les dernières, dont je te ferai des pendants d'oreilles, mon gros gourmand !

— Des pendants d'oreilles ! Son gros gourmand ! s'écrièrent de concert en chœur antique Nicolas et Semacgus.

— Voyez donc ces gueules d'empeigne, ces maldisants ! s'écria Bourdeau mi-figue mi-raisin.

— Le coquin est mal éduqué, dit Semacgus.

— Et même grossier, renchérit Nicolas.

L'arrivée d'un broc de vin de Quincy termina le *brocard* et ils trinquèrent de bon cœur.

— Alors Guillaume, que vous en semble de cet automate ? A-t-il paru crédible ? Votre avis m'intéresse. La reine, curieuse d'en savoir plus, m'a chargé d'enquêter sur la chose. Contez-nous votre expérience.

— À ma décharge, il joue très bien, mais ne gagne pas toujours. Bernard, l'avocat, l'un des plus forts joueurs après Philidor, s'est affronté au Turc en présence du maréchal de Biron et d'une noble assemblée. Il l'a franchement emporté tout en convenant que son adversaire avait déployé de grandes et estimables ressources.

— Qu'avez-vous observé de particulier dans cette machine ?

— Le Turc est fixé sur une armoire à roulettes, lesquelles permettent de la mouvoir aisément. La figure du Turc est de grandeur humaine, vêtue à l'orientale et assise sur une chaise de bois. Sa main gauche tient une longue pipe qu'il pose pour les parties. C'est de cette main que l'automate joue. Doit-il jouer que son bras se lève lentement et que sa main se dirige vers la pièce à déplacer.

— Est-ce à dire que la main est aussi animée ?

— Oui, les doigts s'ouvrent pour saisir. La pièce posée, le bras se retire et se repose sur un coussin. Même chose pour prendre les pièces de l'adversaire.

— Perçoit-on le bruit d'un mécanisme ? demanda Bourdeau.

— Certes. À chaque coup joué correspond un bruit sourd de rouages suivi de cliquetis, semblable à celui d'une pendule à répétition. Et plus étonnant encore, à chaque coup le Turc remue la tête et semble parcourir tout l'échiquier. Échec à la reine ? Deux inclinaisons de la tête. Échec au roi ? Trois inclinaisons. L'adversaire fait-il une fausse marche, que l'automate branle le chef, l'air critique…

L'hôtesse interrompit le récit et posa sur la table une vaste soupière et un plat fumant de crevettes sautées.

— Régalez-vous, mes gentilshommes !

On n'entendit plus pendant un moment que le bruit de la dévoration.

— Ah ! dit Nicolas, j'ai toujours préféré les grises aux roses. Leur goût est plus prononcé et, traitées de la sorte, les épices relèvent encore leur saveur d'océan.

— Cette soupe est une splendeur de douceur et de délicatesse. Merci, Pierre, de cette découverte. Et ce petit vin de Quincy, quelle sapidité !

L'inspecteur contemplait ravi l'appétit gourmand de ses amis.

— Votre Turc est animé par une machine. Quelle énergie l'alimente-t-elle ?

— Elle ne fonctionne que deux ou douze coups avant d'être remontée. D'ailleurs à l'issue de la partie, j'ai obtenu qu'on me dévoile le mécanisme. La porte de devant de l'armoire ouverte, l'espace est divisé en deux parties inégales. L'une étroite est remplie de rouages, leviers, cylindres et autres pièces d'horlogerie. Dans l'autre, on distingue quelques roues, des barillets à ressorts et deux quarts de cercle horizontaux. Le reste comprend un coussin et une tablette sur laquelle sont tracés des caractères en or. Le démonstrateur la place sur une petite table près de la machine et assure qu'elle est si indispensable au mécanisme de son automate que sans elle, il ne pourrait jouer.

Lorsqu'il publiera son secret, il affirme qu'on sera convaincu de la vérité de ce qu'il avance.

— C'est tout ?

— Non, quand on ouvre les portes arrière de l'armoire on découvre de nouveaux rouages. On peut aussi soulever le caftan du Turc et le rabattre par-dessus sa tête de manière à examiner toute sa structure intérieure. Encore des rouages et des leviers qui remplissent tout le corps de l'automate.

— Imaginez-vous possible qu'un homme s'y puisse dissimuler ?

— À première vue, cela semble impossible.

— Et le démonstrateur ?

— Il se trouve autour pendant chaque partie, s'approchant parfois près de l'armoire, soit à droite, soit à gauche, sans pourtant y porter la main sauf pour en remonter par intervalles les ressorts. Demeure le mystère de la tablette.

Nicolas paraissait sceptique.

— Ayant eu affaire avec Vaucanson, je soupçonne quelque escamotage et de la poudre aux yeux. Le spectacle se tient toujours au *Café de la Régence* ?

— Plus maintenant. Il a été transporté à *l'Académie des Sciences* au Louvre. Le Turc y sera gardé, protégé de la curiosité. Au fait, il s'agit de veiller à ce qu'aucune tromperie ne puisse être organisée. L'automate est donc enfermé dans une salle près de la bibliothèque.

— Cher Guillaume, avez-vous vos entrées dans cette illustre assemblée ?

— Certes ! Mes travaux en botanique y sont connus et je suis au mieux avec le marquis de Condorcet, son secrétaire perpétuel. Et encore plus proche de Guettard, docteur régent de la faculté de médecine, botaniste du duc d'Orléans et de Fougeroux de Bondaroy. Mais comme je précède toujours les détours tortueux de votre esprit inventif, cher Nicolas et que je pressens que vous souhaitez avoir accès au Turc et de préférence maintenant, je suis très ami avec le concierge qui, à ma demande, m'ouvre toutes les portes.

— Touché ! dit Nicolas. Mais peut-être me feriez-vous l'honneur de participer à l'aventure, je vous donne le temps de peaufiner la chose avec le concierge. Disons demain soir, si cela vous convient. Nous ne serons pas trop de deux pour tenter d'éclaircir ce mystère.

— Soit. Rendez-vous demain soir ici ?

— Oui, à minuit. Ne prenons pas de risques.

— Il n'y en a pas, dit Bourdeau, quand la police remplace le voleur !

Marguerite venait d'apporter le plat d'oiseaux sans tête.

— J'ai rajouté à l'intention de mon gourmand une sauce rémoulade avec deux œufs durs et des câpres d'Italie.

— *Son gourmand*, elle réitère !

— Suffit, dit Bourdeau. Considérez plutôt l'intérieur de ces merveilles. Une fois tranchée la fine couche de viande, admirez cette farce rosée toute persillée et ce gras que l'on écarte pour découvrir l'ambre de la gelée.

— Gourmand, mais poète, ajouta Nicolas qui, de longtemps, ne s'était autant amusé.

Habitué à examiner toujours ce qu'il ressentait, il goûtait avec bonheur le moment vécu et vivait avec intensité ce moment rare où l'amitié prévaut avec ses rires et connivences.

— Où en êtes-vous de votre enquête ?

— Elle avance, ouvrant à chaque pas de nouvelles et inquiétantes perspectives. Crime de la passion amoureuse ou plutôt de la haine conjugale ? Crime de la jalousie ? Complot d'État ? Chaque hypothèse est plausible. Chacun peut avoir agi séparément ou toutes sont liées par une volonté mauvaise et perverse, qui sait ? Pour le moment nous entassons les constatations les unes après les autres, en constituant une mosaïque de faits qui ne représente encore rien. Nous sommes aux aguets, en surveillance de tout et en assurance de rien. L'intention pourtant me porte à envisager, en présence d'un dénominateur commun, une affaire éloignée du banal dont tous les ressorts peu à peu surgissent sans qu'on sache vraiment qui les remonte.

— Votre intuition, Nicolas, m'a toujours subjugué. C'est un talent qui n'est pas donné à tout le monde. Certes, tout savoir sort d'une expérience nourrie par une connaissance personnelle et immédiate ; mais votre capacité de *voyance* s'impose, indépendante de toute causalité.

— C'est une qualité, dit Bourdeau, qui lui permet de percevoir les harmonies et les relations cachées. La principale qualité de Nicolas, son talent, c'est d'user d'une sorte de pénétration avec laquelle il sent ou devine ce qui n'est pas apparent à tout autre.

— C'est par la logique qu'on démontre, et Nicolas nous a maintes fois étonnés lorsqu'il nous a donné la solution des affaires auxquelles il s'est trouvé confronté, mais c'est par l'intuition qu'on découvre.

— Holà ! mes amis, dit Nicolas gaiement, j'ai l'impression d'être sur la table d'ouverture de Sanson. Suis-je un objet d'étude qu'on observe à la lunette comme un ciron ? Me décririez-vous comme un animal fabuleux, une sorte de Paulet cartésienne, qui, au milieu des transes de l'enquête, bave des vérités ? Beau portrait, vraiment !

Il y eut un éclat de rire général.

— Pour en revenir au Turc, reprit Nicolas, un détail m'intrigue. Pourquoi joue-t-il de la main gauche ?

— Il semble que ce soit le résultat d'une distraction de son inventeur. Il a inversé sans doute le sens en consultant ses plans. Je ne pense pas qu'il y faille attacher une particulière importance.

— Soit. Toutefois c'est un point que je garde en mémoire. Je m'étonne en effet que dans un chef-d'œuvre aussi parfait un tel détail ait été le fruit du hasard. Autre chose, comment est éclairé le théâtre des parties ?

— Il y a six bougies sur la table de l'automate et une sur celle de son adversaire.

— La salle est-elle bien éclairée ?

— *A giorno*, cher Nicolas, *a giorno* !

— Alors une question se pose. Pourquoi une telle quantité de lumière autour du Turc ?

— Sans doute pour que le public venu l'admirer puisse le voir le plus distinctement possible.

— C'est une explication plausible.

— Voilà un problème dont les données sont insuffisantes et qui pourrait comporter à la réflexion de multiples solutions. Attendons donc de voir l'appareil en question.

— Vous qui savez tant de choses, dit Nicolas s'adressant à Semacgus, pourquoi selon vous s'attacherait-on à faire frapper de fausses piastres espagnoles et de la monnaie anglaise dans un atelier clandestin à Paris ?

— Étant entendu, ajouta Bourdeau, que cette monnaie fausse est de surcroît fondue dans un métal falsifié au lieu d'être en bon argent.

Semacgus demeura un long moment silencieux les yeux fermés et la main droite soutenant son menton. Une grimace équivoque acheva cette réflexion.

— Vous devriez consulter notre ami La Borde qui est expert en ces matières financières. Pour ma part j'ai ma petite idée qu'il conviendrait de vérifier.

— Et quelle est-elle ?

— Si l'on frappe en France de la fausse monnaie espagnole ou anglaise, vous tomberez d'accord avec moi qu'on recherche un intérêt ou un bénéfice de cette dangereuse opération. Vu la sévérité de nos lois à cet égard, il faut que ce jeu, périlleux en diable, en vaille la chandelle.

— Le bénéfice est tout vu, dit Bourdeau. À l'usage la fausse monnaie vaut la bonne !

Les cerises apparaissaient, disposées sur des feuilles fraîchement cueillies dans une petite corbeille d'osier. Après une révérence, Marguerite accrocha comme annoncé deux cerises à l'oreille de Bourdeau. À peine avait-elle quitté la salle que les plaisanteries fusèrent à nouveau.

— Voyez le vieux Silène couronné de cerises !

— Servi par sa mélie qui le révérencie !

— Vieux Silène ? Silène peut-être, vieux, non ! Et quelle est cette mélie dont vous m'affublez ?

— Sache Pierre, dit Nicolas sur le ton d'un régent de collège, que les anciens Grecs croyaient en l'existence de démons femelles, les nymphes. Les mélies appartenaient à la classe de celles qui s'attachaient à ceux qu'elles voulaient favoriser.

— Pour répondre au jeune Silène, repartit Semacgus, ce n'est pas tant que le faux prétend singer le vrai. Il faut déplacer la question. Pour quelle raison s'acharnerait-on à forger une monnaie étrangère en France ?

— Elle est réexpédiée dans son pays d'origine prétendue ?

— Non pas ! La chose est facile à expliquer. Le rapport entre les monnaies de l'Europe a engendré un vrai désordre dont le royaume pâtit. L'explication tient au rapport de l'or à l'argent. C'est d'ailleurs la faute de l'Espagne qui, en 1779, a élevé le prix du premier métal si bien que le négociant français perd dans ses échanges soldés en or, puisque l'or qu'il reçoit lui est compté à plus haut prix qu'il ne vaut en France. Cette perte touche les monnaies espagnoles et, à moindre titre, les anglaises. Ainsi notre or est-il exporté et devient rare.

— Si je vous comprends bien, dit Nicolas, il est donc avantageux d'acheter des louis avec des piastres. Il s'ensuit que plus il y a de piastres importées en France, plus il y a de louis exportés et qu'ainsi nous perdons sur tous les tableaux.

— Vous avez parfaitement saisi la chose. Pour empêcher cette fuite de notre or, il faudrait changer la proportion fautive.

— Ainsi, dit Bourdeau, si je dispose de fausses piastres et que je les négocie en France pour acheter avec elles des louis, je produis un fabuleux bénéfice.

— Précisément.

— Merci, cher Guillaume, de votre si éclairante leçon. Reste maintenant à savoir qui serait à même de se charger du change de cette fausse monnaie, que ce soit volontairement ou par négligence. Que de voies ouvertes en quelques instants !

— À qui pourrions-nous faire appel, demanda Bourdeau, afin d'approfondir les mécanismes en cause ?

Semacgus réfléchit un moment.

— Mais j'y songe ! Naguère vous avez été reçu par Boudart de Saint-James[1] au cours d'une de vos enquêtes. Ce riche financier est l'un des principaux administrateurs de la Caisse d'escompte.

— Sa création par Necker n'avait-elle pas pour but d'amortir la dette publique ?

— Certes, elle reçoit tous les effets au taux de 4 % et avance à l'État sur son capital. Elle s'est peu à peu transformée en banque de dépôt et a même reçu l'autorisation d'émettre des billets.

— Donc elle reçoit des fonds ?

— Certes, non seulement des effets de commerce, mais des versements en espèces.

— Se pourrait-il que la fausse monnaie s'y introduise mêlée à celle de bon aloi ?

— Cela je ne saurais l'affirmer. Il faudrait enquêter dans la place.

— Et cela nous ramène à l'interrogation principale. À un moment ou à un autre, à la Caisse d'escompte ou dans d'autres circonstances, cette fausse monnaie apparaît.

— Boudart ? Je n'ai guère confiance dans ce personnage. On peut légitimement s'inquiéter de voir cet agioteur mêlé aussi étroitement à la gestion financière de l'État. Je préfère consulter M. de La Borde.

— Cela n'empêche pas de le consulter, ajouta Bourdeau, qui se méfiait des animosités de Nicolas et cherchait souvent à les tempérer.

— Soit, dit Nicolas, mais je n'en attends rien ! L'homme est fuyant. Et il se méfiera, ayant eu, comme vous le rappeliez, maille à partir avec nous. *Nous verrons*, comme disait Louis le Grand. Cher Guillaume, que dites-vous du temps étrange que nous observons cet été ?

— J'en pense que chacun déraisonne sur ce phénomène. Les avis de mes confrères versés dans ces questions divergent. Vous m'interrogez et vous avez raison. Je viens de recevoir une lettre d'un de mes correspondants botanistes. C'est un savant islandais qui recueille pour mes herbiers mousses et fougères de son île.

Semacgus tira de sa poche une lettre qu'il déplia avec soin avant de chausser ses besicles et d'en entamer la lecture.

Cher et honoré collègue,

Puissiez-vous être remercié pour votre envoi si heureusement parvenu ici de l'ouvrage de Charles Plumier sur la description des plantes de l'Amérique avec leurs figures. Ai-je assez admiré les magnifiques spécimens de notre passion commune, les fougères et les périploques[2]*. Mais je me dois de vous entretenir d'un phénomène épouvantable survenu le jour de la Pentecôte. Le sommet de la montagne Stafte Jay-Kel a paru surmonté de flammes qui s'élevaient à une hauteur prodigieuse. En peu d'instants, la lave s'est étendue asséchant le fleuve Skafraa. Des églises et des fermes furent englouties sous ce torrent. On estime qu'elle embrase un immense territoire sur une largeur de trente lieues. La terre exhale le soufre et le nitre. La fumée et des cendres obscurcissent l'air et l'île est toute environnée de ténèbres et lorsqu'on aperçoit par à-coups le soleil, il figure une masse de fer rougie. L'obscurité nous empêche de découvrir si d'autres montagnes vomissent aussi le feu de la terre. Une nouvelle île Nyoé s'est élevée du fond de la mer. Nos physiciens s'inquiètent des suites de cette explosion générale.*

Partout les pâturages pâtissent d'une mauvaise qualité de l'herbe attribuée à la poussière fine de salpêtre que le vent venu du nord transporte à des distances infinies qui me laisse penser qu'elle pourrait atteindre l'Angleterre et au-delà les côtes de l'Europe. Pour le reste, qui n'est pas le moindre, la désolation est générale et la misère extrême dans tout le pays.

En vous renouvelant ma gratitude, je suis, etc. etc. Signé Haraldur Gundmundsson

— Et estimez-vous, Guillaume, que ce temps étrange d'orages, de grêle, de brouillard accompagné de l'aspect inaccoutumé du soleil, aurait comme cause lointaine cette épouvantable catastrophe ?

— J'en suis intimement persuadé. Les conséquences même dans le royaume peuvent en être redoutables.

Et comme si le ciel entendait approuver le propos de Semacgus, une série de grondements éclatèrent, qui vinrent ébranler le profond caveau où ils dînaient.

VII

IMPLICATIONS

« Trop de lumière aveugle comme les ténèbres. »

La Rochefoucauld

Vendredi 18 juillet 1783

La veille, Nicolas avait quitté ses amis pour regagner à pied la rue Montmartre. Sous un ciel lourd et menaçant, il avait longtemps erré au bord du fleuve, le rythme de sa marche scandant sa pensée. Il s'était assis sur une borne, profitant de la fraîcheur qui montait de la Seine. Il en avait respiré profondément l'odeur forte. La ville empoisonnait les eaux de ses déjections comme un couloir de mort. Si habitué aux senteurs marines, il avait fini par s'éloigner, écœuré, de cette eau fangeuse emplie d'immondices pour s'enfoncer dans d'étroites ruelles. L'obscurité de ces venelles ajoutait encore au caractère fantomatique de son errance. Il distinguait à peine les chalands, silhouettes floues et dansantes. Il en éprouvait un malaise tel qu'il avait dû plusieurs fois s'essuyer les yeux pour tenter en vain d'éclaircir sa vision. Dans les lointains, le tonnerre continuait à gronder et des éclairs zébraient la couche cotonneuse qui étouffait la ville sans qu'on les distingue, sinon par la soudaine clarté du brouillard illuminé de l'intérieur. Se pouvait-il que cette nuée étrange fût apparue, comme le pensait le docteur Semacgus, à la suite d'inhabituels mouvements de la terre, de l'irruption du feu souterrain dans cette île éloignée ?

Un trouble l'avait saisi. Était-ce la conséquence du sermon asséné par Noblecourt, si proche à certains égards des sempiternelles indignations de Bourdeau, de ce que lui-même ne pouvait s'empêcher de constater au cours de ses enquêtes ? Ses plongées dans les strates du peuple, la découverte permanente de la plus extrême misère avoisinant la plus grande opulence, tout cela le troublait, le poursuivait de questions sans réponse dont la cruauté l'affolait. Il lui sembla au cours de cette promenade qui tournait au cauchemar qu'à l'injustice de la société correspondait la fureur du ciel, signe avant-coureur d'un châtiment.

Il s'était repris en s'attachant à examiner de nouveau l'évolution d'une enquête dont l'issue demeurait incertaine. Ce qui l'intriguait le plus était ce lien évident entre une situation privée de couple divisé, d'adultère et de débauche et une affaire touchant les intérêts les plus vifs de l'État. Dans quel sens fallait-il prendre la chose ? Quel élément lui fournirait la clé d'une solution ? Il fit le vide en lui, s'en remettant au travail mystérieux de son intelligence. Au cours de ses études chez les Jésuites de Vannes, il réglait ainsi par cette plongée volontaire dans l'oubli la difficulté d'une version latine. Il s'endormait avec le problème et se réveillait avec la traduction. Il savait pourtant qu'il ne s'agissait pas d'un jeu ou d'une de ces énigmes de gazettes qu'aimait résoudre M. de Noblecourt. La cause était de chair et de sang et du débat ouvert dépendait le destin de culpabilité ou d'innocence d'hommes et de femmes. Et que dire de la reine qui aurait dû se tenir à l'écart, idole intouchable dans son empyrée, et veiller à ce que son nom sacré ne puisse être entaché ?

Rue Montmartre, il trouva Catherine qui reprisait de vieilles guenilles qu'elle distribuerait ensuite aux pauvres de Saint-Eustache en dépit de son éloignement de la religion. M. de Noblecourt n'était pas au logis, parti en ville pour une de ces mystérieuses disparitions dont il ne parlait jamais. Était-ce cette société de pensée qu'il avait évoquée au cours de son avant-dernier entretien avec Nicolas ? Le commissaire était de plus en plus persuadé que le vieux magistrat appartenait à l'une de ces loges de maçons si courues à la cour et à la ville. Il était monté dans sa chambre, avait parcouru un manuel d'équitation qu'il comptait offrir à son fils Louis, écuyer émérite. Mouchette était venue le rejoindre, ronronnant. La tendre vibration de l'animal fidèle l'avait paisiblement conduit au sommeil.

Il quitta fort tôt l'hôtel de Noblecourt pour gagner le Grand Châtelet où il eut la surprise de trouver Sanson et Bourdeau qui l'attendaient, l'air grave.

— Faut-il une sérieuse raison pour que vous m'accueilliez avec ces mines de carême !

— Tu as mis le doigt sur la plaie. Notre ami Sanson vient de me faire part d'un fait nouveau d'importance.

Nicolas se tourna vers le bourreau.

— Lors de l'ouverture, j'avais remis mes conclusions, réservant mon jugement sur les recherches complémentaires que je diligenterais. Or il s'avère que cet examen approfondi démontre que le vicomte de Trabard avait ingurgité une drogue. Cependant, je suis assuré d'une chose, c'est qu'il avait avalé de quoi l'endormir ou le rendre inconscient et que certaines excoriations aux talons du cadavre, qui m'avaient échappé tout d'abord, montrent à l'évidence que le corps a été traîné…

— Jarguié ! dit Bourdeau, voilà pourquoi il avait perdu ses mules.

— Ou n'en portait point, et quelqu'un a voulu nous faire accroire le contraire !

— Traîné par deux personnes vu son poids, jusqu'au *box* du cheval où le piège mortel a fonctionné afin de simuler un accident.

— Êtes-vous convaincu que la victime était encore en vie lorsqu'elle fut ainsi transportée jusqu'aux écuries ?

— D'autres constatations le prouvent. La substance qu'il avait avalée, et dont je n'ai pas encore défini la nature, n'était pas mortelle. L'expérience avec des rats prouve qu'elle endort. Les animaux ont repris conscience plusieurs heures après l'ingestion de la drogue récupérée et isolée. Ils étaient même insensibles à des piqûres, c'est dire…

— Nous vous sommes reconnaissants de cette information essentielle. Elle change le point de vue du tout au tout. Elle ne modifie pas le fait déjà connu que cette mort était un assassinat, mais jusqu'à présent nous pensions que le vicomte s'était volontairement rendu dans le *box* de Bucéphale où le piège s'était refermé sur lui. Désormais une conviction s'impose. La mort de M. de Trabard a été préméditée et soigneusement organisée et, au minimum, par deux personnes. Cette découverte pose d'autres questions, et en particulier de savoir si les documents et les pièces retrouvés ont été dérobés à ce moment-là ou auparavant.

— Pour en revenir à ces mules, qu'en penses-tu, Nicolas ?

Nicolas considérait Bourdeau en secouant la tête.

— Te souviens-tu, Pierre, que le fait nous avait intrigués. J'avais constaté que la semelle en était propre. Il était possible que le glacé du cuir n'ait pas accroché de traces, mais la constatation était étrange.

— Il reste que c'est le secrétaire espagnol qui nous les a rapportées ! Doit-on considérer qu'il a eu un rôle dans ce guet-apens ?

— C'est vraisemblable et, en matière criminelle, le vraisemblable tutoie souvent la vérité. Je crois qu'une rapide visite rue d'Enfer s'impose au plus vite. Cependant il me faut rendre compte à M. Le Noir de l'évolution de l'enquête. Elle se complique à l'excès. Merci, cher Sanson, que ferions-nous sans vos soins assidus et le talent que vous déployez sans relâche ? Pierre, tu m'accompagnes chez le lieutenant général de police. Tes avis peuvent être bons à entendre et nous repartirons aussitôt chez les Trabard.

Bourdeau respecta le silence de Nicolas tout au long du trajet entre le Châtelet et l'hôtel de police. Ayant entendu leur rapport, Le Noir, qui les avait aussitôt reçus, ne dissimula pas ses inquiétudes.

— Où cette affaire nous mènera-t-elle ? N'y aurait-il qu'un crime domestique que je ne douterais guère de sa rapide élucidation. Mais je constate que des faits apparemment éloignés s'enchaînent les uns aux autres, mêlant le privé et autre chose que je crains de nommer. La question de la fausse monnaie est plus que grave, elle menace les piliers mêmes de l'État à un moment où le déficit s'aggrave. Liée à la question du chantage que vous savez, elle laisse supposer des menées qu'il nous faut absolument…

Il frappa de la main sur son bureau.

— … traverser. Et l'inquiétude me transit de savoir le nom de la reine évoqué dans de troubles conditions. Imaginez les conséquences si l'opinion, cette gorgone, de plus en plus présente à la cour et à la ville, nourrie de rumeurs et de calomnies, venait à connaître même des titres de ce que nous savons. Je me demande… Au fait, peut-être sait-elle déjà tout ? Oui, vraiment, je crois qu'il faut avertir M. de Sartine.

Nicolas entendit Bourdeau chuchoter un propos peu amène pour l'ancien ministre. Que Le Noir qui redoutait toujours les interventions de son lointain prédécesseur en vînt à souhaiter avoir recours à lui en disait long sur la dimension que l'affaire était en train de prendre et sur l'inquiétude qu'elle entraînait chez lui.

— Sartine, reprit le lieutenant général de police, bénéficie de moyens qui pourraient nous être utiles sans compter les informations dont il est, plus que d'autres, à même de disposer. Nul serviteur du roi retiré n'a plus de pouvoir efficient. Considérez ce que j'entends vous faire comprendre. Je sais bien, moi le premier, qu'il est parfois malaisé de travailler avec un homme qui veut tout savoir sans rien connaître, parfois…

Il se mit à rire.

— … nous en avons souvent éprouvé les effets. Mais ce serait erreur de ma part de ne le point avertir du sombre tableau qui se dessine et des périls auxquels nous sommes confrontés. Je vais le faire prévenir et… disons que nous nous retrouverons ici demain à trois heures de relevée.

— Cela nous donne le temps d'approfondir rue d'Enfer les rôles respectifs de Mme de Trabard, du maître palefrenier et du secrétaire espagnol. Quant au reste, monseigneur, pour malaisé que soit parfois le commerce avec M. de Sartine, son avis peut être de poids et ne saurait être dédaigné.

Bourdeau s'agitait, ce que remarqua Le Noir qui, bonhomme, l'invita à parler.

— N'oublions pas, monseigneur, l'ordre des Prémontrés, partie ô combien prenante d'une transaction qui contrevient aux lois du royaume. Quant au vicaire de Saint-Sulpice, héritier naturel de son frère, le savait-il ?

— Vous avez raison, ma foi ! Mais vous parlez du vicaire de Saint-Sulpice. Cela fait écho dans ma mémoire à des plaintes renouvelées qui m'ont été il y a peu soumises.

Il fouilla le fatras de documents qui couvrait son bureau.

— Ah ! Voici la fiche que nos inspecteurs m'avaient préparée. Ma gouverne en a été éclairée.

Il chaussa ses besicles.

— Hum… Euh… Voilà… Nouvellement débarqué de son Limousin. Ah ! Oui. Eudes de Trabard, noblesse ruinée de province… Cadet de famille voué à la prêtrise… Les fidèles de la paroisse se plaignent aigrement de lui et de son curé. D'une part, lorsqu'il distribue des secours à ceux qui les implorent, il fait marquer d'une croix blanche les habits des bénéficiaires à leur grande honte. Le public s'élève contre ces abus scandaleux. À cela s'ajoute sa propension à faire sonner les cloches à tout moment. De hauts personnages qui habitent la rue de Tournon se proposent de prendre la poudre d'escampette pour se dérober au vacarme du bronze. M. de Brancas, pour ne parler que de lui, va demeurer boulevard

Poissonnière. Ah ! Il y a encore une notule... La voix publique suppose au nouveau pasteur des vues d'intérêt personnel et il est hautement accusé d'avarice et de cupidité.

— Quelle famille ! s'exclama Nicolas. Mais qu'en est-il du curé ? Il tolère cela de son vicaire ?

— Il faut supposer qu'il a d'autres soucis en tête ! Pour finir je me dois, dit gravement Le Noir, de vous mettre en garde contre toute indiscrétion au sujet des matières délicates que vous traitez. Tenez vos gens. Silence sur l'opération de la cour du Dragon. Dieu, que les temps sont difficiles ! Nous y devons prêter la main et environner tout cela de...

— Ténèbres, dit Nicolas.

— Certes, nous en rions ! Mais comprenez-moi. Il flotte des idées neuves qui peuvent se révéler dangereuses. Je lis les gazettes, on me rapporte les nouvelles à la main, la teneur et le contenu des chansons, libelles, pamphlets et même des placards des murs de la ville. Rien ne m'échappe de l'opinion, de l'esprit du public. Tout cet ensemble d'informations auxquelles s'ajoute...

Il baissa le ton de sa voix.

— ... ce que nous recueillons par la lecture des lettres et par les rapports de nos innombrables mouches, c'est un état inquiétant de la société. Le royaume est malade. Si j'en juge par tout ce qui me parvient, et si l'on s'exerce à lire ce qui en ressort, je crains hélas que trop de puissances, aristocratiques ou financières, et je ne parle pas du clergé, semblent se disputer une renommée d'imprudence et d'arrogance et concourent pour tomber plus avant dans le mépris de la nation. Entendons avant qu'il soit trop tard ces avertissements. Le peuple est avide de ce triste spectacle dont au mieux il se désole et au pire s'indigne. Non qu'il soit mauvais ou méchant, mais il voit et entend ce qu'on s'évertue à lui faire sentir, souvent à juste titre. Le mouvement est comme la vague de la marée, on ne l'arrêtera plus.

— En sommes-nous vraiment parvenus à ce point-là, monseigneur ?

— Prêtez l'oreille à la chronique, et l'affaire que vous me présentez en est un exemple supplémentaire, il n'est de bruit que des infamies de ce qui a un rang, un titre, une fortune. Qu'un scandale vienne à éclater qui éclabousse le trône, les conséquences en seraient… Je n'ose y penser. C'est vous dire que le silence est une obligation absolue dont je sais que vous ne vous départez jamais.

Les deux policiers quittèrent l'hôtel si étonnés de ce qu'ils venaient d'entendre qu'ils demeurèrent longtemps silencieux. Ce fut Bourdeau qui le premier rompit ce mutisme.

— Vois-tu, je n'imaginais pas M. Le Noir aussi conscient des périls qui montent. Il dissimule bien son jeu ! Son côté débonnaire ne donne pas la mesure de sa pénétrante intelligence.

— Suis-je assez mal entouré ! Entre les sermons de Noblecourt, les inquiétudes de Le Noir et tes continuelles objurgations, comment conserverais-je l'âme légère ?

— Allons, il s'agit au mieux de prévenir. Toute lamentation sert comme d'un clou à un soufflet. Tu sais bien au fond que ce que tes amis avancent correspond à ce que tu n'as cessé d'observer depuis des années. La difficulté, c'est que tu te refuses à en tirer les conséquences. Écoute ton bon cœur.

— Soit. J'y réfléchirai. Pour l'heure, nouveau plan de bataille. Nous passons au Châtelet voir si Lambroie est enfin décidé à parler.

— À mon avis il ne fournira pas de quoi alimenter le caquet. Ces hommes-là ont coutume de choisir entre deux inconvénients. Le risque que nous représentons lui paraît sans doute de peu de poids par rapport à la menace qui pèserait sur lui s'il vidait son sac.

— Je vois que tu as entière confiance dans la sûreté de nos geôles, remarqua Nicolas ironique.

— Les précédents abondent, tu le sais bien, quelles que soient les précautions que l'on peut multiplier.

— Ensuite, visite au curé de Saint-Sulpice.

— Tu ne préfères pas courir rue d'Enfer ?

— Point ! Si nous y allons trop tôt dans la journée, ils soupçonneront l'urgence et nous alimenterons la suspicion qu'un fait nouveau est intervenu. Ils seront alors sur leur garde.

Bourdeau regarda son chef avec admiration.

— Tu songes à tout. Voilà une subtilité à laquelle je n'aurais pas pensé.

La prédiction de Bourdeau se révéla fondée et le ferrailleur de la cour du Dragon s'obstina dans un silence hostile. Il n'y eut rien à en tirer. Au moment où Nicolas et Bourdeau s'apprêtaient à rejoindre Saint-Sulpice, une mouche de Rabouine, essoufflée, surgit et remit un petit mot au commissaire qui en prit aussitôt connaissance et le tendit à Bourdeau.

L'inspecteur lut le billet :

— « *Nicolas, la souricière a fonctionné. Un suspect est tombé dans le piège. Je maintiens le dispositif et ramène en discrétion l'intéressé au Châtelet.* »

Peu de temps après, Rabouine fit irruption dans le bureau de permanence, tenant fermement par le bras le suspect qui s'était présenté chez le ferrailleur. Nicolas conserva le silence et détailla le nouveau venu. Cette habitude, tout en permettant quelques déductions, avait pour but initial de mettre l'objet de l'examen dans le malaise de l'incertitude. Il en venait à suer la peur et n'en était alors que plus malléable.

L'homme, de taille moyenne, paraissait âgé d'environ quarante ans. Sa chevelure brune parsemée de cheveux blancs était nouée par un ruban noir. Il était vêtu d'un surtout de drap vert sans doublure, d'une veste de nankin, d'une culotte de satin noir et de bas de filoselle blancs. Ces derniers désignaient une certaine position dans la société : ceux qui se déplaçaient en voiture et ne craignaient pas de souiller leurs bas de la boue tenace des rues parisiennes. Les escarpins à talons de bois portaient des boucles à corde argentées. Le visage était commun ; des yeux effrayés, qui passaient de droite à gauche, fixaient tour à tour les deux policiers immobiles et sérieux.

— Monsieur, vous avez été conduit au Grand Châtelet, au bureau de permanence des commissaires. Vous avez été invité par l'un de nos agents alors que vous rendiez visite à M. Lambroie.

— Quel mal y avait-il ? Je souhaitais acheter un loquet.

— Un loquet ? Par exemple !

Nicolas se devait de feindre. Après tout l'homme disait peut-être la vérité.

— Oui, monsieur, un loquet.

— Il nous faut commencer par vous demander votre nom, votre position et votre adresse. Pour l'instant, vous allez apporter, avec la plus entière bonne volonté j'en suis convaincu, votre concours à une enquête de la police.

— Soit. Mais sur quel objet porte-t-elle, s'il n'est pas exagéré de s'en enquérir ?

— Ici, monsieur, considérez que c'est moi qui pose les questions. Qui êtes-vous ?

Rabouine fit un geste pour attirer l'attention de Nicolas. Il lui donna une lettre ouverte et un petit pistolet de poche.

— Nous avons fouillé le suspect…

— Comment, le suspect ? Que signifie ?

— … le suspect. Dans ses poches, nous avons découvert cette missive et l'arme que voilà.

Bourdeau brandit l'objet et l'homme s'agita.

— J'ai été plusieurs fois attaqué la nuit par des voleurs. J'ai choisi de me défendre.

— Il y a le guet, monsieur.

— Le guet arrive toujours trop tard…

— Voyons un peu cette lettre.

Nicolas déchiffra l'adresse écrite d'une main malhabile.

À Monsieur
Monsieur Louis Bezard
Rue des Marais à l'angle des Petits-Augustins

— Voilà une belle adresse ! Et que dit cette missive ?

— Monsieur, vous abusez !

— J'exerce mes fonctions de commissaire. Lisons : *« La prochaine livraison aura lieu le 25 du mois courant. Votre présence requise au plus tôt pour le règlement prévu. »* Bien, pas de signature. Un message anonyme, cela demande une explication, monsieur Bezard.

— C'est une commande de loquets et une requête pour le règlement d'une précédente commande.

— Bien voilà ! Tout est simple, il suffit de parler. Le pistolet pour la sûreté et les loquets pour les placards sans doute de votre demeure ? Auriez-vous, monsieur, la tentation de vous moquer de nous ?

— Monsieur le commissaire, puisque je suppose que commissaire il y a, je vous conseillerais de me libérer au plus vite, car il pourrait vous en cuire. Je me plaindrai de vos pratiques à qui de droit, j'ai les moyens de le faire. Vous ignorez à qui vous avez affaire.

— Je serais heureux de l'apprendre. Si vous saviez combien de fois on m'a chanté sur cet air-là !

— Sachez que je suis Louis Bezard, caissier principal à la Caisse d'escompte de Paris.

— Vous m'en voyez fort aise car cette précision ne manque pas d'intérêt. Elle nous incite à poursuivre notre entretien. La finance requiert, par les temps actuels, toute notre considération.

Nicolas alla parler à l'oreille de Rabouine qui s'éclipsa sur-le-champ.

— À quel étage logez-vous rue des Marais ?

L'homme demeura silencieux.

— Peu importe. Nous trouverons seuls.

Rabouine revint accompagné de Lambroie. Le sursaut que ce dernier ne put réprimer à la vue de Bezard n'échappa nullement à Nicolas.

— Voici votre ami, M. Lambroie. C'est un bavard, mais bavard à un point que vous n'imaginez pas ! Il parle d'abondance.

Le ferrailleur se risqua bien de protester, mais une rude bourrade de Bourdeau fit avorter sa tentative.

— Oui, renchérit l'inspecteur, il n'a pas hésité à nous cracher la crème de son discours. Et celui-ci était des plus édifiants. Ah bast ! Un beau local que son atelier cul-de-sac du Dragon ! Et quelle cave ! Gardée par des armées de rats. Imaginez-vous la scène. Et du métal, du métal à profusion. Et une grosse machine à cylindre. Un instrument de torture à marteler, à frapper, comme il en demeure encore quelques étages en dessous de nous. De quoi fabriquer des loquets, des milliers de loquets, lesquels vous sont si indispensables.

Au fur et à mesure que se dévidait l'ironique discours de Bourdeau, Lambroie semblait s'affaisser alors que toute la gamme des émotions pénibles se reflétait sur le visage de Bezard. Un grand silence pesa sur le bureau de permanence et le temps se figea. Puis tout se remit en marche. Bezard se leva, s'approcha de Nicolas et lui parla à l'oreille. Bourdeau fut appelé et reçut des instructions qu'il transmit sur-le-champ à Rabouine. Lambroie fut brutalement entraîné à l'extérieur. N'eussent été ses mains entravées qu'au passage il aurait achevé le geste menaçant qu'il esquissa à l'encontre du caissier. Était-ce un avertissement ?

— Alors, monsieur Bezard, des éclaircissements ?

— J'ignore si vous êtes au fait du fonctionnement de la Caisse. Elle garantit des effets de commerce. Elle est devenue peu à peu une banque qui reçoit et distribue des espèces. Ne vous illusionnez pas sur la modestie de l'atelier de Lambroie ; c'est un industrieux qui fait des affaires avec des nations étrangères, en particulier l'Espagne. La Caisse lui avance des fonds et il les lui rembourse à terme avec les sommes en monnaie qu'il reçoit de ses commanditaires à Madrid et à Barcelone. Je n'ai rien saisi au discours de monsieur l'inspecteur. Ce fatras ne m'inspire guère qu'incompréhension et surprise.

Il avait repris une sorte d'assurance. Nicolas eut le sentiment qu'il avait choisi une stratégie de retraite, qu'il s'en tiendrait là coûte que coûte et qu'on n'obtiendrait rien de plus. Devait-on le maintenir libre de ses mouvements en le faisant étroitement surveiller ou le mettre au secret pour user sa résistance et éviter surtout qu'il ne prévienne ses complices ? Mieux valait que ceux-ci s'interrogeassent sur sa disparition, qui demeurerait secrète. On jetterait ainsi le trouble dans l'organisation, ou du moins pouvait-on l'espérer.

— Monsieur Bezard, votre discours devrait me conduire à vous remettre en liberté, tout en contrôlant vos assertions. Mon indulgence et ma compréhension des situations m'y incitent…

Il riait de voir Bourdeau lui faire des signes de dénégation.

— Cependant, il paraît que vous vous moquez du monde en débitant ce conte bleu.

— Mais… Monsieur le commissaire… Ma sincérité…

— Est soumise à caution. Vous irez donc rejoindre M. Lambroie dans les sombres entrailles de cette vieille maison. Cela vous incitera sans doute à trouver d'autres arguments pour votre défense. N'oubliez pas de vous rappeler que la complicité de faux monnayage est passible des peines les plus terribles de notre droit. Certes le bourreau, M. Sanson, notre ami, que je vous recommande, est un philosophe et un philanthrope. Lorsqu'il exécute les arrêts de nos cours, c'est avec conscience et art… Je dirais même avec douceur et compassion, car il est bon chrétien. Toutefois le résultat, comme vous le pensez bien, est le même que si la tâche était gâchée par quelque méchant apprenti. Avez-vous une famille, monsieur Bezard ?

— Hélas, monsieur le commissaire, dit Bezard en tremblant, je suis veuf.

— Des enfants ?

— Point.

— Parfait. Personne ne va donc s'inquiéter outre de votre disparition.

Ce fut une loque humaine que Rabouine entraîna.

— Ce personnage est selon moi plus malin qu'il n'en offre l'image. Une autre peur le tient sans doute.

— *Et toi sauve-toi, race à potence, car tôt ou tard, faut que tu danses*, chantonna Bourdeau.

— La potence est le moindre mal qu'on lui souhaite s'il devait être convaincu de ce dont il est soupçonné. Je ne crois pas un mot de ce qu'il nous a raconté. Il s'est empressé de trouver quelque chose de plausible à nous faire accroire.

— Une chose m'intrigue, dit Bourdeau. Imagine qu'on apporte des quantités de piastres à la Caisse d'escompte, crois-tu que ces bureaux et ceux qui les tiennent soient assez niais et inexpérimentés pour recevoir des pièces sans les vérifier ? Sonnantes et trébuchantes !

— La seule certitude, c'est que les fausses piastres se retrouvent à la Caisse. Par qui, nous le savons ; pour quoi et pour qui, nous l'ignorons.

— Il me vient une pensée, Nicolas. Ne serait-ce pas préférable de transférer nos prisonniers à la Bastille plutôt que les maintenir ici où, l'expérience du passé nous le prouve, rien n'est assuré ? Si l'affaire que nous traitons est aussi grave que nous l'imaginons, nul doute qu'on tentera d'en supprimer les témoins, même et surtout s'ils participent du même complot.

— Tu as raison.

Nicolas tira d'un portefeuille deux lettres de cachet déjà signées, qu'il compléta et tendit à l'inspecteur.

— Fais le nécessaire et envoie-moi Rabouine.

Nicolas se mit à arpenter le bureau de permanence et sourit à la pensée qu'il pratiquait là une des vieilles habitudes de Sartine. Cette idée l'incita à réfléchir sur sa prochaine rencontre avec l'ancien ministre. Son intervention dans une affaire revêtait toujours deux aspects. L'un favorable, car les moyens dont disposait Sartine facilitaient les investigations, l'autre, négatif, compliquait les démarches et imposait un contrôle tatillon et les interventions permanentes d'un homme qui, quelle que soit la confiance ancienne qu'il accordait à ses gens, ne parvenait jamais à se départir de sa propension au secret et à la méfiance. Il ne servait à rien de bâtir une pièce qui n'était pas écrite. Il verrait bien demain ce qu'impliquait l'irruption de Sartine dans cette enquête. Rabouine apparut, suivi du sergent Gremillon et de Bourdeau.

— Le transfert est en train avec deux exempts armés dans un fiacre discret. Les prisonniers sont entravés et munis de poucettes.

— Bien. Rabouine, en ce qui concerne le dispositif de la cour du Dragon, il est maintenu, mais à distance. Ce que je demande, ce n'est point d'intercepter les visiteurs mais, désormais, de les suivre afin de connaître leur identité, leur domicile et, peut-être, d'autres complices. Rapport régulier au bureau de permanence. Gremillon, quelque chose ?

— Peut-être, monsieur, une trace de l'enfant recherché.

— Vraiment ?

— C'est plus que probable. Les barrières n'ont rien donné. En revanche, au départ des Messageries royales, j'ai obtenu de troublantes informations. On se souvient bien, rue Saint-Denis, d'un incident intervenu mardi ou mercredi, on ne sait trop ; seule, la matière surnage. Un homme jeune, brun, a pris deux places sur la diligence de Chartres. Jusque-là, rien que de très normal. Là où la chose se complique, c'est que la deuxième place était destinée à un enfant, que celui-ci était d'un naturel et d'une vêture qui ne correspondaient guère à celui qui se prétendait son père et que, de surcroît, il paraissait effrayé et semblait solidement tenu par son soi-disant parent.

— Hé, ma doué ! Que de détails. Où les as-tu pêchés ?

— Une de nos mouches qui lorgne et morgue tous ceux qui s'embarquent.

— Et où donc partaient ces voyageurs ?

— Deux places pour Nantes avec un arrêt à Chartres et poursuite par Angers.

— Portemanteau ? Effets ?

— Peu, sauf une caissette de cuir sur laquelle l'intéressé veillait comme le lait sur le feu.

Nicolas calculait mentalement. Cela paraissait correspondre.

— Quand part la diligence ?

— Le mardi matin.

— Et elle arrive à Nantes ?

Bourdeau consulta un petit *in-octavo* relié en veau, sorti d'un tiroir.

— Hum… Voyons… *Liste générale des postes de France pour l'année 1783*… Nantes… Cinquante-trois postes, ce n'est pas rien ! Il faut huit jours, sauf incident.

— Rien d'autre ?

— Si, un dernier détail, l'homme paraissait étranger, c'est d'ailleurs ce qui a attiré l'attention de notre mouche, et en outre parlait en zézayant.

— Comment, dit Bourdeau, le petit bougre de secrétaire a pris la poudre d'escampette. Et avec le *vas-y-dire*… Tout cela est limpide.

Nicolas approuva. Il avait encore dans l'oreille le son de la voix de Diego Burgos.

— Il le faut rattraper. Un bon cavalier, avec priorité aux relais comme chevaucheur royal et les meilleures montures, serait capable… J'y serais bien allé, mais trop de circonstances me retiennent à Paris.

Il rêva un instant en imaginant le galop d'une course folle à travers la campagne vers le libre océan…

— Moi aussi, dit Bourdeau, mais l'inconvénient, c'est que je suis un très mauvais cavalier.

— Monsieur, dit Gremillon, je suis volontaire.

Nicolas connaissait l'adresse du sergent qui avait monté avec Louis lors de son dernier passage. Ils avaient fait assaut d'aisance cavalière.

— Soit. Vous partez à l'instant. Je signe un sauf-conduit qui vous évitera des problèmes avec les maîtres de poste, gens d'ordinaire fort sourcilleux et peu enclins aux passe-droits.

— Et si ce n'était pas lui ? Prenons le soin de vérifier son départ rue d'Enfer.

— Trop de temps perdu, cela vaut le pari.

Gremillon quittait déjà la place quand le commissaire le rappela.

— Vous oubliez votre sauf-conduit. Je vous le prépare sur-le-champ.

Il sortit d'un tiroir un document imprimé frappé aux armes de France. Il en remplit la rubrique, le signa et, après avoir fait chauffer la cire à la flamme d'une chandelle, le scella et le remit au sergent, qui se précipita au-dehors. Nicolas le héla derechef.

— Décidément, vous êtes vif comme l'éclair. Portez-vous à l'instant à l'hôtel de police et voyez Rapenot, le responsable des écuries. Dites-lui que vous venez de ma part et présentez-lui votre sauf-conduit. Il vous confiera le meilleur de ses coursiers. Laissez-le au premier relais de poste où vous changerez de monture. Ne ménagez pas la dépense pour qu'en votre absence elle soit bien traitée, étrillage, bonne litière et picotin abondant. Vous la reprendrez au retour. Et à ce moment faites signer une décharge à Rapenot qui vous dégagera de toute réclamation.

Il jeta à Gremillon un rouleau de louis qui fut attrapé au vol et, pour le coup, toutes les recommandations ayant été données, le départ s'effectua sans rappel.

— Quel est l'ordre des priorités ? demanda Bourdeau.

— Il n'y a point de presse pour la rue d'Enfer. Si le fugitif est bien Diego Burgos, il n'y a plus rien à faire, et si ce n'est pas lui, il sera toujours temps de l'interroger avec les autres.

— Et donc, maintenant ?

— Maintenant ? Une petite visite de dévotion s'impose à Saint-Sulpice. Cela nous donnera l'occasion de rencontrer l'autre Trabard.

— N'oublie pas que tu as rendez-vous ce soir avec Semacgus.

— Hélas, j'y songe, encore que je me serais bien gardé de cette corvée-là ! Mais je dois répondre à la demande de la reine, ce n'est point le moment de l'irriter, car le résultat de son autre requête pourrait lui déplaire…

Sur cette considération pleine de bon sens, ils quittèrent le Grand Châtelet pour rejoindre Saint-Sulpice. Bourdeau au cours du chemin fit l'éloge de Gremillon qui n'avait cessé de répondre aux espérances qu'il avait fait naître dès son entrée au service des Affaires extraordinaires.

— Il ne ménage pas son temps. Et d'humeur toujours égale. N'ai-je pas eu raison d'en souhaiter le soutien ?

Nicolas riait sous cape au souvenir du stratagème dont il avait naguère usé pour faire adopter le sergent par son ombrageux ami.

— Que savons-nous de la paroisse ?

— Qu'elle fut à Noël dernier le théâtre d'un scandale. De jeunes gens de condition l'ont investie à l'occasion de la messe de minuit et à la sortie, profitant de la presse et de l'obscurité, s'y sont livrés à des licences extrêmes, tympanisant femmes et filles qui, à cette heure, sont ordinairement entre deux draps. M. Le Noir a dû ordonner qu'à l'avenir des sentinelles soient postées aux portes des églises.

— Reste que si Trabard le vicaire défraye la chronique, il semble que le curé ait fait également parler de lui. Il a refusé dernièrement pour parrains à un baptême deux comédiens du roi et, par ailleurs, n'enterre que difficilement ceux qui pratiquent leur art.

— Un dévot de la vieille école !

— Quel dommage que cette église magnifique ne soit point terminée, reprit Nicolas qui ne souhaitait pas avoir de débat avec Bourdeau sur les questions de religion, même si sur ce point précis il pouvait partager en tolérance la position éclairée de l'inspecteur. Il n'y a que la tour nord qui est achevée et la grande place envisagée par l'architecte Servandoni n'a pu, faute de moyens, être menée à bien.

— Il y a peu, on a placé les cloches dans cette tour.

Parvenus à destination, ils pénétrèrent dans le sanctuaire. Nicolas aimait son ampleur et cette clarté diffuse qui ne laissait dans l'ombre aucune des décorations de la nef et du chœur. Un bedeau les informa que M. de Trabard était pour l'heure dans la sacristie des messes. Ils y trouvèrent un homme en habit court et rabat, calotte sur la tête, d'une taille moyenne que déparait une évidente courbure du dos. Le visage livide paraissait éclairé de l'intérieur par l'éclat d'yeux sombres qui reflétaient la lueur des chandelles. Le prêtre était penché sur un gros registre relié en cuir blanc sur lequel il indiquait à la plume des notations chiffrées. Il les considérait sans aménité, refermant brutalement le volume et leur faisait face, la mine haute et toute d'inquisition.

— Mes frères, la sacristie n'est point place publique. Qu'y recherchez-vous ?

— Mon père, ai-je l'honneur de m'adresser à Eudes de Trabard, vicaire de Saint-Sulpice ?

Le ton déférent et modeste de Nicolas eut pour effet de calmer le prêtre, qui acquiesça d'un mouvement de tête.

— Je suis le commissaire Le Floch et voici mon adjoint l'inspecteur Bourdeau.

Nicolas n'eut pas le temps d'achever sa présentation qu'aussitôt le vicaire, le visage retourné, s'emporta.

— Encore ces chiens impies qui me poursuivent et me calomnient ! Ils ont des yeux et ne veulent point voir. Ils ont des langues et ne savent se taire. Cette paroisse, monsieur le commissaire, possède une vieille tradition d'ordre établi pour le soulagement des pauvres.

— Mais…

— Point. Sachez qu'outre les aumônes pour layettes, les mois de nourrice, l'école gratuite, les habillements, on procure du travail à ceux qui n'en ont point et on apprend des métiers à ceux qui n'en avaient pas. Car, je le proclame, il ne suffit pas de supprimer la mendicité, il faut y substituer le travail.

— Mais, mon révérend père, nous…

— Non, non, je n'admets pas qu'on m'accuse. Il faut faire un exemple pour que chaque paroisse de cette ville s'y aligne. C'est pourquoi ceux qui reçoivent nos aides et dons se doivent de porter sur leurs manches une croix blanche. Ainsi chacun connaît que Saint-Sulpice les aide. On me prétend que cela les humilie et qu'ils en rougissent. La croix du Seigneur ne saurait déshonorer personne.

— Entendez-nous, il ne s'agit pas de cela mais de la…

La voix rauque du vicaire interrompit Nicolas une nouvelle fois.

— Si ce n'est pour cela, il s'agit donc des cloches. M. de Terssac, notre vénéré curé, qui entend faire de notre sanctuaire le plus beau de cette capitale, a fait fondre, baptiser et mettre en place des cloches énormes mises en branle l'an dernier. Et que voyons-nous ? La marée des sceptiques et des philosophes se coalisent pour protester contre la céleste musique. Jusqu'aux comédiens français qui ont prétendu faire requête au conseil pour qu'il nous fût défendu de les faire sonner durant le spectacle. Comment, il faudrait que la voix de Dieu se tût pour permettre aux impies de parler ? Nous n'y pouvons consentir et nous lutterons avec la force des saints et des martyrs pour nous y opposer. Et quant aux autres, qu'ils déménagent !

— À la fin des fins, voulez-vous nous entendre ? Nous sommes ici pour vous entretenir de la mort de votre frère, le vicomte de Trabard, que tout laisse supposer avoir été assassiné.

Eudes de Trabard se signa. Il baissa la tête et respira profondément.

— Que le Seigneur lui épargne les tourments infernaux. Le souvenir du passé nous déchire, la douleur du présent nous accable, la vue de l'avenir nous désespère.

— Quelles étaient vos relations avec lui ?

— Il y a bien longtemps que celles-ci s'étaient espacées et avaient même pris fin. Hélas, je suppliai le Seigneur de ne le point abandonner... Sa mort n'a point d'importance car il avait perdu au cours de son existence bien plus que ce misérable petit souffle de vie.

— Et la raison de cet éloignement ?

— Concevez-vous quelque chose de plus intolérable que le mode de vie de mon frère, ce monstrueux amas d'impuretés ? Quelle honte pour moi de voir se développer cette multitude de péchés, sous mes yeux. Naguère j'étais loin, mais à Paris l'horreur de son existence me poursuivait. Hélas pour son salut *everterunt sensum suum, et declinaverunt oculos suos, ut non viderent coelem.* Ils perdirent le sens et ils détournèrent leurs yeux pour ne point voir le ciel.

— Ainsi, mon père, réprouviez-vous les désordres de son existence ?

— Je vous l'ai dit.

— Il semble que vous n'êtes guère surpris d'apprendre sa mort ? Qui vous en avait fait part ?

— Ma belle-sœur m'a fait porter un billet pour m'avertir.

— Vous disait-elle qu'un meurtre était vraisemblable ?

— Non, elle m'indiquait seulement qu'un accident était survenu dans les écuries et qu'un cheval avait mortellement blessé mon frère… Mortellement…

— Que faisiez-vous lorsque le drame est intervenu ?

Nicolas apprécia la subtilité de la question posée par Bourdeau.

— J'étais au logis, méditant sur le sermon du dimanche suivant, toute cette nuit-là.

— Comment savez-vous le moment où votre frère a perdu la vie ?

Il y eut un silence. Le vicaire considérait le sol, ses mains se dissimulèrent dans les manches de son habit.

— Je n'en ai aucune idée. Je priais quand soudain la pensée de mon frère si coupable m'a angoissé. J'ai éprouvé un horrible malaise et la conviction qu'il lui était arrivé malheur s'est imposée à moi comme une certitude.

— Vous mesurez, mon révérend père, combien tout cela peut sembler étrange. Je ne sous-estime pas ce genre d'impression, mais dans une affaire criminelle tout doit être pris en compte. J'ai le regret de vous avertir que vous êtes désormais un possible suspect.

— Ah ! Seigneur, mon incapacité est telle, que je ne puis même prononcer une parole. Mais sachez que j'ai la vérité pour ceinture autour de mes reins et la justice pour cuirasse.

— Il reste que vous ne pouvez justifier de votre emploi du temps pour la nuit du meurtre de votre frère et que vous connaissiez d'étrange manière le moment de celui-ci !

Le vicaire leva les yeux au ciel et joignit les mains.

— *Le Seigneur est notre ressource : nous combattons et il réduira en poudre tous ceux qui nous persécutent.*

— Mon père, nous pourrions jouter à coup de saintes citations, mais cela ne fera pas avancer nos affaires d'un pouce. Alors redescendons, je vous prie, sur terre et répondez à nos questions. C'est la seule attitude digne que nous attendons de votre sincérité, la seule qui sera en mesure de nous en convaincre.

— J'appelle ma souffrance en oblation. *Demandez et vous recevrez.*

— Ainsi parlait le Seigneur ! dit Bourdeau, moqueur.

— Monsieur, reprit Nicolas, selon vous, à qui revient l'héritage de votre frère ?

— Hé, qu'en sais-je ? Je n'imagine pas qu'en dehors des stipulations de leur contrat son épouse puisse espérer quoi que ce soit de sa générosité. Il n'a que moi comme parent, je disposerai de ce qui me reviendra au profit des plus pauvres.

— Soit. Quand avez-vous vu votre frère pour la dernière fois ?

— Il y a quinze jours, quand il est venu apporter à son frère sa régulière offrande à notre sainte œuvre, s'écria une voix grave.

Un homme en habit religieux venait de pénétrer dans la sacristie. Petit, fluet, une physionomie déplaisante, des cheveux plats et rares, la démarche maladroite, le prêtre se campa devant Nicolas en le toisant de près, clignant des yeux.

— Monsieur le commissaire, dit Trabard, j'ai l'honneur de vous présenter M. de Terssac, curé de Saint-Sulpice.

Le prêtre agita la tête comme s'il niait ce qu'on venait de lui apprendre.

— Et que fait la police dans ce sanctuaire ? Notre archevêque l'a-t-il autorisé ? Comment dois-je prendre cette incursion pour le moins inhabituelle ? Quel forfait a commis notre frère Trabard, qu'on le poursuive dans son église ? L'official de Paris a-t-il désigné un promoteur pour instruire ? J'exige des réponses sur-le-champ !

Nicolas commençait à s'irriter des obstructions de ces gens d'Église. Il contint son impatience d'autant plus qu'une information capitale avait été dévoilée par M. de Terssac.

— Mon père, il n'y a pas lieu de s'irriter. Nous sommes venus d'ordre du lieutenant général de police pour recueillir le témoignage de votre vicaire au sujet du meurtre de son frère le vicomte…

Il leva la main pour éviter la nouvelle algarade qui se préparait.

— … Permettez, je poursuis. Quand vous êtes entré, vous avez dit que le vicomte de Trabard venait en régularité apporter son offrande et qu'il la remettait à son frère. De quoi s'agissait-il ?

M. de Terssac hésita un moment et finit par se calmer.

— Soit, monsieur. Vous ignorez sans doute que nos soucis financiers sont considérables. J'entends achever l'œuvre de mes prédécesseurs. Hélas, jusqu'en 1762, quand son bénéfice nous fut retiré, la loterie procurait des revenus réguliers à la paroisse. Nous ne sommes guère soutenus par la fabrique qui s'oppose à nos vues, même si le gouvernement nous a aidés à achever la tour nord. Cela a permis de poursuivre l'embellissement de l'intérieur, avec de nouvelles chapelles, notamment celle de la Vierge. Et c'est à cette œuvre sainte que participait le vicomte de Trabard.

— Et sous quelle forme, demanda Bourdeau, cette participation était-elle apportée ?

Tout en parlant il observait la physionomie de la sombre face du vicaire. Celui-ci s'était reculé à l'ombre d'une armoire à chasubles et il ne put en juger.

— Il nous confiait un sac de pièces. Le montant était chaque fois différent suivant ses possibilités.

— En écus, en louis ?

— En monnaies d'argent étrangères, espagnoles le plus souvent et quelques fois anglaises.

— Et vous ne vous êtes jamais soucié de l'origine de cet argent ? Il est sans doute peu courant de recevoir une aide de cette manière-là ?

— Je n'y voyais point malice. J'ai une fois posé la question au vicomte de Trabard. Il m'a répondu en riant que l'argent n'avait pas de royaume et que ces pièces provenaient du négoce de chevaux de courses, négoce principalement dirigé vers l'Espagne.

— Et de ces sommes, que faisiez-vous ? reprit Nicolas.

— Nous les changions en or à la Caisse d'escompte et nous en reversions le gain…

Dans l'ombre, le vicaire s'agita.

— … enfin, un honnête intérêt à M. de Trabard.

— La charité et l'aumône exigent-elles une terrestre rétribution ?

M. de Terssac fixa Bourdeau avec une sorte de commisération.

— Il faut savoir accepter les défauts de son prochain. Le vicomte de Trabard aurait pu refuser de nous aider. Il l'a fait, et que le Seigneur en tienne compte dans la balance où il sera pesé. Il a proclamé que tout le bien que nous ferons à autrui, quel que soit son poids, il l'accepterait et le compterait comme offert et accompli en son nom.

— Vous connaissiez donc la mort du vicomte ? Comment l'aviez-vous apprise ?

— Par mon frère vicaire de ce sanctuaire, son parent.

— Soit. Mais revenons à cette charité en espèces. Vous avez avancé que l'argent était porté à la Caisse d'escompte. À qui précisément ces sommes étaient-elles remises ? Et par qui ?

— Je portais moi-même le sac où se trouvait la contribution de M. de Trabard à la Caisse après avoir pris rendez-vous avec son caissier principal.

— Qui a pour nom ?

— M. Bezard. Un homme aimable et tout pétri de bons principes.

Nicolas ne manifesta aucune émotion à l'énoncé de ce nom.

— Et, comme il se doit, dit Bourdeau, prenant la suite, les formalités habituelles étant observées, indications chiffrées sur le livre de caisse et quittance signée faisant office de décharge et de reçu ?

Il fut de nouveau regardé avec un indicible mépris.

— Voilà bien le raisonnement d'un marchand du temple ! Qu'avons-nous à faire de ces babioles de papier. Le numéraire en pièces d'argent était changé. Et j'en faisais trois parts d'inégales importances. La plus grosse revenait au budget du sanctuaire et servait à financer embellissements et travaux, la seconde était remise à mon vicaire pour l'aide qu'octroie cette paroisse aux pauvres, hélas de plus en plus nombreux, et la moindre revenait au vicomte de Trabard en juste et honnête tribut de sa générosité.

— Marchand du temple, peut-être, mais vous êtes-vous jamais interrogé sur cet… échange, j'allais dire malversation…

— Monsieur !

— Oui, monsieur le curé, j'ose le terme. Car comment appeler un système où des sommes aux origines inconnues passent de main en main et, par une espèce de criminelle alchimie, se transforment en or dont chacun se repaît sans qu'aucune trace subsiste d'un étrange tripotage qu'on pourrait, s'agissant de prêtres, apparenter à de la simonie.

— Monsieur le commissaire, je vous somme de faire taire votre commis.

— Monsieur, mon commis, comme vous dites, est inspecteur de police au Châtelet, magistrat du roi. La simonie est la vente des choses saintes. Or l'étrange commerce que vous nous avez décrit équivaut à mes yeux à un scandaleux mélange. Je ne le désavouerai pas. Cela suffit d'ailleurs. Nul doute que vous aurez à vous expliquer sur tout cela devant les autorités du royaume chargées de punir ce type de malversation.

— Monsieur, je vais de ce pas me plaindre à notre archevêque.

— Qui ne manquera pas d'approuver cette fraude qui tient tout à fait du passe-passe des escamoteurs des foires, croyez-vous ? Je doute que monseigneur…

Un fracas retentit, interrompant Nicolas. Le vicaire, qui s'était à nouveau réfugié dans un coin de la sacristie, venait de faire choir un ensemble de décorations de bois aux thèmes variés qui étaient empilées et qu'un sien mouvement avait déséquilibrées. Nicolas s'approcha et y jeta un regard curieux.

— C'est, dit le vicaire confus, des décorations des cérémonies de la dernière Fête-Dieu qui attendent d'être entreposées dans les combles de l'église.

— Je disais qu'il m'étonnerait que monseigneur Le Clerc de Juigné, notre archevêque, homme pieux et rigoureux, puisse jamais apprécier que ses pasteurs s'abandonnent à ce que nous venons de découvrir. Je vous donne quitus de n'avoir rien dissimulé. Vos aveux paraissaient d'une innocence et d'une candeur dont je mesure mal la nature réelle… Serviteur, messieurs, nous aurons très prochainement l'occasion de nous revoir.

Les policiers se retirèrent, laissant le curé de Saint-Sulpice rouge de colère et son vicaire livide. Sur le parvis, Nicolas inspira profondément.

— Le Noir a raison. Le royaume est bien malade si même cet ordre-là, qui devrait donner l'exemple, se corrompt et se compromet.

— Il résulte de tout cela que le cercle est en train de se refermer. Dans des conditions inconnues le vicomte de Trabard en est le centre. Est-il l'initiateur de cette machination qui associe faux monnayage et système de change secret qui transforme les mauvaises espèces en bon or ? Le caissier principal de la Caisse d'escompte Bezard paraît lui aussi être un des pivots de l'aventure.

— Cependant Pierre, considère que rien jusqu'à présent ne nous prouve l'existence d'un lien entre le vicomte et Bezard.

— Pas plus d'ailleurs qu'entre Bezard et le chanoine puisque c'est Terssac, le curé de Saint-Sulpice, qui se rendait à la Caisse.

Nicolas hocha la tête et, dans un geste qu'il partageait avec sa sœur Isabelle, se mordilla l'intérieur de la bouche.

— Je discerne mal le rapport existant entre la fausse monnaie et les documents découverts dans le *box* de Bucéphale.

— Et quel est, renchérit Bourdeau, le véritable mobile du meurtre du vicomte ?

— En tout cas, je comprends mieux désormais le train de vie du vicomte. Changeant le faux pour le vrai, ce n'était que bénéfice pour lui.

— Explique-moi pourtant la raison de cette générosité vis-à-vis de son frère, ou plutôt au profit des œuvres de la paroisse Saint-Sulpice ?

— Le mobile le plus plausible serait qu'il détournait une part de la fausse monnaie. Quelle subtilité et quelle hardiesse de s'en débarrasser par l'intermédiaire de prêtres que personne ne s'aviserait de suspecter. Eux d'ailleurs, je le crains, ignoraient la mauvaise marchandise qui leur passait par les mains.

— Pour le curé soit, mais pour le vicaire j'en suis moins assuré que toi. Reste que ce change simoniaque s'effectuait peut-être sans que les complices du vicomte en fussent informés. Ne l'auraient-ils pas supprimé pour les avoir trahis ?

— La suite nous l'apprendra. Allons, la rue d'Enfer nous attend.

— Espérons qu'elle ne sera pavée que de bonnes intentions.

Cela ne prit guère de temps pour constater que Diego Burgos avait disparu et que nul à l'Hôtel de Trabard ne paraissait s'en préoccuper. Interrogé tout d'abord, le domestique n'était pas même en mesure de préciser à quel moment le secrétaire avait pu quitter le domaine. Le maître palefrenier était au marché aux chevaux et la vicomtesse en visite. Ce contretemps contraria Nicolas, mais Bourdeau lui fit remarquer que la place étant libre, cela leur offrait toute licence d'enquêter au plus près et même au-delà. Nicole, la femme de chambre de Mme de Trabard, et Grégoire, le garçon d'écurie, seraient leurs premières victimes. Au préalable, il conviendrait de visiter la chambre du fuyard.

Située au second étage du bâtiment, celle-ci ressemblait davantage à un appartement avec son boudoir et sa garde-robe. Élégamment décorée et ornée d'objets de prix, elle témoignait de la situation particulière de son occupant. Un secrétaire à abattant était demeuré ouvert ; tout autour le sol était jonché de papiers qui s'avérèrent sans intérêt. Une fouille en règle suivit, qui ne donna aucun résultat jusqu'au moment où Bourdeau, ayant soulevé le matelas, poussa une exclamation.

— Voilà bien autre chose ! Faisait-il collection de fioles ? Regarde…

Il les compta.

— Il y en a cinq !

Nicolas en saisit une et l'examina.

— Il s'agit de ces bouteilles étroites dont usent les apothicaires pour leurs préparations. Tiens, de la liqueur d'Hoffmann, cela ne te rappelle rien ?

— Les gouttes que prend Mme de Trabard pour mieux dormir !

Nicolas fit quelques pas dans la pièce, l'air concentré.

— Nous les saisissons. Il y a une chose que je…

Il n'acheva pas sa phrase.

— Que veux-tu dire ?

— Si l'on veut que la police trouve un indice, on se complaît à le mettre sous le matelas ou, si tu préfères, il faut avoir une cervelle de passereau pour dissimuler de cette manière ce que l'on ne voudrait pas qu'on trouve. Pourquoi les conserver ? Il suffisait de les jeter dans n'importe quel égout ! Tu vois où mon raisonnement nous conduit ?

Ils poursuivirent leurs recherches sans que rien n'attirât leur attention. Diego Burgos avait quitté l'hôtel en toute hâte ne prenant que les vêtements qu'il portait sur lui. Ils rejoignirent le rez-de-chaussée. Bourdeau se mit en quête de Nicole, qu'il découvrit bientôt en train de les écouter derrière la porte du grand salon.

— Par ici, belle indiscrète. Nous avons quelques questions à te poser et je t'enjoins de parler net si tu ne veux pas finir à Bicêtre.

— Ta maîtresse a continué de prendre des gouttes afin de mieux dormir. Où garde-t-on les bouteilles contenant cette liqueur ?

— Dans l'un des tiroirs de la table de toilette de Madame.

— Où les achète-t-on ?

— M. Gerault, l'apothicaire, rue Saint-Jacques, les livre par six tous les mois.

— Le premier du mois ?

— Oui.

— Cela suffit à la consommation de Mme de Trabard ?

— Oh, oui ! Il en reste souvent une ou deux fioles.

— Bien ! Conduis-nous dans l'appartement de ta maîtresse.

Elle regimba un peu pour finir par se soumettre.

Ils découvrirent une fiole entamée, que Nicolas reconnut comme étant celle qu'il avait remarquée au moment où il ramassait le roman de Lesage. Elle portait en effet le chiffre 3 à l'encre violette. Il considéra les fioles vides découvertes dans la chambre de Diego Burgos. Elles portaient successivement les chiffres 4, 5 et 6 et correspondaient sans doute à la livraison du mois ; cependant, deux autres portaient à l'encre noire les chiffres 5 et 6.

— On peut supposer que celles-ci proviennent de précédentes livraisons, elles n'avaient pas été utilisées.

— Cinq bouteilles, il y a de quoi assommer un cheval, et même…

— À quelle heure doit revenir ta maîtresse ?

— Je l'ignore.

— Pierre, tu restes avec cette demoiselle. Je vais m'entretenir avec Grégoire.

Le garçon d'écurie ne lui apprit rien de nouveau de ce qu'il savait déjà. Diego Burgos avait disparu peu de temps après la première visite des policiers rue d'Enfer et nul ne s'en était inquiété. Nicolas retrouva Bourdeau. Ils se concertèrent. Fallait-il arrêter la soubrette au risque d'alerter le coupable ? N'en savait-elle pas trop désormais pour qu'on pût, sans inconvénient pour l'enquête, la laisser en liberté ? D'un autre côté, leur inaction ne manquerait pas de jeter l'inquiétude. Nicole ne se priverait pas d'informer qui de droit de leur perquisition réussie. Le trouble serait ainsi jeté dans la maisonnée. Au bout du compte, après avoir remis les fioles sous le matelas du secrétaire, ils laissèrent libre la femme de chambre étonnée. Elle ne perdait rien pour attendre, le jour ne tarderait pas que l'affaire fût élucidée et son rôle éclairci.

VIII

FAUX-SEMBLANT ?

> « Il faut se hâter d'exécuter cette tâche, car les dragons de la nuit fendent à plein vol les nuages et les ombres. »
>
> *Shakespeare*

Rentré rue Montmartre, Nicolas avait connu une soirée paisible. M. de Noblecourt s'était couché tôt, sans doute fatigué de son escapade de la veille. Catherine, qui venait de recevoir de Poitevin la récolte de petits pois tardifs, les écossait quand le commissaire arriva. Il l'aida dans sa tâche. Avait-il faim ? L'enthousiasme de la réponse entraîna la cuisinière à mitonner une mijotée de légumes. Nicolas la regarda, intéressé, préparer de petites pommes de terre, racine qu'elle lui avait fait connaître et qui commençait à se populariser, des carottes, des navets et des oignons. Elle jeta un peu de saindoux dans un poêlon, y fit légèrement prendre couleur les légumes, y coupa de longs morceaux de lard, les fit revenir et assaisonna le tout. Peu après elle y ajouta une laitue entière soigneusement lavée et couvrit le tout des petits pois. Enfin une légère jetée de sucre acheva la préparation. Trois quarts d'heure de petit feu sur le potager, et Nicolas s'attablait et se délectait du plat, sous le regard ému de Catherine.

— Tu vois, dit-elle, il ne faut jamais ajouter de l'eau. C'est l'humide de la salade qui mouille le plat.

Il vida presque une bouteille de cidre que Catherine tenait à son intention toujours prête dans le frais du caveau. Il s'ensuivit une douce somnolence qui le conduisit à réfléchir aux découvertes de la rue d'Enfer. Sans pour autant exonérer Diego Burgos de toute complicité dans le meurtre du vicomte de Trabard, sa fuite avec le *vas-y-dire* témoignant d'une étrange conduite, il était en même temps persuadé que les autres acteurs demeuraient suspects. Avait-on voulu désigner le coupable en plaçant les fioles de liqueur d'Hoffmann sous le matelas du secrétaire ? La manœuvre pouvait paraître un peu forcée.

Il songea ensuite à la mission de la nuit. Il évoqua les deux hypothèses qui remuaient l'opinion à Paris au sujet du Turc, joueur d'échecs. Les uns pensaient que le progrès des sciences conduirait toujours à des avancées de plus en plus extraordinaires et que l'automate était le résultat de découvertes approfondies ; les autres, tourneboulés, en ce siècle de raison, par les excentriques croyances qui touchaient tous les ordres de la société, mettaient le phénomène au bénéfice de la magie. Le peuple, et parfois la noblesse continuaient d'avoir recours aux devins pour trouver de prétendus trésors. Mesmer, le comte de Saint-Germain, Cagliostro et encore un escroc vénitien, Casanova, qui reparaissait parfois à Paris et qui justement y séjournait depuis quelques semaines, lui semblaient appartenir à cette catégorie d'habiles faiseurs.

Nicolas, ce cavalier de l'imaginaire, s'en remettait pourtant à la raison et ne pouvait se persuader du caractère mystérieux de l'automate, non plus d'ailleurs que de l'existence d'une machine pensante. Il réfléchit longuement aux moyens de découvrir le secret du joueur d'échecs. Ce n'est qu'en remontant dans ses appartements pour s'apprêter en vue de l'expédition nocturne que la solution, ou du moins la marche à suivre pour y aboutir lui apparut en toute clarté.

Dix heures sonnaient à Saint-Eustache quand un fiacre de la police s'arrêta rue Montmartre. Nicolas l'entendit depuis l'écurie où il était allé chercher Pluton qui dormait paisiblement entre les pattes de Sémillante. Le brave chien sauta sur Nicolas et lui nettoya le visage à coups de langue, fou de joie de cette sortie inattendue.

Montant dans la voiture, Nicolas remarqua à nouveau l'étrangeté d'un ciel sans étoiles qui semblait recouvrir la ville comme un couvercle. Au Grand Châtelet, Semacgus déjà arrivé devisait avec le père Marie. À la vue de son ami, il agita joyeusement un trousseau de clés.

— La clé de l'Académie des sciences ! Mais que vois-je, l'ami Pluton est de l'aventure ?

— Il peut nous être utile, vous connaissez les étonnantes capacités de son flair.

— Ah ! Je comprends. L'idée est excellente.

Ils se préparèrent en silence. Lanternes sourdes et quelques outils furent aussi placés dans un panier d'osier.

— Nous voilà comme des brigands, remarqua Semacgus, hilare. C'est le monde à l'envers !

Tout au long du trajet qui les conduisit au Louvre, ils demeurèrent silencieux, concentrés sur la mission qu'ils s'étaient eux-mêmes imposée. Pour ne pas attirer l'attention, ils se firent déposer un peu avant le jardin de l'Infante.

— Bigre ! dit Semacgus qui venait de s'enfoncer dans une masse molle et nauséabonde, l'endroit est sale.

— Puant et plein d'ordures, à l'accoutumée.

Il désigna des baraques accolées en désordre tout au long du palais.

— Il me semblait avoir appris que le roi entendait y mettre bon ordre.

— C'est vrai, mais il y a des empêchements. Ce pauvre palais est livré à la brigue. Chacun s'entremet pour s'approprier quelques pièces. Il en résulte qu'on perce les murailles pour faire ces distributions nouvelles, qu'on élève des cloisons, que des poutres des planchers sont coupées pour livrer passage aux tuyaux des cheminées. Sans compter les piliers altérés et mutilés qui fragilisent l'ensemble. Enfin le roi entendait réformer ces abus, mais le déficit l'en empêche ; il y a d'autres priorités et la guerre, à cet égard, n'a fait qu'aggraver les choses.

Ils gagnèrent un porche latéral dont Semacgus ouvrit la porte qui tourna en grinçant. Pluton gémissait sourdement comme un chien courant à la chasse. Nicolas lui intima de se taire. Un large escalier les conduisit au premier étage où se trouvait l'entrée de la salle des séances de l'Académie des sciences.

— J'y viens souvent, murmura Semacgus, faire des communications ou entendre celles de mes confrères botanistes.

Les contre-volets intérieurs étant fermés, ils allumèrent leurs petites lanternes sourdes. La salle avait été disposée comme pour un concert, avec chaises alignées devant une estrade où, fantomatique, trônait le Turc joueur d'échecs. Les deux amis commencèrent par examiner de plus près l'ensemble de la machine. Pour cela ils franchirent la corde tendue destinée à tenir à distance les spectateurs. Une draperie verte dissimulait le dos du Turc et recouvrait en partie le devant des épaules.

— Une chose me frappe, dit Semacgus à voix basse, le public prétend que la figure du Turc est de la taille moyenne d'un homme. C'est effet de perspective car, nous qui sommes près de lui, pouvons constater qu'il n'est pas de dimension ordinaire : sa tête se trouve au moins de dix-huit pouces au-dessus des nôtres et nous ne sommes pas petits ! Et j'ajoute que la figure est installée en position assise, ce qu'il faut prendre en compte.

— Autre chose me frappe, dit Nicolas. Il y a une grande distance entre l'adversaire et le Turc. Est-ce pour éviter que sa silhouette coupe la vue à l'assemblée ou la raison en est-elle autre ? Si l'adversaire était au plus près, il pourrait entendre des bruits qui révéleraient le véritable secret de l'automate.

— Que vous supposez être ?

— Aucune affirmation péremptoire, ou raisonnement, ne me convaincra jamais que la machine n'est pas réglée par la pensée humaine. J'entends par là que le jeu ne peut être mécanique et que l'impulsion dépend d'une main animée par l'intelligence.

— Voilà un argument que la raison approuve.

Ils continuaient à tourner autour de la machine. Semacgus sortit une ficelle marquée de petits nœuds à intervalles réguliers. Il se mit à prendre des mesures.

— Toujours la caisse à l'arrière du Turc. Trois pieds six pouces de longueur, deux pieds quatre pouces de profondeur et deux pieds six pouces de hauteur[1]. J'en conclus ce que vos propos supposent :

dans des conditions à découvrir, un homme peut se trouver dissimulé à l'intérieur d'un compartiment de cette caisse !

Pluton gémissait à nouveau, grattant la machine de sa patte.

— Il bave ainsi quand on lui sert sa pâtée !

Semacgus s'éloigna un peu de l'automate et considéra à la fois l'alignement des chaises et l'estrade.

— Vous souvenez-vous Nicolas de ce que je vous ai dit au sujet de l'éclairage de la scène ?

— Certes ! Vous souligniez le caractère *a giorno* de l'illumination.

— Observez sur place la disposition des chandelles et surtout leur quantité. Pourquoi, je le répète, a-t-on accablé de tant de lumières cette salle par ailleurs toujours éclairée ? Voyez, il y a six chandelles en tout, trois de chaque côté de la figure. Leurs dimensions diffèrent suivant l'endroit où elles sont placées. Les plus éloignées des spectateurs sont les plus longues et les autres chandelles ne sont pas de la même dimension. Il résulte de tout cela un éblouissement général dû aux croisements compliqués des rayons, croisements qui sont produits par l'intelligente et très réfléchie disposition des centres d'irradiation à différents niveaux.

— De la poudre aux yeux pour le public. Joint à l'émerveillement procuré par le spectacle, un bon moyen pour dissimuler… Mais quoi ? Et l'adversaire ?

— Il est encore davantage ébloui, étant légèrement en dessous du Turc, l'attention fixée sur l'échiquier.

— Bien, dit Nicolas, voyons un peu ce que ce mannequin peut avoir dans le ventre.

La boîte arrière était fermée par une serrure. Le commissaire tira de sa poche son rossignol et commença à fourrager la clenche qui finit avec un déclic par céder à son effort. Un fouillis d'engrenages semblables à l'intérieur d'une montre géante apparut.

— Des rouages, remarqua Semacgus, servent-ils seulement à quoi que ce soit ?

— M'est avis que tout cela n'est qu'un faux-semblant qui dissimule l'essentiel.

— Regardez notre Pluton. Qu'a-t-il donc senti ?

Le molosse avait engagé sa tête à l'intérieur du mécanisme. Il grattait la paroi du fond d'une patte insistante et s'était remis à gémir doucement.

Nicolas plongea la main vers le fond qui était tendu d'une étoffe épaisse et commença à tâter toute sa surface.

— J'ai observé, reprit Semacgus, que le démonstrateur de l'automate ne le met jamais en marche que le compartiment arrière n'ait été soigneusement fermé. Il semble, ayant interrogé des habitués, que jamais, pas une seule fois, il n'a été dérogé à cette précaution.

— Voilà ! dit soudain Nicolas, je tiens la chose.

Il y eut une sorte de claquement. La masse de la mécanique frémit et recula de manière imperceptible. Pluton poussa un long hurlement et se ramassa sur lui-même comme s'il eût voulu entrer dans la machine. Nicolas semblait réfléchir. Il avait saisi à deux mains un compartiment mécanique qui ne bougeait pas.

— Ma foi, Pluton nous aide et c'est Mouchette qui a trouvé la solution !

Semacgus sembla douter un instant de la raison de son ami.

— Aimez-vous les courants d'air, Guillaume ?

— Comme tout un chacun.

— Mouchette, ma chatte, qui hante les toits poursuivie par les matous quand elle ne veille pas sur mon sommeil, dispose dans ma chambre d'une chatière que Poitevin a ménagée suivant mes précises instructions. Contrairement à l'usage qui veut que cette ouverture pivote pour sa partie supérieure, la mienne pivote autour d'un axe central qui a pour résultat que lorsque Mouchette entre d'un côté, l'autre se ferme.

— Très ingénieux ! Et alors quel rapport avec l'automate ?

Nicolas sourit. Il appuya sur le mécanisme mais d'un seul côté ; l'ensemble se mit à pivoter autour d'un axe central. Nicolas monta dans la caisse, s'effaça, disparut dans l'ombre et la machine réapparut aux yeux stupéfaits de Semacgus. Puis la partie droite derrière laquelle se trouvait Nicolas s'enfonça à nouveau, la partie gauche s'ouvrit et le fit apparaître, triomphant, tenant en sa main une petite assiette emplie des restes d'une saucisse que Pluton s'empressa de happer au passage.

— Ah ! C'est trop fort !

— Essayez donc, mon ami. On n'y voit goutte à l'intérieur, mais seul un tissu sépare l'homme de l'extérieur. Je comprends mieux la disposition des lumières. Elles servent comme nous l'avions saisi à tromper les spectateurs et l'adversaire, tout en permettant au joueur caché de mieux voir à l'intérieur de sa boîte.

Semacgus eut un premier mouvement pour pénétrer dans la boîte, mais y renonça aussitôt, l'air piteux.

— Hélas, ma corpulence s'y oppose !

Nicolas alluma l'une des petites lanternes sourdes. Il fit jouer de nouveau le mécanisme à mi-chemin et inspecta l'intérieur du compartiment découvert.

— Je comprends mieux pourquoi le Turc déplace les pièces avec la main gauche. Cette apparente distraction de son facteur s'avère une nécessité absolue. Il y a là un mécanisme qui meut les bras du

Turc. Il est situé au-dessus de l'épaule de celui-ci. Pour l'atteindre il faut que le bras droit de l'homme dissimulé passe devant sa poitrine afin que ses doigts opèrent sans problème sur l'articulation de l'épaule du Turc.

— Ah ! Je comprends, s'il se servait de son bras droit, il se trouverait dans une position impossible, le devant soulever contre son corps déjà comprimé contre le flanc du Turc.

— C'est exactement cela. Je pense que notre mission est couronnée de succès. La reine sera heureuse d'être la seule à connaître le secret du joueur d'échecs ! Cela lui fera collection avec le canard de Vaucanson ! Et peut-être la pilule passera mieux de ce que j'aurai à lui révéler[2]…

Le compartiment fut refermé après que l'assiette eut été replacée. L'absence de la saucisse serait, il fallait l'espérer, mise au débit des souris qui, avec les rats, pullulaient dans les palais et s'insinuaient partout.

Les deux compères se retirèrent après avoir veillé à ce qu'aucune trace de leur passage ne subsistât. Nicolas reconduisit Semacgus au Grand Châtelet où l'attendait son équipage, puis il regagna la rue Montmartre. Un reste de gigot dérobé dans l'office récompensa Pluton de son aide. Il accueillit la prébende avec un enthousiasme renouvelé et satisfit un appétit que la saucisse de l'Académie des sciences n'avait pas assouvi. Nicolas se coucha et tenta de faire le bilan final d'une longue journée. La fatigue le submergea et il sombra dans le sommeil alors que, silencieuse sentinelle de la nuit, Mouchette se glissait à son côté.

Samedi 19 juillet 1783

Il s'éveilla à l'aube ne sachant plus où il se trouvait. Du sifflement provenant de la croisée il crut un moment être de retour à Ranreuil lorsque les bourrasques du nord-ouest venaient frapper la vieille demeure féodale. La sensation sur sa joue de la truffe froide de sa chatte le ramena à la réalité. Il éprouva une sorte de basculement et reprit ses esprits. La journée s'annonçait lourde en événements. La visite aux Prémontrés s'imposait ainsi qu'une nouvelle investigation rue d'Enfer. Et surtout M. de Sartine allait entrer en scène et Nicolas, d'expérience, savait que chacune de ses interventions, soit comme lieutenant général de police, soit comme ministre, avait dans le passé déclenché toutes sortes de conséquences, qu'elles fussent heureuses ou néfastes. Cela signifiait que l'affaire prenait un tour politique. Il n'y avait guère à s'en étonner, le nom de la reine ayant été lancé dans l'arène, tout était dit. Il espérait que Gremillon parviendrait à rattraper Diego Burgos et que du rassemblement des acteurs de l'affaire jaillirait l'esquisse, on le pouvait supposer, d'une solution. Soudain, comme une épine enfoncée qu'on finit par oublier, la pensée de l'épée de Damoclès au-dessus du destin de Louis se rappela à lui avec une intensité d'autant plus ranimée que l'action du jour précédent en avait peu à peu atténué la hantise.

À l'office, il trouva Catherine maugréant, furieuse que l'éclanche froide qu'elle destinait au dîner de Noblecourt servie avec une sauce ravigote ait disparu sans doute au bénéfice d'un glouton revenant au logis à des heures insensées. Son indignation redoubla quand elle apprit d'un Nicolas penaud mais sincère que la viande avait servi de récompense au brave Pluton. Il s'enfuit sous les invectives de sa vieille amie pour retrouver dans la rue la voiture commandée la veille lors de son retour du Louvre.

Dans sa tête les urgences se mêlaient. Une autre idée le traversa : il fallait vérifier les livraisons des fioles chez l'apothicaire de la rue Saint-Jacques. Cette profession était soumise à des règles strictes concernant la fourniture de certains produits dangereux. Ainsi des traces devraient être retrouvées des commandes de Mme de Trabard dans le registre réglementaire.

Nicolas consulta sa montre. Il décida, étant en avance, de ne pas retarder la visite aux Prémontrés. Il souleva la glace du fenestrou et intima au cocher de piquer vers la Seine pour gagner sa destination. Et s'il lui restait un instant, il se porterait rue Saint-Jacques.

Il sortit de son fiacre au carrefour de la Croix-Rouge. Les bâtiments de l'ordre occupaient un vaste périmètre pris entre les rues de Sèvres et du Cherche-Midi. Se présentant à la porte, il tomba nez à nez avec maître Vachon, soutenu par deux de ses petites mains, qui rejoignait une voiture proche. Son visage émacié paraissait empreint d'une vive irritation que manifestaient des coups redoublés de sa canne sur le sol et des imprécations diverses.

— Mais c'est ce bon monsieur Vachon ! Quel bon vent vous conduit par ici ?

— Monsieur le marquis, je vous salue. Voyez comme je grogne et maudis. Savez-vous le pourquoi de la chose ?

— Point. Mais vous m'allez l'apprendre, je gage.

— Monsieur le marquis se promène, pourtant l'air n'est point bon ces jours-ci. Il ternit le cuivre et l'argent.

— Je ne me promène point. J'ai affaire avec les pères prémontrés.

— Ah ! Une belle engeance, je vous l'assure. J'en sors.

Machinalement il tapotait le col de l'habit de Nicolas comme s'il s'était trouvé à quelque essayage dans sa boutique de la rue Vieille-du-Temple. Il tira une épingle de son propre col et la piqua sous un revers pour corriger un faux pli.

— Voilà ! C'est beaucoup mieux comme cela. Vous bougez beaucoup, cela tire sur les coutures.

— Et donc vous aviez quelques commandes pour les religieux ?

— Point, monsieur le marquis. Et en effet j'aurais préféré leur coudre gratis vingt frocs plutôt que d'avoir à traiter avec eux !

— Contez-moi cela, mon bon monsieur Vachon.

— Imaginez que j'ai perdu un mien cousin germain, mort *intestat* sans hoir direct puisque sans enfant. Je suis donc son héritier et, outre une petite somme, il me revient une maison et son jardin contigu sur l'arrière, sise rue des Courettes, tout près. Je n'en avais que faire. Aussi l'ai-je mise en vente. J'eus alors la surprise de constater que l'un après l'autre les acheteurs intéressés se désistaient pour de mystérieuses raisons que je ne parvenais pas à démêler.

— Je suppose que vous avez tenté d'élucider le problème.

— Vous me connaissez et Sa Majesté aussi, *ce bon monsieur Vachon*, quand je tire l'aiguille je ne m'arrête point que l'ourlet ne soit achevé ! J'ai enquêté. Des voix amies m'ont averti. Ces Prémontrés, avec leur grande robe et leur visage de bois flotté, ne sont que des syndics d'escrocs. Apprenez, monsieur le marquis, qu'ils ont agrandi depuis longtemps leurs emprises et domaines, et qu'ils donnent en location et autour les maisons qu'ils font bâtir dans les rues adjacentes. C'est une véritable société qui s'emploie par de spécieux artifices à écarter ceux qui veulent acquérir. Ainsi finissent-ils par demeurer à petit prix les seuls sur le marché et l'on doit passer sous leurs fourches caudines. Mais ils ne connaissent pas Vachon. Je leur ai dit mon fait. Que jamais ils ne posséderaient ma maison, que je préférerais la détruire, que je la louerai et que même mort, je veillerai à ce qu'elle ne leur revienne pas. Voilà ce que j'ai dit à ces chattemites voraces. Sont-ils là pour prier Dieu ou pour accroître leur richesse, hein ?

Nicolas remarqua une grosse veine bleue qui se gonflait à la tempe du maître tailleur.

— Calmez-vous, mon ami, il n'est point bon à votre âge de s'irriter autant. Oubliez ces avanies et revenez, serein, à vos splendeurs couturières.

— Vous avez raison. Passez donc rue Vieille-du-Temple, j'ai reçu de magnifiques tissus que je voudrais vous présenter. Et des modèles anglais… Hélas ! je suis bien obligé d'y céder, la paix revenue en rajoute à la mode, des redingotes légères et pratiques. Et si vous voyez Sa Majesté…

— Je ne manquerai de lui rappeler que ce bon M. Vachon est son serviteur.

Aux anges et rasséréné, le tailleur rejoignit sa voiture entre ses deux aides. Le commissaire soupira, il pressentait que l'entretien avec les Prémontrés ne s'annonçait pas sous les meilleurs auspices.

Nicolas admira le portail du siècle dernier flanqué de deux gigantesques statues. Deux autres plus petites les surplombaient et entouraient un médaillon orné de guirlandes. L'entrée du monastère se faisait par la rue du Cherche-Midi. Il fut lanterné un long moment avant qu'un religieux morose lui indiquât qu'il était hors de question d'être reçu par le père abbé qui donnait audience. Cependant le chanoine père économe l'attendait au parloir.

C'était un homme grand au visage empâté. Il portait la tenue de son ordre, surplis de lin et écharpe de laine noire, qui donnait de la majesté à son embonpoint. Sa main droite torturait le scapulaire qui pendait sur sa poitrine.

— Monsieur, dit-il d'une voix suave, vous avez demandé à être reçu pour une affaire concernant, je crois, une maison. S'agit-il d'une location ou d'une vente, auquel cas je vous adresserai dans un premier temps à notre notaire, maître Lavicelle, rue Saint-Louis au Marais.

Il s'avançait déjà pour reconduire le visiteur.

— Je pense que vous vous méprenez, mon père. Je suis commissaire de police au Châtelet, chargé d'une enquête criminelle dans laquelle il apparaît que l'ordre des Prémontrés peut apporter d'utiles, et j'ajouterai nécessaires, informations.

— Monsieur, je ne comprends pas… En tout état de cause, il est indispensable d'en passer par l'officialité de Paris.

— Je vous arrête. Je connais l'argument. Mais vous n'êtes, enfin votre ordre, ni sous le coup d'une procédure ni suspect. Ma visite est un mouvement courtois qui vise seulement à approfondir ma connaissance d'un cas particulier que tout laisse à penser ne pas vous être inconnu.

— Dans ces conditions, j'imagine que la sagesse serait de vous entendre. Cependant ce que je vais vous dire ne saurait en aucun cas impliquer la position de l'ordre. Cette conversation n'aura pas d'existence. Considérez, monsieur le commissaire, ma bonne volonté.

Je te vois venir, maître Vachon les avait bien jugés, songea Nicolas. Il va seulement me tirer les vers du nez pour ensuite prendre les mesures nécessaires afin de faire opposition aux menaces qui pourraient se dresser contre son ordre. Il convient donc d'avancer avec prudence, pas à pas, de demeurer à la marge de la vérité, de marcher vers le centre par resserrement de cercles successifs. Feignons tout d'abord de jouer les candides et de m'intéresser au détail pour mieux aborder le principal.

— Quelle règle suit votre ordre, monsieur le chanoine ?

Il perçut une sorte d'apaisement dans le regard que porta sur lui l'économe.

— Vous savez que nous sommes un ordre de chanoines réguliers suivant la règle de saint Augustin. Notre fondateur prêchait la pauvreté, une vie fraternelle et l'obéissance.

Nicolas jetait un coup d'œil appréciateur sur la splendeur de la vêture du chanoine économe. Sa longue fréquentation de l'atelier de maître Vachon l'avait peu à peu accoutumé à juger d'un tissu et de sa qualité. Il paraissait que l'enseignement premier de l'ordre avait été quelque peu oublié au fil des temps et en dépit des réformes.

— Je vois, dit-il, cependant vos bâtiments sont splendides et le portail admirable.

L'économe se signa et désigna un portrait encadré d'un lourd assemblage de bois doré qui trônait sur le mur principal du parloir au milieu des basanes claires de la collection des pères de l'Église.

— Nous devons beaucoup à la dévotion et aux généreuses libéralités de la reine Anne d'Autriche. Ce fut l'origine de notre aisance.

— N'y a-t-il pas contradiction, mon père, entre l'apparente opulence de l'ordre et ses devoirs d'assistance et d'aide aux plus pauvres ? Les échos que recueille la police et les doléances présentées au magistrat laissent parfois supposer une aridité de cœur et un manque de compassion évident. « *Celui qui a de la dilection pour l'iniquité hait sa propre âme.* » Il me souvient que saint Augustin cite ce psaume.

Le chanoine eut un sourire pincé. Il respira profondément, croisa ses mains, qu'il considéra.

— Auriez-vous par hasard été promis à la prêtrise ?

— Non point. Mais j'ai été élevé par un chanoine, grand lecteur de saint Augustin.

— Je comprends. Je reçois votre inquiétude. Peut-être pour vous répondre, devrais-je vous inciter à prendre en compte certaines circonstances qui vous feront envisager ces critiques d'un autre point de vue.

— Je suis prêt à vous entendre. Je n'évoquais que la rumeur qui n'est jamais l'écho absolu de la vérité.

— Sachez donc que l'assistance que nous procurons à beaucoup n'est pas sans entamer la fortune et les biens qu'on nous prête. Et il n'y a pas que cela.

— Cependant l'Église est riche.

— Que dites-vous là ! Oubliez-vous que depuis le roi Henri le quatrième nous participons au financement des guerres que nos souverains n'ont cessé de mener. Savez-vous que, seulement l'an dernier et en raison de la guerre d'Amérique, l'Église a dû consentir un don gratuit de seize millions, qui suivait celui de 1780 de trente millions. Imaginez du peu, et le poids qui pèse sur nos finances. M. de Périgord, l'agent général du clergé de France, vous en dirait long sur le sujet. Cela oblige l'Église pour assurer la levée des décimes extraordinaires à créer toute une série d'offices coûteux et, à l'instar de l'État, ce qui est plus grave, de recourir à l'emprunt.

— J'entends bien, mais il va de soi que toute l'administration qu'impose cette recherche de fonds s'exécute dans le respect des lois du royaume ?

Le visage presque alors impassible du chanoine économe se plissa dans une sorte de grimace scandalisée.

— Que signifiez-vous par là ?

— Que, parfois, et dans le but de rendre plus aisées les affaires de l'ordre, il pourrait advenir que fussent omises certaines règles obligatoires et que, pour faire vite et plus efficace, certains s'en exonéreraient. Ainsi, par exemple, en serait-il, selon nos informations, d'un domaine situé rue d'Enfer, appartenant à feu le vicomte de Trabard qui, par traité secret signé par-devant maître Liénard, son notaire, l'a hypothéqué au profit de votre ordre. Et je passe sous silence certaine rétribution mensuelle.

— Feu le vicomte de Trabard ? Qu'apprends-je ? Serait-il mort ?

— Je vois qu'il ne vous est pas inconnu. En effet.

— Je vous parlerai net, monsieur le commissaire. Nous avons en effet passé avec le vicomte un contrat. Je précise que c'est sur sa requête et en dépit de nos remarques et demandes insistantes, que l'affaire fut montée sur un tel pied. Le notaire a protesté, mais la volonté du client passe par-devant les scrupules raisonnables.

— « *Les scrupuleux ne sont pas bien conséquents, ni dans ce qui les agite, ni dans ce qui les calme.* »

— Comment ?

— Non, rien, une réflexion que je me faisais à moi-même.

— J'ajouterai que le vicomte de Trabard n'était pas ménager de sa bienfaisance, aussi n'avions-nous aucune raison de nous opposer outre mesure à cette insignifiante anicroche à la règle.

— Anicroche est bien timide pour la qualifier ! Enfin, je le veux bien comprendre, encore que le contrôleur général des finances aurait sans doute une autre opinion. Ce n'est d'ailleurs pas ce point qui pour moi est essentiel.

— Lequel alors ?

— Le fait, monsieur le chanoine, que le vicomte de Trabard a été assassiné. Par conséquent l'ordre, qui avait intérêt à sa disparition, se trouve désormais sur la liste des suspects. C'est ainsi.

— Comment ! Que dites-vous là ?

— Je constate les faits et en tire les conséquences.

Le chanoine jeta un regard inquiet sur le visage sévère de la reine Anne qui ne paraissait pas décidée à aider ses protégés.

— Et, monsieur le commissaire, que devrions-nous faire selon vous pour écarter de cette maison les menaces qui pèsent sur elle ?

— Le conseil n'est pas aisé à vous donner. Vous avez passé un traité secret qui n'épouse pas les lois et règlements du royaume. Il est nul et non avenu dès cette minute. Outre cela, si le testament du vicomte de Trabard venait à favoriser votre ordre, il va de soi que vous renonceriez sur-le-champ à tout avantage ou libéralités. Ce n'est qu'à ce prix que, peut-être, pourrait être mérité et obtenu le pardon de Sa Majesté. Quant au reste, j'ose espérer pour vous que rien ne viendra appuyer la moindre présomption de culpabilité ou de complicité dans l'assassinat du vicomte de Trabard. J'ai l'honneur, mon révérend père, de vous saluer.

Il sortit, abandonnant l'économe figé comme les statues du portail et décida de gagner l'angle de la rue Saint-Jacques et de l'impasse des Ursulines où se trouvait l'officine de l'apothicaire fournisseur de Mme de Trabard. M. Gerault, petit homme bedonnant, l'accueillit avec toutes les démonstrations d'un aimable praticien. S'étant présenté, il fut consulté sur les conditions dans lesquelles était livrée la liqueur d'Hoffmann.

— J'ai coutume de livrer au début de chaque mois six fioles de la liqueur en question.

— À l'origine, qui vous a commandé cette préparation ?

— C'est une femme de chambre qui est venue, il y a quelques mois, demander cette panacée pour sa maîtresse, la vicomtesse de Trabard, qui souffrait d'insomnies et de vapeurs.

— Disposait-elle de quelque ordonnance de médecin ?

M. Gerault se tortillait, caressant le bois ciré de son comptoir.

— Non… Non, mais eu égard à la qualité de la demanderesse, je n'ai pas objecté à cette commande. J'ai un instant brandillé[3], mais, que voulez-vous, je ne tenais pas à me mettre à dos une puissante famille qui pouvait compromettre mon crédit auprès de nombre de mes pratiques.

Nicolas jeta un œil appréciateur sur la splendeur de la boutique. L'ensemble de chêne était plus proche de la bibliothèque d'une noble demeure que d'une boutique, vases de porcelaine fine et bocaux de cristal s'alignaient rangés comme à la bataille et mille tiroirs référencés reflétaient la rigueur d'un ordre immuable.

— Comment étiez-vous réglé ?

— Comme c'est d'usage, j'adresse mon mémoire chaque fin d'année.

— Et vous êtes payé ?

Le petit homme soupira.

— Parfois, parfois… C'est d'une bonne réclame que de fournir des clients huppés…

— Que pouvez-vous me dire des doses ?

— Euh, euh ! Plus importantes que la normale… Oui, oui, beaucoup, beaucoup pour une seule personne.

— Vous n'en avez pas fait la remarque ?

— Parfaitement, parfaitement. J'ai souligné le danger de doses excessives auprès de la femme de chambre. Elle m'a rassuré disant que sa maîtresse était fort maladroite, qu'elle en brisait souvent, ce qui justifiait du nombre de fioles demandées, que d'autres membres de la maison en usaient à l'occasion et que la crainte de manquer s'ajoutait à celle de la casse !

Il fit un petit mouvement de la main saisi d'une pensée importune.

— Mais, monsieur le commissaire, ajouta-t-il la mine inquiète, quelle est la raison des questions que vous me faites ? Un accident serait-il advenu à l'Hôtel de Trabard en relation avec ces fournitures de liqueur ?

— Hélas, oui ! Apprenez que le vicomte de Trabard est mort assassiné, que la liqueur en question paraît avoir eu son rôle dans le déroulement funeste de l'événement.

— Mon Dieu ! Vais-je être inquiété ? Me croit-on responsable de cette tragédie ? Je suis un honnête homme.

M. Gerault se tenait le visage, écrasant de ses mains ses joues rebondies. Ce mouvement lui figurait une apparence étrange et si comique que Nicolas se retint, à deux doigts d'éclater de rire. C'est la voix entrecoupée de hoquets qu'il réussit avec peine à rassurer le praticien.

— On ne peut rien vous reprocher si ce n'est d'être par trop sensible au prestige d'une qualité et d'un grand nom. À l'avenir, exercez votre art avec davantage de précaution et de prudence.

Assis dans sa voiture, Nicolas réfléchissait à la suite d'une journée déjà bien entamée. Il aurait voulu se porter à Versailles pour rendre compte à la reine des deux enquêtes dont elle l'avait chargé. Deux arrière-pensées favorisaient ce projet : s'arrêter à Fausses-Reposes pour y voir Aimée d'Arranet et, aussi, interroger, s'il se trouvait dans ce *pays-ci*, le comte de Vaudreuil qu'il soupçonnait avoir été le visiteur mystérieux rue d'Enfer, la nuit de la mort du vicomte de Trabard. Il eut la tentation de rejoindre la rue Montmartre, de seller Sémillante et de piquer des deux. Il consulta sa montre à répétition, elle marquait déjà une heure de relevée. Le délai était trop court pour tenter l'aventure. Il décida donc de gagner la rue d'Enfer pour interroger une nouvelle fois Mme de Trabard et le maître palefrenier, absents tous deux la veille.

Au cours du trajet, il s'interrogea sur l'opportunité d'aborder la question des fioles. S'il s'aventurait dans cette direction, il mettrait aussitôt en éveil ceux qu'il interrogerait. Que recherchait-il désormais ? L'apparente fuite de Diego Burgos lui semblait peu naturelle, non plus que la découverte desdites fioles dans son appartement. Non qu'il crût que le secrétaire fût exempt de tout soupçon, certaines mules de la victime habilement retrouvées au moment adéquat plaidaient le contraire, et le fait qu'il ait enlevé le *vas-y-dire* renforçait encore les présomptions contre lui. Restait qu'il n'avait pas tué l'enfant, ce qu'aurait accompli un criminel endurci. Comme souvent, il avancerait à l'aveuglette dans l'espoir que surgirait, d'un propos ou d'une attitude, l'étrange ou le discontinu qui éclairerait les perspectives. Il convenait toujours de maintenir une sorte de pression, une contrainte menaçante, dont les conséquences étaient souvent inattendues. Comme en physique agissent les forces contraires, dans le cas présent l'attaque et la résistance produiraient, espérait-il, un effet fécond.

À l'Hôtel de Trabard, la maîtresse des lieux dînait dans un des salons du rez-de-chaussée. Nicolas passa outre, en dépit des protestations de la soubrette et fit irruption, le tricorne tiré, devant la vicomtesse furieuse.

— Madame, je vous prie de pardonner cette intrusion que seule la nécessité de l'enquête justifie.

— Allez-vous encore longtemps m'entêter d'une présence qui m'est odieuse ?

— Jusqu'à la découverte d'une vérité qui demeure au jour d'aujourd'hui diffuse et obscure.

— Enfin, mon époux est mort. Que voulez-vous de plus ?

— Déterminer exactement les conditions de cette mort.

— Interrogez donc cette monture vicieuse.

Il observa qu'elle était vêtue d'une lévite d'intérieur de la même coupe que celle portée lors de sa première visite. De couleur jonquille, elle détonnait furieusement avec son état de veuve. Seule nouveauté, un léger mantelet de taffetas blanc garni de gaze soie de jonc anglais voilait à peine une gorge fort découverte. À part lui, Nicolas admira sa science de la parure féminine, fruit conjoint de ce que lui avaient appris maître Vachon, mais aussi ses amours avec Mme de Lastérieux et Aimée d'Arranet. Cette science avait à l'occasion son utilité.

— C'est que, madame, cet animal dont j'ai pu constater l'humeur douce n'a été que le moyen dont on s'est servi pour assassiner votre époux.

Le moins qu'il en parût, c'est que la nouvelle n'émouvait guère la bonne dame qui continua à grignoter une aile de caille qu'elle portait à sa bouche avec des délicatesses de chatte gourmande.

— Tiens ! Voilà qui est nouveau.

— Certes, madame, car il va falloir trouver les raisons, les conditions et les coupables de ce crime avéré.

— Bon, monsieur, vous avez un cheval confondu dans cette affaire. Faites-le juger.

— Madame, je vous répète qu'il n'a été qu'un outil innocent. Que savez-vous des dernières volontés de votre époux ?

— Je vous ai dit le peu que nous avions en commun. J'ose espérer que, mort, il me traitera mieux que de son vivant. Il a mangé ma dot… J'imagine que, n'ayant qu'un frère prêtre et plus aucune famille ni descendant, une partie de ses biens me devrait revenir si toutefois sa situation financière ne révèle pas son impécuniosité. Cependant cet hôtel et ses dépendances existent bien. Après tout ce ne serait que justice que j'en puisse profiter.

Elle lui coula un regard qui aurait réduit à quia quelqu'un de moins sensible que Nicolas à la séduction des femmes.

— Madame, reprit Nicolas après avoir consulté un instant son petit carnet noir, je me dois de revoir avec vous vos précédentes déclarations.

— Que, je suppose, vous avez conservées en mémoire. Peste, on n'échappe pas aux bureaux !

Nicolas remarqua à nouveau combien ce beau visage pouvait revêtir différents aspects. Elle n'était semblable ni de face ni de profil et chacune de ses expressions modifiait son apparence. Cette femme séduisante et retorse était double et triple.

— Il convient en effet de tout conserver. Vous n'imaginez pas le nombre de coupables que j'ai ainsi confondus. Confondue, je note que c'est l'expression que vous avez utilisée quand je vous ai appris la mort suspecte de votre époux.

— Et quelles conclusions en tirez-vous ?

— Les dictionnaires sont eux aussi confondus en la matière. Confondre peut vouloir dire « *causer un grand étonnement* », ce qui en l'occurrence pouvait être vraisemblable. Mais cela signifie aussi « *causer une sorte d'effroi* », pour le coup cela demeure acceptable. Et puis nous avons une troisième acception, « *se troubler* » et même « *en être réduit à ne savoir que répondre* ». Considérez, madame, comme tout peut avoir une importance.

Elle le regardait souriante, ironique, masquant sous l'apparence de l'amusement l'agacement que lui causaient ses propos et que traduisait la torture qu'elle faisait subir à un fin mouchoir de batiste.

— Et hors la leçon de vocabulaire, que m'allez-vous apprendre de surcroît ?

— Des précisions tout au plus. Vous avez affirmé user chaque soir de gouttes de la liqueur d'Hoffmann pour vous mieux reposer. Vous maintenez cette affirmation ?

— Puis-je modifier la vérité ?

— Je vous le déconseille sauf à la rétablir. Je poursuis. Où dormez-vous, madame ?

— La question me semble bien insolente. Dans mon lit, monsieur.

— Soit. Et la nuit de la mort de votre époux ?

— Dans mon lit, monsieur. Dans mon lit.

Nicolas feuilleta son carnet.

— … *Je l'ai fréquenté une bonne partie de la nuit, allongée ici sur ce sofa, y prenant grand plaisir.* Entendez-vous votre propre voix, madame ?

— Certes ! Et alors, lit ou sofa, qu'importe ?

— Il importe beaucoup, madame, et je suis en droit de douter que cette nuit-là vous vous soyez trouvée dans vos appartements. Et si vous n'y étiez point, où avez-vous passé la nuit ?

— Mais ici, monsieur. Ici !

Elle s'était dressée, pareille à une figure de tragédie. Le mantelet avait glissé. Sa main droite levée semblait en appeler au ciel tandis que l'autre sur le cœur en comprimait le désordre.

— Madame, je vous rappelle que vous répondez aux questions d'un magistrat. Soit, vous reposiez sous votre courtine. Aimez-vous les parfums, madame ?

— Je ne répondrai pas.

— Soit ! Il se trouve que j'ai retrouvé une fragrance d'une eau de senteur réputée, et savez-vous où ?

— Je l'ignore.

— Cette eau, il se trouve que je la connais bien. C'est l'*Eau de la reine de Hongrie*. Vous vous en servez, madame, sans mesure et ceux qui ont l'honneur de vous approcher ne sauraient l'oublier.

— Je suis fort aise qu'elle vous convienne.

Le mantelet ramassé avait été frileusement croisé sur la poitrine comme si, soudain, le froid l'avait saisie.

— Or ce parfum, je l'ai retrouvé ailleurs, dans un endroit où l'on ne s'attendait pas à le découvrir.

— Et où, mon Dieu ?

— Dans le lit, dans les draps pour être précis, de votre palefrenier Decroix. Y compris dans l'eau sale de sa cuvette.

Il n'eut pas droit au scandale qu'il attendait.

— Et quoi, monsieur, Decroix n'a-t-il pas le droit de se servir de cette eau ? Elle ne m'est pas réservée !

— Votre mari peut-être, votre palefrenier j'en doute. Je vais vous dire ce que je crois et que vous devriez me confier : M. Decroix est votre amant et vous avez passé la nuit avec lui. S'obstiner dans la dénégation ne peut que créer des doutes et des soupçons dont vous pâtiriez.

— Monsieur, vous m'outragez !

— Soit, madame, comme il vous plaira.

Il se retira mais au moment où il franchissait le seuil de la porte, il se retourna pour lancer une dernière pointe.

— La prochaine fois, veillez à mettre des chandelles usées lorsque vous prétendez avoir lu toute la nuit et lavez-vous les pieds. Ils ne seront point souillés de terre et de pétales de fleurs.

Et il se mit à chantonner :

On fait l'amour sur la bruyère
Aussi bien que auprès du feu...

La vicomtesse de Trabard ne céderait pas. Cela ne signifiait nullement qu'elle fût compromise dans la mort de son époux, mais son manque de sincérité rédimait la créance qu'on aurait pu lui accorder sur d'autres points.

Decroix était à la carrière, débourrant à la longe un poulain. Nicolas admira la robe aubère du débutant et la science de l'écuyer.

— Il est ardent, mais sera léger à la main, s'écria-t-il en saluant Decroix.

Le palefrenier laissa aller.

— Oh ! Il a encore tendance à s'enchevêtrer et s'empêtre ; cela lui passera, c'est le fait de sa jeunesse. Que puis-je à votre service, monsieur le commissaire ?

— Hélas, monsieur, il s'avère que votre maître a été assassiné et que le ou les coupables doivent être trouvés, jugés et punis.

L'homme hocha la tête. L'annonce faite par Nicolas n'avait déclenché aucune émotion.

— Il avait dû se mettre dans une mauvaise affaire. C'est toujours le risque avec les paris, les chevaux et les courses.

— Avez-vous quelque raison pour affirmer cela ?

— De mauvaises têtes sont venues à plusieurs reprises et l'avaient menacé.

— Pourriez-vous m'indiquer qui étaient ces gens ?

— Je ne les connais pas. J'ai assisté à ces altercations de loin.

— Une question. Usez-vous d'une eau de senteur dite de *la reine de Hongrie* ?

— Foutre, monsieur. Je laisse cela aux mignons de couchette comme le Diego Burgos qui fleure le dameret à vingt toises !

— Parlons-en. Pourquoi a-t-il quitté Paris selon vous ?

— Quitté Paris ? Je n'en sais rien. En tout cas, il a disparu. Sans doute estimait-il qu'il n'avait plus sa place ici après la mort du maître.

— Aurait-il pu l'assassiner ? Et pourquoi ?

— Je n'en ai cure et je m'en moque.

— Monsieur Decroix, êtes-vous l'amant de la vicomtesse de Trabard ? Réfléchissez bien avant de me répondre.

Menaçant, Decroix agitait son fouet.

— Tout autre que vous, monsieur, aurait sur-le-champ regretté de m'avoir demandé cela.

Nicolas fut surpris de la fermeté du palefrenier, tant son attitude reflétait une sincérité dont il était difficile de douter. Se pouvait-il…

— Fermez-vous votre chambre à clé, monsieur Decroix ?

— À quoi cela servirait-il ? Les doubles abondent et les filles de charge balaient tous les jours.

— Veuillez me rappeler ce que vous avez fait durant la nuit où le vicomte de Trabard a été tué.

Decroix soupira.

— Faut-il toujours se répéter ? Je n'ai rien à voir ni de près ni de loin avec ce qui s'est passé ici.

— Ce n'est pas ce que je vous demande. Où étiez-vous cette nuit-là ?

— Mais je vous l'ai dit. Vers minuit, Grégoire, le garçon d'écurie, est venu me chercher pour m'avertir de ce qui se passait.

— Soit, mais avant minuit ?

Nicolas avait quelque raison de poser la question. En effet il essayait de faire coïncider le déroulement de la nuit avec l'ensemble des témoignages qui en rendaient compte. Personne n'avait vu Mme de Trabard après minuit. En vain avait-on frappé à sa porte. De deux choses l'une, soit elle ne répondait pas parce qu'elle était dans la chambre de Decroix avant minuit et qu'elle y était demeurée après que Grégoire était venu quérir le maître palefrenier, soit, si ce n'était pas le cas, où était-elle ? Que penser alors en cette occurrence des indices relevés par Nicolas, en particulier la fragrance de l'*Eau de la reine de Hongrie* ? En dépit de la contention de son esprit, toutes les hypothèses caressées se fondaient dans un diffus nébuleux ou se heurtaient à d'inattaquables impossibilités.

Decroix fit claquer son fouet et considéra Nicolas l'air gêné.

— Faut-il vraiment vous le dire ?

— Je vous le conseille. Je vous rappelle vos premières déclarations : vous vous seriez promené sur les boulevards.

— Soit. Je n'ai pas mentionné le détail. J'étais chez la Bourdeille.

— La Bourdeille ? La maison galante de la rue des Fossés-Monsieur-le-Prince, vis-à-vis celle du *Riche Laboureur* ?

— Je vois que vous la connaissez, remarqua Decroix, l'air soudain égrillard.

— Vous vous égarez. C'est la police et le magistrat qui la connaissent. À quelle heure y étiez-vous ?

— Vers huit heures de relevée jusqu'à onze heures sonnées. Un fiacre m'a déposé discrètement en haut de la rue à la barrière d'Enfer.

— Êtes-vous entré par le portail principal ?

— Non, j'ai la clé d'une petite porte qui donne près de la carrière. Je suis allé me coucher aussitôt. Je me suis lavé à la pompe au-dehors.

— Avez-vous utilisé une cuvette ?

— Non.

— Celle qui se trouve dans votre chambre était donc vide lorsque vous êtes entré chez vous ?

— Oui, je l'affirme, et propre de surcroît. Je ne l'utilise que pour me raser. Ce n'était point le jour.

— Et comment l'avez-vous retrouvée le lendemain, après l'événement ?

— Propre ! Le pourquoi de cette question ?

— Peu importe. Ainsi donc vous affirmez avoir été absent de l'Hôtel de Trabard de huit heures à onze heures. Vous comprenez bien que vos déclarations seront dûment vérifiées. Comment se nomme la fille qui a retenu votre choix chez la Bourdeille ?

— Émeline Guillemette, une brunette très jolie avec laquelle j'ai depuis longtemps mes habitudes.

— Soit. Je vous remercie de votre franchise, que j'espère loyale. À vous revoir, monsieur Decroix.

Dans sa voiture Nicolas méditait. Tout préparé qu'il fût par l'expérience et par les rebondissements toujours vraisemblables d'une enquête, il lui semblait que d'un coup sa version du monde des Trabard venait d'être bouleversée, renversée, inversée et que, partant, sa réflexion devait s'ordonner sur d'autres propositions. Sur quelles prémisses bâtirait-il de nouvelles hypothèses ?

Si Mme de Trabard n'était pas la maîtresse du palefrenier, que faisait-elle après minuit ? Pourquoi la cuvette de la chambre de Decroix était-elle emplie d'eau savonneuse exhalant le parfum de la dame, comme aussi le lit défait ? Que penser de l'idée de Decroix que son maître aurait pu être victime d'un conflit dans le monde des courses ? Mais alors, *quid* des piastres et des libelles cachés dans la mangeoire de Bucéphale ? Rien de ce que lui dictait son esprit enfiévré ne le satisfaisait. Il se convainquit d'oublier ce fatras, de faire table rase, de laisser ces informations, témoignages, impressions se mêler et, de ce désordre, attendre la clarté de la compréhension. Il songea à ces fromages de chèvre qu'on faisait dans les fermes de Ranreuil et à la masse de la pâte que la présure coagulait et qui égouttait sur le *caillebot*. De même, le temps offrirait à l'enquête la possibilité de faire le tri entre l'incertain et l'avéré. Il éclata de rire à l'idée du chemin tortueux qu'empruntait sa réflexion.

Il décida de gagner la maison Bourdeille.

La maquerelle l'accueillit avec cet air trouble et cafard qu'empruntaient les femmes de son espèce devant un policier. Elle essaya tout d'abord de déceler si le commissaire enquêtait vraiment ou si elle devait s'attendre à une tentative pour lui soutirer quelques subsides en contrepartie d'une protection et d'indulgences renouvelées à chaque versement. Rassurée sur ce point, elle s'ouvrit en sincérité et répondit aux questions de Nicolas. Oui, elle connaissait bien M. Decroix, qu'elle appelait *monsieur Pierre*. C'était une pratique comme elle en aurait souhaité d'autres. Aimable, généreux, ayant toujours le mot pour rire et particulièrement apprécié de ses filles, à qui il apportait de petits présents. Oui, il venait régulièrement, une fois par semaine, le dimanche, et réservait d'une semaine à l'autre la petite Émeline, une brunette piquante à souhait. Oui, il avait paru le dimanche précédent à son heure habituelle et, la chose faite, avait musardé, en buvant comme de coutume quelques liqueurs. Il avait quitté la maison vers onze heures passées et avait fait demander un fiacre. Pour plus de sûreté, elle lui montra son registre sur lequel, jour après jour, elle notait, d'une écriture malhabile, les clients d'une débauche bon enfant. Pourtant, Nicolas remarqua qu'elle le tenait avec quelque retard, les derniers jours n'étaient pas informés.

L'âme de Nicolas demeurait paisible. Il souhaitait faire retraite quelques heures avant le rendez-vous avec Sartine. Il aimait un lieu en particulier et s'y fit conduire. C'était dans la partie haute du Jardin du roi, le monticule surmonté d'un kiosque à belvédère de fer, au couronnement pyramidal. Une sphère dominait le tout dans laquelle était suspendu un globe terrestre qui servait de marteau pour annoncer midi. Il aimait à l'heure précise voir le mécanisme mis en branle par le contrepoids libéré grâce à la rupture d'un fil de crin consumé par les rayons d'une loupe inclinée aux diverses hauteurs du soleil. Nicolas fut cependant déçu. L'astre était présent, on distinguait à l'œil nu son orbe rougeâtre voilé par un brouillard diffus qui baignait la ville d'une aura sanglante. Aucun rayon n'atteignit la lentille et midi ne fut point sonné. Il erra ensuite dans le jardin, s'émerveillant à chaque pas que les terres les plus lointaines fussent représentées sur la scène parisienne par toutes les plantes acclimatées. Il admira surtout un cèdre du Liban d'une grandeur prodigieuse et, dans l'une des serres chaudes, des cierges du Pérou qui venaient de fleurir. Il s'extasia devant les formes si diverses qu'offrait la nature. Il comprit le goût du roi, si attentif à tout ce que l'exploration et la navigation apportaient et qui, dans la prison de son cabinet, visitait le monde à travers les récits, les rapports et l'étude des cartes.

Il envoya sa voiture l'attendre à l'hôtel de police et décida de suivre la rivière jusqu'au pont Royal. Il fut frappé de la teinte sinistre de la Seine, d'un gris marbré de brun. Que présageait donc la persistance de ce désordre du climat ? Nicolas médita ce que Semacgus lui avait appris. La raison seule devait-elle gouverner le sentiment que ce phénomène inspirait ? Il restait qu'au tréfonds de son être, de vieilles croyances de sa province resurgissaient et ce qu'elles lui susurraient, sans qu'il en eût conscience, ajoutait encore au malaise qui peu à peu s'imposait à lui.

IX

REMEMBER

> « Un ancien écrivait sur la cendre le nombre de ses projets. Il soufflait, il n'en restait plus aucune trace. »
>
> *Confucius*

Nicolas craignait et espérait à la fois cette rencontre avec Sartine. Que l'ancien ministre fût appelé à la rescousse, ou qu'il s'imposât, signifiait que l'affaire – ou devait-on dire les affaires ? – revêtait un autre aspect et que son développement en modifiait les données. L'écheveau d'intrigues autour d'un meurtre mystérieux, d'une corruption financière dans laquelle était impliqué un ordre religieux, l'existence d'une entreprise de fausse monnaie, battue en plein Paris, enfin la menace de publications scandaleuses, tout concourait à justifier le recours à l'homme des secrets et de la raison d'État. Et par-dessus tout, à l'origine de la saisine de Nicolas, l'ombre de la reine ajoutait encore à la gravité de la situation.

Nicolas constatait à chaque nouvelle rencontre que le visage de son ancien chef s'adoucissait, empreint d'une aménité nouvelle. D'autres soucis moins prégnants remplaçaient ceux d'antan, du moins étaient-ils d'un autre ordre. Le quotidien ne s'imposait plus dans cette apparente retraite, avec cette terrible oppression des regards et des paroles d'autrui. Seul, pouvait encore compter le sentiment du roi, mais le reste – la cour, la ville, le peuple, les adversaires, les pamphlets, les libelles et les placards – ne pesait plus. Le commissaire, habile à traverser le secret des âmes, avait décelé autre chose dans cette nouvelle attitude. Longtemps Sartine avait nourri l'espérance de jouer un grand rôle. À la mort du feu roi, il avait laissé échapper sa chance, ne s'imposant pas d'autorité au souverain en tant que principal ministre. Le poste perdu au profit de Maurepas, il avait cru, espoir inversé, que l'éloignement du roi à l'égard de Choiseul se dissiperait et que, cette acrimonie se tempérant, le vieil homme d'État serait rappelé. Sartine avait attendu en vain ce retournement de la conjoncture au profit du grand protecteur. Désormais il semblait en avoir pris son parti. Au reste, le roi l'écoutait et le comblait de bienfaits. Il se contentait d'un rôle secret mais capital, auquel il dévouait les restes d'une volonté intacte et les cendres d'une ambition apaisée.

Introduit à l'heure prescrite dans le bureau du lieutenant général de police, il saisit au vol un regard à la fois accablé et impuissant que lui jeta Le Noir. Il entrevit ensuite Sartine qui contemplait, tête levée, le ciel brumeux et livide. Le commissaire toussa.

— Ah ! dit Sartine se retournant d'une pirouette, comment vous portez-vous, mon ami ?

Il s'ensuivit l'une de ces parades de cour bâties de phrases convenues et de politesses réciproques.

— Allons, foin de compliments, ne saluez-vous pas le comte de Vergennes qui nous fait l'honneur d'assister à notre réunion ?

Nicolas se retourna et découvrit le ministre des Affaires étrangères, la mine haute et soucieuse, assis, raide, dans un fauteuil devant le bureau de Le Noir, sérieux et attentif.

— Monseigneur, je suis votre serviteur, dit Nicolas s'approchant.

— Monsieur le marquis, je vous salue et suis heureux de pouvoir, une fois de plus, compter sur votre dévouement au service de Sa Majesté.

Nicolas, qui ne l'avait croisé que de loin depuis les péripéties du tsarévitch Paul, le trouva changé. Des rumeurs agitaient et la cour et la ville sur sa santé. Il portait sur son visage les stigmates des fatigues éprouvées. Les années de guerre l'avaient usé et les préliminaires de paix ne laissaient pas d'éroder une machine exténuée par une longue carrière et une suite de postes et de missions difficiles dans de rudes climats. Son teint brouillé, les poches sous les yeux et les rides approfondies témoignaient éloquemment de l'état du ministre. Nicolas ajouta à ce verdict le commentaire que lui inspirait la présence de Vergennes. Elle promettait en effet. Qu'accablé par la paix à venir, il ait consenti à se déplacer à l'hôtel de police en disait long dans l'échelle des priorités sur l'importance portée à cette espèce de conseil de guerre que tout semblait présager.

Le protocole courtois se prolongeait dans ses méandres obligés quand le ministre y mit un terme d'un raclement de gorge impatient.

— Messieurs, messieurs. Il me tarde de faire retour à Versailles. Commençons. Monsieur de Sartine, nous vous écoutons d'une oreille attentive.

C'était bien toujours autour de Sartine que s'organisaient les choses. L'ancien ministre avait quitté les affaires, elles ne le quittaient pas. Il aurait pu supposer que c'était à lui, le commissaire en charge de l'enquête, d'ouvrir le débat. Ou alors… Ou alors une nouvelle fois, il ignorait certains dessous des affaires en question et des éléments qu'un service bien organisé avait les moyens de recueillir.

— Si M. le comte de Vergennes a souhaité cette réunion sur la base de ce que je lui ai communiqué, c'est pour ordonner un plan de bataille afin de contrer une redoutable offensive dont l'origine pour une fois n'est pas anglaise.

— En est-on assuré ? osa Le Noir, aussitôt foudroyé d'un furieux regard de Sartine.

— Je n'affirme rien que je n'en sois assuré.

Vergennes eut un mouvement d'impatience qui fit craquer son fauteuil.

— Certes oui, et ne nous appesantissons pas sur ce point. Sachez si vous l'ignorez…

Le Noir leva les yeux au ciel comme un martyr face aux lions.

— … que l'ambassadeur anglais chargé des négociations requiert notre aide à la suite de la mort suspecte d'un de ses secrétaires, accepte que nos médecins pratiquent une ouverture contradictoire et autorise une perquisition de nos gens…

— Voilà en effet qui n'est pas banal, dit Sartine, derechef fusillé des yeux par Vergennes qui ne goûtait pas qu'on l'interrompît.

— Et par conséquent, disais-je, ce n'est pas au moment où la cour de Saint James a recours à nous dans les conditions les plus ouvertes qu'elle se hasarderait à fomenter d'autres menées. Ce n'est pas l'heure ou pas encore !

— Reste, avança Sartine, qui ne s'en laissait pas conter et que la position du ministre n'impressionnait pas, que la menace se précise à plusieurs niveaux, d'où qu'elle vienne.

Nicolas s'agitait. Il trouvait qu'on glosait sans aborder le fond des affaires en cours.

— Qu'en pense le marquis de Ranreuil ? reprit Vergennes, non point qu'il souhaitât l'entendre, mais pour échapper à une homélie probable de Sartine.

— Quelques points, monseigneur. Saisi par la reine de la disparition du vicomte de Trabard, l'un de ses entours, pour enquêter sur sa mort subite, je découvre qu'il a été assassiné et qu'il dissimulait des papiers compromettants pour de grands noms qui furent ensuite adressés à M. Le Noir en forme de chantage. Je vous passe les détails.

— Tirez ! Tirez ! s'exclama Vergennes du ton du feu roi devant le cadavre de M. de Chauvelin.

— Des espèces fausses, notamment des piastres, me lancent sur la piste d'un faux monnayage en liaison avec le domaine de Trabard, rue d'Enfer. Dans cet imbroglio, se trouvent mêlés le notaire du *de cujus*, le vicaire de Saint-Sulpice frère du vicomte et l'ordre des Prémontrés.

— Les moines ! Il ne manquait plus qu'eux.

— Enfin le secrétaire à tout va du vicomte s'est enfui. Nous le recherchons. Des soupçons pèsent sur lui. Il est impossible de déterminer l'emploi du temps de la vicomtesse la nuit du meurtre de son époux.

— Tout ceci intervient, reprit Sartine, il faut le noter, à un moment où l'inquiétude est grande à Paris. Le peuple et le négoce s'interrogent sur la monnaie. Déjà, en avril, il y a eu disette de numéraire dans la caisse des arrérages et peu avant des rumeurs sur l'*effacement* des pièces de monnaie. Tout cela n'est pas sain.

— Et, renchérit Le Noir, sur fond d'inquiétude du peuple qui conjecture de l'épaisseur des brouillards et de la qualité de l'air.

— Bon, on s'affole souvent pour rien, dit Vergennes. On s'évertuera, n'est-ce pas monsieur Le Noir, à calmer cette effervescence, il y va de notre crédibilité. Nous sommes tenus comme dans un piège par le recours obligé à l'emprunt. Nous devons restaurer la confiance intérieure, fût-ce sur des rumeurs, pour convaincre l'extérieur, et nos créanciers. Le déficit nous l'impose, l'exige même. Que le taux des intérêts monte et nous ne pourrions y suffire.

La voix du ministre s'était peu à peu éteinte comme si la fin de son propos s'était adressée à lui-même. Nicolas, ému, prit soudain conscience de la gravité d'une crise des finances royales dont il entendait, sans toujours y prêter attention, parler de longue main par M. de La Borde.

— Que l'enquête soit menée à son terme, reprit Vergennes d'une voix ferme. Pour ce qui est du chantage, intolérable, qui s'exerce derechef au détriment de la couronne et d'autres, j'entends qu'on agisse sans délai. Si l'entreprise n'est pas *a priori* d'origine anglaise, c'est en tout cas d'Angleterre que nous vient cette attaque. Ces nœuds de vipères, ces folliculaires qui rampent, grouillent et écrivaillent depuis tant d'années au sein d'Albion !

— Sein qui n'est point d'un blanc d'albâtre, remarqua Sartine avec un mince sourire.

Personne ne sourit tant la physionomie de Vergennes se renfrogna à cette saillie.

— Nous savons qui est notre… interlocuteur. L'attache a été prise avec le coupable…

Nicolas rageait à part lui d'avoir encore une fois été mis à l'écart d'un point important de l'affaire qu'il traitait. Par quels mystérieux détours Sartine parvenait-il à s'immiscer aussi vite et par quels mystérieux truchements trouvait-il moyen d'y répondre ?

— Bon, bon, dit Vergennes qui s'agitait de nouveau. Que décidons-nous ? Nous sommes ici pour cela, non ?

— Qu'il plaise, dit Sartine sur un ton pompeux, au ministre des Affaires étrangères, sous un prétexte quelconque, d'envoyer en mission à Londres le marquis de Ranreuil pour régler la question. Il y est directement intéressé.

Au coup d'œil interrogatif que Sartine feignit d'ignorer, Nicolas comprit que Vergennes, lui au moins, n'était pas au fait de la menace qui pesait sur le vicomte de Tréhiguier. Pour le reste, il semblait que, dans l'esprit de l'ancien lieutenant général, il suffisait d'ordonner pour résoudre une affaire. Un claquement de doigts…

— Vous n'y pensez pas, s'écria Le Noir, montant courageusement à la tranchée. Le commissaire Le Floch a été vingt fois pourchassé et menacé par l'ennemi anglais.

— Allons, allons, point de ces mots qui fâchent. La guerre est finie, que diable !

— Tout de même, monseigneur, ce serait l'envoyer à la mort. Une souricière !

— Point, point, reprit Vergennes après y avoir un moment réfléchi. L'idée me paraît bonne. Les Anglais ne sont plus en mesure de tramer de tels coups qui seraient des provocations aux conséquences redoutables dans les circonstances actuelles. Le marquis de Ranreuil sera mon plénipotentiaire muni de toutes les accréditations voulues. Il se portera dès demain en Angleterre à marches forcées. Pour bien marquer que s'ouvre une ère nouvelle, il ne serait pas mauvais qu'il fît une visite de courtoisie à lord Ashbury qui, sous le couvert d'un poste auprès des lords de l'amirauté, continue à diriger le Service anglais.

— Voilà en effet qui ne manquerait pas de panache, dit Le Noir.

— Et, conclut Sartine, avec tout ce qui se passe dans leur ambassade, tout nous est permis. Et quelle mission, monsieur le comte, entendez-vous confier à Nicolas ?

— Vous connaissez l'ambassadeur que la faveur de la reine, sous l'influence des Polignac, m'a imposé pour Londres. Son extrême médiocrité est patente et son principal mérite est de plaire aux dames, encore que…

— La maison d'Orléans, interrompit Sartine, lui a prêté les mains pour saillir au-dessus de son obscurité et le voilà à Londres ! N'étant jamais sorti du caractère et du rôle de protégé, il n'effarouche personne et parvient ainsi à ses fins sans qu'on cherche à le barrer. La jeunesse anglaise lui offrira sans doute des pages complaisants. Monsieur le comte d'Adhémar a les inclinations de Socrate, il lui faut des Alcibiades.

Un marquis de hasard
Chevalier d'industrie
Major d'infanterie
Colin de comédie !

Et Sartine esquissa un pas de deux qui surprit l'assemblée avec cette légèreté qui parfois marquait chez lui un reste d'enfance moqueuse. Son mouvement déclencha chez Vergennes une moue de réprobation.

— En effet, le menuet est au programme ! *On avait besoin d'un calculateur, ce fut un danseur qui l'obtint !* Il s'était rendu précieux au ministre de la Guerre en tourmentant le régiment de Chartres, infanterie dont il a été le colonel et où il est encore en exécration. Bref, je ne le crois pas capable d'assez de pénétration pour porter ombrage aux secrètes intrigues du cabinet de Saint James. Depuis son arrivée à Londres, il ne satisfait point ce que j'attends de lui. Il ne remplit ni l'éclat de sa charge ni le profond de sa mission. Je lui veux faire mes reproches et recommandations, le marquis de Ranreuil sera ma voix.

— Et l'affaire Trabard ? demanda Nicolas.

— Elle peut attendre, dit Sartine, coupant la parole à Le Noir. L'inspecteur Bourdeau en assurera le suivi.

D'évidence, se disait Nicolas, cette réunion, ou du moins ses conséquences, avait été préparée et ses suites prévues. Le faux-semblant donnait cette apparence de discussion. À bien y réfléchir, seul le fait qu'il était partie prenante dans l'affaire du chantage justifiait son départ pour Londres. Ainsi demeurerait enfermé ce secret touchant son fils dans l'unique cœur qui en battrait plus vite. Ainsi la révélation ne se colporterait pas de bouche à oreille par des indiscrets n'y ayant nul intérêt personnel. C'était circonscrire celle-ci dans une étroite sphère, dans l'unique dialogue entre lui et le maître chanteur. Vergennes avait raison, les Anglais ne tenteraient rien dans les circonstances actuelles. Pour modeste qu'il considérait son poids dans la balance, ce serait suffisant à le protéger.

— Bon, dit Vergennes, assez parlé. Je souhaiterais qu'on me laissât seul avec le marquis de Ranreuil. J'ai des instructions particulières à lui donner.

Le Noir se leva le premier, l'air respectueux. Quant à Sartine, après un moment d'hésitation, il finit par se retirer avec la physionomie cafarde de quelqu'un à qui on ne peut rien celer.

— Monsieur, dit le ministre, invitant Nicolas à prendre place dans le fauteuil face au sien. Écoutez ce que j'ai à vous dire. M. de Breteuil m'a rapporté qu'étant ambassadeur à Vienne il vous avait confié la teneur des dépêches les plus confidentielles, que vous lui avez restituées mot pour mot presque aussitôt.

Il sortit une feuille de papier couverte d'une grande écriture qu'il tendit à Nicolas.

— Voici une lettre que je ferai expédier dans quelques jours à M. d'Adhémar, notre ambassadeur à Londres. Pourquoi, me direz-vous, ne me la confiez-vous pas afin que je la lui remette en mains propres ? Je vous répondrai ceci : je souhaite avec la fermeté d'un loyal serviteur du roi que vous lui marquiez mes volontés, davantage même mon mécontentement sur sa manière de servir le trône et de représenter Sa Majesté. Nul doute qu'il tentera de vous en imposer d'une manière ou d'une autre. Ripostez et rappelez-lui de qui vous êtes l'image…

Il désigna la lettre.

— … Prenez le temps nécessaire, j'attendrai.

Nicolas se plongea aussitôt dans la lecture attentive du document qui n'était pas long et se révéla fort explicite. Au bout d'un petit quart d'heure, il en avait parfaitement assimilé la forme et le ton et le rendit à Vergennes. En échange, il reçut le passeport diplomatique d'envoyé extraordinaire qui garantissait le caractère de sa mission et les immunités qui y étaient attachées avec un court billet enjoignant à M. d'Adhémar de recevoir le marquis de Ranreuil comme le représentant personnel du ministre.

— Ainsi, ajouta Vergennes, quelques jours après votre communication, dont il ne voudra pas tenir compte, le connaissant, il aura mes recommandations… Enfin le terme est faible et leur effet n'en sera que redoublé. Ceci dit, Ranreuil, prenez garde à vous. Le roi ne peut se passer d'un serviteur tel que vous.

Le visage du ministre s'adoucit soudain ; le masque de l'homme de pouvoir laissa paraître un sentiment étrange que Nicolas devina. C'était sans doute une sorte de retour sur lui-même, un attendrissement de l'homme que la vieillesse et la maladie battaient comme la falaise les vagues quotidiennes de la marée. Peut-être aussi la volonté non avouée d'exprimer à Nicolas une sympathie que ses fonctions et la nature de son être l'empêchaient de manifester de plus évidente manière.

— Considérez bien que Sartine vous tient en haute estime et qu'il ne vous envoie pas là où vous irez de gaieté de cœur. Gouverner, c'est toujours faire des choix entre des inconvénients, fussent-ils rudes pour une âme tendre.

Que cette réflexion pût correspondre à Sartine, Nicolas en douta sur-le-champ. Par ce propos de traverse Vergennes n'exprimait-il pas sa propre émotion ? Il sut gré au ministre de cette espèce de faveur qu'il lui offrait.

— Sachez, monseigneur, que j'ai toujours été sensible à la bienveillance que vous m'avez fait l'honneur de me prodiguer.

Vergennes chassa une mouche importune et sortit de son pourpoint une bourse rebondie et une liasse de papiers.

— Voici de quoi pourvoir à votre mission. Je sais que vous en ferez bon usage, contrairement à d'autres… Ces lettres de change sur des établissements de la place – le bénéficiaire est en blanc – serviront à solder le compte que vous savez…

Il prit un air dégoûté.

— Ne marchandez pas. On ne discute pas avec la canaille. Voilà, monsieur, vous savez tout. Ma confiance vous accompagne. À vous revoir, monsieur le marquis, à vous revoir.

Il se leva et sortit rapidement, passant sans un regard devant Nicolas, debout et incliné.

— Alors, dit Sartine qui devisait avec Le Noir dans le vestibule, le ministre a-t-il ajouté des éléments que nous devrions connaître ?

C'était bien là sa manière, il ne pouvait s'en empêcher.

— Non, dit Nicolas, le propos était personnel.

Vergennes avait souhaité cet entretien en tête à tête, il avait sans doute ses raisons et ce n'était pas au commissaire d'en révéler la teneur. Il aurait eu le sentiment de violer la volonté qui s'était exprimée et il ne le ferait pas. Sartine grimaça et pirouetta, frustré dans sa soif de tout savoir et, par conséquent, de tout contrôler.

— Il ne me reste qu'à faire mes préparatifs et enjoindre à l'inspecteur Bourdeau de poursuivre nos investigations.

Les trois hommes discutèrent un moment. Le Noir regagna son bureau, Sartine son carrosse non sans avoir remis à Nicolas une note à détruire, lui précisant les conditions de la rencontre à Londres avec le maître chanteur. Le commissaire aux Affaires extraordinaires en prit connaissance sur le chemin du Grand Châtelet avant d'en disperser au vent les minuscules fragments. Bourdeau l'avait attendu. Son air crispé marquait sans doute le déplaisir éprouvé d'avoir été tenu à l'écart de cette conférence. Il fit mine de ne point interroger son ami.

— Une idée m'est venue. Ne crois-tu pas qu'il conviendrait de vérifier auprès de l'intendant de la grande écurie à Versailles si, la nuit du meurtre, des voitures de cour sont sorties et par qui elles ont été utilisées ? Je pense qu'un cahier doit recevoir ce genre de renseignements. Cela autoriserait quelques présomptions sur l'identité du visiteur mystérieux de cette nuit-là. En es-tu d'accord ?

— La proposition est excellente. Nous connaissons le responsable, il n'a rien à refuser à la police qui l'a jadis tiré d'un mauvais pas dans lequel il se trouvait plus victime que coupable.

Profitant de la satisfaction de Bourdeau, Nicolas décida d'aller à l'essentiel.

— Tu t'en charges ainsi que de la suite de l'enquête, avec tous pouvoirs. C'est l'instruction de M. Le Noir. Et cela tout au long de mon absence de Paris.

— Ton absence ! Quelle absence ?

Fallait-il tout lui révéler ? L'amitié qu'il portait à Bourdeau se révoltait à l'idée de lui dissimuler la nature de la mission dont on venait de le charger. Déjà il déchiffrait sur le bon vieux visage les affres de sentiments multiples. L'amertume de ne pas savoir, la crainte de nouveaux périls menaçant le commissaire et le dépit de n'être point en mesure, comme si souvent, de faire un rempart de son corps à son chef et ami.

— Le comte de Vergennes, sous le couvert d'une mission diplomatique, me dépêche à Londres auprès de notre ambassadeur. Ceci pour la montre et, accessoirement, pour tancer un incapable que seules la brigue et la faveur ont placé à ce niveau de responsabilités. La vérité est plus secrète : il s'agit de négocier l'achat et la destruction des derniers libelles que tu sais.

— Et, seul et isolé, tu vas te jeter dans la gueule du loup au risque que les Anglais se vengent sur toi de toutes les avanies que tu leur as fait subir et que la raclure des maîtres chanteurs te fasse un mauvais parti. Ah ! Ils sont beaux nos *puissants de quatre jours* d'ordonner de telles curées où l'on envoie son meilleur chien à la bête noire.

— Allons, point d'inquiétude, je serai pourvu des immunités nécessaires. Demeure serein et poursuis notre enquête, resserre la surveillance autour de la rue d'Enfer et sur les autres suspects et interroge à nouveau notre marchand de ferraille. J'attends beaucoup de la mission de Gremillon, s'il a rattrapé Diego Burgos. Nous devrons conclure à mon retour de Londres où je ne compte pas demeurer plus que deux ou trois jours. Avec le voyage en malle rapide et la traversée en paquebot, je devrais être de retour dans une dizaine de jours.

Bourdeau avait les yeux embués et ses lèvres tremblaient. Il était temps de rompre l'entretien. Nicolas le serra dans ses bras et partit sans se retourner. Il n'avait pas de temps à perdre. Il devait préparer son portemanteau, adresser des lettres à sa sœur Isabelle, religieuse à Fontevraud, et à son fils Louis, officier dans le régiment de Monsieur en garnison à Saumur.

La soirée rue Montmartre fut paisible. M. de Noblecourt était de sortie, convié par extraordinaire à l'un de ces soupers offerts par un de ses contemporains. Il reparut assez tôt et Nicolas, prévenu par Catherine, courut le saluer.

— Ah ! Comment se porte notre commissaire si peu présent que je doutais que vous habitiez encore dans cet hôtel.

— La réciproque est tout aussi vraie, repartit Nicolas en riant. Plus mondain que vous par ces temps, on ne peut rencontrer en la ville !

— Peuh ! Pauvre table, vin aigre et jacasserie de radotage. J'eus tort d'accepter. Il ne faut point, vieillard que je suis, fréquenter ceux de son âge. Ils ajoutent à nos maux en commentant les leurs et radotent en arrière au lieu de regarder le siècle en avant. Vive la jeunesse qui nous ravigote, balançant nos soucis avec son enthousiasme !

— J'aime vous voir dans cet état grinçant et plein d'alacrité. Quand l'acide est dans la tête, il n'est pas dans le pied et la goutte s'enfuit, effrayée.

— Allons, ne la nommez point. Elle est comme le diable, elle accourt quand elle entend son nom. Avez-vous soupé ?

— Certes, Catherine m'a régalé de pieds de veau sauce moutarde et de son habituelle salade au lard.

— Cela me semble réjouissant et bien loin de l'*étique* dont je fus gavé dans ce vieux marais !

— L'*éthique* est donc une gourmandise morale, ce dont je ne me doutais guère.

— Fi ! Je crois qu'il se moque. *Quid novi*, mon bon Nicolas ? Votre enquête progresse-t-elle ?

— Elle avançait, et va poursuivre son difficile chemin par des méandres dans lesquels je ne la suivrai pas, étant sur le départ pour Londres.

— Londres ? Est-ce possible ? Encore ! Que voilà une bien périlleuse destination.

Nicolas expliqua brièvement au vieux magistrat les raisons de son déplacement et la mission dont il était chargé. Le menton dans la main, Noblecourt réfléchit un moment.

— Outre les périls de la chose, pour efficaces que puissent être les protections dont vous jouirez, vous serez honni par le comte d'Adhémar et vomi par la coterie Polignac qui cherchera à vous détruire dans l'esprit de la reine.

— J'ai quelques garanties de ce côté-là, et le roi.

— Le roi, le roi, que peut-il en vérité ? Sait-il faire régner l'ordre parmi les siens ? Parvient-il à dominer la reine ? Soumet-il à sa volonté ses entours et ses favoris ? Il me semble que sans prudence Vergennes vous oblige à affronter un domaine redoutable. Il vous faudra beaucoup de courage et de droiture pour résister aux menaces et aux pièges qui vont s'ouvrir sous vos pieds. Et je ne parle pas des Anglais.

— Allons, il ne s'agit que d'un aller et retour, d'un entretien à l'ambassade et d'une discussion avec l'un de ces folliculaires écrivailleurs d'horreurs. Cela n'ira pas plus loin.

— Je crains que vous ne considériez qu'un ciel par trop serein alors que souvent il prélude à l'orage.

La conversation se poursuivit un long moment. Nicolas ne parvint pas à dérider Noblecourt, que son départ contrariait. Depuis quelques mois le caractère jovial et ironique du vieil homme semblait s'assombrir. Étaient-ce des soucis de santé ou encore l'avancée dans un âge où peu à peu l'inéluctable s'imposait ? Il ne pouvait que constater les effets de cette dérive et s'attachait, avec les proches du magistrat, à en divertir les conséquences. Il déplora devoir susciter une nouvelle alarme et tourmenter ainsi Noblecourt dont il connaissait la sollicitude à son égard depuis tant d'années. Il rejoignit son appartement suivi de Mouchette, elle aussi inquiète, qui gémit sourdement quand elle le vit sortir son portemanteau. Il prépara son bagage, écrivit ses lettres à Isabelle et à Louis. La pensée d'Aimée le saisit. Il n'avait pas le temps de la revoir et de lui expliquer son absence. Il décida de lui adresser un billet dont l'ardeur compensait la brièveté. Ceci achevé, il se coucha et, l'âme tranquille, s'endormit aussitôt.

Dimanche 20 juillet 1783

Au petit matin, Nicolas dut subir les désolations marmonnantes de Catherine que son départ affligeait. Il abrégea les adieux. Noblecourt n'étant pas encore éveillé, il salua Marion et Poitevin, s'occupa lui-même du picotin de Sémillante qui, inquiète, piétinait sa litière. Mouchette avait disparu, sans doute en quête de son matou préféré. Pluton, la gueule posée sur ses pattes, suivait d'un œil douloureux les mouvements de Nicolas. Les lettres furent confiées à Poitevin, un fiacre fut appelé ; le voyage commençait. Cependant, Nicolas fit arrêter son véhicule devant le porche de Saint-Eustache et entra dans le sanctuaire. Derrière le chœur il gagna la chapelle de la Vierge où il s'agenouilla un long moment. Au passage, il s'arrêta devant le sarcophage de marbre noir de Colbert. À genoux, le ministre du grand roi semblait lire et prier Dieu. Y avait-il encore des hommes de cette trempe capables d'exercer une aussi mémorable autorité ? Il en doutait. Il rejoignit les Messageries royales rue des Fossés-Saint-Germain-l'Auxerrois. Il excipa de sa qualité et privilège de messager royal et un cabriolet rapide lui fut aussitôt octroyé.

Il sortit de Paris sans encombre et dans cet entre-deux que constituaient le balancement de la caisse et le défilé du paysage, il se laissa aller à une sorte d'engourdissement heureux. Bien sûr il aurait préféré, le visage fouetté par le vent, chevaucher Sémillante. Mais cela signifiait beaucoup d'inconvénients. Il n'avait pu se résoudre ni à la mettre en pension dans le premier relais de poste afin de la reprendre au retour, ni à éreinter sa fidèle monture avec l'obligation de faire étape chaque jour au détriment de la rapidité de sa mission. Nulle pensée n'agitait son esprit, qui vagabondait sur des sujets imprécis. Au bout d'un moment, il étouffa et baissa les glaces, établissant un courant d'air qui pourtant ne rafraîchissait rien tant l'atmosphère était chaude, lourde et curieusement empuantie. Il revint à sa rêverie. Il éprouvait comme à chaque départ, cet instant rare de liberté, ce moment parfait, quand le passé s'efface et que l'avenir n'est pas encore écrit. Pourtant, par à-coups, une oppression s'imposa au fur et à mesure qu'il s'éloignait de Paris. Il considéra le ciel. Les nuées jaune sale qui pesaient sur la terre comme un couvercle s'assombrissaient.

Cette marche rapide ne manqua pas après l'heureuse distraction du départ de le ramener à ses propres hantises et à faire retour sur lui-même. Cette course n'était-elle pas le symbole de sa propre existence ? Trouvait-il parfois le temps de s'arrêter, non pour se persécuter de réflexions sur les affaires en cours, mais tout simplement pour profiter du moment présent ? Combien de fois s'était-il promis de veiller à cela, sans jamais y parvenir ?

Soudain il songea au marquis, son père. Cette pensée le poigna. Lui restait dans l'âme le souvenir douloureux de l'algarade de leur dernier entretien. Que n'avait-il sur-le-champ pressenti la suite funeste qui en avait été la conséquence vraisemblable ? Il s'en sentait coupable. Quel drame que cette incompréhension qu'un mot eût suffi à dissiper entre deux êtres que tout rapprochait. Combien aurait-il donné aujourd'hui pour revoir se poser sur lui le regard à la fois altier et bienveillant de ce père si peu connu, car présent par périodes, celles où il ne combattait pas au loin ? Aurait-il été fier de son fils ? Nicolas mesura aussitôt l'inanité de cette question. Se serait-il retrouvé commissaire aux Affaires extraordinaires s'il était demeuré clerc de notaire à Rennes ? Le marquis aurait-il rétabli une filiation jusqu'alors cachée ? Sans doute le notariat eût été son destin probable. Depuis que le feu roi l'avait reconnu, son espoir secret avait été d'embrasser la carrière des armes tant le sang des Ranreuil criait en lui. Sa présence au combat d'Ouessant avait calmé ce regret et, désormais, il se persuadait avec émotion et une tendre douceur qu'heureusement Louis de Ranreuil remplissait ce destin perdu et reprenait place dans la longue lignée de ses aïeux guerriers.

À chaque relais de poste, il ne ménageait pas la réserve fournie par Vergennes pour changer d'attelage au plus vite et repartir aussitôt. Par prudence il n'utilisait pas son passe-droit, s'en remettait à sa propre politesse et à la bienveillance des maîtres de poste. La caisse rapide volait plus qu'elle ne roulait, de nuit comme de jour. Il franchit ainsi sans encombre des voies inégales aux sèches ornières et des ruisseaux emplis des boues des derniers orages. Dans les côtes, il descendait pour alléger la charge. Les cochers successifs furent choisis jeunes et de mine ouverte, désireux de bien faire et de mener le plus grand train possible.

À mi-chemin du périple, à Ailly-le-Haut-Clocher, là où jadis il avait été agressé[1], il trouva le village éploré. Une mystérieuse épidémie s'était abattue sur la région, touchant bêtes et gens. Les symptômes étaient divers et lui furent développés par le maître de poste et le curé, qu'il trouva en conférence dans la salle de l'auberge où lors de son premier passage une terrine de pâté lui avait laissé un inoubliable souvenir. Les deux hommes paraissaient accablés et Nicolas s'enquit des raisons de leur souci.

— Voyez-vous, monsieur, dit le tenancier du lieu. Nous n'y comprenons rien. Tout le mois de juin a été fort pluvieux et a fait grand tort aux froments et aux arbres à fruits, le tout accompagné de brouillards successifs. Des coups de vents brutaux ont cassé et arraché des noyers et d'autres arbres. La fin du mois a été plus sèche et on a pu faucher sans trop de dommages. Et puis il y a eu de terribles orages.

— Le courroux du Ciel ! murmura le prêtre, personnage long et mince au visage macéré. Tout a marqué sa colère. La nature en fut bouleversée. On a ramassé des grains de grêle aussi gros que mon poing…

Il tendit à Nicolas une main serrée décharnée.

— … Ils étaient armés de pointes irrégulières qui blessaient comme des dards. Dans certains d'entre eux, on a trouvé des crapauds jaunâtres et des escargots.

C'était la couleur habituelle de ces bêtes, songea Nicolas que l'*humour* ne quittait jamais.

Le recteur se signa.

— Dans d'autres endroits, il est tombé une concrétion étrange, large comme la main sur laquelle était empreinte une croix. Les écritures et saint Jean…

— Bon, dit le maître de poste qui semblait excédé de ce discours, cela est bel et bon. Je crois que le vent a aspiré des objets lointains. C'est tant vrai qu'on a trouvé dans les grêlons des feuilles de plantes inconnues dans nos régions. Il n'y a pas de raison de mettre le diable et tous les saints dans cette affaire ! Reste désormais que le soleil apparaît sanglant et en plein jour ressemble à la lune. Les brouillards n'ont point cessé depuis. Tellement ils sont secs qu'ils ne ternissent point un miroir et ne liquéfient pas le sel. Et si épais et impénétrables que dans certains endroits, à

Domont et à Saint-Riquier, à quelques lieues d'ici, à peine voyait-on pour se conduire.

— *Les ténèbres couvriront la terre*, dit le prêtre.

— Toujours on respire dans ce brouillard, si singulier que les vieillards assurent n'en avoir jamais vu de semblable, une odeur puante qui prend le nez et la gorge et cause une cuisson dans les yeux. Ceux d'entre nous, monsieur, qui sont de faible constitution ou de poitrine délicate s'en affectent et plusieurs sont morts. Les animaux se terrent et certains périssent. Dans nos jardins, les racines pourrissent et noircissent dans le sol. Les fleurs en boutons paraissent sans parvenir à éclore.

— *Ce furent alors de la grêle et du feu mêlé de sang qui furent jetés sur la terre, et le tiers de la terre fut consumé et le tiers des arbres fut consumé et toute herbe verte fut consumée.*

Le prêtre continuait à bredouiller à voix basse.

— Mon révérend père, inutile d'en rajouter, gronda le maître de poste. Il faut rassurer et non inquiéter. Qu'en pensez-vous, monsieur ?

— Selon certains savants, il est possible que l'origine de ces tourmentes réside fort loin dans l'île d'Islande où s'est ouvert un volcan qui déverse laves et fumées que le vent ensuite apporte dans nos contrées. Je pense que c'est un phénomène passager qui peu à peu s'atténuera. Voilà, monsieur, ce que je puis vous dire et ce qu'affirment à Paris des esprits éclairés. Il n'est point besoin pour expliquer nos soucis d'en référer à l'Apocalypse !

— Voilà ! Entendez, mon père, ces raisons de la raison et cessez d'affoler nos paysans dans vos prônes. Ainsi, vous ajoutez à leurs tourments et abusez leur esprit comme ces temps mauvais fatiguent leur physique.

— Je vois bien, déplora en grimaçant le prêtre, que j'ai affaire à plus forte partie, celle de l'*autre*, menée par l'orgueil de tout expliquer. *Ô homme ! Vraiment qui es-tu pour disputer avec Dieu !*

Il les salua et se retira.

— Au fait, dit le maître de poste hochant la tête, ce n'est point un mauvais prêtre, il vit comme un pauvre et fait preuve de la plus grande charité. Malgré cela, ses qualités sont marquées par une intolérance et le rejet du siècle qui ne sont pas sans inconvénient tant est forte son influence sur ses ouailles.

Nicolas prit pension pour la nuit, soupa d'une volaille rôtie dans la grande cheminée de l'auberge, s'abreuva du poiré local et dormit, éreinté, dans la même chambre que neuf ans auparavant. Il se réveilla, les yeux lui piquant et la gorge sèche. Il se lava à la pompe, demanda de l'eau chaude pour se raser, choisit ses chevaux et son cocher et repartit sur la route de Boulogne où il arriva à la nuit tombée.

Mercredi 23 juillet 1783

Nicolas, qui devait attendre la marée pour embarquer sur le paquebot qui le mènerait à Douvres, se mit en quête de la sépulture de son compatriote Lesage, écrivain pour lequel son admiration ne s'était jamais démentie. Au cimetière où reposait l'auteur du *Gil Blas*, il rêva un long moment. Il se mit à réfléchir à la conversation de la veille à Ailly ; l'attitude du prêtre l'avait frappé.

Il ne pouvait admettre que des hommes à la foi et à la charité indubitables puissent en arriver à tenir des propos qui étaient à l'opposé de tout ce qu'ils enseignaient et le contraire de cette même charité. Cette manie des religieux d'asséner comme autant d'agressions de saintes citations l'exaspérait. Certes jadis, il avait entendu le chanoine Le Floch agir de même, mais ce prêtre, par ailleurs sévère et contempteur du siècle, ne manquait jamais de commenter avec toute la bonté de son âme les sentences sévères qui lui échappaient. La foi simple de Nicolas se nourrissait des règles auxquelles il essayait de se tenir et qui régissaient sa conduite sans pourtant qu'il y réfléchisse outre mesure ; elles s'imposaient en naturel. Que le mal se manifestât, il le comprenait, mais cela ne suffisait pas à le persuader qu'un Dieu, qu'il croyait tout de bonté, voulût en accabler les hommes et les punir.

Après le souper, devant un pot de genièvre et un *gâteau battu*, il avait poursuivi la conversation commencée avec le maître de poste. Il s'était révélé être un interlocuteur attachant, ayant d'intelligentes clartés sur tout et sur rien. Il avait été étonné des connaissances de cet homme qui lisait et achetait aux colporteurs des livres sur des sujets divers. Nicolas comprit soudain combien, dans le royaume, ce peuple et, en particulier sa partie supérieure, changeait et acquérait peu à peu des capacités et des talents qui tout naturellement le conduisaient à exiger ce que les philosophes appelaient l'égalité. Cela ne choquait en rien le commissaire que sa fréquentation des ordres de la société incitait à constater qu'ils comprenaient tous des hommes de qualité.

À l'heure dite, il embarqua sur le paquebot qui faisait le service entre Boulogne et Douvres. Il transportait quelques passagers et des barriques de vin que les Anglais tenaient en réserve en France pour éviter les droits de douane dont ce produit était chargé outre-Manche. Ainsi ne payaient-ils les taxes qu'au fur et à mesure de leur consommation.

Après une traversée favorisée par une mer calme, il débarqua à Douvres. Sa qualité et ses passeports lui permirent d'éviter la douane anglaise. Prévenu par son premier passage de la médiocre qualité des auberges, il s'attacha, en prenant plusieurs avis auprès des habitants, à trouver une hôtellerie de meilleure tenue. Il y rencontra beaucoup de Français que la paix et leurs affaires ramenaient en Angleterre.

Nicolas, que la faim tenaillait, ne put la satisfaire qu'en allant lui-même à la cuisine prendre sur la grille posée sur des braises ardentes des tranches de bœuf qui y grillaient.

Jeudi 24 juillet 1783

Après une nuit relativement épargnée par les punaises, il courut trouver une voiture rapide pour gagner Londres. Il loua un cabriolet tiré par deux chevaux qu'il paya six guinées, somme considérable pour les vingt-huit lieues de Douvres à Londres. Nicolas plaça à portée de main un pistolet de poche et son épée. À l'auberge on l'avait prévenu des dangers d'une route fréquentée par des voleurs de grand chemin qui interceptaient les voyageurs isolés. Au lieu de cette engeance, il ne rencontra que des dépouilles accrochées à des potences, en perruque et habillées de pied en cap. Il retrouva les paysages admirés lors de son premier passage : hautes futaies, broussailles de genêts épineux, houblons qui sortaient de terre avec leurs hautes perches et les bords charmants de la Tamise. Compte tenu du caractère sacré de la propriété en Angleterre, il s'en fallait de beaucoup que la route fût tirée au cordeau. Il se dit à part lui que la ligne droite en tous domaines n'était pas du goût des Anglais. Son équipage croisa nombre de voitures chargées de blés et de farine que l'on dirigeait vers les ports. Il fut frappé de la vêture des paysans, aux redingotes de beau drap et remarquables par les bottines très propres qu'ils portaient aux pieds.

À Canterbury, pendant le changement d'attelage, un bourgeois, ayant repéré sa qualité de Français, lui fit remarquer avec un effroyable accent l'auberge fermée où M. le duc de Nivernais, arrivant en Angleterre, en 1763 pour la paix, avait été traité en ennemi. Pour lui et sa suite, il lui avait été réclamé plus de cinquante guinées qu'il avait réglées rubis sur l'ongle sans broncher. L'aubergiste ayant proclamé son orgueil de cette exaction, la noblesse du comté du Kent fit prier le duc de se pourvoir en restitution. Cela fut repoussé de la manière la plus décidée. Au nom de l'honneur anglais, cette digne noblesse se chargea de tirer vengeance de cette ignominie et tous ses membres jurèrent de ne plus fréquenter ladite auberge qui dans les six mois fut ruinée et son tenancier déshonoré et chassé. Vingt ans après, le souvenir de cette affaire demeurait vivant.

Un soleil voilé se couchait quand il arriva à Londres. La vision lui apparut cependant magnifique. Le port de Westminster tout illuminé, ainsi que l'avenue qui y conduisait, attirait le regard. En haut de la ville, les rues larges et alignées par lesquelles les voitures arrivaient de Douvres formaient un splendide quartier. L'or rouge du crépuscule faisait miroiter les flots de la rivière couverte de bateaux innombrables. À travers une sorte de gaze, on distinguait les voies emplies de carrosses et la foule amassée sur les larges trottoirs. Sa rumeur et son agitation parvenaient au voyageur comme un grondement lointain.

L'entrée dans Londres remit au premier plan des préoccupations de Nicolas une question qu'il avait jusqu'alors censurée. Antoinette, l'ancienne Satin, la mère de Louis et son premier amour, se trouvait là, peut-être à portée de voix. Il en éprouva une révolution intérieure, son cœur battit plus vite ; il ferma les yeux et le visage aimé lui apparut avec une telle intensité qu'il laissa échapper un gémissement. Sartine ne lui avait à cet égard donné aucune instruction. Il savait bien qu'il ne fallait pas être grand clerc pour deviner que toute tentative de contact dans ce pays étranger, et encore ennemi tant que la paix ne serait pas définitivement signée, équivaudrait à une quasi-trahison. Elle mettrait en péril un système de renseignements sur la *Navy* qui fonctionnait sans à-coups depuis des années, elle compromettrait la sécurité du royaume et, surtout, exposerait tout aussitôt la liberté et même la vie d'Antoinette. Pour ardent que fût son désir de la revoir, Nicolas savait qu'il ne jouerait pas à ce jeu-là, pétri de hasard et de mort.

Il s'enquit aussitôt d'un logis et grâce à sa maîtrise de la langue finit, après plusieurs tentatives infructueuses, par s'en remettre à un quidam de franche physionomie qui, s'étant pendu à ses basques, eut l'heur de lui proposer un meublé au second étage d'une maison d'apparence près de Saint James Square. L'hôtesse, veuve d'âge canonique, ne répugna pas à loger un Français qui s'exprimait si bien, dont l'allure la séduisait et qui ne discutait pas outre mesure le prix éhonté qu'elle exigeait. Elle se mit en quatre pour le servir au mieux. Il eut la surprise de constater que le couvert était compris dans le loyer. Après qu'il eut fait toilette, il fut convié à prendre place à une grande table d'acajou. Une servante apporta des tranches du sempiternel *roastbeef* accompagné d'un *pudding* et d'une pinte de *pale ale*. Le tout s'acheva par une bouteille de porto, des biscuits salés, un fromage de Stilton joliment persillé qu'après un moment d'hésitation il trouva fort bon, et des noix. Après ce festin, il se coucha et sombra dans un profond sommeil.

Vendredi 25 juillet 1783

Au petit matin il fit appeler une voiture pour se rendre à la résidence de l'ambassadeur de France. Ce bel hôtel paraissait en plein emménagement et le plus grand désordre y régnait. La place semblait une maison publique tant s'y mêlaient domestiques, laquais, frotteurs, femmes de charge. Il finit par trouver un membre de la chancellerie qui voulut bien transmettre à l'ambassadeur le mot d'introduction du ministre. On le fit lanterner un long moment, puis il fut conduit au premier étage dans un grand bureau presque vide. Un homme l'y attendait. De taille moyenne, entre deux âges, M. d'Adhémar portait beau mais devait cette apparence à nombre d'artifices qui couvraient, masquaient et maquillaient les atteintes de l'âge. Nicolas s'inclina.

— M. de Vergennes vous adresse à moi, dit-il d'une voix aiguë et chevrotante, et me prie de porter attention à ce que vous auriez à me dire de sa part. Est-ce bien cela, monsieur ?

— Je pense, monsieur l'ambassadeur, que vous avez bien saisi le sens de ma démarche.

— Eh bien non ! Je n'ai pas été accoutumé à ce que les ministres me parlent par truchement, fût-ce par… par…

Il relut le message de Vergennes.

— … le marquis de Ranreuil. Nous sommes-nous déjà croisés ?

— Je le crois, en effet. Au cercle de la reine, peut-être ?

— Comment, au cercle de la reine ! Signifiez-vous par là que vous approchez Sa Majesté ?

— Il se trouve que la reine m'accorde sa confiance depuis longtemps, en fait depuis son accueil à Compiègne par le feu roi en 1770.

L'ambassadeur fit quelques pas, indécis.

— Soit. Et quelle est la teneur du message que vous êtes censé devoir me communiquer ?

— Tout d'abord, monsieur le comte, concernant les pièces de tapisseries de Beauvais que le ministre vous avait offertes pour servir à l'ameublement de votre hôtel…

Nicolas parcourut du regard le vide des murailles avec une moue étonnée.

— … lors que vous n'avez pas donné réponse, elles ont été employées pour le service du roi à Fontainebleau. Il reste que d'autres sur les mêmes sujets et dessins demeurent à votre disposition et que…

D'Adhémar frappa le sol du pied.

— Il suffit, monsieur ! Je ne vous ferai pas l'injure de croire que vous avez fait ce voyage pour me parler tapisseries. Au fait, au fait.

— Bien, monsieur l'ambassadeur, le principal suit. Voici ce que j'ai à vous dire, non en acteur, croyez-le bien, mais en messager qui n'a nulle part à ce que le ministre des Affaires étrangères entend vous faire dire et comprendre.

— Jusqu'à preuve du contraire, je réserve mon sentiment sur votre discours. Je l'écouterai par courtoisie, mais je vous avertis que je n'en tiendrai nul compte, quel qu'il soit.

— Libre à vous, mais la parole que je vous porte est celle du ministre qui, par égard pour vous, a choisi ce moyen discret de vous faire part de son sentiment.

— Allons, au fait !

— Tout d'abord ma mission m'impose de vous transmettre les observations que lui inspire votre correspondance. Rien ne recommande tant un ambassadeur que des dépêches bien faites. Or il juge les vôtres insuffisamment soignées ; elles sont écrites avec facilité, mais le style n'est pas celui de votre métier. En tant qu'ambassadeur, le ministre estime que vous devez vous considérer comme faisant partie du conseil de Sa Majesté. Vous êtes l'œil du souverain. Il vous revient de rendre des lumières et de traiter les objets importants avec quelque profondeur, en ne craignant pas d'y joindre les réflexions qui naissent du sujet.

— Et par Dieu, c'est ce que je fais ! s'écria d'Adhémar écarlate.

— Il est de surcroît inopportun que vous chargiez vos dépêches de détails parlementaires inutiles. M. de Vergennes attend de vous que vous preniez le temps nécessaire pour faire à loisir vos lettres, et les limer.

— Tous ces propos ne sont que d'insanes reproches ! Des détails sans importance. Moi qui suis à Londres, je réponds seul de ce qui est utile.

— Vous souhaitez des faits précis ? Soit. Le ministre a été peiné que vous vous soyez abstenu de communiquer notre dernière démarche à Saint-Pétersbourg au cabinet anglais. Il vous rappelle qu'en règle générale, on ne risque rien à révéler un écrit qui, par sa nature, est destiné à devenir public.

L'agitation de l'ambassadeur était patente, une veine violacée lui battait la tempe[2].

— Autre invite que M. de Vergennes m'a demandé de vous soumettre…

— Laquelle, laquelle ?

— Celle d'ouvrir votre maison le plus tôt que vous pourrez, car il est revenu au ministre quelques murmures sur l'indigence de votre représentation.

— Des envieux, des jaloux, des ragots de cour !

— Si vous ne pouvez rassembler nombreuse compagnie, restreignez-la. Des soupers de moindre importance vous donneraient autant de lumières que de trop grandes sociétés.

— C'est tout ?

— Ah ! Encore un détail qui n'est pas de moindre utilité. Le ministre n'a pas relevé dans votre correspondance mention de l'ambassadeur d'Espagne. Il espère que ce silence n'indique pas un défaut de communication entre vous et il importe infiniment qu'on ne puisse douter de son existence. Il souhaite donc que vous ne lui laissiez pas ignorer vos démarches.

— Vous en avez fini, monsieur le marquis ?

— Le ministre ne m'a point chargé d'autres sujets.

— Bien ! Sachez que si je devais répondre aux termes de cette communication, ce que je n'entends pas faire, notez-le, je dirais, si j'en ressentais la nécessité, notez-le bien, que je pourrais rectifier mon style pour le rendre plus grave, encore que la profondeur tient à la connaissance scrutée des événements. Or puis-je l'avoir ? Je suis ici depuis deux mois. Quant à ce que le ministre vous fait me mander au sujet du train de ma maison et de l'obligation de l'ouvrir, je me dois de préciser que je viens à peine d'y emménager. Vous avez pu constater le désordre qui y règne. Les meubles ne sont pas en place, ma vaisselle ne m'est point parvenue, ni même mon vin.

— Vous le direz au ministre.

— Permettez-moi à mon tour, puisque je ne peux douter en tous cas que le comte de Vergennes ait souhaité que je vous donne audience, de vous charger à son endroit de l'expression de mon attachement et de lui porter conseil de voir quelquefois Mme de Polignac dans cette conjoncture. Son appui peut lui être essentiellement indispensable. Il doit lui parler en toute confiance. Le moment est difficile et l'embarras des circonstances domine à Versailles, comme à Londres. L'aveu sincère de ses principes assurera au ministre le dédommagement des petites contrariétés du présent… Monsieur le marquis, je ne vous retiens pas, je crois que nous nous sommes tout dit[3].

— Monsieur l'ambassadeur, je suis votre serviteur.

Nicolas sortit du bureau non sans avoir remarqué que le pied droit du comte d'Adhémar tremblait et battait la chamade sur le parquet. Il était assez satisfait de la manière dont il avait conduit cette délicate opération. L'essentiel avait été dit sans éclat excessif et l'intéressé ne pourrait pas ignorer le message. En dépit de ses protestations, il avait d'ailleurs tenté de répondre avec des arguments peut-être recevables, bien que spécieux. Mais ceux-ci correspondaient-ils à la vérité ? Il n'était pas dans son rôle d'en juger. En revanche il avait relevé et détesté le ton cauteleux avec lequel l'ambassadeur avait mis en avant Mme de Polignac et son influence. C'était la réponse du berger à la bergère. Le message était limpide sous le doucereux des paroles. « *Prenez garde à vous, la favorite de la reine peut défaire un ministre.* »

Nicolas se fit conduire à l'Amirauté où il déposa un pli à l'attention de lord Ashbury, puis donna ordre à son cocher de le promener dans Londres. Il fut à nouveau frappé par la curieuse occupation des rives de la Tamise. Alors que cette voie aurait pu offrir le spectacle d'une suite de palais ou de monuments, elle était essentiellement bordée par des ateliers de tanneurs, de teinturiers et des fabriques qui utilisaient l'eau de son cours au plus près. Il lui semblait que toutes les mesures imaginables avaient été concentrées pour dérober les abords et même la vue du fleuve. Les accès à ses rives formaient autant d'égouts pour les eaux et pour les immondices de la ville.

Nicolas poussa de Holborn à l'avenue du Strand jusqu'à Saint-Paul et à la Bourse. Dans la plus belle partie, Nicolas constata que la voie était couverte en son milieu d'une boue liquide et infecte dont les éclaboussements couvraient les piétons de la tête aux pieds, remplissaient la caisse des carrosses dont les glaces n'étaient pas levées et enduisaient la façade des maisons qui s'y trouvaient exposées. Il se fit arrêter, ayant compris que pour se garantir de la saleté et des embarras de la rue, les chalands fréquentaient de préférence entre le Strand et Holborn des cours liées entre elles par des passages où s'échelonnaient les plus jolies boutiques. La quantité de piétons, le choix et la disposition des étalages en faisaient des lieux privilégiés de promenade. Les boutiques étonnèrent Nicolas par leur aspect monumental. Toutes fermées de grandes glaces et ornées au-dehors d'éléments antiques, elles offraient un coup d'œil incomparable. Il revint par la Tour et, ayant franchi le fleuve par le pont de Londres, regagna Westminster par Southwark.

Quand il rejoignit son logis, l'hôtesse lui remit un pli fermé du sceau de l'Amirauté. C'était une réponse de lord Ashbury dont la rapidité le frappa, le priant à souper à son club, le soir même. Il refusa l'offre d'un dîner et sortit marcher dans les rues. Il parut à Nicolas que les Anglais qu'il croisait pouvaient être répartis en deux catégories, celle des honnêtes gens prodigues en politesse, attentions et prévenances, qui consolait de celle d'une canaille insolente de crocheteurs, de matelots, de porteurs de chaise et de journaliers, sans foi ni loi. Il suffisait de passer à leur portée avec un air et un costume français pour recevoir une litanie d'injures dont la plus aimable était « *French dog* ». La guerre avait laissé des traces et cela d'autant plus qu'elle s'achevait par une défaite et la perte des colonies américaines. Nicolas jugea bon de ne pas trop prolonger cette expérience ; il n'aurait plus manqué qu'il s'attirât quelque affaire et compromît ainsi l'objet de sa mission. Il retourna au logis et se reposa en lisant, exercice qui fut interrompu par le thé et qui le conduisit au moment où un fiacre réservé vint le chercher pour le mener à son rendez-vous.

Le club était situé près de Whitehall, non loin des bureaux des lords de l'Amirauté. Nicolas fut introduit dans un palais, somptueux à ce qu'il lui sembla. Il traversa des salons immenses, où dans de confortables fauteuils de cuir devisaient en silence de vieux gentilshommes. Le valet, sans un mot, ouvrit une porte d'acajou dans le plein d'une bibliothèque et le fit entrer dans un petit cabinet octogonal tapissé de papier aux motifs pompéiens. Lord Ashbury l'attendait assis à une petite table ronde. Il se dressa avec peine pour accueillir Nicolas.

— Qui dois-je saluer, Nicolas Le Floch ou le marquis de Ranreuil ?

— Les deux, milord. Et moi, à qui dois-je rendre son salut ? À lord Ashbury, à Francis Sefton ou à M. Calley ?

Toutes ces appellations avaient été utilisées par l'honorable seigneurie lors de ses redoutables incursions en France.

— Aux trois, mon bon ami, aux trois ! dit Ashbury en éclatant de rire. Prenez place et, pour commencer, goûtez-moi ce *sherry amontillado*. Il vient directement de Puerto de Santa María en Andalousie

Il saisit une carafe de cristal emplie d'un liquide ambré et servit Nicolas. La dégustation autorisa un moment de silence qui permit au commissaire d'examiner sa tête. Le chef des services anglais avait beaucoup vieilli. Maigri, les joues creusées, le bidon fondu, et les cheveux blancs de plus en plus rares autour d'un crâne chauve. Il tentait pourtant avec une espèce d'énergie désespérée de donner le change.

— Vous voici diplomate !

— Je l'avoue, je n'ai rien à vous cacher. Je reconnais bien là l'excellence de vos services.

— Allons, comme de coutume, vous avez tout à me dissimuler. Mais peu importe. Je suis sensible à votre visite. J'en salue l'intention, tout en m'interrogeant sur les raisons qui l'inspirent.

— Milord, la paix est sur le point d'être signée, le temps des réconciliations est venu.

Ashbury fit une grimace et lampa d'un coup son verre de *sherry*.

— Hum, lorsque toutes les haines ont éclaté, toutes les réconciliations sont fausses. Disons que nous sommes au milieu de l'entracte. Mais entre nous c'est différent. Le temps a fait son œuvre. Se combattre, c'est se rapprocher et les ennemis qui se réconcilient tiennent souvent plus fortement l'un à l'autre que des amis qui ne sont point brouillés. Voyez comme vous buvez de bon cœur ce *sherry* qu'une main criminelle aurait pu empoisonner !

Nicolas tendit son verre vide.

— Achevez-moi, milord. Je mourrai confiant que vous êtes innocent. Jamais vous ne vous abaisseriez à un acte aussi vil et déshonorant. L'ennemi doit avoir l'honneur, sinon à quoi ressort le combat contre lui ?

Ashbury éclata de rire, se tapa sur les cuisses avec cette vulgarité rustaude qui le caractérisait, poussa un cri et grimaça.

— J'oublie toujours mes blessures de guerre. Un morceau d'espar français m'est resté fiché dans la cuisse, ou plutôt, un bout de fer oublié par le chirurgien du *Glorious Heart*. Car, sachez-le, tout jeune, je fus officier de marine avant de me cantonner dans des travaux de bureau.

— Je loue votre modestie ! Cantonnement qui vous offrait des voyages et des loisirs animés dont vos amis supportaient les aléas.

— C'est vrai. Mais vous-même ne comptiez-vous pas parmi les héros du combat d'Ouessant ? J'aime les adversaires de cette carrure-là !

— Supposeriez-vous que nous avons perdu la main ?

— J'aurais garde de le croire et votre propos justifie ma prudence. Reste, mon ami, que trop de sincérité demeure dans cette occurrence plus que suspecte, et que votre échange avec l'Excellence pourrait dissimuler autre chose. Ainsi la pâte du *pie* recouvre le rognon.

Nicolas s'efforçait de faire bonne figure, s'appliquant à masquer ses sentiments derrière un visage aimable et immobile.

— Vous ne dites rien ? Aurais-je débusqué la mouche ?

— Non pas, milord. Je pensais à M. de Sartine. Vous êtes très semblables et vos trop-pleins d'intelligence et de finesse vous entraînent à des conclusions souvent bien éloignées de la vérité.

— Soit, monsieur le marquis, soit ; la comparaison est flatteuse ! Que dit-on du temps en France ?

— Il inquiète, milord. Et mon parcours m'a permis de constater le ravage d'un certain brouillard dans nos campagnes. J'ai remarqué que pareillement à Londres, le soleil est fâcheusement voilé et qu'une certaine odeur puante surnage d'inquiétante façon.

Un valet apporta une *turtle soup* et, tout en la dégustant, ils se plongèrent dans leurs souvenirs des combats d'antan. Nicolas demeurait pourtant sur ses gardes ayant affaire à forte partie. Il en connaissait les astuces pour les avoir toutes éprouvées. Lord Ashbury pointa l'oreille lorsque fut apportée une selle d'agneau entourée de pommes rissolées. Un *claret* français fut servi, qui ajouta encore à la chaleur de la rencontre.

— Quel était le but de votre visite au comte d'Adhémar ?

La pointe était directe et exigeait une réponse aussi droite.

— Oh ! Simple visite, une sorte d'inspection au moment où la chancellerie est ouverte. Point de complot sous roche, rassurez-vous. J'ai transmis à notre ambassadeur des instructions du ministre. Et voyez, je peux même vous les révéler : développer les relations avec le monde politique anglais, tenir le cabinet britannique au courant des démarches à la cour de Saint-Pétersbourg et demeurer en liaison avec l'ambassade d'Espagne pour faciliter les préliminaires de paix à Paris. Sans compter des détails d'ameublement.

Ashbury derechef se mit à rire.

— Cela correspond exactement à ce que j'ai appris.

— Ne me dites pas que…

Lord Ashbury feignit d'ignorer la remarque et en revint au climat.

— Nous en sommes nous-mêmes fort préoccupés. Tout a commencé en juin par des brouillards secs et épais. Une odeur fétide s'est peu à peu fait sentir, comme celle des œufs pourris. Il y a eu de terribles orages. De toute une partie du royaume nous parviennent d'inquiétantes informations. Les trèfles et les herbes tendres ont été brûlés. La lune et le soleil furent obscurcis. On a alors relevé des cas de choléra, des convulsions, des coliques et des vomissements. La peau des paysans s'irritait et beaucoup sont morts.

— Toutes ces remarques correspondent à celles que nos savants ont eux-mêmes constatées en France. Un volcan en Islande serait à l'origine de ces phénomènes.

Biscuits et fromages furent apportés et ils poursuivirent leur conversation autour d'une vénérable bouteille de porto.

Alors que Nicolas prenait congé, lord Ashbury le serra dans ses bras dans une sorte de mouvement spontané qui malgré lui surprit et toucha Nicolas.

— Mon ami, je suis un vieil homme. Cela change les perspectives. Vous reverrai-je jamais ? Une dernière chose. Prenez garde à vous. Depuis que vous êtes chez nous, on vous suit et ce n'est pas nous !

X

TRIBULATIONS

« Nous vivons en ce monde dans une éternelle tromperie. »

Madame de Motteville

De retour à Saint James Square, Nicolas méditait les propos de lord Ashbury. Il l'avait trouvé changé, vieilli, empreint d'une espèce de philosophie qui ne rappelait que de loin le fauve cynique d'antan. De fait, ils avaient conversé comme deux amis qui se retrouvent après une longue séparation. Nulle acrimonie n'avait percé dans ce dialogue inattendu. Restait que Nicolas s'interrogeait sur l'avertissement qui avait clos l'entretien. Ce que lui avait confié le chef des services anglais, le fait qu'il fût suivi, signifiait deux choses. La première, c'était que les Anglais eux-mêmes le contrôlaient, ce qui appartenait au domaine du normal ; la seconde, c'était que cette surveillance avait décelé d'autres suiveurs, dont apparemment lord Ashbury ignorait l'origine et les intentions. L'avertissement, libéralement prodigué, le surprenait. Quel message lui voulait-on faire passer ? Quel intérêt le vieil espion avait-il de le prévenir de cette filature ? Par le passé, ils s'étaient durement affrontés, l'Anglais ayant à plusieurs reprises fait attenter à sa vie. Se pouvait-il que la paix, sa signature imminente, l'apaisement du caractère dû à l'âge, une vraie connivence entre deux adversaires rapprochés par une mutuelle estime, aient produit ce miracle de voir lord Ashbury s'inquiéter de la sûreté de Nicolas Le Floch ? Ou bien la tromperie usait-elle de la sincérité dans un inavouable but ? Il avait pourtant cru découvrir dans les propos et l'accent de son ennemi un air de sympathie, une sorte d'émotion d'un vieil homme revenu de beaucoup de choses et tenté de faire un geste envers un Français vers lequel le portait une propension d'estime. Nicolas jugea bon de s'en tenir à cette supposition, mais, dans le même temps, de prendre des précautions. Il s'endormit sur cette idée. La nuit fut agitée après les trop abondantes libations de la soirée.

Samedi 26 juillet 1783

Le jour décisif était arrivé. Il devait suivre à la lettre les instructions que lui avait confiées M. de Sartine pour la rencontre avec le maître chanteur. Le plan concocté par les services de l'ancien ministre était des plus précis. Nicolas devait sortir à onze heures sonnantes, rejoindre à pied Covent Garden, portant des besicles à verres fumés. Là, il demeurerait en attente une dizaine de minutes. Un fiacre s'arrêterait devant lui, il y monterait. Il serait conduit au British Museum à Bloomsbury. Il y entrerait et là serait contrôlé par un guide qui le mènerait à destination. Nicolas espérait que tout avait été prévu pour éviter que le Service anglais mît son nez dans cette intrigue. Les secrets en question étaient tout autant dangereux aux mains de lord Ashbury que dans celles des folliculaires criminels qui en faisaient commerce.

Il respecta à la lettre les instructions, pourtant persuadé qu'il était sans doute filé par un ou deux espions. Sans encombre, il se retrouva face à Montagu House où était installé le British Museum au milieu d'un beau jardin. Il y pénétra et, dans l'attente d'un premier contact, parcourut les salles dans lesquelles étaient présentées des suites d'histoire naturelle. Il admira des planches de papillons qui réunissaient tous les spécimens que l'ancien et le nouveau monde pouvaient offrir, les minéraux, les livres, médailles, manuscrits et objets que le capitaine Cook avait déposés et qui, songea Nicolas, auraient fort intéressé le roi. Il contempla des reproductions de la Magna Carta, ce *palladium* de la liberté anglaise. Il resta un long moment à regarder les plafonds peints par La Fosse et certains morceaux exécutés sous sa direction par les Français Rousseau et Monnoyer. Il y rêvait quand une petite main saisit la sienne. Un petit garçon, un doigt sur les lèvres, le conduisit dans une pièce vide et jusqu'à un escalier dérobé qui menait au rez-de-chaussée. Là, une porte donnant sur une cour emplie d'ustensiles de jardinage leur permit de gagner un parc au nord du bâtiment. Sur un chemin creux au milieu des haies, une voiture l'attendait dans laquelle le garçon l'invita à monter. Il obéit, la portière claqua et il se retrouva dans le noir absolu, les glaces ayant été recouvertes de panneaux de bois. La caisse s'ébranla et il se laissa entraîner, aveugle, dans cette redoutable équipée. Décidément ses visites à Londres se ressemblaient avec leur lot de fuites par des passages dérobés et de chausse-trapes.

Il réfléchit un moment aux moyens de savoir où il se dirigeait. Il pensa à sa montre à répétition qui sonnait les heures et les quarts d'heure. Il suffirait de noter à l'aveugle l'heure de départ et, à intervalles réguliers, de mesurer le temps écoulé pour se faire une idée, certes grossière, du chemin parcouru. Il faudrait prendre en compte les aléas de la circulation dans des rues aussi encombrées d'embarras que celles de Paris. S'il s'en référait à la rapidité et à l'égalité de la course, il lui sembla pourtant que la voiture avait quitté assez vite la ville pour s'engager sur une voie libre. De plus le British Museum se situait à la périphérie de la ville, proche de la campagne avoisinante.

Une heure et demie avait été comptée aux sonneries de sa montre. Il lui sembla que la voiture bifurquait sur un chemin caillouteux qui fut parcouru encore une bonne heure. Enfin la course ralentit. Le sol sur lequel on roulait changea une nouvelle fois de nature. Le bruit des roues et de l'attelage et l'écho qui soudain y répondit l'incitèrent à estimer que la voiture avait pénétré dans une cour pavée dont les murailles ou des bâtiments renvoyaient le vacarme en l'accentuant. Il espéra un moment sa libération. Cette perspective s'éloigna au fur et à mesure que les heures tournaient. Il avait quitté Saint James Square à midi. À partir de son départ du British Museum au moins sept heures s'étaient écoulées. Il finit même par s'assoupir quand le bruit du loquet de la portière le ramena à la réalité. Les lunettes fermées lui furent arrachées sans ménagement. Un homme masqué le fit descendre et, l'empoignant vigoureusement par le bras, l'entraîna en dehors de l'espèce de grange où stationnait le fiacre. Il pénétra à la suite de l'inconnu dans une cour dallée. La nuit était tombée. On entendait dans le lointain les cris des oiseaux nocturnes que Nicolas reconnaissait pour en avoir appris les différents registres lorsque, enfant, il passait la nuit au château de Ranreuil. Ainsi il ne s'était pas trompé ; il avait été transporté loin de Londres dans une campagne inconnue.

Au milieu de la cour l'attendaient un autre homme et une vieille femme courbée sur une canne. Des flambeaux et un brasero éclairaient la scène. L'homme masqué poussa Nicolas.

— Voilà enfin un interlocuteur de qualité. Nicolas Le Floch, commissaire au Châtelet à la ville et marquis de Ranreuil à la cour. Joli cœur à l'occasion pour engrosser les putains. Mais est-ce bien lui que nous avons l'avantage d'avoir devant nous, à merci ?

La vieille femme s'approcha de Nicolas qui, dans cette face ravagée, reconnut la Présidente, l'amie de la Satin, celle qui neuf ans auparavant lui avait appris par mégarde qu'il avait un fils. Elle le fixait l'air atone, sa bouche ouverte laissant échapper un filet de sanie. Un lichen noirâtre lui défigurait une partie du visage.

— C'est bien lui, marmonna-t-elle en reculant sous le regard de Nicolas.

— Comment êtes-vous arrivée à ce point d'abjection ? dit-il sans colère.

— Hé, l'ami, point de cela. Nous avons à conférer.

— Certes, dit le commissaire, mais il y a des conditions.

— Comment, des conditions ? Il n'en était pas question.

— D'abord, à qui ai-je affaire ?

— Mon nom ne vous dirait rien. Alors, qu'entendez-vous par conditions ?

— Conditions est un terme trop vulgaire, disons qu'il y a une procédure indispensable. Une suite d'actions nécessaires propres à satisfaire les deux parties. Vous n'imaginiez pas que notre rencontre allait se conclure sans que les précautions fussent prises. J'ai donc des exigences.

— Des exigences ! Vraiment ?

— De légitimes exigences, en effet. Primo, nous désirons connaître l'origine en France des faits faux ou avérés qui nourrissent la substance des libelles. Secundo, nous exigeons la preuve que lesdits imprimés soient détruits et les planches d'imprimerie brisées. Les lettres de change sur une banque de la City ne seront honorées qu'à cette condition.

Nicolas aurait bien ajouté une demande sur le cas particulier du vicomte de Tréhiguier, mais la présence de la Présidente lui avait donné la réponse. La Paulet avait vu juste. C'était elle qui, dans des conditions ignorées mais résultant sans doute de sa déroute dans la misère, avait dévoilé ce secret. Il ne lui en voulut pas trop, conscient de ce que ces femmes affrontaient lorsque l'âge et des attraits flétris leur faisaient abandonner leur négoce.

— Je vois, monsieur, que vous ne mesurez pas bien votre situation. Vous voici à merci, loin de tout, sans secours et vous osez poser de nouvelles conditions à ce qui avait été convenu. Je crains que nous ne puissions nous entendre. Toutefois, par pure bonté d'âme, je consens à vous fournir quelques informations qui pourraient bien ne vous être d'aucune utilité.

— Je vous écoute.

— Pour l'origine du corps des libelles, nous avons des informateurs à la cour dont le principal était, car comme vous le savez il est mort, le vicomte de Trabard. Régulièrement, par des voies *ad hoc*, il nous faisait parvenir les dernières nouvelles scandaleuses. Rassurez-vous, il sera remplacé. Pour ce qui vous touche au plus près, vous avez sans doute compris par quel canal un secret, jusqu'alors bien gardé, a été éventé. Vous mesurez sans doute le levier qui est en nos mains pour briser toute résistance de votre part. Là où vous êtes placé, vous pourriez avec avantage participer de notre chaîne d'informations.

Nicolas trouvait que l'entretien prenait un tour inquiétant et sinistre. L'attitude presque affalée de la Présidente laissait augurer des périls imminents. Il prit soudain conscience du piège où il était tombé : seul, isolé dans un endroit inconnu, à plusieurs lieues de Londres, tout pouvait survenir et les menaces qui sous-tendaient le propos de son interlocuteur – son geôlier ? – ne le rassuraient guère.

— De fait, monsieur le marquis, nous savons que les lettres de change sont dans votre pourpoint et que vous venez d'imaginer une condition qui n'a jamais existé dans les négociations préalables à votre venue. Songez à tout ce qui dépend de votre bonne volonté. Que de chefs-d'œuvre annoncés qui, publiés, vont rameuter les cours et l'opinion de l'Europe. Voulez-vous quelques titres, au choix ? *Les Passe-temps d'Antoinette*, ouvrage fort circonstancié dans tous les domaines, *Les Amours du vizir Vergennes*, ce vieux bouc, *Les Petits Soupers de l'Hôtel de Bouillon*, ô combien crapuleux et bien d'autres avec figures, du style des *Amours de Charlot et d'Antoinette* ou *La Naissance du Dauphin dévoilée*. Vlà le plaisir, mesdames, vlà le plaisir, faites votre choix !

Voilà bien Sartine, songea Nicolas, et son agaçante manière de ne dévoiler jamais la totalité d'intrigues qu'il serait utile de connaître. Ce rendez-vous prenait de plus en plus l'aspect d'un guet-apens. On pouvait craindre que l'affaire ne se conclût pas à l'avantage de la couronne et que, l'argent remis, aucune garantie n'existât plus que les libelles fussent à jamais détruits.

L'homme, menaçant, avait sorti un pistolet dont il armait la détente, il fit un pas en avant. Nicolas ne broncha pas et demeura silencieux.

— Monsieur, ajouta l'inconnu, ne m'obligez pas à user de mesures définitives. Vos chefs ont eu grand tort de vous jeter dans nos bras. Allons ! J'attends. Vous imaginez bien que d'une manière ou d'une autre, j'obtiendrai ce que je désire.

Il leva l'arme. Nicolas estima que cette injonction pouvait signifier qu'il ne tirerait pas et que la menace n'était qu'une tentative d'intimidation. Pourtant il pouvait se tromper. L'homme grimaçait, la bouche tordue d'une haine mauvaise.

— Vous avez des amis en Angleterre, monsieur Le Floch, qui vous apprécient au plus haut point. Ces amis paieraient cher pour votre tête. Que dis-je ? Paieront cher pour votre tête !

De qui voulait-il parler ? Au cours de ce presque quart de siècle, combien de malfaisants avait-il démasqués ? Et beaucoup avaient échappé au châtiment et s'étaient enfuis de France. Il jeta un regard autour de lui, il ne vit aucune possibilité de fuite ni secours d'aucune sorte. Soudain, il eut la vision de tout ce qu'il allait quitter. Des visages aimés et amis défilèrent devant ses yeux, il revit le libre océan près duquel il était né. Il s'en remit à Dieu, pressa sur son cœur le reliquaire que lui avait donné Madame Louise et attendit la mort les yeux ouverts. Deux coups de feu éclatèrent en même temps. À peine un cri de surprise était-il sorti de sa bouche à la vue des impacts sanglants qui étoilaient les fronts de l'inconnu et de la Présidente qu'un choc violent lui frappa l'arrière de la tête. Dans le même temps qu'il perdait connaissance, un troisième coup de feu se faisait entendre.

Du brouillard, du brouillard, il nage dans une masse opaque dans l'âcre odeur du bois et du cuir. Des chocs, répétés à l'infini. Est-il mort ? Il n'est pas conscient mais ressent tout. Il est le centre vers lequel affluent en brutalité diverses impressions. Chacune d'elles s'impose, affirme en force son existence, une autre lui succède, puis toutes se superposent, se mêlent, dilacérant son esprit dans de multiples voies. Pense-t-on quand on est mort ? Est-il dans son cercueil ? Cette idée déclenche une affreuse oppression, il se débat ou plutôt son esprit se meut dans une masse élastique. Puis plus rien, plus rien, le néant. Des chocs à nouveau, puis un long moment d'immobilité. Une odeur, un parfum, il lui semble que des lèvres se posent sur les siennes. Il en éprouve une ineffable douceur. De nouveau, tout bouge et bascule. Des chocs. L'impression étrange d'être vivant et mort à la fois, de sentir sans ressentir, d'être au-dehors de lui-même, mais de ne pouvoir échapper à cette enveloppe qui l'enserre et l'empêche de parler, bouger, vivre. Puis le froid d'un cristal contre sa bouche et une amertume glacée qui le pénètre tout entier. De nouveau le néant, le vide, le puits sans fond, la chute interminable, un retournement, le doux contact d'un oreiller. Il oscille sur lui-même au milieu de craquements et d'ordres lointains hurlés. Une main ferme se pose sur son front et une voix goguenarde se fait entendre.

— Ma foi, je crains d'avoir un peu forcé la dose. Mais le voilà qui resurgit.

L'esprit de Nicolas chavire. Il porte les mains à sa tête, finit par ouvrir les yeux et voit, penché sur lui, le bon visage du docteur Semacgus. Il croit retomber dans son cauchemar, refuse la réalité qui s'impose à lui et gémit sourdement.

— Allons bon ! Le voilà qui retombe dans son délire, dit le chirurgien de marine en passant sous les narines de Nicolas un flacon de sels.

Pour le coup le patient s'éveilla, effaré de ce qu'il constatait pour la seconde fois. Il saisit la main que lui tendait Semacgus et se redressa péniblement.

— Où suis-je ? Comment cela est-il possible ?

Il sentit derechef sa couche bouger sous lui alors qu'une odeur de calfat frappait son odorat.

— Suis-je en mer ?

— Bon ! Voilà la raison qui revient. Cela fait bien une heure que je tente de vous extraire de votre marasme. La prochaine fois, j'aurai la main plus légère. Six grains c'est trop, trois devraient suffire. L'expérience aura du bon !

— Monsieur le marquis, nous avons l'honneur de vous transporter sur *La Fringante*, corvette de Sa Majesté.

La voix sembla familière elle aussi à Nicolas qui, écarquillant les yeux, aperçut au fond de la cabine étroite un officier de marine en uniforme, le chapeau à la main.

— Mon Dieu ! Cette voix… Est-ce vous, monsieur de Rivoux, mon ami ? Mon compagnon d'armes ?

Il lui tendit les mains qui furent saisies d'enthousiasme. L'officier avait été jadis tiré d'un mauvais pas[1]. Nicolas l'avait retrouvé[2] à bord du *Saint-Esprit* lors du combat d'Ouessant.

— Vous voilà seul maître à bord d'un vaisseau du roi !

— Vous n'y êtes pas pour rien, monsieur. Il semble que Sa Majesté ait écouté avec attention le secret que vous lui fîtes d'un certain combat.

Nicolas finit par se redresser et s'assit sur sa couchette.

— Allez-vous m'expliquer le mystère de tout ceci ? J'en suis encore à recevoir un choc derrière la tête au moment où… Il s'est passé une chose affreuse que je ne parviens à revivre…

— Il est encore hors de gamme et ne retrouve pas ses souvenirs. C'est normal. Le choc plus ma médecine, de plus forts n'y résisteraient pas. Il faut prendre son temps pour lui démêler les circonstances qui ne laissent pas d'être compliquées pour un esprit encore brumeux.

— Guillaume, cessez donc de me traiter en animal d'expérience. D'ailleurs, j'ai faim !

— À la bonne heure. Voilà une saine réaction ! Je propose d'aller au carré et, là, nous pourrons confabuler, dit Rivoux.

Le docteur et lui soutinrent Nicolas encore vacillant, le conduisirent à quelques toises de là et l'installèrent à la table vissée au sol. Le repas fut frugal, composé de porc salé, d'un poulet sacrifié de la réserve vivante du bâtiment, de biscuit de marine, d'un vin agréablement aigrelet et d'une rasade de rhum. Nicolas but et mangea sans dire un mot avec une ardeur qui rassura Semacgus, encore inquiet sur les suites de son traitement.

— Maintenant je vous écoute, mes amis. Que s'est-il passé dont je ne me souviens pas et par quel miracle me suis-je retrouvé l'hôte à bord de mon ami Emmanuel ?

L'officier alla vérifier que personne ne traînait dans les coursives. Il parla à un homme, que Nicolas ne put apercevoir, et qu'il chargea de demeurer en faction devant la porte du carré. C'est le docteur Semacgus qui prit la parole.

— C'est une longue histoire. D'abord il faut vous dire que tout fut diligenté par M. de Sartine lui-même qui, une fois n'est pas coutume, n'a pas ménagé ses efforts pour préparer cette expédition par le menu. Lui, qui ne goûte jamais la cuisine des enquêtes, a tenu à cœur, s'agissant de vous, de veiller au moindre détail car, disait-il, « *je ne me pardonnerais pas – et on ne me pardonnerait pas – qu'il arrive quelque chose à Nicolas* ». Je crois qu'il a éprouvé quelque plaisir à tout cela.

À ce récit l'intéressé se mit à penser que sa vie avait tenu à un cheveu et à quelques secondes.

— Et quel était son plan ? coupa Nicolas, impatient de connaître dans quelle intrigue il avait été jeté.

— Les préliminaires ayant été conclus avec le maître chanteur, Sartine avait décidé que vous prendriez contact avec lui et que cette rencontre permettrait de régler la question, définitivement. Pour cela il s'agissait de ne pas vous perdre de vue, un seul instant, puisque c'était ce maître chanteur qui devait vous conduire dans un lieu que nous ignorions. C'est ainsi que vous vous êtes innocemment…

Il rit en voyant la tête de Nicolas.

— … laissé conduire par un quidam sympathique vers un logis à Saint James Square.

— Et pourtant, dit Nicolas, depuis ma première arrivée à Paris, je me méfie d'importance de ces cicérones d'entregent qui vous entêtent. La première fois, j'y avais perdu ma montre ! Mais j'y songe, mon portemanteau, mes affaires ?

— Elles ont justement été récupérées à votre logis. Tout est à bord, sauf un habit perdu dans des conditions que je vous expliquerai. Nos hommes, enfin ceux que Sartine, en sous-main, utilise depuis des années pour les affaires secrètes qu'il traite, vous suivaient en permanence.

— Ce que m'a révélé lord Ashbury ! Imaginez qu'il s'inquiétait pour moi.

— Je crois qu'il se méfiait de vous et soupçonnait quelque machination. Il nous a causé du tracas. Alors que nos hommes vous filaient, ils surveillaient aussi les Anglais. Il fallait donc que le rendez-vous au British Museum se déroulât dans les conditions prévues. Aussi avons-nous usé d'un stratagème que vous connaissez bien pour l'avoir plusieurs fois utilisé. Une précaution qui vous avait été prescrite de porter des besicles en verres fumés facilitait la chose. Un de nos hommes ayant revêtu votre habit, celui que nous récupérerons peut-être.

— Peu importe, maître Vachon y pourvoira !

— Cet homme a joué votre rôle et, pourvu de besicles lui aussi, a rameuté à lui la horde des Anglais. Ce qui vous a permis de sortir sans encombre du British Museum. La suite était aisée ; il suffisait de vous suivre à distance jusqu'à une abbaye en ruine où devait se tenir votre conférence. Nous sommes arrivés juste pour prendre le débat à temps.

— Ainsi donc, vous étiez là, Guillaume ?

— Et comment ! Cela m'a rajeuni.

— Une chose m'intrigue. Pour quelle raison cet inconnu, le maître chanteur, a-t-il modifié son plan ? J'ai bien cru qu'il entendait me tuer.

— Et je crois qu'il l'aurait fait ! Il s'agissait, à ce que nous avons cru comprendre, de vous assommer pour vous tuer ensuite. Votre corps n'aurait jamais été retrouvé. Il y a derrière tout cela un imbroglio dont la clé ne se révélera sans doute jamais, mais qui prouve que vous avez des ennemis qui n'oublient pas.

— Hélas, dit Nicolas. Beaucoup, jadis, ont échappé aux légitimes châtiments. Mais reprenez la mesure de votre récit.

— Simultanément, au moment où l'on allait vous assommer, le maître chanteur et la Présidente ont été tués par nos hommes, ainsi que le drôle qui vous avait frappé.

— Pauvre Présidente. Je suis sûr qu'elle n'avait point pensé à mal.

— Toujours votre bon cœur. Ne soyez pas candide ! Sartine, vous connaissant, et du cœur froid qu'il peut avoir dans certaines circonstances, avait donné des ordres extrêmement précis à son sujet. Il m'a chargé de vous dire qu'il songeait à vous, mais aussi au vicomte de Tréhiguier.

— C'est égal, pauvre femme !

— Je reprends. Vous étiez hors de course. On s'est débarrassé des corps, on a nettoyé le terrain, le temps pressait. Vous étiez inconscient. Je vous ai alors administré une potion, un peu forte d'évidence, pour maintenir votre état. Vous étiez un poids mort ; nous vous avons jeté en travers d'une selle et emmené jusqu'à la côte où un petit cotre nous a transportés à bord de *La Fringante.*

— Il me semble pourtant que durant mon inconscience… Oh ! Je ne sais plus.

Semacgus le regarda, inquiet, et reprit trop vite la parole.

— Et maintenant nous sommes en vue des côtes de France, mais le capitaine va vous dire la suite.

— Pour éviter les espions anglais qui pullulent toujours dans nos ports militaires, un canot nous abordera au large de Cherbourg et nous ferons terre dans une petite crique déserte où vous attend une voiture rapide pour rentrer à Paris.

Tout se bousculait dans la tête de Nicolas, tant de questions auxquelles il ne pouvait donner de réponse.

— Tout cela est bel et bon. Mais les libelles ?

Semacgus et Rivoux se regardèrent, souriant.

— Pfut ! dit Semacgus agitant les doigts, dissipés, détruits, en fumée… Avec l'imprimeur d'ailleurs.

— Dois-je entendre que…

— Il semble en effet qu'un incendie malencontreux ait détruit un atelier d'imprimerie dans un quartier des faubourgs de Londres sur la route de Hockney. Je vois votre mine. Rassurez votre bon cœur, il n'y a pas d'autres victimes, sauf l'imprimeur au fait de ces secrets. La maison était isolée… Et tout a été vérifié. La destruction des pièces est totale.

Nicolas mesura soudain l'ampleur et les dimensions de l'expédition. Il comprit aussi que le vicomte de Tréhiguier et son destin étaient de peu de poids en comparaison de tout ce qui touchait le trône et en particulier la réputation de la reine. Pour aguerri qu'il fût aux opacités cruelles de la raison d'État, il frémit à la pensée du bilan sanglant de cette équipée, tout en remerciant la providence d'avoir assuré son salut.

— Tout ceci est bel et bon. Mais par quel hasard je vous retrouve tous les deux, mes amis ?

— C'est que, Nicolas, Sartine, se méfiant à l'extrême des péripéties d'une opération en terre étrangère, pour ne pas dire ennemie, souhaitait que ses agents fussent accompagnés d'hommes dont la discrétion et la fidélité personnelle à Nicolas Le Floch fussent parfaitement assurées. Notre portrait à tous deux, je pense ! Sans compter que votre ami Sartine ne se faisait guère d'illusions sur les risques encourus et qu'un médecin, même chirurgien de marine, n'était pas inutile. Et cela s'est révélé bien vu.

— Mes amis, je vous remercie. Comment pourrais-je jamais vous rendre ce que vous m'avez offert ?

— Nicolas, vous avez naguère rendu de si grands services et sauvegardé notre honneur à M. de Rivoux et à moi-même… Nous vous en sommes à jamais redevables.

Le regard qu'il leur porta en disait plus long que toute parole. La suite se déroula sans encombre.

En dépit d'une petite houle, Semacgus et Nicolas descendirent dans le canot après avoir pris congé d'Emmanuel de Rivoux. Bientôt la fine silhouette de la corvette s'effaça dans la brume du couchant. Le rivage rocheux approcha et ils débarquèrent sur une petite plage de galets. Dans les hauts, sur un chemin de terre, un équipage les attendait.

De relais en relais, le parcours fut rapide, coupé de longues conversations, de sommes prolongés et de festins campagnards pour lesquels Semacgus ne s'en laissait pas conter. Ils gagnèrent Caen par Valognes, Isigny et Bretteville puis Évreux, où ils couchèrent. Ils joignirent Nanterre le lendemain et touchèrent la rue Montmartre peu avant onze heures du soir. La maisonnée, aussitôt éveillée par le bruit de l'équipage, accueillit les deux voyageurs fatigués et affamés. Catherine s'affaira pour leur préparer un solide médianoche. Puis Semacgus embrassa Nicolas et repartit vers Vaugirard. Noblecourt était impatient d'entendre le récit de Nicolas, mais il fut vivement morigéné par Catherine soutenue par Marion qui, à son grand déplaisir, poussèrent Nicolas vers son appartement tant il leur était apparu hâve et épuisé. Elles s'appuyèrent, ce faisant, sur les recommandations du docteur Semacgus qui préconisait un repos immédiat.

Enfin seul, Nicolas dut encore subir les extravagantes tendresses de Mouchette qui se multiplia en facéties ronronnantes. Il y avait là un mystère. D'habitude au retour de ses absences, elle lui marquait son déplaisir en le boudant quelque temps. Avait-elle senti pour le coup qu'elle avait failli le perdre ? Allongé, le corps moulu, Nicolas considérait le plafond où dansaient des ombres animées par la lueur de la chandelle que l'air, entrant par la fenêtre ouverte, faisait mouvoir. Il était épuisé, l'esprit vide, et pourtant continuait à dévider d'invraisemblables images. Il essaya de concentrer sa réflexion sur quelques points précis. Il doutait que Semacgus lui eût dit toute la vérité. Au-delà du récit de façade de son vieil ami, il en pressentait les vides, des points obscurs, des questions sans réponses. Ce qu'il y avait de plus assuré dans son aventure, c'était par extraordinaire le souvenir du cauchemar qui l'avait agité et dont les sombres méandres le poursuivaient en indicibles sensations. Il soupira. Il n'éluciderait pas ce fatras ce soir. Le repos s'imposait. À la clarté du jour suivant, peut-être que ces nuées oppressantes se dissiperaient, il voulait le croire. Il se leva pour se dévêtir. À son habitude il vida les poches de son habit, en retira sa montre et découvrit un petit mouchoir de linon brodé de dentelle qui ne lui appartenait pas. Intrigué, il le porta à son visage et le respira. Il reconnut aussitôt le parfum dont il était imprégné. Il n'avait donc pas rêvé. Des lèvres s'étaient posées sur les siennes, il en avait la preuve. Il pressait le petit carré de tissu sur sa bouche et un visage s'imposait. Antoinette ! Antoinette qui sans doute l'avait vu inconscient et qui avait trouvé ce moyen de marquer cette brève rencontre. À cette pensée, Nicolas Le Floch, marquis de Ranreuil, commissaire aux Affaires extraordinaires, se mit silencieusement à pleurer.

Mercredi 30 juillet 1783

Sa nuit fut peuplée de cauchemars. Il étouffa à plusieurs reprises. Au réveil, il s'aperçut que ses mains étaient blessées, ses doigts meurtris comme s'il s'était débattu et avait frappé la muraille. Il vérifia, mais ne découvrit aucune trace qui lui aurait permis d'expliquer ces blessures. Lui revint cette impression d'avoir été enfermé. Il se leva et, après une rapide toilette, s'habilla et descendit à l'office où il trouva Semacgus devisant avec Catherine devant une montagne de brioches entourant un superbe kouglof alsacien tout piqueté d'amandes et blanchi de neige de sucre.

— Ma foi, remarqua le chirurgien de marine. Point encore remis. Bien pâle et bien défait.

Qu'est devenu ce teint dont la couleur fleurie
Semblait d'ortolans seuls et de bisques nourrie ?

Sa bonne humeur dérida Nicolas, qui se jeta sur une tasse de chocolat et engloutit d'affilée trois tranches du gâteau. Catherine, qui nettoyait son potager, se mit soudain à marmonner :

— *Kleid aus, kleid an, essen, trinken, schlafen gan ist die Arbeit so die Herren han !*

— Que dit-elle ? demanda Nicolas à Semacgus qu'il savait parler allemand et comprendre l'alsacien de la cuisinière.

— En gros elle vilipende les hommes, car, dit-elle, « *se déshabiller, s'habiller, manger, boire et dormir, voilà tout le travail des chevaliers* ».

— Si c'était aussi simple ! Guillaume, vous m'avez tout dit hier ?

Le chirurgien le regarda un long moment dans les yeux.

— Non, Nicolas. Il était trop tôt et votre état…

— Ne méritait pas qu'on me dissimulât la vérité.

— Allons, ne vous emportez pas… C'était pour votre bien.

Nicolas lui tendit ses mains et du regard indiqua les plaies encore ouvertes sur les phalanges.

— C'est cela qui m'a intrigué et un rêve qui revenait.

— Je vous connais, Nicolas. Vous ne supportez pas l'enfermement. Il n'était pas prévu que vous fussiez assommé ! Nous avons été obligés de vous mettre dans un… une boîte pour vous transporter jusqu'à la côte. C'était le seul moyen d'éviter un contrôle qui nous aurait forcés d'en découdre avec les Anglais et de déclencher un incident diplomatique, lequel, dans les conditions actuelles des relations entre nos deux pays, pouvait avoir de terribles conséquences.

— Ainsi, pour parler net, vous m'avez placé dans un cercueil ? dit Nicolas en frémissant rétrospectivement. Et c'est là…

— Qu'inconscient vous vous êtes débattu et blessé les mains.

— Et Antoinette ?

— Comment Antoinette ? Que voulez-vous dire ? murmura Semacgus surpris et indécis.

— Allons, je vous en prie, mon vieil ami, cessons ce jeu.

Il lui tendit le mouchoir.

— Voilà ce que j'ai trouvé dans ma poche. Croyez-vous que j'ai oublié son parfum ?

Semacgus se mit à rire.

— Bon. La coquine nous a trompés.

— Alors, que s'est-il passé ?

— C'est une idée de Sartine. En fait une sorte de récompense pour tout ce qu'elle a fait pour nos intérêts depuis des années. Elle rêvait de vous revoir. Il a accédé à sa demande. Ce fut un bref instant. Elle vous a embrassé…

— Je le savais. Décidément, vous ne m'aviez pas assez endormi pour que j'en oublie certains événements. Était-ce pour que je ne lui parle pas ? De quoi Sartine avait-il peur ?

— Il craignait par trop la sensibilité de votre cœur. Tout fut organisé à la perfection en prenant les précautions les plus extraordinaires pour ne la point compromettre. Elle n'a pu résister à vous laisser un signe qu'elle savait que vous reconnaîtriez.

— Êtes-vous assuré qu'elle n'était pas suivie ? Imaginez que lord Ashbury apprenne cette équipée. Déjà que ma disparition et l'échec des filatures de son service ont dû lui mettre la puce à l'oreille.

— Nous pensons qu'il comprendra que l'affaire est uniquement française… Même si nous nous sommes livrés en territoire anglais à quelques actes criminels justifiés par la raison d'État.

— Et vous le bon esprit, le philosophe, guidé par la raison, vous vous êtes prêté à cette mascarade ?

— Mesurez votre injustice ! C'est par amitié pour vous et pour sauver l'honneur et la carrière de Louis que j'ai accepté d'y participer. Je n'y ai pas pris de plaisir. Mais parfois la nécessité…

Nicolas se jeta dans les bras de Semacgus.

— Pardonnez-moi, Guillaume, je suis injuste et méchant.

Nicolas monta saluer Noblecourt dont les coups de canne véhéments signalaient l'impatience. Il n'eut pas le temps de lui en conter beaucoup car Poitevin apparut, essoufflé. Nicolas était attendu avec le docteur Semacgus à l'hôtel de police. Le vieux magistrat, qui était pendu aux lèvres du commissaire, trépigna de frustration et lui rappela qu'un grand souper était prévu le soir même pour fêter son retour. La chose venait d'être improvisée et il espérait que Semacgus, Bourdeau, La Borde et Aimée d'Arranet pourraient y assister.

Chez Le Noir, il semblait que la scène se répétât. Nicolas et Semacgus y trouvèrent le lieutenant général de police, Sartine et M. de Vergennes qui prit aussitôt la parole.

— Il nous plaît, monsieur le marquis, de vous retrouver sain et sauf. Nous remercions le docteur Semacgus et tous ceux…

Il eut un regard appuyé vers Sartine dont le visage ne laissait apparaître aucune émotion.

— … qui ont permis le succès de cette périlleuse opération. Nous devons prier le marquis de Ranreuil de nous pardonner de lui avoir celé, je dirais le revers de la médaille. Nous ne souhaitions pas lui imposer une dissimulation et une insincérité qui, chez un homme si droit, risque toujours d'être remarquée et le gêner dans son action…

Nicolas s'inclina.

— Il reste que l'expédition s'est conclue, je le répète, par un succès qui écarte, pour un temps car l'hydre renaît toujours, de redoutables périls. Nous savons qui fournissait ces troubles informations. Le vicomte de Trabard, moyennant finances, était l'œil et la langue de vipère au service des folliculaires réfugiés en Angleterre. De gênants secrets sont désormais en cendres. L'homme privé peut regretter cette violence, l'homme de gouvernement, hélas, doit envisager tous les moyens, y compris les plus rudes. Je pense que votre *ami*, lord Ashbury, ne sera pas dupe et se mordra les doigts de n'avoir pas prévu des faits qui se sont déroulés sur son territoire. Cependant, comme l'affaire était essentiellement française, il s'en consolera aisément. Monsieur, prenez cependant vos gardes, l'animal est rancunier… Je rentre à Versailles. Monsieur, faites plaisir à Sa Majesté et venez dès que vous le pourrez La satisfaire d'un récit bien ménagé dont vous La réjouirez. Messieurs, je vous salue.

D'un pas mesuré et majestueux, M. de Vergennes sortit du bureau.

Sans aucun égard pour Le Noir et Semacgus, Sartine attira Nicolas vers une croisée et lui parla à voix basse.

— Vous pouvez imaginer le bonheur que j'éprouve à vous revoir sain et sauf.

— Je vous remercie, monseigneur. C'est le compliment du radjah à la chevrette !

— Comment ? Que dites-vous là ? La fatigue sans doute…

— Oh ! Une vieille histoire de Semacgus qui, comme vous le savez, a parcouru le monde. Aux Indes orientales, il a un jour participé à une chasse au tigre. Pour attirer le fauve, on attache une innocente chevrette à un pieu…

— Loin de moi l'idée…

— Ce n'est pas la première fois…

— Rendez-moi cette justice que, chaque fois, je prends les mesures appropriées pour qu'il ne vous survienne rien de fâcheux.

— De justesse ! Et quelques basses. Et cela devient une habitude !

— Seul l'infini, Nicolas, ne connaît pas de vicissitudes !

— Je n'ai pas ce genre d'orgueil. Mais, monseigneur, une question. Pourquoi avoir compromis Antoinette dans cette équipée ?

Sartine se retourna et jeta un coup d'œil à la fois inquisiteur et furieux sur Semacgus.

— Ne pouvait-il tenir sa langue, celui-là ?

— Ne l'accusez point. Il y avait un mouchoir dans ma poche qui ne m'appartenait pas.

L'irritation de Sartine semblait évanouie. Il prit Nicolas par le bras et, comme s'il voulait se préserver lui-même d'une émotion qui le gagnait, se confia à voix basse.

— Pourquoi vous méprenez-vous toujours sur les mobiles de mes actions ? Je sais les choses et les comprends mieux que vous ne le soupçonnez. Je connais votre attachement pour la mère de votre fils. Il est tout à votre honneur. Nul dans ce domaine n'est à même de juger autrui…

— Mais, monseigneur, je ne…

— Laissez-moi parler. Dans cette délicate entreprise, je souhaitais laisser une part au sentiment. Tout avait été machiné sur mes ordres pour qu'Antoinette Godelet pût vous rencontrer. Hélas ! Pour des raisons inhérentes aux événements de l'abbaye, vous n'étiez pas en état de bénéficier de cette surprise. Et je dois vous garantir, parole de gentilhomme, que tout a été mis en place pour qu'elle ne puisse être soupçonnée. Une autre Antoinette assistait à un bal masqué – masqué, vous entendez – à Hamilton Court. Voilà, monsieur, ce que votre radjah peut vous dire ! Que la chevrette se rassure. Une intervention du Service anglais était ma plus grande hantise.

— Lord Ashbury m'a fait entendre qu'il me faisait suivre…

— C'est pourquoi nous le suivions nous-mêmes. Il y eut deux Antoinette et deux Nicolas. Les Anglais ont été bernés comme de juste. Lorsqu'ils s'en sont aperçus, il était trop tard, vous aviez déjà embarqué sur *La Fringante* avec votre ami Rivoux. Il vous doit tout, celui-là !

Sartine soupira. Il eut une expression tellement désarmée que Nicolas en fut touché.

— Monseigneur, je vous suis reconnaissant d'avoir songé à cela et vous demande de croire que…

— Bon, bon, laissons cela, reprit Sartine sur un ton d'*imperator* excédé qui ne trompa guère son interlocuteur. Vous comprendrez qu'il vous faut reprendre aussitôt le harnais. Peu importe de savoir qui a tué Trabard, c'est l'affaire de la fausse monnaie qui m'intéresse.

Il prit conscience soudain que Le Noir était là.

— Enfin, qui préoccupe notre lieutenant général de police.

Il salua l'intéressé qui répondit d'un acquiescement souriant. Il fit quelques pas pour sortir, revint sur ses pas, prit Nicolas par les épaules, hocha la tête, sourit et repartit.

— L'âge l'attendrit, remarqua Le Noir, ému.

— Lord Ashbury également, quoique je doute, pour ce qui le concerne, que la surface emporte le fond ! Monseigneur, l'enquête m'attend, je suis votre serviteur.

— N'oubliez pas, Nicolas, d'aller faire votre cour à Sa Majesté… et à la reine… Surtout à la reine. Vous me comprenez.

Semacgus repartit pour Vaugirard où Awa l'avait juste entrevu à son retour et Nicolas gagna le Grand Châtelet où il trouva Bourdeau à la fois ravi de le revoir, mais morose d'avoir été écarté de cette grande aventure. Il connaissait déjà une partie de l'événement qu'à sa surprise Sartine était venu lui confier. Nicolas compléta le tableau, y ajoutant les derniers détails de ce qui s'était passé à l'abbaye et du retour en France.

— Mais à ton tour ! Quelles découvertes vas-tu m'apprendre sur ton enquête ?

Bourdeau rougit de plaisir à cette simple remarque.

— Tu avais raison pour la voiture de cour. J'ai fait les recherches à Versailles. Cette nuit-là, aucune voiture de cour n'est sortie. Par conséquent soit celle signalée par la femme de chambre n'existe pas, soit c'est un faux-semblant.

— Je ne crois pas à la première hypothèse. Qu'elle fût aux armes de France, c'est une autre affaire.

Ce disant, Nicolas laissa échapper une pensée qui lui traversait l'esprit. Il la retrouverait sans doute.

— Donc, reprit Bourdeau, point d'interrogation sur cette voiture et ce témoignage.

— Je note. Autre chose ?

— Gremillon est de retour. Je l'appelle.

Le sergent qui piétinait d'impatience dans le couloir surgit, l'air animé.

— Monsieur, grâce à Dieu vous voilà sain et sauf.

— Merci. Mais vous, quel récit allez-vous me faire ?

— J'ai crevé plusieurs chevaux pour rejoindre Diego Burgos. Peu avant Chartres, je suis arrivé dans un village où régnaient la peur et la mort. Le brouillard que vous connaissez l'affectait depuis plusieurs jours, l'air étant irrespirable. J'ai dû user d'une chemise sur mon visage pour ne pas étouffer. La puanteur était extrême. On comptait déjà plusieurs péris. Au relais, j'ai découvert le secrétaire à l'agonie et le *vas-y-dire* disparu. Il a dû s'enfuir en profitant de la faiblesse de son ravisseur. Évanoui dans la campagne. Impossible à retrouver en dépit de mes efforts et même d'une prime que j'avais promise à qui me le signalerait ou me procurerait des informations utiles.

— Et Diego Burgos ?

— Mort d'une fièvre violente à ce que m'a dit un médecin du coin que j'avais fait appeler.

— Sans parler ?

— Il a prononcé le mot *feu* à ce qu'il m'a paru, juste avant de passer.

— *Feu* ? Voilà qui n'est guère parlant ! Et ses effets ?

— Il n'y avait que les vêtements qu'il portait sur lui et…

— Quelque chose d'autre d'intérêt ?

— Oui, un document que j'ai trouvé attaché dans la manche de son habit avant qu'on ne le mette en bière. Ce qu'on a fait au plus vite vu le temps à l'orage et les risques inconnus de contagion. Ces fièvres ne sont pas ordinaires et personne ne connaît leur origine. Soit ce sont des miasmes puants qui envahissent tout et qui…

— Ce document ? Gremillon ! La chose est d'importance.

— Oui, monsieur. Le voici. Il se présente comme une sorte de brouillon, une sorte de résumé de comptes ou d'affaires.

Il sortit de son habit un papier chiffonné.

Nicolas le déplia sur le bureau et se pencha sur les pattes de mouche qui le couvraient presque entièrement.

— La première chose que l'on peut dire, remarqua Bourdeau, c'est qu'il ne s'agit pas d'un écrit en forme. Plutôt une sorte d'aide-mémoire, griffonné à la diable.

Nicolas se mit à le lire à voix haute. Il hésitait soudain, trébuchant sur des mots mal formés.

Ce 24 de juin 1783

— *Bois de Montfleury : hypothéqué*
— *Ferme de la Mangerie : idem*
— *Ferme du Calvaire : idem*
— *Hôtel rue d'Enfer : reste à payer 30.000 L*
— *Haras : reste à payer 15.000 L*
— *Emprunts divers prêteurs : 28.000 L*

Vente à réméré du domaine aux P.P. Illusoire. Testament inutile. Tout aux créanciers et aux P.P. Pour reste…

— La suite semble arrachée, ou plutôt brûlée.

— D'où sort ce papier et pourquoi était-il en possession de Burgos ? Quel intérêt y trouvait-il ?

— Quand on garde un document qui ne vous appartient pas, dit Bourdeau sentencieusement, c'est qu'on estime qu'il peut vous protéger ou servir à menacer certains.

— Pierre, tu as raison ! Il semble que Burgos ait sauvé du feu ce papier si éloquent. Il nous donne l'état effroyable de la fortune du vicomte de Trabard. C'était une véritable banqueroute ! Hypothèques et dettes !

— Et ces bénéficiaires qui sont ces P.P. où je lis les Pères prémontrés, dit Bourdeau.

— Cela expliquerait que nous n'ayons rien trouvé dans les appartements du vicomte. Tous ses papiers ont été enlevés et détruits. Je ne doute pas que ce brouillon soit de sa main. Je crois qu'une nouvelle visite s'impose rue d'Enfer. Peut-être retrouverons-nous où ces papiers furent brûlés et par conséquent quel a été l'auteur de cet *auto da fe*. Et c'est tout ce que vous avez recueilli ?

Gremillon désigna sur le bureau un sac de toile rebondi.

— Un bon paquet de piastres.

— Vraies ou forgées !

— Vraies, je les ai fait vérifier par un orfèvre.

— Nous retombons sur la question de savoir pourquoi Burgos s'est enfui. Était-ce de son propre gré ou l'a-t-on incité à cela ?

— Pour boucler mon récit, ajouta Gremillon, j'ai donné ordre que le *vas-y-dire* nous soit ramené le cas échéant.

Sur le chemin de la rue d'Enfer, Nicolas compléta le récit de son périple anglais. Il sentit une nouvelle fois combien Bourdeau était amer d'avoir été exclu de l'aventure, non qu'il s'estimât indispensable à son succès, mais parce qu'il supposait toujours Nicolas en péril dès qu'il ne se tenait pas à ses côtés. À plusieurs reprises il avait éprouvé la vérité de cette constatation devenue pour lui table de la loi.

— Je m'interroge, dit Nicolas, sur la présence de cette feuille dans les hardes de Diego Burgos. Pourquoi avait-il emporté ce compromettant papier ?

— Tu veux dire qu'il prouve que lui, et peut-être les autres, étaient informés des volontés de Trabard et des difficultés de sa situation financière ?

— Assurément. Et si l'Espagnol s'en était emparé alors que ces papiers semblent avoir été détruits par le feu, il y avait une raison. Était-ce pour lui une sorte d'assurance et une protection contre… Contre qui ?

— Pardi ! Contre le vrai assassin qu'il devait connaître.

— Quelle que soit la nature de ses relations avec l'assassin, il est son complice. Le pourquoi de cette fuite et de l'enlèvement du *vas-y-dire* acheteur de pétards et messager du chantage.

— Au fait, dit Bourdeau se grattant la tête. Comment le lien s'est-il fait entre Sartine et ceux que tu as affrontés en Angleterre ?

— Tu poses une question à laquelle je souhaiterais moi-même pouvoir répondre. Elle ne laisse pas d'être intrigante. Sartine dispose de moyens que nous ignorons et de liens mystérieux qui favorisent ce genre de souterraines menées. Nous, nous demeurons modestes, *à la surface des choses*.

— Il a encore une fois usé de toi comme d'un moyen, une marionnette dont il tirait de loin les fils.

— C'est vrai ! Mais tout a démontré qu'il avait pris les bonnes dispositions pour assurer ma protection.

— Pourtant ! Tu en parles bien aisément ; il s'en est fallu d'un cheveu à ce que tu m'as conté ! Les exempts qui nous aideront nous suivent. Nous ne serons pas trop d'une douzaine pour fouiller le domaine.

À l'Hôtel de Trabard, le calme régnait. Ils y furent accueillis par le maître palefrenier, l'air enjoué. La vicomtesse était dans ses appartements avec sa femme de chambre. La fouille commença. Elle fut longue, précise, méthodique et aucune pièce, réduit, placard, caveau ou grange, n'y échappa. Dans l'appartement de la vicomtesse, elle fut ralentie par sa fureur et la litanie d'injures harengères dont elle assaisonna les deux policiers. À se demander, grommela Bourdeau, où une si grande dame avait pu acquérir le vocabulaire de la halle aux poissons. Cependant, rien ne fut trouvé de suspect dans les cheminées vierges de toute cendre. Ce fut Bourdeau qui, ouvrant le dessus du potager du logement de Decroix, découvrit une masse de papier brûlé, liasse non encore dissociée. Avec une pelle à feu, l'inspecteur saisit délicatement l'ensemble et le posa sur la table. Mais, la porte étant ouverte, un coup de vent fit voler une partie des cendres, laissant seulement intact le milieu préservé de la découverte.

— Trouve-moi un couteau, mais avant ferme la porte.

Bourdeau, jamais à court, sortit un canif de sa poche et le tendit à Nicolas qui, avec délicatesse, éparpilla chaque fragile particule sur la table. Il usa de feuilles arrachées à son carnet noir. Successivement il plaqua chaque fragment homogène entre les deux feuilles et appuya fermement de la paume sur les petits tas ainsi formés.

— En quelque sorte je décalque, en espérant que certaines lettres ou mots n'ont pas été entièrement consumés et qu'ils s'imprimeront sur la feuille blanche.

Dans le silence, les deux policiers observaient le résultat de l'expérience. Les débuts de son impression furent décevants, mais à la troisième tentative un mot surgit.

— Tu lis ce que je vois ?

— Je ne l'avouerai pas.

Bourdeau avait chaussé ses besicles et se penchait sur le minuscule carré de papier.

— Je distingue un *t*… Un *a*…

— Non un *o*.

— Plus un *n*.

— Non un *u*.

— Et enfin celle-là est plus nette, un *r*.

— Ce qui fait *tour* et ensuite on distingue clairement un autre mot « *nord* ».

— Ce qui fait « *tour nord* ».

— L'hôtel n'en compte point ! Et ensuite, que déchiffres-tu là ?

— Un *u* et un *l* et avant, non attends un *s* juste avant.

— Ce qui donnerait « *sul* ». Après, c'est incertain.

Soudain la porte s'ouvrit et Decroix entra. Le courant d'air que cette intrusion causa dispersa aussitôt le petit paquet de feuilles consumées qui se désagrégèrent. Bourdeau jura sourdement et Nicolas se retourna, agacé.

— Que nous veut-on ?

— Je suis au désespoir de vous déranger, mais Nicole, la femme de chambre, est en convulsions.

— Et que voulez-vous que nous y fassions ? Qu'on appelle un médecin.

— C'est que la cause de cet accès est une nouvelle qu'elle a apprise d'un des exempts.

— Et quoi donc ?

— Que Diego Burgos serait mort.

Nicolas frappa du poing sur la table.

— L'imbécile, dit Bourdeau, ne pouvait-il tenir sa langue ?

Decroix allait se retirer quand Nicolas, d'un geste de la main, le retint.

— Votre arrivée tombe à propos, même si…

Il jeta un regard dépité sur les cendres épandues sur le sol.

— Enfin, nous avons quelques questions à vous poser.

— À votre aise.

Nicolas le trouva moqueur comme si rien ne le pouvait toucher et qu'il fût extérieur à tout ce qui se passait autour de lui. Comment aborder la question des papiers dans le potager ? Le commissaire cherchait désespérément une issue acceptable. Ce fut Bourdeau qui lui sauva la mise. Decroix était entré dans la pièce piétinant les cendres. L'inspecteur désigna le sol.

— Voilà un sol bien souillé. Qui fait le ménage ici ?

— Je l'ai déjà indiqué à monsieur le commissaire, les femmes de charge.

— Vous mangez ici ?

— Non, je dîne et soupe à l'office de l'hôtel, ou à l'extérieur, dans les tavernes du quartier.

— Bien. J'en conclus donc que vous n'usez jamais de votre potager ?

— Jamais. Je ne m'en suis jamais servi. La cheminée à la saison froide suffit à mes besoins.

— Voilà qui est clair ! Et moi, me voici hors de gamme. Les contradictions me donnent dans la vue[3] car il y a apparence que votre potager a servi récemment.

Decroix émit un grondement murmurateur.

— Faut-il que je palinodise[4] et vous répète le refrain ?

— Je vous intimerai surtout de prendre un autre ton, intervint Nicolas, et de vous modérer. Répondez à la question de l'inspecteur Bourdeau.

— Ma foi, j'ignore tout de ce que vous m'assénez.

— Il y avait une liasse de papiers consumés dans le foyer, certains encore lisibles.

— Je ne peux que culbuter votre échafaudage. Ce potager ne me sert point. Jamais je n'y ai fait brûler des papiers. Méditez que si l'envie m'en avait pris, j'aurais de préférence utilisé la cheminée. Et pour le reste, je m'en bats les flancs.

— Vous avez grand tort car quand nous aurons quelque idée de l'origine de ces papiers, de ce qu'ils dissimulent et du pourquoi de leur destruction, vous pourriez vous en mordre les doigts. Vous êtes libre, pour le moment.

Decroix sortit, haussant les épaules.

— Tu le laisses aller ? dit Bourdeau.

— Rien ne s'y oppose et puis, désormais, il est tenu en haleine, notre soupçon dans le dos ! De deux choses l'une. Soit c'est lui qui a brûlé les papiers et donc il dissimule quelque chose de décisif pour notre enquête, soit il dit la vérité et une nouvelle fois il paraît qu'une main mystérieuse s'acharne à le compromettre. Rappelle-toi ces indices d'une présence, de ce parfum, des draps, alors qu'il était, la chose est prouvée, dans une maison galante.

— Ou alors…

— Que veux-tu dire ?

— Rien, une idée sans squelette qui m'a un instant traversé.

— Et la soubrette, que signifie cette comédie ?

— Gremillon s'est-il montré indiscret ? Il faut compter avec cela. Nicole ? C'est la fureur d'une amante dédaignée, ou alors… Comédie ?

— Et si elle était sincère ?

— Cela ouvrirait des voies bien compliquées…

— Que faisons-nous maintenant ? Nous piaffons et l'enquête piétine.

Nicolas consulta sa montre.

— J'ai le temps de faire l'aller et retour de Versailles. N'oublions pas qu'il y a souper chez Noblecourt, ce soir. Je te prends la voiture. Si par hasard j'étais en retard, prie qu'on me pardonne.

Il réfléchit un moment.

— Tu insisteras particulièrement auprès d'Aimée.

— Sois tranquille, tes intérêts sont en mains sûres.

XI

COUR ET ENTOURS

> « Je jouirai des douceurs de la vie privée qui n'existent pas pour nous, si nous n'avons le bon esprit de nous les assurer. »
>
> *Marie-Antoinette*

Dans la cour de marbre, Nicolas perçut soudain une respiration sifflante, puis une main griffue aux ongles cornés se posa sur son bras et une voix aiguë et éraillée se fit entendre.

— Ah ! Enfin, je le tiens. Cela fait des jours que le vieux cerf brame à toutes les futaies pour que l'écho lui dise où trouver le marquis de Ranreuil. Vous ne m'échapperez pas !

— Plaise à vous, monsieur le maréchal, j'ai message…

Qu'avait-il dit là ? Il s'en mordit les lèvres. Le ver à l'hameçon aurait moins tenté un brochet. Les yeux éteints du duc brillèrent d'un éphémère éclat.

— Un message ? Quel message ? Où étiez-vous donc terré tout ce temps ? Qu'en est-il de la mort du vicomte de Trabard ? La reine est bien nerveuse ces jours-ci et le Suédois bien présent. On me regarde comme si j'étais transparent, mais je vois et j'entends tout. Vous ne me voulez rien dire ? Peu importe ! La graine ira au sillon, oui, oui, oui, serviteur, marquis.

Après un bruyant coup de canne sur le pavé, le maréchal s'éloigna. Ému, Nicolas plaignit un moment ce tas minuscule d'os et de satin où pourtant étincelaient encore les lumières d'un esprit acéré. Le peu qu'il avait laissé échapper fut pourtant d'un grand recours à Nicolas. La reine était soucieuse, le fameux officier suédois, dont parlaient les pamphlets, présent auprès d'elle. Voilà de quoi, songea-t-il, orienter son chemin et modeler son attitude.

Dans le grand vestibule, au pied du degré du roi, Nicolas chercha du regard à qui s'adresser pour savoir où se trouvait la souveraine. Il eut la chance de croiser Thierry de Ville-d'Avray, premier valet de chambre du roi qui, d'une part, lui annonça que le roi souhaitait l'entretenir et, d'autre part, que la reine se promenait vers les bains d'Apollon.

— Sa Majesté est revenue fort tard de la chasse. Je vais la prévenir de votre venue. Présentez-vous dans une heure, là où vous savez. À bientôt, mon ami.

Nicolas se dirigea vers le parc. Il nota encore une fois la brume jaunâtre qui couvrait le panorama, estompant les détails noyés dans son opacité. Près des bains d'Apollon, il distingua un groupe immobile à l'entrée de la grotte de Téthys. Il se tint à distance respectueuse jusqu'au moment où Marie-Antoinette, s'étant retournée et ayant braqué son face-à-main en sa direction, le reconnut et, d'un geste gracieux, lui fit signe d'approcher. Alors qu'il avançait, il lui sembla que la reine éloignait ses deux compagnons qui reculèrent et parurent s'abîmer dans la contemplation du groupe d'Apollon servi par les nymphes qui constituaient l'ornement central de la grotte. Deux autres groupes de chaque côté montraient les chevaux du soleil soignés par des tritons. Dans la chaleur du milieu du jour, la caverne ombreuse prodiguait une fraîcheur bienfaisante. La reine lui sourit. Elle était vêtue d'une robe de gaze en blonde, d'un fichu de mousseline blanche et d'un chapeau de paille orné d'un ruban violet. Elle jeta un regard de côté, sans doute, pensa Nicolas, pour savoir si elle pouvait parler en liberté, mais pour plus de sûreté elle fit quelques pas pour s'éloigner et s'adressa à Nicolas à voix basse :

— Alors, monsieur, qu'étiez-vous devenu ? Chacun vous cherchait à la cour et à la ville.

— Que Votre Majesté veuille bien me pardonner. Le service du roi et… le vôtre expliquaient cette absence.

— Soit, monsieur, soit. Que dois-je apprendre qui la justifie ?

Nicolas choisit de commencer par le plus simple. Il lui conta avec le charme et l'ardeur d'un conteur émérite le chemin suivi pour éclairer le mystère du Turc joueur d'échecs. La reine s'amusa de l'évocation du rôle de Pluton.

— Si j'entends bien, il s'en est tenu d'une saucisse que vous aboutissiez.

Au fur et à mesure que les séquences plaisantes du récit se succédaient, il sembla à Nicolas que l'attention de la souveraine faiblissait et que son amabilité de façade cédait la place à une impatience contenue. Il acheva donc rapidement son récit.

— Ainsi, conclut la reine, le Turc rejoint les canards de Vaucanson dans nos secrets partagés.

— Il y en a d'autres, si Votre Majesté m'autorise à les lui révéler.

La reine, nerveuse, à nouveau jeta un regard en arrière et fit quelques pas vers le parc pour s'éloigner.

— Je vous écoute.

— Le vicomte de Trabard a été assassiné dans des conditions particulièrement odieuses…

— Cela je ne l'ignore pas, la rumeur…

— … Conditions qui n'ont pas permis et n'autorisent pas encore de savoir qui est l'instigateur de ce crime.

— Alors qu'avez-vous à m'apprendre que je ne sache déjà ?

Le propos était dénué de toute aménité. Cela le convainquit que le commerce avec des têtes couronnées revêtait toujours une ambiguïté que, seules, réduisaient les raisons conformes aux attentes.

— Que ledit vicomte de Trabard, qui avait l'honneur d'être des entours de Votre Majesté, profitait de sa position pour informer de méchantes gens de calomnies et de fausses imputations qui alimentaient libelles et pamphlets. La ruine de sa situation explique sans la justifier cette déshonorante trahison. Je puis affirmer, madame, que le danger immédiat a disparu. Enfin, pour quelques mois sans doute, car toute cette engeance est une hydre renaissante.

— Je sais, dit la reine, pour la première fois de l'entretien souriante et aimable, la part que vous y avez prise…

Elle dessina dans le sable avec la pointe de son ombrelle.

— … et qui ne vous fait pas que des amis autour de moi. J'ai dû vous défendre…

Se souvenait-elle qu'elle lui avait dit quelques minutes auparavant ignorer ce qu'il était devenu ? Il avait maintes fois éprouvé le peu de franchise de la reine. L'ambassadeur Adhémar avait dû faire son rapport, relation orientée, à ses protecteurs Polignac qui, furieux, s'en étaient ouverts à Marie-Antoinette. Pouvait-il compter sur son appui ? Sans doute, aussi longtemps que ses intérêts l'emporteraient du côté du commissaire aux Affaires extraordinaires sur les intrigues du sérail.

— Votre Majesté sait que rien pour moi ne peut s'opposer ou réduire mes obligations vis-à-vis d'elle. C'est pourquoi je dois lui soumettre une requête.

Il lui sembla que la mine de la reine s'assombrissait.

— Et quelle est-elle ?

— Je souhaiterais m'entretenir avec le comte de Vaudreuil qui, vous le savez, était, sur un point délicat, en conversation avec le vicomte de Trabard.

— Mais faites, monsieur. D'ailleurs il est là, à quelques pas de nous.

Elle se retourna et fit un geste vers les deux hommes qui parlaient au fond de la grotte de Téthys. Ils s'empressèrent. Nicolas reconnut Vaudreuil dans l'un d'eux. La reine lui désigna un homme de haute taille, au front haut, les sourcils bien dessinés, d'une beauté sévère mais déjà marquée.

— Monsieur le marquis, je vous présente le comte Axel de Fersen, de retour des Amériques où il a servi sous nos drapeaux.

Les deux hommes s'inclinèrent.

— Je vous laisse avec Vaudreuil. Je vais continuer ma promenade avec M. de Fersen.

Celui-ci lui tendit un bras sur lequel elle s'appuya. Après un sourire à Nicolas, la reine s'éloigna. Nicolas considéra Vaudreuil qui paraissait comme pris au piège, inquiet de voir la reine l'abandonner. En un éclair Nicolas se remémora la situation. Homme de tous les plaisirs, Vaudreuil passait pour l'amant de Mme de Polignac. On disait que son arrogance excédait parfois la reine. Nul doute qu'il fût au courant de son séjour à Londres si d'Adhémar s'était plaint. M. de Ranreuil était ainsi devenu l'ennemi de la *camarilla*. Peu importait, ce qu'il réprouvait, ce n'étaient pas les amitiés et affections de la reine, privilèges de toute personne privée, c'était que celles-ci engageassent la personne royale. Tout ce qui comptait dans le royaume savait que bien des décisions, nombre de nominations, des pensions, services et prébendes prenaient naissance dans le cercle restreint des Polignac. Marie-Antoinette n'apparaissait plus comme la reine de tous ses sujets, mais comme un pantin couronné animé par un groupe de voraces. Il s'en voulut aussitôt de l'audace de l'image évoquée. Une barrière était dressée autour d'elle qu'il était malaisé de franchir et dont l'existence l'éloignait de bons serviteurs qu'elle aurait eu intérêt à entendre, sinon à écouter. L'influence de la souveraine sur le roi multipliait, malgré les réticences de celui-ci, les conséquences de cette situation. Louis XVI d'ailleurs considérait avec amitié Mme de Polignac et les siens.

Le comte de Vaudreuil personnifiait tout ce que Nicolas détestait. Tout était composé chez ce gentilhomme. Une beauté froide glaçait un visage immobile où seul un mince sourire sans lèvres planait en permanence. Il était réputé pour son exacte politesse et pour les flots de compliments dont il accablait ses interlocuteurs, prompt pourtant, avec le ton de persiflage à la mode, à décocher la minute suivante les flèches les plus cruelles qui ruinaient la réputation de nombre de ceux qui se croyaient ses amis. Le comte, tout marri qu'il fût d'avoir dû abandonner la reine, lui fit bon accueil.

— Que je suis aise de vous revoir, Ranreuil. Il y a longtemps que nous nous sommes vus. Il est vrai que vos tâches vous attachent à Paris.

Le voilà déjà qui brocarde, songea Nicolas. Nous nous sommes croisés et tu m'as évité et maintenant tu feins le contraire et pousses ta pointe avec ce mot de tâches que tu veux insultant.

— Monsieur le comte, Sa Majesté approuve que je puisse vous parler de feu le vicomte de Trabard.

— Vraiment ! Que ne me l'a-t-elle signifié de vive voix ?

— Vous en doutez ? Elle n'est point éloignée. Souhaitez-vous qu'on l'oblige à réitérer ?

Il y eut un moment d'hésitation. Le comte serra les dents, ses pommettes saillirent.

— Il n'est point besoin. Que voulez-vous savoir ?

— Oh ! De simples confirmations. La reine, ayant perdu de grosses sommes au jeu, a demandé conseil à ses entours.

— Monsieur !

— Monsieur, que puis-je vous dire d'autre que la vérité ? Celle que l'on aime le moins à entendre est souvent celle qui importe le plus à savoir.

— C'était affaire privée.

— Je vous remercie de me confirmer donc l'existence d'une réunion chargée de conseiller la reine. Je ne vous demanderai pas qui la constituait, je le sais.

— Zest ! Monsieur, je n'ai pas affirmé cela. Et d'ailleurs, de quel droit me turlupiner avec tout cela ?

— C'est le fait, monsieur, des responsabilités de mes *tâches* en tant que commissaire de Sa Majesté aux Affaires extraordinaires.

— Il est vrai que c'est votre emploi.

Cela fut dit sur un ton qui dans d'autres circonstances eût mérité qu'on mît l'épée à la main. Nicolas se contint.

— C'est en effet la charge que le feu roi m'avait confiée et que notre souverain a maintenue. Je lui en rends compte comme je le ferai quand j'en aurai achevé avec vous.

— L'argument peut faire mouche.

— Pour ne pas prolonger un entretien que vous ne semblez guère goûter, je vais affirmer nombre de points précis. Si vous n'êtes pas d'accord, vous m'interrompez. Ce conseil a proposé de s'en remettre au vicomte de Trabard pour trouver un expédient permettant de régler la dette de Sa Majesté. L'avez-vous revu entre le moment où cette mission lui a été confiée et le jour de sa mort ?

— Non, monsieur, sur mon honneur je vous l'affirme.

— Vous êtes-vous rendu durant la nuit du 13 au 14 juillet au domaine de Trabard, rue d'Enfer ? Vous pouvez y être allé sans pour autant y rencontrer le vicomte.

— Point, monsieur. Point.

— Bien, monsieur, je vous crois sur parole.

Vaudreuil considéra Nicolas l'air incertain.

— Dernière question et je vous laisserai rejoindre Sa Majesté et M. de Fersen. Comment la nouvelle de la mort du vicomte de Trabard est-elle aussi vite parvenue à Versailles ?

Le visage figé, le comte de Vaudreuil ne répondait pas.

— J'insiste, monsieur, car enfin le vicomte de Trabard a été tué au milieu de la nuit. Moi-même ai été requis par la reine au petit matin… Calculez vous-même les allées et venues, de Paris à Versailles et de Versailles à Paris, afin d'informer le magistrat qui me fit sur-le-champ appeler.

— Monsieur, que puis-je vous dire ? J'ai appris la mort de M. de Trabard de la bouche de Sa Majesté dans la matinée. Vous devez vous souvenir qu'alors nous nous sommes croisés au Trianon.

— Je n'exigerai rien de plus. Le comte de Vaudreuil ne peut mentir et je tiendrai donc pour avérées les informations recueillies auprès de lui !

Ce fut exprimé d'une manière telle que le courtisan faillit répliquer. Il lança un regard assassin au commissaire et se jeta dans l'allée pour rejoindre la reine.

Nicolas demeura un moment en réflexion à l'entrée de la grotte. Ce qu'il venait d'apprendre ne laissait pas de l'inquiéter. Si Vaudreuil ne s'était pas rendu rue d'Enfer, si la voiture aperçue – une vérité ou un faux-semblant destiné à jeter le trouble ? – n'était pas, contrairement aux apparences, un carrosse de cour, si le même Vaudreuil avait connu la mort de Trabard par la reine, comment celle-ci… Il n'osait poursuivre. Un émissaire avait-il été dépêché à Paris pour rencontrer Trabard et récupérer la somme espérée par la reine pour régler sa dette ? Il imagina que si telle était la vérité, l'envoyé n'avait peut-être pas touché au but. Arrivé peu après la mort de Trabard, ou plutôt sa découverte, l'agitation l'avait-il averti qu'un drame se déroulait ? Sans doute des gens du domestique étaient-ils sortis, pour chercher un médecin par exemple, et avaient pu informer ledit émissaire. Il avait piqué des deux et de retour à Versailles fait éveiller la reine qui, parfois, dormait à Trianon.

Une autre idée frappa Nicolas. Peu de gens détenaient le prestige et l'autorité de s'approcher de la souveraine et de donner des ordres à ses femmes pour obtenir de lui parler. Qui réunissait l'ensemble des conditions envisagées, qui détenait la confiance de la reine, qui était suffisamment proche d'elle pour entrer aussi entièrement dans un domaine plus que privé ? Un nom se présenta. Son esprit se cabra. Devait-il prendre en compte les rumeurs, lui dont le devoir était de les combattre ? Et pourtant ? Il ne pouvait guère envisager d'autre personne des entours plus susceptible de mener à bien la mission supposée. Restait la question de la voiture. Il paraissait plus qu'improbable que Fersen, car c'était à lui qu'il songeait, ait utilisé ce moyen si compromettant. Et d'ailleurs, autant que pouvait être recevable le témoignage du préposé, car sa confiance avait pu être gagnée, aucun carrosse de cour n'avait quitté Versailles cette nuit-là. Si c'était bien Fersen que la reine avait envoyé à Paris, c'est à cheval qu'il s'y était rendu ; le calcul des horaires le prouvait exactement. Il était impensable qu'il en vînt à poser la question à la reine. La connaissant, elle ne le tolérerait pas, il y compromettrait sa faveur. Il n'attachait pas une particulière importance à cette perspective, mais il craignait que l'efficacité de son travail en pâtît sans que pour autant il obtienne une réponse. Elle nierait, doublement prise au piège par ses mensonges et par le secret qu'elle voudrait jeter comme un voile sur ses relations – d'amitié, il le voulait croire – avec le comte de Fersen.

Comme une obsession, la question de la voiture mystérieuse lui tournait dans la tête. Il ne se souvenait pas du moment, mais un détail de l'enquête l'avait frappé. Quand était-ce donc ? Il ne parvenait pas, dans un ramas d'images diverses, à déceler celle qui lui apporterait un début de lumières sur cette question. Il était assuré que dès qu'il la retrouverait, il ferait un grand pas dans la compréhension de ce point capital. Il se devait de l'oublier un temps. Elle continuerait à mûrir pour reparaître au moment opportun. Il avait maintes fois expérimenté cette manière de faire. C'était dans l'oubli que le souvenir resurgirait ; il en avait la certitude.

Restait l'entretien avec le roi. L'éternelle question allait se poser de connaître ce que le monarque savait. Nicolas, fidèle serviteur, ne goûtait guère d'avoir à lui dissimuler quoi que ce soit. Cependant les présomptions sur le rôle de la reine, cette capacité bien à elle de mêler la vérité et le mensonge, cela, il lui était impossible de le présenter au roi et à l'époux.

L'étiquette même sous les combles prévalait et il se garda de prendre la parole attendant que Louis XVI s'adresse à lui. Ce dernier ôta ses besicles, essuya sur un morceau d'étoupe la plume avec laquelle il écrivait, la posa, s'éclaircit la voix et soupira.

— Il fait bien chaud et lourd. Le gibier recherche le frais et les trous d'eau.

— Votre Majesté a-t-elle fait bonne chasse ?

— Médiocre, Ranreuil, médiocre. Que pensez-vous du temps ?

— Il est étrange. Un mien ami a reçu une lettre d'un de ses correspondants islandais qui rend l'éruption d'un volcan sur son île responsable des intempéries que nous subissons.

Le roi eut un mouvement vif de jeune homme.

— Ah ! Que j'aimerais la lire et en parler avec votre ami !

— Sire, je vous l'adresserai et, quand il vous plaira, le docteur Semacgus, chirurgien de marine, aura l'honneur de vous être présenté.

— Je lis beaucoup de mémoires sur ces orages et ces brouillards, certains mortifères !

— J'ai pu moi-même le constater.

— Ah ! Semacgus, le nom est curieux. C'est bien cet homme indispensable que Sartine m'a recommandé pour un certain déplacement à Londres ?

Ainsi le roi était au courant. Et l'objet de l'entretien s'en trouvait dès lors éclairci. Mais comme d'habitude la chose se déroula par rebonds.

— J'ai lu dans le *Journal de Paris* les observations effectuées en Bourgogne sur les orages et les hypothèses sur les tremblements que la terre a subis récemment. Qu'avez-vous admiré au British Museum ?

Il connaissait donc dans le détail sa mission à Londres.

— Sire, le plus intéressant selon moi, ce sont les objets rapportés par le capitaine Cook de ses expéditions. Voilà des collections qui rappellent celles de M. de Bougainville et les complètent.

— A-t-on éteint le feu à Londres ?

Nicolas resta silencieux, interdit. Le roi faisait-il allusion à la destruction de l'imprimerie ?

— Je veux dire, n'y a-t-il plus de risque de voir se répandre certaines rumeurs… ?

— Celles-ci, non, mais, Sire, l'œuvre n'est jamais achevée !

— Hélas ! Sachez que j'ai appris ce que vous aviez risqué à mon service…

Il détourna la tête et tortura un ressort placé devant lui. Il ne laissait jamais l'émotion le dominer et il fallait savoir lire dans ses réticences même ce qu'il souhaitait vous exprimer. Nicolas avait souvent éprouvé cette caractéristique de son tempérament.

— Et Trabard ?

— Nous approchons de la conclusion même si elle demeure encore éloignée.

Le roi se leva. Dieu, qu'il était grand, surtout lorsqu'il redressait sa taille comme c'était le cas.

— Les dettes de la reine ont été réglées. Cependant, j'avouerai que de cette affaire…

Il hésita et Nicolas décida de lui faciliter les choses.

— Il n'en transpire nulle rumeur.

— Voilà, Ranreuil, ce que je voulais dire.

Autant dire, songea Nicolas, que la personne et le rôle de la reine devaient être totalement ignorés et effacés.

Le souverain semblait soulagé. Il tendit à Nicolas deux plis ouverts.

— Voici pour vous. Une lettre de votre ami Pigneau, désormais évêque *in partibus* d'Adran, et une autre d'une personne qui vous conseille de conserver un mouchoir.

Le roi sourit, un peu moqueur.

— Je n'y ai rien entendu. Nul doute que l'allusion vous parlera davantage qu'à moi.

Il tendit sa main qu'incliné Nicolas baisa avant de se retirer à reculons.

— Vous ne déméritez pas de vos aïeux, monsieur le marquis. Vous êtes un bon soldat.

Il ne pouvait lui faire plus beau compliment ni qui le touchât plus profondément. Le cœur lui battit jusqu'à la sortie du château où, dans sa voiture, il prit connaissance des lettres remises par le roi. Ses mains tremblaient lorsqu'il ouvrit celle d'Antoinette.

Mon cher Nicolas,

Le temps me semble toujours aussi long et je souffre de l'éloignement de ceux qui me sont chers. L'issue de la guerre conduit à un ralentissement des objets qui nous intéressent. Ma vie est tranquille, partagée entre des travaux ouverts qui me permettent de traverser ceux qui le sont moins... J'ai cependant trouvé le loisir de faire quelques achats dans Londres. J'avais jadis du goût pour le beau linge, j'ai choisi un fin mouchoir de batiste sur lequel d'émotion, j'ai imprimé mes lèvres. Vous n'étiez pas conscient de cette inclination-là.

Antoinette

L'émotion le saisit. Ce mouchoir imprégné de parfum inoubliable, il l'avait découvert et il savait désormais que son délire, son rêve, découlait d'une rencontre bien réelle avec la Satin. Il ouvrit le pli de son ami missionnaire. L'état de la lettre, mouillée, jaunie et moisie par endroits, témoignait du chemin parcouru par ce petit carré de papier. Il reconnut avec un serrement de cœur les grands jambages de l'écriture de son ami.

Mon cher ami,

Par-delà les mers, voici un moment pour vous témoigner ma fidèle amitié. Les événements expliquent mon long silence sans le justifier. La menace des pirates Tay-Son continue à peser sur le royaume dont le roi, Gia-Long, est mon ami. Pour la troisième fois l'an dernier, ses ennemis se sont présentés devant Saigon. Le vent et la marée poussaient leurs navires sur la rivière. Les brûlots précipités sur eux se sont retournés contre la flotte de l'empereur et l'ont anéantie. Ce fut une déroute. Gia-Long et une centaine d'hommes ont trouvé refuge dans la province de Mytho. Après de multiples aventures, le prince m'a appelé alors que je me trouvais au Siam à Chubun. La résistance s'est organisée dans le territoire occupé par les pirates, en vain. Le roi a décidé alors de demander refuge auprès du roi de Siam.

Dans mes conversations avec Gia-Long, il apparaît que son vœu le plus ardent est de solliciter l'assistance du roi de France. Pour donner plus de force à cette requête, j'ai proposé que le prince m'autorise à emmener avec moi jusqu'en France son fils le prince Canh. Il nous faut soutenir ce prince qui a le mandat du ciel ; il a échappé vingt fois à ses ennemis dans des circonstances miraculeuses dans lesquelles je ne peux que déceler l'intervention de la sainte Providence pour celui qui protège ici les chrétiens.

Peut-être que s'approche enfin le moment où je pourrai vous serrer dans mes bras. En attendant ce moment, je vous adresse, avec mon amitié, ma très fraternelle bénédiction.

Pierre, Évêque d'Adran †

Que l'amour et l'amitié se rassemblassent ainsi pour lui donner tant de signes remplissait Nicolas d'une nostalgique douceur. La pensée d'Aimée s'imposa à lui sans qu'il parvînt à considérer comme contradictoires les sentiments qu'il éprouvait pour Antoinette. Il décida de faire le détour par l'Hôtel d'Arranet pour la conduire au souper offert le soir même par M. de Noblecourt. Il n'y trouva que Tribord. Mademoiselle était à Montreuil chez Madame Élisabeth, d'où elle gagnerait la rue Montmartre.

La réflexion de Nicolas se porta à nouveau sur l'entretien avec le roi. Tout avait été abordé dans l'allusif et le sous-entendu. Il mesurait la difficulté d'atteindre avec certitude la volonté du souverain, le fond de sa pensée. Le feu roi avait le jugement sain, mais s'en remettait, hélas, à ceux qui parlaient haut, estimant trop mal son propre bon sens et ses capacités. Louis XVI détenait cette même qualité de discerner le bien et le meilleur, cependant, quelle que fût sa certitude ou son raisonnement, il les conservait par-devers lui, renonçant à trancher et, en fin de compte, à imposer. Il n'avait pu recueillir aucun commentaire, sinon une satisfaction de principe sur l'expédition de Londres. Sans doute son aïeul se serait-il régalé du récit de son entrevue avec l'ambassadeur Adhémar. Peut-être Vergennes ne lui avait-il pas rapporté par le menu la mission dont il avait investi Nicolas.

Nicolas étouffait. Il ouvrit la glace et se pencha pour bénéficier du courant d'air. Le ciel était plombé, gris ardoise avec de curieuses volutes jaunâtres. On ne distinguait plus le soleil. Après la porte de la Conférence, le moindre recoin des murailles abritait des mendiants affalés, accablés par la puanteur de l'air. Nicolas prit soudain conscience d'un fait qu'il avait déjà noté sans en tirer toutes les conséquences : l'afflux de provinciaux sans travail de plus en plus nombreux dans la ville. Il savait par des rapports que l'agitation du début du règne concernant le commerce des grains se poursuivait par accès.

Il arriva rue Montmartre un peu assombri par sa réflexion. L'Hôtel de Noblecourt avait revêtu l'aspect et l'animation des *grands jours*. Dès le porche on pouvait apercevoir les mines curieuses et enjouées des mitrons de la boulangerie qu'égayait l'arrivée des invités. Nicolas se réjouissait de l'occasion, procurée à Noblecourt par ce souper, de divertir la mélancolie qui depuis quelque temps le submergeait.

Ayant mis le nez dans l'office d'où émanaient de suaves arômes, il en fut chassé à coups de torchon par Catherine qui entendait conserver le secret du menu. Marion, d'une voix éteinte, soutint l'énergique action de la cuisinière tandis que Poitevin haussait les épaules, l'air impuissant et désolé.

Après avoir fait toilette, il rejoignit le salon de Noblecourt où, de toute éternité, était dressée la table du festin. Les invités étaient déjà arrivés et Aimée d'Arranet se jeta dans les bras de Nicolas avec une fougue qui l'émut. Son appartenance à la maison de Madame Élisabeth, sanctuaire dévot s'il en fût, n'avait en rien diminué la spontanéité de la jeune femme qui souvent faisait fi des convenances et des règles de la bienséance. C'était à la fois son défaut et sa qualité. Ce mouvement ravit et gêna Nicolas.

— Ah ! s'écria Noblecourt, voici notre voyageur…

Il s'arrêta soudain après avoir considéré l'assemblée. Il se reprit, constatant que tous les assistants de près ou de loin, avec ou sans les détails, connaissaient le voyage de Nicolas.

— Comment avez-vous trouvé Londres après toutes ces années ?

— Bien, augmenté en dimension et en splendeurs. Mais ses habitants peu amènes avec ceux de notre nation.

— L'Anglais était peu populaire à Paris lors de la dernière paix de 1763. À chacun son tour.

— Comment l'ambassadeur vous a-t-il reçu ? demanda La Borde, d'évidence au fait d'une partie de sa mission.

— Il s'est dépensé en discourtoisie et limité en politesse.

— Méfiez-vous désormais des Polignac. C'est leur ami. Ils se sont évertués pour le faire nommer en dépit de la réticence de Vergennes qui, en ces temps de négociation, eût souhaité un autre choix.

— On rapporte, intervint Aimée, que la reine voulait s'en débarrasser, excédée de sa suffisance et de ses chansons.

— Il fait pleuvoir les épigrammes, reprit La Borde, sur son extrême médiocrité et l'obscurité des origines. Mais je ne savais pas qu'on jabotait ainsi chez Madame !

— Moquez-vous, croyez-vous ce travers réservé aux hommes ? N'avons-nous pas le droit de juger des choses et des gens ?

— Bien paré, madame, voilà un coup de pointe menaçant !

— Et le brouillard, et ce soleil comme un œuf au plat, vous a-t-il poursuivi tout au long de votre voyage ? demanda Noblecourt.

— En permanence. Les Anglais s'en inquiètent tout autant que nous le faisons. Les récoltes sont compromises et le bétail, si important dans ce pays, menacé.

— Hélas, chez nous aussi, dit Bourdeau. D'autant plus que la crainte de la hausse du pain reparaît. Il y a des accès de fièvre comme en 1774.

— Le temps étrange qui persiste a des conséquences sur le travail des champs, j'ai pu l'observer en Picardie. Si les récoltes sont mauvaises, le prix du grain haussera. Et Paris, à ce qu'il m'a semblé à mon arrivée, reçoit encore des provinciaux sans travail.

— Et quand le grain…, reprit Bourdeau, le déficit aidant…

— Savez-vous, intervint La Borde, qu'en février à Tullins, en Dauphiné, une émeute a déjà dégénéré en bataille rangée. Plusieurs morts ont été relevées.

— C'est la réplique de l'affreuse boucherie de Toulouse, en juin 1778. La foule avait envahi la place du Capitole. Le guet l'a dégagée à coups de fusil. On a ramassé quantité de cannes, de chapeaux et de perruques sur le lieu du massacre, prouvant que des bourgeois avaient été pris dans la tourmente.

— Ou bien, docteur, dit Bourdeau, que, peut-être, ces bourgeois approuvaient ces doléances. Ainsi ces victimes prises pour des chalands s'étaient-elles volontairement rangées aux côtés du peuple et réclamaient-elles justice !

— Nous n'éclaircirons pas ce point ce soir. Chère Aimée, votre bras. Messieurs, je vois Poitevin qui s'agite et me fait signe. Passons à table et que la joie préside à nos agapes !

Tous prirent place, Aimée à la droite du maître de maison. Catherine parut, prise de fou rire à l'idée du cérémonial habituel qui allait suivre.

— Afant qu'on me le demande, dit-elle en pouffant, je vais fous annoncer le premier mets et sa manière !

Chacun s'esclaffa et fit silence. Catherine, le poing sur la hanche, avec la voix dont elle criait jadis la soupe aux soldats, annonça le premier plat.

— Tout d'abord, en l'honneur de notre Nicolas, des huîtres. Mais pas crues, brébarées de mes mains.

— Et diable comment ? s'écria Noblecourt dont la bonne humeur recouvrée fit plaisir à Nicolas.

— Voilà ! J'ouvre les betites bêtes, je leur fais jeter leur eau, je les assaisonne avec force épices, boivre, et un gâchis de noisettes manié d'un beu de beurre.

— Et du sel, jeta La Borde.

— Boint, monsieur. La bête est zalée au naturel. Je boursuis. Je remets à chaque huître son betit chapeau que je clos bien serré avec la bâte à luter.

— C'est une joute, un duel, un combat ! dit Semacgus.

— Boint, monsieur, reprit Catherine, fouettant l'épaule du chirurgien d'un coup de torchon.

— Et alors ? s'écrièrent à la fois tous les convives.

— Et alors ? Je blace mes huîtres dans le four de mon potager afin qu'elles cuisent à l'étouffée[5]. Boint trop longtemps zurtout !

Poitevin, à point nommé, entra portant, un peu tremblant, un grand plat ovale où, sur un lit de gros sel, reposaient les huîtres. Noblecourt jeta un regard incertain vers Semacgus.

— J'autorise, dit celui-ci, un petit excès de gourmandise car l'huître accélère la digestion et se révèle laxative. Quand on n'en abuse pas.

— Au fait, demanda La Borde, à quel ordre cette espèce appartient-elle ? On lit dans les ouvrages de cuisine qu'il s'agit d'un poisson sans peau ni écailles, dépourvu d'arêtes et renfermé entre deux coquilles.

— Je n'en crois rien, dit Semacgus. C'est un coquillage.

— Le dictionnaire de Furetière, ajouta Noblecourt, s'en tient à la définition donnée par M. de La Borde. Je possède parmi les trésors de ma bibliothèque une édition originale d'Apicius publiée à Lyon en 1541. Ce Romain avait un secret pour conserver les huîtres et en fit parvenir à Trajan occupé à combattre les Parthes.

— Il ne tarit point ! dit Semacgus. C'est le plus vert d'entre nous.

La question de la nature de l'huître fut effacée par sa dégustation arrosée par un vin d'Hunawihr, le *Muhlfurst,* que Catherine faisait venir de sa province pour la table de Noblecourt.

— Le plus délicieux, dit Aimée, rompant le silence gourmand, c'est joindre la surprise de l'ouverture, le fumet qui s'exhale et le fait que l'huître a conservé son fondant que relève délicatement la farce légère qui l'enveloppe !

— Ma chère, dit Noblecourt, je ne vous connaissais pas cette science de l'analyse des mets.

Semacgus se mit à rire.

— C'est l'influence de Nicolas !

— Je suppose que vous n'estimez pas qu'une femme soit capable d'en juger, et que sa capacité se limite à tenir le poêlon et à tourner la cuillère ?

— Point, belle dame. Je retire, je retire ! Et je roque, qui a vu cette estampe qu'on vend ces jours-ci sous le manteau ?

— Celle, dit La Borde, qui représente très méchamment un bourgeois de la rue Saint-Denis portant une hotte dans laquelle on aperçoit la capitation, l'industrie, le dixième, le premier, le second et le troisième vingtième, la subvention sur les vins. Sans compter la jauge et le courtage, les droits d'entrée, de sortie, ceux de gras, d'octroi, et j'en passe.

Cette énumération suscita un rire général.

— Non, non, je n'en ai pas achevé. Les impôts exigés par les douanes et mis sur les draps, toiles, cuirs, chapeaux, soieries, dentelles, papier, bœufs, veaux, moutons, cochers, volailles, gibiers, eau-de-vie et liqueurs.

— Poitevin, servez monsieur, voyez comme il s'assèche et s'étrangle.

— Il en reste ! L'artiste de l'estampe n'a pas oublié le don gratuit, surnommé sous Louis XIV le don forcé, l'imposition sur les bestiaux, bois, charbons et foins. Courbé sous ces faix, le bon bourgeois se repose sur une borne, suant et haletant. Il a l'air d'avoir marché, les jambes tremblantes et ployées sous l'énormité du fardeau. La voiture du roi passe devant lui et tout chargé qu'il est, il braille de toutes ses forces, se tenant les côtes : « Vive le roi, vive le roi ! »

Le rire se renouvela et l'on but à la santé du conteur.

— Ils ne le crieront pas toujours, murmura Bourdeau entendu du seul Nicolas, un jour ils rejetteront la hotte et tout ce qu'elle contient et décideront eux-mêmes…

Le commissaire s'inquiétait chaque fois davantage des propos si souvent tenus par son ami. Ils semblaient de sombres présages appuyés, il devait le reconnaître, sur les tristes réalités de la situation du royaume.

Catherine attendait que la conversation s'apaisât pour annoncer le plat suivant. Un geste de Noblecourt lui donna le branle.

— Voilà la suite. Je la dois à une rezette que m'a gonfiée un grand voyageur.

Elle lorgna sur Semacgus qui prit un air modeste et contrit.

— Ah ! Le fourbe, dit Noblecourt, il corrompt ma maison !

— De toute façon, rétorqua Semacgus, le plat est trop violent pour vous. Nous vous avons réservé autre chose.

— Non seulement il commande à l'office, mais il prescrit mon régime. Je serais mieux à la Bastille au tarif de la pistole.

Catherine haussa le ton.

— Vais-je bouvoir barler à la fin ? Je vous brésente les tendrons de veau au kari du Bengale. Les tendrons rebosent un temps dans de l'eau froide salée pour en faire sortir le sang. Ensuite, on les fait blanchir, ces mignons, dans un fort bouillon. Alors là il faut faire une sauce courte liée avec des jaunes d'œufs que fous assaisonnez avec la poudre de kari. Le tout doit laisser dans la bouche une saveur brûlante. Enfin, j'ajoute au ragoût des artichauts frits à la romaine, des topinambours et de betits oignons.

— Et cette poudre de kari, d'où la prenez-vous ? demanda La Borde.

— Je l'ai gonfectionnée sur les conseils d'Awa. J'ai acquis les éléments chez un épicier et un apothicaire. Quatre onces de biment, nommé *enragé,* d'une force extraordinaire.

— De quoi faire doubler l'orteil d'un goutteux ! lança Semacgus qui fixait Noblecourt.

— … trois onces de racine de curcuma, du boivre fin, un demi-grain de girofle et un grain de muscade en poudre. Vous bilez tout cela ensemble et une fois bassé au tamis, la poudre de kari est prête.

— Tout cela est bel et bon, et le goutteux ? Il va vous contempler ?

— Taisez-vous, monsieur, le meilleur est à venir. Bour fous, un petit coquelet, farci de godiveau de veau, braisé et enveloppé de pâte légère. Le tout arrosé d'une fine sauce au vin de Madère. Alors, si cela ne fous convient pas, Pluton s'en satisfera.

— Non ! N'en faites rien. Je m'en contenterai, belle Catherine.

Une onde de rire secoua la table.

— Et pour calmer le feu de ce plat, ajouta Poitevin timidement, nous servirons un vin de Bourgogne.

— Pour revenir à notre propos, dit La Borde, l'opinion est inquiète en dépit de la satisfaction que cause l'heureuse issue de la guerre.

— Au cours d'une promenade que fit la princesse sur le boulevard, dit Aimée, nous avons vu un cabinet de figures en cire représentant les fameux scélérats. L'aboyeur qui rameutait le public criait aux passants : « *Voici, c'est ici qu'on voit de fameux voleurs.* » Un inconnu, bien mis d'ailleurs, a crié : « *Monsieur le prince de Guémené y est-il ?* »

— Il est de fait que la banqueroute du prince de Guémené[6] a fait bien des victimes. Beaucoup de gens modestes qui avaient placé leur pécule en ont été ruinés.

— Il y a clameur dans le petit peuple, ajouta Bourdeau. Ceux qui ont été les plus atteints étant des domestiques, de petits marchands, des portiers qui, confiants dans un grand nom, portaient leur épargne au prince.

— On rapporte, dit Semacgus, qu'il a ramassé de l'argent partout. Il aurait eu des recruteurs d'argent à Brest et dans tous les ports de Bretagne pour séduire les pauvres matelots. Un Attila !

— C'est, reprit Bourdeau, que tous ces pauvres gens étaient éblouis par l'apparence d'un placement avantageux et, fascinés, se laissaient gruger tout leur argent.

— Ce kari a du feu et de la douceur à la fois. Les artichauts et les racines en adoucissent l'ardeur.

— Vous parlez d'or, chère Aimée. Au Bengale, où je fis plusieurs fois escale, on calme le feu des piments en mangeant de la noix de cocotier râpée. Sa suavité est souveraine.

— Il est fâcheux, dit Noblecourt sentencieux, que ceux qui doivent donner l'exemple soient ainsi mis au carcan devant l'opinion. Le prince avait reçu plus de trente millions de livres et n'a que six millions d'actif.

— La haute noblesse n'est pas seule à défrayer la chronique, dit Bourdeau. Le clergé même en est éclaboussé. En mai, un crime atroce a été découvert, que l'Église veut dissimuler. Un curé des environs d'Orléans avait rendu grosse sa servante. Il avait caché la pauvre fille dans son presbytère afin d'y attendre ses couches. Il lui a rendu les services d'une sage-femme et, de suite, a enterré le fruit, vivant ou mort, sous un arbre.

— Mon Dieu, fit Aimée, le vilain !

— Devant les reproches et le désespoir de la mère, il l'a empoisonnée. Son jardinier, un déserteur recueilli, avait traversé ces crimes. De crainte d'être dénoncé, le curé l'a trahi. Arrêté, il a fini par accuser le prêtre et dévoiler toute l'histoire.

— Fi, quelle horreur !

— Confucius disait que c'était dans la mauvaise saison qu'on s'aperçoit que les pins et les cyprès ne perdent pas leurs feuilles.

Les assistants se regardèrent, perplexes devant l'incongruité de ce propos inattendu de leur hôte.

Nicolas, sans doute plus habitué aux saillies de Noblecourt, renoua habilement le fil de la conversation.

— Il est vrai que la sagesse des talapoins et de toute cette philosophie qui nous vient des Indes orientales exprime, sous une forme gazée, bien des vérités.

— Et cette sentence signifie ? demanda La Borde.

— Elle souligne que lorsqu'une société est frappée de troubles, de crises, tout s'effondre et la morale en premier. C'est alors que surgissent des caractères exceptionnels qui préservent et exaltent l'honnêteté et la vertu.

— Je connais, remarqua Semacgus, des fleurs splendides qui naissent des ordures les plus infâmes…

Noblecourt dodelinait de la tête, l'air satisfait.

— Nicolas a bien compris ma sentence. Elle marque mon espérance qu'en dépit de ce que nous subissons, une renaissance est possible. Il faut avoir touché le fond pour donner le coup de talon salvateur.

Le souper continua. Nicolas entendait les conversations dans une semi-conscience. Les paroles de ses amis lui parvenaient sans qu'il en comprît le sens. Il ressentait le contrecoup de son aventure. À cette impression physique s'ajoutait une espèce de fatigue morale, une langueur inaccoutumée. Il avait sans doute mal mesuré la tension éprouvée au cours de sa mission en Angleterre. La violence avait ses conséquences. Celle qu'il avait subie, mais aussi celle que son action avait déclenchée. Par instants Semacgus, inquiet, le considérait avec attention. Marion avait desservi et apportait le dessert.

— Pour bien digérer, je vous ai brébaré une glace aux bêches blanches. Des fruits bien mûrs écrasés avec la main sur lesquels je verse une chopine d'eau. La bouillie doit infuser deux bonnes heures. Ensuite je basse le tout à travers un tamis en la pressant sans la remuer pour en exprimer tout le jus. J'y ajoute une demi-livre de sucre et je fais prendre à la glace.

Un silence approbateur salua le premier temps de la digestion.

— Il y a là, dit Semacgus, quelque chose qui relève le délicat de ce *sherbet*.

Catherine se mit à rire.

— C'est bour mettre du cœur au fentre aux grenadiers ! Un jet de schnaps au dernier moment. Cela fait ressortir le goût du fruit.

Le souper prit fin peu après, Aimée d'Arranet devant rentrer à Montreuil pour reprendre son service le matin suivant. On remercia l'hôte, on félicita Catherine. Bientôt Nicolas et Noblecourt se retrouvèrent seuls.

— Mon ami, vous me semblez épuisé. Je vous ai observé. Vous avez à peine touché aux plats.

— C'est vrai. Cette expédition réclame maintenant son dû.

Il expliqua à Noblecourt les détails qu'il n'avait encore pas eu le temps de lui exposer.

— Je comprends mieux votre état. Mais ancrez-vous sur une certitude, vous avez épargné à Louis le drame affreux qu'eût été la révélation de ses origines, et je ne parle pas de vous ! C'est l'essentiel. Quant à la réputation des grands, c'est un combat perdu d'avance. Sous peu, d'autres écrits renaîtront des cendres de ceux qui ont été détruits. Ces rumeurs nourrissent les cabales et le peuple s'en repaît et s'en amuse. Peut-être ne mérite-t-il pas ce roi vertueux ? Qui sait ? Une habitude néfaste avait été prise, qu'il a rompue. La vertu n'a pas bonne presse dans l'opinion. Où en êtes-vous de l'enquête sur le vicomte de Trabard ?

— Hélas ! Tout se multiplie à l'infini. Les soupçons et les présomptions s'accumulent sans qu'aucun fil conducteur ne nous permette encore d'organiser tout ce désordre.

— J'ai le sentiment que tout ce qui fait nombre se réduit à une seule unité.

Nicolas ne releva pas ce propos une nouvelle fois obscur de Noblecourt. À quelle pensée pouvait-il correspondre ? Il se faisait tard. Il prit congé et remonta dans ses appartements. Sa lassitude s'accrut. Il se dévêtit, s'allongea, et médita les yeux ouverts. Il ne parvenait pas à formuler une idée qui lui battait l'esprit, passant et repassant sans qu'il la pût saisir au vol. Il savait pourtant qu'elle lui offrirait une porte ouverte vers une esquisse de solution. Il finit par s'endormir.

Son sommeil fut agité. Plusieurs fois il frappa la muraille, obsédé par la pensée de l'enfermement. Enfin la fatigue le terrassa et il sombra dans un lourd sommeil qui le mena jusqu'au petit jour.

Jeudi 31 juillet 1783

Au Grand Châtelet où Nicolas s'était rendu très tôt, les questions se multipliaient. Pourquoi Diego Burgos détenait-il un papier appartenant à Trabard ? Que pouvaient signifier les fragments de mots découverts sur les restes calcinés du document rue d'Enfer ? Quels redoutables secrets abritait l'Hôtel de Trabard dont chaque occupant pouvait avoir intérêt à la disparition du maître ? Les raisonnements tournaient à vide sans qu'aucune esquisse de solution n'apparût. Le silence emplissait le bureau de permanence quand le père Marie surgit, riant et ricanant à la fois.

— Nicolas, tu as de la visite. Et du beau sexe, la qualité et la quantité !

Il claqua des doigts.

— Une dame ?

— Dame ? C'est vite dit. Deux dames dont l'une que je connais.

— Ah, bah !

— Oui, c'est Mme Paulet avec une volaille de son acabit.

— Allons, allons, du respect pour les dames. Fais-les entrer.

Le père Marie se retira en marmonnant d'indistinctes considérations. Il revint aussitôt. Au spectacle qui s'offrit à ses yeux, Nicolas trouva justifié le mot de *volaille* utilisé par l'huissier. Tout d'abord apparaissait la frêle silhouette de la Bourdeille, l'air accablé, renouant son fichu sur sa maigre poitrine. Tout était gris chez elle, le teint, la vêture et l'attitude générale. Derrière elle un monstre de mousseline rose la dominait de son ampleur dans un nuage de poudre. La Paulet, armée d'une ombrelle, en piquait les reins de sa consœur, maugréant de vertes insultes. Tout était rose ou rouge chez la maîtresse du *Dauphin couronné*, le visage, la tenue et l'humeur. Elle paraissait quelque gros oiseau exotique, un perroquet aux plumes chatoyantes, piaillant et criant.

— Quel bon vent vous amène, chère Paulet ?

— C'est la faute de cette bécasse.

Et ce disant elle lui asséna un fort coup sur l'épaule.

— Cette bécasse, comme vous dites, est Mme Bourdeille que nous connaissons bien.

— Pitié ! dit l'intéressée. Pitié, monsieur le commissaire.

Et elle se mit à pleurer.

— Madame ? À cette grue ? Paix, la bête ! reprit la Paulet multipliant les coups. Que ta bêtise t'étouffe, carogne !

— Prenez place, Paulet. Expliquez-nous cette surprenante arrivée.

— Tu connais la Bourdeille, tu lui as rendu visite.
— Oui, elle nous a parlé de bonne foi.
— Que tu crois, graine de niais ! Ne v'là-t-y pas que cette vieille haquenée vient en pleurant me demander conseil, comme la plus ancienne et la plus sage de la confrérie.
Elle releva la tête avec orgueil.
— Quel souci la tenait ?
— Que tu étais venu lui faire visite pour lui demander d'un ton matois ce qu'elle savait sur l'une de ses pratiques, un certain Decroix.
— Pourquoi ? Il ne fréquente pas sa maison ?
— Que si ! Et cesse de m'interrompre et écoute ce que j'ai à te dire. Donc, elle te répond benoîtement. Elle t'assure qu'il était là le soir en question à baiser Guillemette. Et tu la crois !
— Ce n'était point vérité ?
— Point du tout. V'là-t-y pas que cette pimpesouée me supplie donc de l'éclairer et de lui porter conseil. Je sors mon tarot, mais ce n'était point l'objet. Elle me dit qu'un client l'a payée en monnaie de singe, que des piastres espagnoles qu'elle a acceptées se sont révélées fausses lorsqu'elle les a voulu changer. Ah ! Pour sûr qu'il m'en a fallu, de la salive et des verres de ratafia, pour lui faire cracher le morceau. Il est de taille !
— Decroix l'avait donc payée en fausses piastres.
— Pire que cela, jarnicoton ! J'prendrai point de mitaines pour tout révéler. Il n'avait point seulement récompensé les services de la Guillemette, mais offert une grosse somme pour qu'on assure qu'il était là le soir en question. Dès que j'ai su cette embrouille-là, j'ai dit à cette oie ce qu'elle risquait. Non seulement elle avait trompé la police, mais elle se trouvait complice et receleuse de fausse monnaie. J'suis une bonne sujette du roi, moi !

— Que voilà une honnête citoyenne, dit Bourdeau.

— Tu parles d'or, mon mignon.

— Décidément, dit Nicolas à voix basse à Bourdeau, ton charme opère sans trêve ni repos !

— Après avoir jasé comme une pie et dégoisé toutes sortes de raisons, je l'ai convaincue, cette ripopée, de venir avec moi avec le reste, considérable, de la somme en pistoles pour vérifier, à toutes fins, la chose. On s'est rendu au Pont-au-Change chez un changeur de mes amis, qui nous a confirmé l'embrouille. Monnaie fausse et forgée ! Après, il a fallu la convaincre, en lui mettant le feu sous la conscience, à cette bécasse qui ne réfléchit point, de venir céans faire son devoir. Je voulais te rendre service, Nicolas, tu le mérites bien. On s'est toujours entendu comme des marrons en foire.

Les policiers retinrent leur rire.

— Madame Bourdeille, dit Nicolas d'un ton sévère, vous voici dans de beaux draps. Non seulement convaincue de faux témoignage devant un magistrat du roi, possible complicité dans une affaire criminelle où il y a mort d'homme, receleuse de fausse monnaie et j'en passe. Savez-vous ce que vous risqueriez si, par égard à ma vieille amie Paulet, je n'étais pas enclin à considérer le mouvement salvateur de lui demander conseil.

Au fur et à mesure que tombaient les paroles du commissaire, la malheureuse Bourdeille s'affaissait, accrochée d'une main aux mousselines de la Paulet. Il y eut un bruit de déchirure et un pan de sous-jupe mordoré étincela pendant que sa propriétaire poussait un rugissement de fureur et repoussait la Bourdeille en sanglots qui s'effondrait, tas informe, sur le sol.

— Ainsi bien, poursuivit Nicolas, vous serez désormais en observation et dûment contrôlée par la police. Considérez votre chance et pesez la fortune d'avoir Mme Paulet comme amie et conseillère.

En dépit de sa corpulence, la maîtresse du *Dauphin couronné* se jeta sur Nicolas, l'écrasa contre son busc et lui claqua deux baisers sur les joues, dans un nouveau tourbillon de poudre. Puis elle se pencha, appuyée sur son ombrelle, raccrocha d'une main encore ferme la Bourdeille éperdue et, marmonnant des alléluias de reconnaissance, la remorqua à sa suite.

— Allons, n'entête pas nos messieurs, secoue ta défroque.

Le fou rire saisit les policiers lorsque le pittoresque cortège des maquerelles eut disparu.

— C'est carnaval en août, dit Bourdeau. Tu as tout l'air d'un arlequin, blanc de céruse sur le nez et rouge un peu partout !

— N'empêche, dit Nicolas en s'essuyant, que nous devons une fière chandelle à notre vieille amie. Sans elle nous pataugerions encore. Je ne dis pas que tout est réglé, mais ce qu'elle nous a permis d'apprendre éclaire d'un jour nouveau le tableau de l'enquête. On a cherché à nous envoyer sur une fausse piste.

— Qui donc ?

— C'est bien la question. Le drôle avait prétendu s'être promené sur les boulevards.

Une idée fugace traversa l'esprit de Nicolas sans qu'il parvînt à la fixer.

— Je suis d'avis de tous les arrêter. Quelques jours de cachot leur attendriront le cœur et les inciteront à dégoiser.

— Ce n'est pas encore mûr, dit Nicolas après un temps de réflexion. Des éléments me manquent pour étayer l'accusation. Il y a coupable, demi-coupable et coupable à demi. Le tout ne fait pas l'unité.

Il songea aux propos sibyllins de Noblecourt. Le temps de silence méditatif qui suivit fut rompu par l'arrivée de Gremillon consterné.

— Quelle mauvaise affaire, sergent, vous tire ainsi la mine ?

— Une bien mauvaise. Un message du gouverneur de la Bastille nous informe de la mort de Bezard, de la Caisse d'escompte.

— Comment ? Mort ! Et dans quelles conditions ?

— Je l'ignore. Aucun détail ne nous a été fourni.

— Voilà qui est fâcheux. Cet homme était-il un simple comparse ou le bout d'une chaîne ?

— M'est avis, dit Bourdeau, de nous y transporter sur-le-champ et d'enquêter au plus près.

Une demi-heure plus tard, venant de la rue Saint-Antoine, la voiture des policiers abordait l'entrée de la prison d'État. Franchi le pont-levis de l'avancée, elle pénétrait dans la cour du gouverneur où son adjoint leur présenta le capitaine des portes. Celui-ci avait autorité sur l'ensemble des porte-clés. Passé un nouveau pont-levis et les portes de la forteresse, ils furent conduits par un dédale de couloirs et d'escaliers obscurs jusqu'au cachot de Bezard. La lourde porte de chêne plein bardée de fer leur fut ouverte et ils découvrirent la scène qu'une haute meurtrière éclairait d'un jour pauvre.

La première impression de Nicolas fut celle d'un désordre considérable. Une table et un escabeau gisaient les pieds en l'air. Près de la couchette dont le paillasson avait glissé, le corps du caissier était étendu sur le dos, au milieu d'une mare de sang. En s'approchant le commissaire constata que la gorge avait été tranchée. Un rasoir apparaissait près du corps, ouvert. L'expression que reflétait le visage du caissier était celle de l'horreur ou de la souffrance.

Nicolas se retourna. Un nouveau personnage venait d'apparaître qui se présenta comme le magistrat, commissaire de la Bastille.

— Mais c'est l'ami Cheron, qui est aussi en charge du quartier.

— Le commissaire Le Floch apparaissant, mon rôle s'efface. Je vous résume le cas. Le prisonnier, Bezard, a appelé cette nuit le geôlier. Il a fait un tel raffut que celui-ci a fini par se déplacer pour s'enquérir de ce qui se passait. Il a trouvé le prisonnier se roulant sur le sol, hurlant de douleur.

— N'était-il pas enchaîné ?

— Point. Que pouvait-il faire dans ce cachot fermé à triple serrure ? Il écumait, les yeux rouges, agité de tremblements.

— Je suppose que dans ce cas on fait immédiatement appel au chirurgien-major de la prison ?

— Vous connaissez les instructions, je présume ? Le chirurgien ne doit jamais découcher de son logement du château. S'il doit s'absenter, il doit en avertir le gouverneur.

— L'a-t-il fait ?

— D'évidence, il s'est absenté et n'a point reparu. Il ne semble pas que les instructions aient été observées et d'ailleurs le marquis de Launay était lui aussi absent. Pour le reste, les précautions sont nombreuses pour contrôler et surveiller les soins que ce chirurgien est conduit à dispenser. C'est lui qui rase les prisonniers.

— De quoi souffrait Bezard ?

— D'une hernie étranglée.

— Qu'a-t-on fait pour le soulager ?

— On s'est mis en quête du médecin titulaire. On a fini par retrouver chez le secrétaire du gouverneur le pli par lequel il informait le marquis de l'endroit où on le pouvait quérir. De fait il était convié à une soirée chez le comte de Cagliostro, rue Saint-Claude, sur le boulevard. On est allé le chercher d'urgence. Un capucin est venu avec un mot de sa part qui le mandatait et lui donnait créance auprès de nous comme le meilleur empirique de la question.

— Je n'aime pas ces frocards encapuchonnés, murmura Bourdeau.

— Personne ne s'est inquiété, d'autant plus qu'il est arrivé en carrosse de cour.

— En carrosse de cour ? Un capucin ?

— Oui ! Ce qui, évidemment, a désamorcé toute méfiance, la fonction dudit Bezard aidant, et a ajouté à l'incroyable impéritie des sous-fifres durant une nuit où l'autorité n'a point paru.

— Que s'est-il alors passé à l'arrivée ?

— Les règles encore une fois n'ont pas été suivies à la lettre. Le chirurgien ne doit jamais entrer dans la chambre d'un prisonnier sans qu'il ne soit accompagné d'un officier ou, du moins, d'un porte-clés.

— Cela n'a pas été le cas ?

— Non ! On a prétendu ensuite avoir observé à la lettre le règlement. Le chirurgien titulaire étant absent, il n'y avait aucune raison d'appliquer les consignes pour un autre que lui.

— Ensuite ?

— On ne sait. Il y a eu un long silence, puis un bruit de lutte. On s'est précipité. Trop tard. On a trouvé le religieux assommé à coups de tabouret et le prisonnier la gorge ouverte, un rasoir près de lui.

— D'où provenait-il ?

— On l'ignore.

— Peut-être l'a-t-il subtilisé au chirurgien-major ou appartenait-il à l'empirique. A-t-on mis aux arrêts le porte-clés ?

— Point.

— Je le veux voir. Et le frère chirurgien ?

— À l'infirmerie.

— J'entends l'interroger. Que ce corps soit immédiatement transporté à la basse-geôle afin de procéder à son ouverture.

Avant de sortir du cachot, Nicolas observa le dallage avec l'attention sourcilleuse qu'il portait toujours à ce genre d'investigation. Il ramassa un fragment que Bourdeau, sans besicles, ne put distinguer et qui fut enfermé au creux du carnet noir.

Une longue course faite de montées et de descentes, de passages voûtés, humides et puants, d'escaliers aux degrés inégaux, les conduisit à l'infirmerie. Le plus grand désordre y régnait : le chirurgien assommé par Bezard avait quitté les lieux, ayant recouvré aussitôt connaissance.

— Guast ! dit Nicolas, l'oiseau s'est envolé ; je m'en doutais. C'est ici la cour du roi Pétaud !

— Que voulez-vous, dit Cheron, sous notre bon roi, la Bastille est une coque vide, une vingtaine de prisonniers, tout au plus. Dans ces conditions, les consignes cèdent et l'insouciance s'installe.

— Bon, dit Bourdeau, tout est simple. Notre homme a été tué et cette prison a manqué à son devoir, qui est de garder et de protéger ceux que le roi lui confie.

Une sourde rage avait saisi Nicolas, qui coupa court et demanda à entendre le porte-clés.

Une nouvelle pérégrination suivit. Bourdeau, essoufflé et pourpre, n'en pouvait plus et se tenait les côtes. Dans la salle de police, assis sur un banc, le geôlier attendait, tête basse. Nicolas le considéra un moment.

— Est-il demeuré seul depuis l'événement ?

— Non.

— Qu'on le fouille.

On trouva vingt piastres espagnoles dans la poche de sa culotte.

XII

EN CASCADE

> « Le moyen de découvrir est de chercher toujours. »
>
> *Snobée*

Nicolas secoua l'homme.

— D'où provient cet argent ? Ton unique chance est d'être sincère. Sinon je te promets…

Il laissa la menace en suspens.

— Ce n'était qu'une gentillesse, de quoi boire une chopine.

— Une gentillesse ! Pardi, le lieu s'y prête. Explique-moi cela.

— Le moine a repris connaissance. Il voulait sortir au plus vite, ayant des patients à visiter. Je l'ai accompagné pour lui faciliter la sortie. C'est tout. Il a repris sa voiture. Et pour me remercier, il m'a offert ces pièces.

— Remercier ! Le mot est faible. Un équipage donc ?

— Oui, cela n'a pas laissé de me surprendre.

— Au moins, te souviens-tu du visage du moine ? demanda Bourdeau.

— Non, son capuchon était rabattu.

— Pardi, le bon apôtre !

Il n'y avait plus rien à faire. L'oiseau s'était envolé et le mal était fait. Il ne restait rien à glaner à la Bastille. Ils remontèrent dans leur voiture. Bourdeau observait Nicolas perdu dans ses pensées.

— À quoi songes-tu ?

— Aux épices et à leur épicerie.

— Et le pourquoi de cette pensée-là ?

— C'est que, vois-tu, les cierges sont vendus par les épiciers et fondus par les ciriers.

— Et donc ?

— Et que leur saint patron se nomme Nicolas.

— Soit.

— Et qu'il ne peut que favoriser la recherche que j'envisage, par indulgence pour celui qui porte son nom.

— Que voilà une curieuse et intrigante conclusion.

Nicolas fouilla dans sa poche, en sortit son carnet noir qu'il ouvrit pour y prendre de petits fragments jaunes.

— Observe cela, qu'en déduis-tu ?

— Je t'ai vu ramasser cela sur le dallage du cachot de Bezard. Mais sans mes besicles…

— Eh bien, chausse-les et dis-moi ce que cela t'inspire.

Pendant un long instant l'inspecteur examina le fragment, le malaxa, le sentit et hocha la tête.

— M'est avis qu'il s'agit de cire de bougie.

— Tu opines justement. Il s'agit bien de cire. Mais de bougie, je n'en suis pas assuré. L'état du Trésor étant ce qu'il est, il est peu probable qu'on fournisse aux prisonniers de la Bastille des bougies de cire fine. Les chandelles de suif suffisent bien. Donc ces fragments de cire ont été apportés à la semelle de souliers qui avaient écrasé cette matière quelque part. Il peut s'agir de bougie d'un appartement particulier, mais plus vraisemblablement d'une matière que l'on rencontre en abondance dans d'autres lieux, et de cette constatation nous pouvons tirer quelques suppositions vraisemblables.

— Tu suggères que la cire pourrait provenir de cierges utilisés dans les couvents.

— Dans les monastères ou les églises. As-tu remarqué la couleur et la mollesse de cette cire ? Pour les cierges, on utilise un mélange qui brûle plus vite et coule rapidement. C'est tout bénéfice à la fois pour ceux qui les vendent et pour ceux qui les proposent à la piété des fidèles.

— Ainsi donc, le capucin pourrait être un vrai moine et non un imposteur déguisé en religieux.

— Cela ouvre bien des perspectives et ne va pas simplifier notre tâche.

— Sus aux capucins ! Haro sur le froc ! La barre sur le frappard !

— Modère ton ardeur. Cela n'exclut pas la possibilité d'un inconnu qui fréquente les sanctuaires. Je crois que nous allons faire une petite visite impromptue au comte de Cagliostro. Son hôtel, rue Saint-Claude, est tout proche.

— Et d'ailleurs il nous reste à interroger le chirurgien de la Bastille.

Ordre fut intimé au cocher de faire demi-tour et d'obliquer vers le boulevard. Introduits par un valet, les policiers attendirent un moment le maître du logis qui apparut en habit violet, tout constellé de petites étoiles d'argent. Bourdeau considérait avec étonnement le personnage dont l'accueil sans excès d'amabilité surprit Nicolas.

— Monsieur le marquis. Ié n'ai guère de temps à vous consacrer, étant convié à un dîner auquel j'allais me rendre. Un autre jour, peut-être. Venez mé demander à souper un soir prochain.

— Mille pardons, monsieur le comte. La requête est urgente car j'enquête avec l'inspecteur Bourdeau sur un meurtre, supposé tel, perpétré cette nuit au sein même de la prison de la Bastille.

— Ié né voudrais pas être discourtois, mais votre ingérence me dérange et j'estime…

L'irritation aggravait l'accent italien du grand cophte.

— Je suis au désespoir, mais si vous refusez cet entretien, nous aurons le regret de vous inviter à monter dans notre fiacre et la conversation se poursuivra au Grand Châtelet.

Cagliostro tapa le sol de son talon, ce qui fit tinter l'ensemble de ses chaînes et breloques.

— Vous connaissez ceux qui mé protègent. Il suffit d'oune mot…

— Que vous ne prononcerez pas, car vous êtes trop sage pour braver les autorités d'une nation qui vous accueille et trop courtois pour refuser de parler à quelqu'un qui a eu l'honneur de souper à votre table.

Le comte eut un demi-sourire.

— Soit, vous mé forcez la volonté et mé prenez par les bons sentiments. Qué voulez-vous savoir ?

— Vous receviez hier soir.

— C'est oune fait, quel mal y a-t-il à cela ?

— Aucun. Quels étaient vos invités ?

— Renato Calvi, un Vénitien de mes amis. Le comte et la comtesse de la Chevrolière, Mme de La Motte-Valois qué vous connaissez, M. Delon de Lassaigne, médecin du roi, en charge de la Bastille.

— Comment l'avez-vous connu ?

— La Bastille est notre voisine. Il avait eu vent de mes méthodes et de mes cures miraculeuses. Il m'a approché pour en discuter avec moi. C'est oune homme curieux et plein de talents. C'est ainsi qué j'en souis venu à lé convier à ce souper.

— Et savez-vous où il se trouve à l'heure d'aujourd'hui ?

— Comment ! Mais ici, dans oune chambre confortable où il dort du sommeil du juste.

— Le peut-on faire appeler ?

— J'en doute. Il avait beaucoup abusé du vin de Champagne et n'était pas en mesure de rentrer chez lui en cet état. Il y allait de sa réputation et de sa sûreté. Ié loui ai fait avaler l'une de mes potions. Ainsi il a pu profiter d'un repos apaisant. L'effet dé ma thériaque prendra fin, disons…

Il consulta sa montre toute constellée de pierres précieuses, diamants, rubis et émeraudes.

— … dans deux ou trois heures.

— Ne le peut-on, monsieur, réveiller ? insista Bourdeau.

— Ce serait périlleux pour sa santé, dit Cagliostro la main levée.

— Soit, nous le verrons plus tard. Autre chose, je crains que vous n'ayez omis l'un de vos invités. Un père capucin, je crois.

— Ah ! Celoui-là. *Ma*, ié ne le connaissais point avant ce soir.

— Et alors, comment s'est-il trouvé à votre table ?

Le comte se campa comme un matamore, un pied en avant et les poings sur les hanches.

— C'est le fait de ma gloire. Loui aussi a eu vent de mes cures et souhaitait s'entretenir avec moi. Il s'est présenté ce soir à l'improviste comme étant oune praticien émérite de la taille de la pierre et des hernies. Nous étions à deviser à table quand oune émissaire de la Bastille a surgi. On cherchait lé médecin pour un prisonnier souffrant. Croyez-moi, M. de Lassaigne était hors de mesure de pratiquer son art. C'eût été péril pour lé patient.

Il rit.

— Je l'imagine dans ses mains tremblantes. Ah ! Oui. Le père capucin s'est proposé. Lassaigne a écrit oune mot pour la garde, ce fut d'ailleurs assez malaisé et il fallut loui tenir la main.

— Ou pas, murmura Bourdeau à l'oreille de Nicolas.

— Et ainsi, reprit le commissaire, vous recevez n'importe quel quidam qui se présente.

— Oh ! Oune religieux. Et n'est-ce point la coutume dans ce pays-ci dé venir demander à souper ?

— Et comment était-il ? Le pouvez-vous décrire ?

— Oh ! Oune homme de taille moyenne. J'aurais des difficultés à vous représenter lé détail de ses traits. Certes il avait rabattu son capuchon, mais il portait la barbe et des lunettes foumées.

— Et vous a-t-il précisé comment il se nommait ?

— Ié n'y ai guère porté attention. Il me semble quelque chose comme Pérou ou Frérou, dé cet acabit-là je crois. Monsieur, je vous assure que je n'ai rien dé plous à vous apprendre. Me feriez-vous l'obligeance dé me permettre de rejoindre mon dîner ? Je n'entends pas faire attendre davantage oune illustre personnage qui serait fort marri d'apprendre qu'on me cherche noise.

— Il décoche son dernier trait, dit Bourdeau.

— Monsieur le comte, nous vous sommes reconnaissants de votre aimable concours. Nul doute que nous aurons l'occasion d'en reparler. Vous êtes un homme de sciences et vous savez combien le travail de la raison est précautionneux, difficile et répétitif.

Alors qu'ils s'avançaient vers leur voiture, Bourdeau se frappa les cuisses.

— Tu peux m'en croire, cet oiseau-là en sait plus qu'il n'a voulu nous le dire.

— L'homme sort du commun. Il a une capacité et un talent de persuasion affermé sur son bagout et sa séduction. Il entortille tout cela de formules et joue de ses attitudes outrées. Je suis cependant de ton avis, il nous a amusés de propos ambigus. De loin, et sans que rien le puisse impliquer, je le pressens complice de cette affaire. Il y a là trop de coïncidences pour qu'elles ne dissimulent pas une vérité troublante. Ce soir-là, comme par hasard, sont présents le médecin en titre de la Bastille, un moine que personne ne connaît, doté, imagine le tableau, d'une barbe noire ou postiche et de lunettes fumées. Description utile pour le retrouver ! Note qu'il est admis sans conteste et, de surcroît, immédiatement mobilisé lorsqu'on vient chercher le médecin. Merveille ! C'est l'empirique sur la place le plus apte à réduire une hernie ! Et c'est de ce mal qu'il s'agit ! Saint hasard ! On le dépêche sur-le-champ à la Bastille avec un message dont l'écriture n'est peut-être pas de la main de Lassaigne. Lequel s'enivre et pour comble reçoit les soins du comte de Cagliostro qui lui administre sa médecine dormitive. Il eût été malséant de vérifier la chose et de le vouloir rencontrer. Cependant, à la réflexion, je le regrette.

— Et vous auriez eu raison de le faire ! dit la voix d'un homme qui s'était approché alors qu'arrêtés à la porte de leur voiture, ils devisaient.

— Tiens donc ! *Le Hibou.* Décidément, mon ami, vous apparaissez toujours quand je sors d'une maison, et de celle-là en particulier.

— C'est que j'ai quelques raisons de la surveiller.

— Et quelles sont-elles ?

— Je vous les révélerai le moment venu. Mais, pour le coup qui vous intéresse, sachez que le docteur de la Bastille n'est point chez le charlatan. Il a quitté tôt ce matin, et certes à moitié ivre, l'Hôtel de Cagliostro en compagnie de la comtesse de La Motte-Valois à qui, je crois, un rôle avait été imparti.

— Monsieur Restif, dit Nicolas, que ferions-nous sans votre aide ? Vous êtes impayable.

— Point, monsieur le commissaire, et toute obole serait la bienvenue. Vous connaissez mon dévouement.

— Dont le désintéressement est exemplaire ! ajouta Bourdeau.

Nicolas, bon prince, lui lança sa bourse. *Le Hibou* la saisit au vol, enfonça son chapeau, salua et disparut.

— Qu'a-t-il voulu dire ?

— Sans doute que les apparences sont fausses, que le comte est un faiseur et que la fille du sang des Valois ne déparerait pas la collection de notre amie Paulet. Tous ces gens sont de mèche. Pourquoi ? Au profit de qui ?

— Sans compter, dit Bourdeau sentencieux, que nous pouvons nous trouver devant une pièce dont les actes seraient séparés.

— Tu veux dire que les acteurs d'un acte ne connaîtraient pas les tenants et les aboutissants du précédent et ignoreraient la suite de l'intrigue ?

— Précisément. On utilise des morceaux pour bâtir un tout. Mais si disons des policiers remontent la chaîne, ils rencontrent assez vite des césures et des vides.

— Voilà qui me rappelle étrangement des remarques de notre ami Noblecourt. Je vois ce que tu suggères et j'en suis à croire que tu n'es pas éloigné de la vérité.

— Car enfin, dit Bourdeau, à qui fera-t-on avaler, par-dessus le marché, que Bezard aurait subtilisé un rasoir de chirurgien chargé de la toilette des prisonniers au mépris de toutes les précautions ?

— Tant de faits ne laissent pas d'intriguer. Il a fallu faire coïncider trois événements difficilement compatibles. La maladie du caissier et sa nature, l'absence du médecin convié chez Cagliostro, et la miraculeuse présence du capucin empirique. Qu'en dis-tu ?

— Cela me renforce dans mon idée. Et je suppose aussi que Bezard, d'une manière ou d'une autre, nous le découvrirons peut-être, a été averti qu'on viendrait le faire évader. La recette lui est transmise : feindre une maladie ou l'aggravation de celle dont il souffre déjà. Tout cela est agencé comme une minuterie bien huilée. Les choses se mettent en place. Reste qu'il ne s'agit pas d'une évasion, mais d'un meurtre dont la victime est elle-même complice et qui, tu en seras d'accord avec moi, vise à réduire quelqu'un qui, sans doute, en savait trop et qu'il convenait de faire taire, définitivement.

— Et le lien dans tout cela avec l'affaire Trabard ?

— Il est évident. Cependant, le vicomte étant mort, tous nos suspects sont susceptibles d'avoir mis la main à cet embrouillement. Encore que j'ai le sentiment que la décision de supprimer Bezard vient de plus haut. Il faut que nous calmions nos effusions d'hypothèses : le flambeau de la vérité s'obscurcit lorsqu'on l'agite trop violemment. Dans l'immédiat, partons à la recherche d'un marchand cirier.

Bourdeau avait souvenir d'une boutique située sur l'île de la Cité, rue des Cargaisons, près du Marché Neuf. Ils s'y rendirent aussitôt. L'artisan examina avec soin le paquet de cire, le malaxa, le sentit, le goûta du bout de la langue et rendit aussitôt son verdict. Il s'agissait bien de cire provenant d'un cierge, le doute n'était pas permis. Au sortir de la boutique les policiers demeurèrent un moment silencieux, puis Bourdeau commenta la découverte, l'air perplexe.

— Évidemment, s'il s'agit d'un vrai moine capucin, il n'est pas étonnant qu'il ait marché dans du cierge fondu.

— Reste que le croire sans précaution serait prendre l'apparence pour une certitude.

À leur retour au Grand Châtelet, le père Marie informa Nicolas que le lieutenant général de police l'attendait en son hôtel et qu'il devait s'y rendre sans désemparer. Bourdeau fut chargé de veiller à l'ouverture du corps de Bezard, Sanson ne devant plus tarder à paraître.

Le Noir accueillit Nicolas, l'air effaré, et se tourna aussitôt vers un personnage inconnu tassé dans un fauteuil. Nicolas considéra cet homme malingre, encore jeune, dont la figure figée n'avait rien d'agréable.

— Monsieur, dit Le Noir avec un respect marqué, je vous présente le marquis de Ranreuil, commissaire du roi aux Affaires extraordinaires.

— Sa Majesté m'a dit tout le bien possible à votre sujet, monsieur. Et qu'on pouvait s'ouvrir à vous des questions les plus secrètes.

La voix était aussi déplaisante que le visage, mais le regard s'était adouci. La vue d'évidence était basse et l'inconnu clignait des yeux en lorgnant Nicolas.

— M. Lefèvre d'Ormesson, contrôleur général des finances, souhaite vous entretenir d'une enquête dont vous êtes en charge.

Ainsi c'était lui, songea Nicolas, l'homme responsable du Trésor depuis le printemps. Aimée d'Arranet lui en avait longuement parlé au sujet de places sollicitées pour la maison royale d'éducation de Saint-Cyr.

M. d'Ormesson était l'administrateur du temporel de l'établissement et, en cette qualité, travaillait directement avec le roi. Des places ayant vaqué, la reine avait appuyé les protégés de sa *camarilla*. D'Ormesson avait, quant à lui, soutenu des demoiselles dont les pères étaient morts au service de l'État dans la dernière guerre, disant que celles-ci méritaient la préférence. Ce courage audacieux avait plu au monarque et sans doute déterminé son choix pour la charge de contrôleur général. L'impétrant avait bien argué de sa jeunesse pour éloigner le calice, mais le roi, bonhomme, avait rétorqué que lui-même était bien jeune quand il avait dû accepter une fonction d'une tout autre importance. Aimée avait ajouté que l'homme ne disposait ni de la grâce, ni de la facilité, ni de l'aisance des manières que l'on souhaite à la cour, mais qu'il était réputé pour son labeur et une probité intacte.

— Monsieur, reprit le ministre, savez-vous qu'il y a moins d'une heure un homme s'est plaint de vous, en ma présence.

— Monseigneur…

D'Ormesson fit un geste comme pour dire que l'appellation comptait peu pour lui.

— … J'imagine qu'il peut s'agir d'un noble étranger, médicastre et mage, fort couru de la cour et de la ville.

— Je n'ai guère saisi le sens de son propos. Le Noir vient de m'en dire suffisamment pour savoir de quelles affaires vous êtes actuellement en charge. J'attends de vous des éclaircissements.

Nicolas résuma les circonstances et les informa de la suite des événements et de la mort de Bezard dans des conditions suspectes. Le ministre parut atterré de ces révélations. Il se leva, fit quelques pas, regarda par la croisée et revint s'asseoir.

— Monsieur, le roi est garant de votre discrétion. Je dois vous mettre au courant de la conjoncture. Nous affrontons une crise générale grave. Le déficit des finances est la conséquence d'une guerre onéreuse. Il y a une difficulté de paiement à la Caisse d'escompte qui va m'obliger à la soutenir. Le besoin de numéraire est urgent, il va falloir emprunter auprès d'elle, ce qui risque, une fois connu, de déclencher une panique dans le public et de nous contraindre à forcer le cours. La confiance disparaîtra et l'on s'interrogera sur la fiabilité et les remboursements des billets d'escompte. Déjà des rumeurs s'installent dans les cours étrangères… Enfin, et c'est là que le bât blesse, j'envisage pour arrêter l'éventuelle hémorragie d'interdire les exportations d'espèces métalliques, la mauvaise monnaie chassant la bonne. Vous mesurez, monsieur, j'espère, la gravité de mes propos et l'absolue exigence de les oublier sur-le-champ.

— Dois-je comprendre, monsieur, que cette affaire est destinée à demeurer environnée de ténèbres ?

— Je n'exprimerais point mon sentiment d'une manière aussi dramatique. Le mal est fait en ce qui concerne la malversation au détriment de l'État. La fraude est avérée, traversée, découverte et ceux qui en développaient les effets ont été mis hors d'état de nuire. Quant à ceux qui pourraient être, je dis bien pourraient, à l'origine de ce trafic et qui, une nouvelle fois, touchent aux marches du trône, nos soupçons désormais les rendent impuissants. Quant à cet aventurier, ce Cagliostro, à propos duquel je ne partage pas le goût, si propre à notre pays, pour la nouveauté et l'extraordinaire, que la cour et la ville lui accordent, il est par ses relations et son rôle dans certaines sociétés secrètes pour l'heure intouchable.

— Mais…

— Non. Je dis pour l'instant, car nul doute qu'un faux pas excessif finira bien par le perdre. Quant à vous, monsieur, poursuivez et achevez votre enquête. J'aurai peut-être la satisfaction d'en connaître la perspicace issue…

Il soupira et hocha la tête.

— … si toutefois je suis encore contrôleur général à ce moment-là.

Il sembla se parler à lui-même.

— Si l'on pressentait ce que le pouvoir signifie et que l'autorité qui en découle ne cesse de se heurter à d'infranchissables obstacles, on ne s'évertuerait pas ainsi pour s'en emparer… Oui, en vérité le fardeau est lourd.

Il se leva, salua Le Noir, sourit à Nicolas et ce mouvement transforma un instant son ingrat visage, puis il sortit à petits pas pressés.

Un long silence suivit ce départ. Le lieutenant général regardait avec inquiétude Nicolas, accablé.

— Que voulez-vous, Nicolas, les arguments de M. d'Ormesson sont recevables. Il a des responsabilités d'État qui dépassent nos pauvres considérations. Imaginez un instant que la confiance sur la crédibilité du royaume, déjà bien écornée, s'effondre au su de ce que nous avons découvert, un trafic d'espèces d'un royaume allié, notre parole ne vaudrait plus rien. Or c'est sur sa fiabilité que repose notre capacité à emprunter. Sa Majesté ayant refusé à plusieurs reprises de hausser les impôts comme tous ses prédécesseurs l'avaient fait pour financer les guerres, il n'y a pas d'autre issue. Et le marchand de ferraille, ce Lambroie de la cour du Dragon, le croyez-vous menacé ?

— S'il savait quelque chose, il serait déjà mort par les temps qui courent. Nous allons nous concentrer, puisqu'il le faut…

— Ne soyez pas amer. Vous ne connaissez que trop bien depuis des années que nos enquêtes se heurtent toujours à la raison d'État. Et peut-être que cela vaut parfois mieux. N'oubliez pas que la reine a été à l'origine de cette affaire. Je n'ose me figurer…

Le Noir s'arrêta, rendu muet de sa propre audace.

Nicolas renvoya sa voiture et décida de rentrer à pied au Grand Châtelet. Il avait besoin de réfléchir et, seule, la marche, cet oubli de soi animé, autorisait ce vide de l'esprit que venait peu à peu emplir idées et images.

C'est d'un pas d'automate qu'il rejoignit la rue Saint-Honoré. Il regardait les visages des passants et les devantures des boutiques sans vraiment les voir. Il lui semblait aussi avoir oublié quelque chose, des pensées fugitives qui à plusieurs reprises lui avaient traversé l'esprit. Elles étaient sans doute essentielles et il lui fallait les retrouver. Il s'arrêta soudain. Un fait capital venait de surgir du fatras des hypothèses. Fallait-il être sot pour n'y avoir pas songé plus tôt ! Il feuilleta son petit carnet noir avec fébrilité et finit par retrouver le passage intéressant. Il hésita un moment, consulta sa montre, fit demi-tour et gagna le *Dauphin couronné* à l'extrémité du faubourg. Il y interrogea longuement la Paulet. Au sortir de la maison galante, il héla un pot-de-chambre qui le conduisit à toute bride chez la Bourdeille avec laquelle il recoupa ce qu'il avait appris auparavant de la Paulet. Il devait maintenant assimiler sa découverte et en tirer les conséquences nécessaires. Les pièces du carton découpé se présentaient en désordre, il convenait de les remettre en place et de jeter la raison sur l'incertain du monde.

Au Grand Châtelet, Nicolas ordonna à Gremillon de se rendre avec force exempts à l'Hôtel de Trabard et d'y arrêter l'ensemble des suspects. Ils seraient incarcérés en attendant l'organisation d'une confrontation générale en présence de Sartine et Le Noir dans le grand bureau du lieutenant général de la vieille forteresse. Sanson, venant d'achever l'examen superficiel du cadavre de Bezard, vint présenter au commissaire le résultat de ses premières observations.

— Il s'agit, dit-il, de déterminer les signes qui peuvent faire distinguer si les blessures relevées sont le résultat d'un suicide ou d'un meurtre. Ce que Bourdeau m'a rapporté milite évidemment pour la thèse d'un assassinat. Encore faut-il que mes constatations la confirment.

— Et donc ? dit Nicolas impatient.

— J'ai d'abord recherché si le corps présentait des signes de violence. La victime peut en effet se débattre pour éviter la menace et la lutte éventuelle qui a pu précéder le coup mortel peut être décelée par des meurtrissures sur différentes parties du corps. Je les ai donc recherchées.

— Les avez-vous trouvées à la parfin ?

— Tout dépendait de la nature et de la profondeur de la plaie mortelle. Une profondeur en effet peut faire soupçonner l'homicide plutôt que le suicide, surtout si on ajoute à cela la situation et la direction de la plaie.

Bourdeau riait sous cape du caractère précis et compendieux des explications du bourreau et remarquait que Nicolas se mordillait l'intérieur de la bouche, signe chez lui d'une exaspération croissante que seules son amitié pour le praticien et sa courtoisie empêchaient d'exploser.

— J'ai observé, poursuivit Sanson imperturbable, qu'une mèche de cheveux avait été arrachée, preuve s'il en fut qu'une lutte était intervenue ou que l'on avait maintenu la tête de la victime pour mieux assurer le coup. J'ai, évidemment, comme c'est l'obligation dans ce type de question, comparé la forme de la plaie à l'instrument que vous avez ramassé près du corps dans son cachot de la Bastille. J'en déduis ceci.

Sanson alla se placer derrière Bourdeau debout, lui tira la tête en arrière par la perruque faisant office de cheveux car l'objet de l'expérience n'avait plus guère de chevelure, et mima l'égorgement du côté gauche au côté droit.

— Or j'ai sondé la plaie. La piqûre initiale est profonde et dirigée vers la gauche du cou de la victime. Il y a donc eu piqûre et ensuite la lame a tranché le col. J'en conclus donc sans conteste possible que votre victime a bien été assassinée par égorgement.

Nicolas soupira.

— Voilà une certitude qui complète heureusement mes premières constatations. Il n'y a plus de doute. Une question : l'assassin a-t-il été souillé du sang de sa victime ?

— C'est peu probable, placé comme il était, sauf peut-être sur les mains et les manches de sa vêture.

— Merci, mon cher ami, de votre aide toujours si précieuse. Que ferions-nous sans votre science ?

— L'homme de cour dispense son eau bénite, marmonna Bourdeau goguenard.

Nicolas fit ensuite appeler Rabouine et lui intima de se rendre avec deux exempts à l'église Saint-Sulpice et d'en ramener le vicaire, frère du vicomte de Trabard. Il précisa qu'il ne s'agissait pas d'une arrestation mais d'une convocation pour témoignage et qu'il convenait de procéder avec tact et discrétion, compte tenu du caractère sacré du personnage. Bourdeau interrogea le commissaire du résultat de son entretien à l'hôtel de police. Nicolas n'hésita qu'un instant à lui révéler la vérité et qu'une nouvelle fois la raison d'État, d'ailleurs justifiée par des arguments raisonnables, entraverait le cours normal de la justice. La réaction de l'inspecteur le surprit. Loin de s'indigner, il estimait que les justifications de cette attitude données par M. d'Ormesson retentissaient avec l'accent de la vérité. Le contrôleur général des finances bénéficiait de son indulgence et de son respect, tant les attaques dont il était l'objet, leur nature et la qualité de ceux qui les proféraient, le rehaussaient et l'élevaient sur le pavois de la rigueur et de l'intégrité. Nicolas lui en fut reconnaissant et en ressentit, s'il était possible, davantage encore d'estime pour son ami et adjoint.

— M. d'Ormesson n'a pas caché qu'il pensait sa présence provisoire et qu'il n'escomptait guère se maintenir en place très longtemps.

— Son départ sera une nouvelle marche descendue vers le gouffre, dit Bourdeau, à la fois sombre et convaincu.

Nicolas rédigea deux lettres adressées à l'ancien ministre et au lieutenant général de police afin de les inviter le lendemain à dix heures du matin à assister à cette séance générale de confrontation. Cela fait, il décida de lâcher les rênes et d'aller marcher au hasard afin de se renfermer en lui-même. Bourdeau assurerait la permanence et le retrouverait aisément par le maillé étroit de la ville établi par les mouches et les *vas-y-dire* au service du Grand Châtelet.

Ses pas le portèrent vers la Cité. Le Palais de justice avait brûlé en 1776, des prisonniers enfermés au-dessus de la conciergerie avaient allumé un feu afin de s'échapper à l'abri du désordre qui s'ensuivrait. Les dommages pour le bâtiment furent considérables et la restauration venait juste d'être achevée. Il avait fallu un impôt spécial au prorata des capitations de tous les habitants. La décision avait occasionné grande rumeur et émotion. Nicolas constata qu'on n'avait pas encore complètement abattu les échoppes dont la ligne irrégulière resserrait la rue de la Barillerie et n'aurait permis l'entrée dans la cour du Mai que par les deux portes de l'ancienne ouverture gothique. Ces antiquités allaient faire place à une grille monumentale forgée et décorée dont Nicolas admira les prémices et la porte centrale déjà en place surmontée d'un globe à couronne, doré et fleurdelisé. La cour était flanquée de deux ailes d'ordre dorique formant galeries, l'une sur le côté de la Grand'Salle et l'autre le long de la Sainte-Chapelle.

Nicolas, tout à son admiration de l'ensemble ainsi restauré, en vint à comparer ce symbole majestueux de la justice à la réalité de son exercice qu'il expérimentait depuis tant d'années. C'était au nom d'un roi, que certains appelaient Louis le Juste, qu'on commettait tant d'injustices et l'hermine des magistrats, qui rappelait le manteau du sacre et la justice déléguée du souverain, n'était trop souvent qu'une défroque souillée et avilie. Il sentit que cette réflexion le mènerait à des conclusions scabreuses. Remettre en cause une justice imparfaite, c'était reconnaître qu'elle manquait son but et que, chargée de régler la société, elle en aggravait les travers.

Il fixait avec tristesse les armes de France quand sa réflexion dériva. Il eut le sentiment d'un choc, d'un éblouissement qui l'étourdit un moment. Encore une fois, que n'y avait-il songé auparavant ? Pourquoi ce constat soudain avait-il si longtemps cheminé sans paraître à la surface de sa conscience ? Avec fièvre, il consulta son petit carnet noir. Il n'y trouva rien qui correspondît à ce qu'il venait de découvrir. Pourtant, cela coïncidait si furieusement à une hypothèse vraisemblable qu'il tint d'intuition le fait pour avéré.

Un petit bout de carton découpé rejoignit ses frères et acheva le tableau général.

Il poussa jusqu'au Marais où sa carrière avait débuté, puis rejoignit le Grand Châtelet. Gremillon avait ramené ses prisonniers désormais écroués. L'affaire avait été rondement menée, encore que les deux femmes, Mme de Trabard et sa femme de chambre, eussent résisté et tenté par des évanouissements feints de retarder l'opération. Malheureusement Rabouine n'avait pas réussi à mettre la main sur le chanoine. Il avait posté ses sbires afin de surveiller Saint-Sulpice et le domicile du prêtre dans une rue voisine.

La journée s'acheva en attente vaine. Nicolas demeura au Châtelet jusqu'à une heure avancée de la nuit. Il relut sous le regard d'interrogation de Bourdeau l'ensemble des pièces du dossier. À plusieurs reprises il consulta un plan de la capitale. Il marchait de long en large, le regard au plafond. Vers minuit, il donna ses dernières instructions qui ne laissèrent pas de surprendre l'inspecteur, prit congé et gagna la rue Montmartre. Dans le silence de la maisonnée endormie, il monta dans ses appartements. Mouchette l'accueillit en miaulant vigoureusement. Étaient-ce des reproches pour ses absences à répétition ? Elle finit par se lover au-dessus de sa tête. Ce contact le rassura, calma les appréhensions qui le tourmentaient. Demain, il s'agirait que la découverte de la vérité restaure l'honneur de la justice.

Vendredi 1er août 1783

La nuit avait été étouffante, un air lourd et empuanti prenait à la gorge. Dans la grande salle des audiences du Châtelet le rideau se levait sur une comparution décisive. Le premier mouvement de Sartine avait été de s'emparer du siège du lieutenant général de police. Au dernier moment, il avait hésité et s'était effacé devant un Le Noir faussement modeste. Les suspects étant assis sur des bancs, Nicolas et Bourdeau, revêtus des robes de leur fonction, demeuraient debout.

La vicomtesse de Trabard ne portait pas le deuil de son époux disparu. Elle relevait la tête, souveraine, toisant les magistrats avec une sorte de défi dans le regard. Decroix, le palefrenier, restait égal à lui-même, serein en apparence, mais le mouvement spasmodique de son pied droit trahissait une tension intérieure qu'il ne parvenait pas à masquer. Nicole, la femme de chambre, se pressait les joues entre les mains, comme atterrée.

Nicolas demanda à Bourdeau si tout ce qu'il avait ordonné était prêt. Ce dernier lui assura qu'il pouvait y compter et que tout se déroulerait comme il l'avait prévu.

Sartine fit un signe impatient à Le Noir qui prit la parole.

— Avant que ne soient soumises au lieutenant criminel d'éventuelles inculpations, nous entendrons le commissaire Le Floch qui établira les faits concernant le trépas de feu le vicomte de Trabard et procédera à l'interrogatoire des suspects. Monsieur le commissaire, nous vous écoutons.

— Nous voici donc réunis, devant vous, messeigneurs, pour tenter de déterminer dans quelles conditions a péri le vicomte de Trabard et, dans le cas d'un meurtre, quels en sont les instigateurs et auteurs. Nous sommes au terme d'une enquête difficile dont les éléments diffus ont été malaisés à mettre en place de cohérente façon. En ce jour nous commençons à entrevoir une lueur diffuse de vérité qui devrait nous éclairer. Je dis nous éclairer, et là encore, je demande qu'on pardonne cette prétention de penser pouvoir illuminer de raison un tableau aussi sombre et dont bien des éléments nous échappent et peut-être viendront au jour dans l'avenir.

Il fit une pause. Sartine s'agita à cet instant sur son fauteuil. Ce n'était pas sans un certain plaisir que Nicolas maniait ces phrases ambiguës dont seuls lui-même, Bourdeau et les deux magistrats étaient à même de saisir la périlleuse portée.

— Je dois faire observer au préalable, avant de poursuivre, que tous les suspects ici présents se sont évertués depuis le début de l'enquête d'en brouiller le cours par des mensonges répétés, de feintes assertions et des tentatives d'orienter l'autorité sur de fausses pistes.

Nicolas reprit son souffle et remarqua que la vicomtesse de Trabard et Decroix s'étaient assis loin l'un de l'autre autant qu'il était possible. Chacun, le regard vide, fixait une direction opposée.

— Reprenons les faits, si d'aucuns les avaient oubliés. Dans la nuit du 13 au 14 juillet 1783, aux environs de minuit, le valet chargé à l'Hôtel de Trabard, rue d'Enfer, d'effectuer une ronde nocturne découvrait le corps de son maître atrocement mutilé par les sabots de l'étalon Bucéphale. L'homme avait été alerté par l'agitation inhabituelle des autres chevaux de l'écurie. Ces points semblent acquis et l'ouverture du corps de la victime les a confirmés. Cependant, sur la base solide de ces constatations, le mystère s'épaissit de telle sorte que chacun de ceux qui aujourd'hui comparaissent, la veuve de la victime, sa femme de chambre et le maître palefrenier du domaine, peut être légitimement soupçonné d'avoir mis la main en préméditation et action du meurtre du vicomte de Trabard.

Il y eut dans la grande salle un long murmure de protestations étouffées.

— Une question, monsieur le commissaire, dit Le Noir. Comment se fait-il qu'un des suspects, le secrétaire de la victime, soit absent ?

Nicolas sourit. Bien sûr, le lieutenant général feignait d'ignorer un fait qu'il connaissait.

— Plaise à vous, monseigneur, d'apprendre que ledit Diego Burgos, tout aussi suspect que ceux que nous entendons aujourd'hui, s'est enfui, a été rejoint par nos gens alors qu'il venait de périr de l'étrange maladie consécutive aux brouillards mortifères qui accablent nos campagnes.

— Soit, poursuivez.

— Le vicomte de Trabard a été victime de son cheval, affolé par ce que nous savons.

Il fit quelques pas et disposa sur le bureau un cornet de papier que Le Noir déversa et dont il considéra le contenu avec curiosité avant de le pousser vers Sartine.

— J'y reviendrai. Notre enquête a prouvé que le vicomte de Trabard, préalablement drogué et anéanti par une forte dose de liqueur soporifique, a été conduit inconscient jusqu'aux écuries.

— Cette liqueur, dit Sartine, quelle était-elle et d'où provenait-elle ?

— Après investigation, il appert que la vicomtesse de Trabard usait de liqueur d'Hoffmann pour remédier à de fréquentes insomnies. Nous en avons retrouvé cinq fioles dans l'appartement du secrétaire Diego Burgos après sa fuite.

— Avez-vous enquêté sur leur provenance ? demanda Sartine se penchant en avant.

— Certes ! Dûment interrogée, Nicole, la femme de chambre de Mme de Trabard, a avoué les commander chez Gerault, apothicaire rue Saint-Jacques.

Les fioles vides retrouvées avaient contenu de quoi assommer un bœuf comme nous l'a confirmé l'apothicaire. La femme de chambre justifiait ces importantes commandes par la maladresse de sa maîtresse qui en brisait souvent en les manipulant.

— C'est vrai, j'ai des tremblements, dit la vicomtesse d'une voix à peine audible.

— Or, reprit Nicolas, Sanson, ayant poursuivi ses investigations sur le corps de la victime, a pu déceler qu'il avait absorbé une forte quantité de la liqueur d'Hoffmann. Cela laisse supposer qu'il a été traîné ou porté inconscient dans le *box* de Bucéphale. Pour assurer le crime, la porte du *box* était verrouillée. Aurait-il par miracle repris conscience que la voie pour échapper à la fureur provoquée du cheval aurait été impossible.

— Vous supposez donc que M. de Trabard a été drogué ? D'autres faits viennent-ils corroborer cette affirmation ?

— La victime était pieds nus, souillés de terre. Ce n'est que plus tard que Diego Burgos nous a rapporté ses mules dont au demeurant les semelles étaient propres. Elles avaient été, nous affirmait-on, retrouvées sur la pelouse.

— Qui l'avait affirmé ? demanda Le Noir, prenant Sartine de court.

— Diego Burgos. Il faut comprendre, pour résumer, que tout nous fut présenté afin de nous faire accroire un déroulement logique des événements. Le vicomte de Trabard, en vêtements de nuit, décide de se rendre dans le *box* de Bucéphale où il s'enferme et là, l'étalon, furieux contre un homme qui l'aurait frappé, le piétine sauvagement. Tout cela ne tient pas. Qu'allait faire le vicomte à cet endroit ? Se serait-il enfermé lui-même dans le *box* alors que le loquet est extérieur et des plus malaisés à manœuvrer de l'intérieur ?

Il y eut un long silence. Chacun attendait la suite.

— Messeigneurs, ce que nous avons découvert dans le *box* de Bucéphale, vous le savez, a aussitôt orienté nos investigations dans un autre sens. Dans la mangeoire du cheval, transformée en une discrète cachette, nous avons recueilli des pièces de monnaie étrangères et surtout un vestige d'un écrit qui laissait entendre que Trabard fournissait à un correspondant des éléments alimentant les libelles et pamphlets trop souvent multipliés en provenance des places étrangères. Dans l'appartement du vicomte régnait le plus grand désordre. Il semblait qu'on eût tout bouleversé à la recherche de quelque chose.

— Mais, dit Sartine, n'est-ce pas la preuve que cet appartement a été fouillé après la mort du vicomte ?

— Je ne le crois pas. Le ou les assassins ont drogué le vicomte d'une manière qu'il faudra éclaircir, sans doute au cours de son souper. Alors qu'il était inconscient, je suppose que son appartement a été fouillé de fond en comble, sans succès. Et peut-être devons-nous dissocier l'acte criminel et la main qui a rempli ce que contenait la mangeoire. Il reste une dernière possibilité. Le désordre de la chambre du vicomte serait un faux-semblant destiné à donner le change. Les documents et l'argent que contenait la mangeoire auraient été retirés du lieu en question avant le crime et ce n'est que par un malencontreux hasard que des traces de ce contenu sont demeurées en place et ont été découvertes.

— Et qui l'aurait ôté de sa cachette ? demanda Le Noir, interloqué par ce que venait d'avancer le commissaire.

— Qui sait ? Peut-être le mystérieux personnage venu dans la soirée en voiture de cour ?

Sartine s'agitait, les marteaux de sa grande perruque ondulant au gré de son mouvement.

— Qui n'est, ajouta Nicolas, je m'empresse de l'affirmer, que l'apparence d'un carrosse de cour.

Il observa que nul mouvement de surprise n'agitait la ligne des prévenus à cette curieuse assertion.

— Mais revenons aux témoignages de ceux qui comparaissent à cette heure devant vous.

Il s'approcha de la vicomtesse de Trabard.

— Madame, comme tous ceux qui vous entourent, vous n'avez cessé de mentir et de gazer la vérité.

— Monsieur, vous m'outragez !

— Madame, c'est la justice du roi et la vérité que vous bravez sans vergogne. Vous avez prétendu avoir lu toute la nuit un livre de Lesage. Je n'aurai pas la cruauté de vous rappeler que vous prétendez prendre chaque soir des gouttes de la liqueur d'Hoffmann, ce qui me paraît incompatible avec la lecture, mais passons. Un roman de Lesage a donc occupé, m'avez-vous affirmé, une partie de votre nuit. Oh ! Une simple question : comment s'appelle l'oncle d'Estevanille, le héros du roman ?

— Je ne prête pas attention aux noms, monsieur.

— Soit, madame. Alors de quelle ville le héros est-il originaire ? Considérez que je vous interroge sur des informations que l'on peut trouver dans les dix premières pages de cet ouvrage.

Elle ne répondit pas.

— De Murcie, madame. Et Gonzalez Estevanille est le neveu de Damien Carnicero, le plus fameux chirurgien de cette cité. Et j'ajouterai, pour faire bonne mesure, que, dans ce boudoir où vous avez l'audace de soutenir que vous avez lu une bonne partie de la nuit, vos chandelles étaient intactes. Madame, vous n'avez pas passé la nuit dans votre appartement.

— Je ne répondrai pas à vos injures.

— Il n'y a pas injure, madame, à soutenir que vous avez passé la nuit ou une partie de la nuit chez votre amant, Decroix, maître palefrenier de ce domaine.

— Monsieur ! Vous m'insultez !

Elle regarda Sartine et Le Noir.

— Messeigneurs, j'en appelle à votre justice.

— Madame, répondit Le Noir, à vous-même de la respecter en donnant votre sentiment sur ce qu'affirme son représentant. Êtes-vous, oui ou non, la maîtresse de Decroix ici présent ?

— Certainement pas !

— Madame, madame, vous vous enferrez ! Croyez-vous que nous n'ayons pas le nez assez sensible pour sentir et repérer la fragrance de l'*Eau de la reine de Hongrie*, dont vous usez et abusez au point que la couche de votre palefrenier en est tout imprégnée ? Et comment peut-on croire…

Il ouvrit son carnet noir et le feuilleta.

— … qu'une femme aussi raffinée puisse avoir les pieds sales comme si elle avait couru sur une pelouse toute humide de la rosée du matin ?

— Madame, qu'en dites-vous ? reprit Le Noir.

— Ces injures sont des contes sans rimes ni raison. Et c'est la seconde fois que vous m'accusez d'adultère.

— Madame, dit Nicolas, vous êtes suspecte. Mariée à un homme dont le peu d'intérêt pour vous était une insulte quotidienne à votre beauté, vous avez en outre été ruinée. Si tout avait continué, vous risquiez de vous retrouver dans quelque couvent de province qui vous aurait accueillie par charité. Oui, en vérité, madame, vous aviez quelques raisons de souhaiter la mort de votre époux. Et le moindre de vos crimes, pour le moment, c'est d'avoir trouvé dans les bras de Decroix l'affection qui vous était due et que votre beauté méritait. Je ne conclus pas.

Il reprit son souffle, consulta une nouvelle fois son carnet, et se tourna vers Decroix. Mais il fut pris de vitesse par le maître palefrenier.

— Je m'inscris en faux contre tout ce qui vient d'être affirmé par le commissaire Le Floch. Je n'ai pas manqué tout au long de son enquête à lui apporter mon concours en lui signalant divers faits et situations. C'est moi en particulier qui ai attiré son attention sur les mensonges et tromperies de Diego Burgos.

— Nous allons voir cela dans le détail. Et d'abord, revenons sur vos occupations le soir du 13 juillet 1783. Nous en avons déjà discuté. De prime, vous nous avancez une promenade sur les boulevards. Soit ! Nous découvrons que cette promenade était en fait une descente galante chez la Bourdeille où vous avez vos habitudes avec une fille de la maison.

— N'ai-je pas répondu et éclairci cette affaire sur laquelle je ne vois pas l'intérêt de revenir ? Il n'est plus temps.

— Vous ne voyez pas ? Vous avez arrangé les choses. Il n'est plus temps de dire la vérité ? Croyez-vous ? Permettez que je considère l'affaire sous un autre angle. Vous me direz, comment une question aussi claire peut-elle susciter tant de débats ? Mais bigre, monsieur Decroix, quel personnage jouez-vous qui possédez la maîtresse du logis et chaque dimanche la fille Guillemette dans la maison de dame Bourdeille, maison galante réputée de la place ? Peut-on vous croire alors que vous mentez ? Vos affirmations sont mal ajustées et encore plus mal soutenues.

— J'ai des témoins et des plus crédibles.

— Certes, Mme Bourdeille a témoigné… deux fois.

— Voilà ! Elle n'a pu que confirmer ma présence chez elle le 13 juillet au soir.

— Posons la thèse contraire et supposons que vous avez essayé de me tromper, moi, magistrat du roi enquêtant sur un cas criminel, et croyez-vous que cela ne tirerait pas à conséquence pour vous et votre rôle dans cette affaire ? Or il se trouve qu'à son premier témoignage la femme Bourdeille en a ajouté un second, sous serment et devant témoins, et a soutenu une seconde relation des faits. Vous ne dites plus rien, frappé de la nouvelle.

— Et qu'a-t-elle pu vous confier qui me nuise ?

— D'abord que vous avez bien fréquenté sa maison au début de votre arrivée à Paris, mais que depuis un an vous n'y paraissiez plus. Pourquoi, me demanderez-vous ? Sans doute parce que cela correspondait au début de votre liaison avec la vicomtesse de Trabard.

Decroix voulut, bien qu'entravé, se jeter sur Nicolas. Les exempts se précipitèrent et le maintinrent sur son banc.

— Ah ! Monsieur Decroix, vous avez le sang chaud et, pour être aussi vif, il faut que mon propos contienne de belles et bonnes vérités. Mais il y en a d'autres que je soumets à votre considération, messeigneurs. N'étant pas allé chez la Bourdeille, il n'y avait nulle raison de le révéler, d'où une promenade sur les boulevards. Ce n'est que lorsque vous avez senti l'enquête se resserrer que vous avez trouvé cet expédient et que vous vous êtes précipité chez la Bourdeille, *a posteriori*, pour l'inciter à commettre un faux témoignage qui vous servirait d'alibi. Et comble d'imprudence, oui d'imprudence, vous soldez la chose avec de la fausse monnaie. D'où provient-elle selon vous ? D'une somme appartenant sans doute à votre maître que nous savons par ailleurs impliqué dans un trafic de fausses espèces étrangères…

À nouveau la perruque de Sartine oscilla dangereusement à cette mention.

— … Oui, il y a quelques présomptions à porter sur M. Decroix un suspicieux regard. Quel intérêt, me direz-vous, avait-il à la disparition du vicomte de Trabard ? Au-delà d'avantages matériels qui devraient être éclaircis, il y a sans doute le complot d'un amant et de sa maîtresse pour que l'époux disparût. Lequel des deux a-t-il entraîné l'autre ? Quelles promesses sa maîtresse lui avait-elle faites ? Je l'ignore, mais je suis intimement convaincu de leur culpabilité dans ce crime atroce.

Une nouvelle fois Decroix tenta de se précipiter sur Nicolas et fut empêché par les exempts.

— Reste devant nous la femme de chambre, Nicole Lozange. Oh, il n'est pas possible de lui reprocher le moindre écart à l'égard de sa maîtresse. C'est un rempart, cette femme, totalement dévouée. Dévouée, messeigneurs, à un point extrême. Par exemple, c'est elle qui a la haute main sur les commandes et l'ordonnancement des fioles de liqueur d'Hoffmann, si fragiles, si fragiles ! Si fragiles qu'elles se multiplient outre mesure. Nous avons dû constater au cours des interrogatoires auxquels elle a été soumise qu'elle maniait adroitement les doubles langages. Pauvre fille qui se prétendait dédaignée par le beau Diego Burgos, mais qui tombe en pâmoison à l'annonce de son trépas et d'une manière pour le coup si sincère qu'il n'y a plus à douter des liens qui existaient entre eux.

— Cependant, objecta Sartine, ne rapportait-on pas, hum… que le vicomte de Trabard avait noué des liens particuliers avec son secrétaire ?

— Qu'ils aient ou non existé, cela n'interdit pas la duplicité des attitudes et des sentiments. Qui nous prouve d'ailleurs la sincérité de Burgos à l'égard de la femme de chambre ? Son intérêt seul le portait peut-être à entretenir une liaison dans laquelle il voyait des avantages, en particulier ceux de faire cause commune avec le couple de Decroix et de la vicomtesse.

— Démon ! cria Nicole, le visage convulsé.

— Voyez comme la perspective d'avoir été flouée la transporte hors d'elle-même. Agirait-elle de la sorte si rien n'avait existé entre elle et Diego Burgos, dont il nous faut maintenant parler ?

Nicolas fit une pause et prit un gobelet d'eau que Bourdeau lui tendit.

— Nul plus que lui ne connaissait le dessous des cartes. Il bénéficie et use de la confiance de son maître. Dès le début de l'enquête, il s'évertue à multiplier les fausses voies, aidé en cela par les dispositions contradictoires du reste des suspects. Sans doute a-t-il traversé les secrets du vicomte de Trabard, en particulier les malversations auxquelles il se livrait. Sans doute aussi a-t-il découvert la cachette secrète du *box* de Bucéphale, cette mangeoire à tirette. Il est au fait de tout ce qui lui paraît assez singulier pour mériter sa curiosité. Dans cette âme de boue tout est prétexte et argument pour parfaire un dessein criminel. Il manie adroitement tous les ressorts qui lui semblent être utiles.

— La fuite signifie-t-elle qu'il est coupable du meurtre de son maître ? demanda Sartine.

— C'est dire en tout cas qu'il y a participé. S'il s'est enfui, je suppose que, l'enquête avançant, d'autres ont estimé qu'il était temps de déplacer les soupçons, avec pour conséquence obligée de redoubler les accusations contre Burgos en plaçant des fioles dans sa chambre.

— Mais enfin, monsieur le commissaire ! s'écria Sartine. On n'imagine pas un assassin se désigner ainsi à ses accusateurs. Que pouvait-il espérer ?

— Mais disparaître. S'embarquer à Nantes, à Rochefort ou à Bordeaux. Ainsi il innocentait ses complices. En attendant peut-être qu'ils le rejoignent.

— Ses complices ? Vous voulez dire…

— Je veux dire que dans cette affaire chacun des acteurs avait de bonnes raisons de souhaiter la mort du vicomte de Trabard. Et qu'ensemble ils se sont ligués et ont agi de concert. J'affirme que si nous considérons l'ensemble des suspects, aucun, je dis aucun, n'était en possibilité de concevoir et de mener à bien à lui seul le plan diabolique destiné à supprimer le vicomte de Trabard. Cependant j'avoue n'être point encore satisfait de cette hypothèse.

À ce moment un exempt vint parler à Bourdeau. Ce dernier s'approcha de Nicolas et lui murmura quelque chose à l'oreille.

— Messeigneurs, voici qu'on m'informe d'une bonne nouvelle. Le *vas-y-dire* enlevé par Diego Burgos et dont on avait perdu la trace a été retrouvé. Il vient d'être conduit au Châtelet. Il va comparaître et sans doute aura-t-il des révélations à nous faire.

Il fit un geste de la main.

— Qu'on le fasse entrer.

Conduite par la main par l'exempt, une petite forme en haillons, pieds nus, s'avança. Sa tête avait été recouverte d'une sorte de cagoule de laine munie d'ouvertures à hauteur des yeux.

— Avant que d'entrer dans le menu de son aventure, je souhaiterais demander à cet enfant s'il est en mesure de reconnaître quelqu'un parmi les suspects.

L'enfant regarda Nicolas puis fit quelques pas hésitants vers la ligne des prévenus. Il défila devant chacun d'eux en les dévisageant longuement. Il s'arrêta enfin, haussa la tête comme s'il réfléchissait, puis tendit un doigt et désigna Decroix.

— Menteur ! Petit menteur. Est-ce qu'on va croire ce friponneau ? Et d'ailleurs, pourquoi est-il masqué ?

L'enfant s'était réfugié près de Nicolas. Decroix continuait à déverser des litanies d'injures et se démenait dans ses liens.

— Il semble, dit-il, que ce témoignage est clair. Ce serait donc Decroix qui aurait mandaté un *vas-y-dire* pour l'achat en question.

Decroix finit par se dégager des mains des exempts qui essayaient de le maîtriser et se jeta en avant. D'un geste de ses bras liés il fit tomber la cagoule de l'enfant.

— On vous trompe. Ah ! Je le savais bien. Ce n'est pas lui, ce n'est pas lui. C'est une infamie ! Je demande justice !

— Il demande justice. Mais elle va passer, la justice. Considérez, messeigneurs, ce à quoi nous venons d'assister. M. Decroix ne reconnaît pas le *vas-y-dire* ! Qu'est-ce à dire ? Qu'il était en mesure de reconnaître le vrai *vas-y-dire* ? Oui, sans conteste ! Or, au grand jamais, il n'a été question devant les témoins de ce que j'avais ramassé dans le *box* de Bucéphale, de ces pétards dont l'explosion a suscité la fureur de l'étalon ! Comment dans ces conditions expliquer la soudaine indignation de M. Decroix ?

— Mais, cet enfant ? demanda Sartine.

— Un de nos *vas-y-dire* habituels. Celui qui a été enlevé par Diego Burgos n'a, hélas, toujours pas été retrouvé. J'ai donc imaginé cette embûche afin de confondre Decroix.

— Sur quels faits vous fondez-vous pour en être aussi persuadé ?

— J'ai réfléchi au fait que Diego Burgos, personnage intelligent et subtil, ne s'était sans doute pas mis en avant à cette occasion. En outre, rappelons-nous qu'il était espagnol et très reconnaissable en tant qu'étranger. C'est donc Decroix qui fut mis en scène. Et cela pour une autre raison.

— Qu'il y a complicité entre les suspects, et que cette constatation prouve la vraisemblance de votre hypothèse d'un crime préparé par ce que je nommerais la ligue du Val d'Enfer !

— Monsieur le lieutenant général, vous m'avez ôté les paroles et la conclusion de la bouche.

— Par conséquent cette réunion peut s'achever par une certitude…

Nicolas coupa la parole à Le Noir.

— Point, monseigneur. Je sollicite une interruption de cette procédure préliminaire et le report de son dénouement à demain matin. Il me faut encore rassembler quelques éléments.

— C'est insensé, dit Sartine, agacé. Vous avez comme à l'accoutumée démontré les tenants de cette affaire dont nous mesurons bien la dimension. Peste, vous avez des coupables, qu'avez-vous encore à tenter de parfaire ce couronnement convaincant ? Le mieux, monsieur, est l'ennemi du bien et à vouloir trop bien faire on risque de manquer sa cible.

— Monseigneur, je comprends vos préventions, mais il reste qu'un mystère demeure non éclairci.

— Lequel ? Monsieur.

— Celui du carrosse de cour venu conduire dans la soirée un visiteur mystérieux à l'Hôtel de Trabard. Tant que ce point-là n'aura pas été réglé, on ne saurait saisir toute la dimension de l'affaire et, je dirais, le dénominateur commun à tous ses acteurs.

— Soit, dit Le Noir qui souhaitait reprendre la main et montrer à Sartine qu'il n'était qu'un participant autorisé. La séance est levée. Gardes, qu'on reconduise les suspects dans leurs cachots. Nous nous retrouverons demain à la même heure.

Avant que l'ancien ministre et le lieutenant général de police le contraignent à un entretien qu'il ne souhaitait pas, Nicolas fit un signe à Bourdeau et, à pas pressés, sortit de la grand'salle d'audience.

— Aurais-tu le feu aux trousses, de détaler ainsi ?

— Je ne veux pas leur donner de fausses espérances. Le risque existe toujours que je m'égare. Le propre de l'intuition qu'on me reconnaît est d'affirmer des impressions, des suspicions, toutes choses qui ne s'appuient, lorsqu'elles apparaissent, sur rien de tangible. Il me reste à serrer la vérité au plus près.

Ils s'égarèrent un long moment dans le dédale des couloirs voûtés de la vieille forteresse. C'eût été le comble que Sartine les surprît dans le bureau de permanence. Ils le rejoignirent quand le temps écoulé eut écarté toute crainte de ce côté-là. Nicolas s'assit, ouvrit son petit carnet noir, le relut entièrement en prenant des notes sur une feuille de papier. Bourdeau bourra sa pipe et semblait dormir les yeux clos. Vers une heure, paternel, le père Marie les fit profiter de son fricot, un ragoût de rouelles de veau aux fèves qu'ils dévorèrent en silence. À trois heures, Nicolas se leva et, sans un mot, sortit. Bourdeau, qui en avait depuis si longtemps la pratique, ne s'en étonna pas, convaincu que de bonnes raisons justifiaient cette façon d'être. Il savait par ailleurs devoir assurer la permanence dans le cas où le vicaire de Saint-Sulpice, dont le témoignage manquait, serait de retour à son église mère.

Nicolas revint vers la demie de six heures et éveilla l'inspecteur qui pour le coup s'était endormi. Aucune information n'était parvenue de Saint-Sulpice devant laquelle Rabouine faisait le guet. Las d'attendre,

Nicolas décida de le rejoindre. Bourdeau, dépité, devait une nouvelle fois assurer une présence susceptible de recevoir les informations qui parviendraient dans l'entre-temps au Grand Châtelet.

Nicolas prit un fiacre qui le conduisit sur la place du sanctuaire. Il repéra Rabouine qui d'un mouvement de tête indiqua l'avoir vu. Il ne s'agissait pas de lui parler au risque de dévoiler sa présence. Il entra dans l'église qui le frappa à nouveau par ses dimensions et son ampleur. La nef était claire d'une lumière diffuse qui en accentuait la splendeur. L'odeur de l'encens et des cierges dominait sans cette odeur de décomposition si habituelle dans les églises où l'on enterrait les morts depuis des siècles. À cette heure tardive, à part quelques vieilles femmes en prière, le sanctuaire était désert. Il se dirigea vers la sacristie. La porte en était fermée. Après un regard autour de lui, il sortit son rossignol et tritura un instant la serrure avant de la forcer. Il entra, fit quelques pas dans la grande pièce aux hauts placards de chêne sculptés. Il trouva enfin ce qu'il cherchait, l'amoncellement de bois découpés, vestiges des décors somptueux que chaque église de la capitale arborait le jour de la Fête-Dieu. Il sortit de sa poche une grande feuille de papier et, saisissant l'un des panneaux, la plaqua sur lui. C'était bien cela et ce qu'il supposait s'avérait sans conteste ! Il hocha la tête avec jubilation. Il replaça le panneau à l'endroit exact où il l'avait découvert, referma soigneusement la porte et se mit en mesure de trouver l'escalier qui conduisait aux tribunes et aux tours. Il réfléchit un moment, s'orienta et marcha vers une petite porte, à gauche de l'entrée de l'église, du même côté que la sacristie. Il pénétra dans l'étroit escalier en essayant de ne point en réveiller les échos.

Épilogue

IRAE CELESTES

> « L'endurcissement entraîne une mort funeste, et les grâces du ciel que l'on renvoie ouvrent un chemin à la foudre. »
>
> *Molière*

Au moment où il commençait à gravir les degrés, un grondement de tonnerre ébranla le sanctuaire qui fut un court instant inondé d'une lueur livide. La voûte en répercuta l'écho. Nicolas atteignit rapidement le niveau des tribunes et entreprit l'ascension de la tour nord pour aboutir à la chambre des cloches. Il fut soudain abasourdi par le carillon sonnant sept heures. Il n'y découvrit rien de particulier et s'engagea sur la terrasse. Lorsqu'il jeta un œil par-dessus la rambarde, la capitale apparut à ses pieds toute pointillée de minuscules lueurs qui en découpaient la masse déjà obscure. Les nuages étaient bas et sombres, parcourus d'éclairs. Derrière la tour nord, un bruit attira son attention. Il s'en approcha et aperçut une cabane sans doute provisoire, destinée à abriter les outils des ouvriers tailleurs de pierre du chantier inachevé. Entre les planches disjointes une lueur tremblotait. Par un interstice, il jeta un œil à l'intérieur. Le spectacle qui s'offrit à lui le médusa. Trabard, le vicaire de la paroisse, était méconnaissable. Bottes, pourpoint, habit et perruque le transformaient entièrement. L'homme s'affairait et remplissait une sacoche de cuir de pièces d'or en vrac qu'il sortait d'un sac de jute. Deux portemanteaux semblaient indiquer qu'un voyage – une fuite ? – était imminent. Nicolas hésita un moment. Devait-il intervenir sur-le-champ ou bien aller chercher du renfort au risque que le suspect prenne la poudre d'escampette ? La décision était aisée et il décida de jouer sur une brutale apparition. Il longea le côté de la cabane et souhaita que la porte ne fût pas fermée à clé. Il leva le pied et fracassa le fragile panneau de bois. Chichement éclairé par la lueur d'une chandelle, le vicaire se retourna, laissant échapper une poignée de louis qui roulèrent sur le sol en tintant. D'abord effaré, il reprit aussitôt contenance, ébauchant une sorte de sourire.

— Que me vaut l'heur de votre visite ?

— Mais la suite de mon enquête, mon père. Ou faut-il vous nommer autrement au vu de votre nouvelle apparence ?

— Cela vous surprend. En fait, je me prépare à un voyage…

Il se signa.

— … Je dois accompagner le corps de mon frère dans notre province. Il reposera dans la chapelle du manoir familial.

— N'est-il pas, lui aussi, hypothéqué ?

Il ne fut rien répondu à cette question et un silence pesant s'installa.

— Savez-vous, monsieur, reprit Nicolas, que j'ai passé un long moment au service des réservations des malles-postes rapides ?

— Bien vous en fasse, monsieur le commissaire. Quelle conclusion voulez-vous que j'en tire ?

— Oh ! Je constate, monsieur de Trabard, maître du nom, car enfin vous voici vicomte, que vos hardes ne vous vont pas bien, vous flottez dedans, la culotte gode, les épaules tombent. Seraient-elles, par hasard, celles de votre frère ?

— Monsieur, je n'entends rien à vos propos. Et d'abord, comment m'avez-vous trouvé ici ? Vous êtes bien indiscret.

— Comment ? On ne détruit jamais suffisamment les papiers compromettants. J'ai retrouvé la tour nord de Saint-Sulpice. Voyez comme cela est simple. Mais vous détournez la conversation. Je me suis donc attaché à obtenir d'un commis malgracieux si par hasard il n'y aurait pas un Trabard ayant réservé une place sur une malle-poste rapide à destination d'un pays lointain, car, voyez-vous, les ports sont beaucoup trop contrôlés. J'ai songé à l'Espagne. Pourquoi, me direz-vous ? Les piastres, vraies ou contrefaites, apparaissent trop souvent dans cette affaire. On arrive à Bordeaux, et au-delà, *tras los Pirineos*, n'est-ce pas ?

— Je ne vous suis pas.

— C'est possible car je vous précède ! Imaginez qu'à ma grande surprise le détestable tabellion a fini par découvrir deux réservations et, ô miracle, toutes deux pour un sieur Trabard. Et la première, car la fantasmagorie continue, était pour le vicomte de Trabard à destination, je devrais jouer au *paroli*, de… de Bordeaux. Et à quelle date le départ ? Le 14 juillet 1783. Toutefois, comme vous le savez, à cette date votre malheureux frère n'était plus qu'une dépouille sanglante dans les écuries de l'Hôtel de Trabard.

À nouveau le tonnerre se fit entendre et un violent courant d'air fit vaciller la flamme de la chandelle.

— Rien, ce me semble, n'empêchait mon malheureux frère d'envisager un voyage à Bordeaux. Sans doute son commerce de chevaux l'y contraignait-il.

— Certes, certes. Ce qui est plus étonnant, à moins de croire aux revenants, c'est qu'une autre réservation, toujours au nom du vicomte de Trabard, existe pour demain, toujours à destination de Bordeaux.

— Il est possible que mon frère ait réservé deux dates dans le cas où il devrait remettre son départ le 14 juillet.

— Comme il est aisé d'expliquer ainsi le compliqué et l'obscur de tout cela ! Que ne venez-vous nous apporter votre clairvoyance au Châtelet ?

— Vous vous moquez, monsieur. Sachez que je ne goûte guère vos allusions et votre ironie. Prenez garde !

— Mon Dieu, comme votre parole toujours si évangélique s'est rapidement transformée. Bon sang ne saurait mentir et vous n'entendez plus tendre la joue gauche !

— À la fin, quel est le sens de votre propos ? Je n'ai pas de temps à perdre. Je dois achever mes préparatifs. Aussi, monsieur, parlez ou partez. C'est le conseil que je vous donne.

— Croyez-vous être en mesure de me donner des conseils ? J'estime comme vous qu'il est un peu tard, monsieur le vicomte, mon révérend père ? Comment vous doit-on nommer désormais ?

— Qu'importe. Que me reprochez-vous ?

— Beaucoup de choses, ma foi, que la justice du roi réprouve. En voulez-vous l'énumération ?

— Je vous en prie.

— Monsieur de Trabard, vous êtes soupçonné de deux meurtres. Et quand je dis soupçonné, sachez que ma conviction est déjà faite.

— Jugé avant d'avoir été entendu. Et qui ai-je tué, mon Dieu ?

— Votre frère, le vicomte de Trabard, et M. Bezard, votre complice, que vous avez réussi à faire disparaître par une incroyable audace au sein même de la Bastille. J'ajouterai à cela la participation à la fabrication et à la diffusion de fausses espèces étrangères, crime capital auquel se joint la complicité de libelles calomniateurs.

— Rien que cela. Êtes-vous fou, monsieur ?

— Oh ! Ne vous aventurez pas à me démentir. Je vais vous raconter une histoire, celle d'un cadet de famille auquel tout est refusé afin de favoriser et satisfaire l'ambition de son aîné. Il croupit longtemps dans une pauvre cure de province alors que son frère mène une vie brillante de courtisan à Versailles et à Paris, dans les entours même de la reine. Un jour, ce pauvre curé finit par obtenir une charge non négligeable de vicaire dans l'une des plus belles et riches paroisses de la capitale. En dépit de sa jalousie, il reprend bien sûr des relations avec son aîné. Et, contrairement à ce que vous avez voulu nous faire accroire, vous ne censurez pas vraiment la vie dissolue de votre aîné. La confiance s'établit. Vous en tirez des profits que vous utilisez à asseoir votre réputation à Saint-Sulpice. Vous êtes, j'en suis persuadé, le complice secret et discret du vicomte de Trabard tant pour l'exploitation de la fausse monnaie que pour les contacts nécessaires avec ceux qui mésusent, outre-Manche, des ragots infâmes récoltés dans les sentines de la cour et de la ville.

— Et ce conte nous mène à quoi ? Vous divaguez, monsieur.

— Sans doute un fait particulier a-t-il soudain troublé ces paisibles habitudes. Il vous est revenu les accords pris par votre frère avec l'ordre des Prémontrés. C'est alors que vous vous êtes méfié. Vos prochains complices de l'Hôtel de Trabard ont dû également s'apercevoir de quelque chose. Qui a pris l'initiative de former une ligue contre votre frère ? Vous, le plus subtil de la bande. Pour des raisons que j'ignore, mais qui touchent sans doute aux affaires financières, le vicomte de Trabard avait accru un considérable magot, outre celui que favorisait un commis important de la Caisse d'escompte, M. Bezard, au détriment du Trésor royal. Il est possible d'ailleurs qu'au-dessus des Trabard existe une autre organisation dont les membres pouvaient craindre des révélations.

Nicolas imagina l'attitude horrifiée de Sartine s'il avait entendu cette partie de son réquisitoire.

— C'est pourquoi vous avez, avec une audace inouïe, tué le caissier de la Caisse d'escompte.

Nicolas désigna un tas de vêtements empilés les uns sur les autres dans un coin de la cabane.

— Nul doute que si je le fouillais je tomberais sur un froc de capucin aux manches ensanglantées. Cependant vous étiez sur le point de vous enfuir. Quel intérêt aviez-vous à prendre ce risque insensé ? Vous y étiez contraint ! Mais je reviens au Val d'Enfer. Votre frère allait s'enfuir. Le soir précédant son départ, vous vous portez à son hôtel, en carrosse de cour.

— En carrosse de cour, quel conte !

— Nous avons un témoin qui est d'autant plus crédible qu'il est votre complice. La mise en scène se trouve soigneusement préparée. Decroix a acquis les pétards nécessaires. Le vicomte a été drogué. On le traîne dans le *box* de Bucéphale. On affole l'étalon par l'explosion desdits pétards. Le vicomte est précipité dans le *box* et périt piétiné. Vous vous emparez des documents et de son trésor. Vous affirmez à vos complices, Decroix, Diego Burgos, votre belle-sœur et sa femme de chambre, que le pactole sera plus tard partagé. Sans doute sur votre initiative, ou avec votre accord, on pousse Diego Burgos à s'enfuir. On le paye grassement pour cela et on lui promet le reste pour plus tard. Pas de chance, il meurt des fièvres en chemin et laisse quelques preuves.

— Quelles sont-elles, ces preuves ?

— Je constate que mon récit vous passionne. Permettez que je le réserve à vos juges. Vous n'en avez pas besoin pour reconnaître la véracité de mon récit. Et, pour le conclure, je dirai que, de la même manière que vous aviez trompé votre frère, vous pensiez berner vos complices en vous enfuyant, les laissant seuls en face de la justice. Maintenant vous allez me suivre.

Trabard baissait la tête. Hésitait-il ? Qu'avait-il à perdre ? se demandait Nicolas, désormais sur ses gardes. Cette prudence fut pourtant trop tardive et il se retrouva soudain la pointe d'une épée sur la gorge.

Nicolas se sentit étrangement serein. En quelques jours, il avait été à deux reprises menacé de mort. Cela procurait une certaine distance avec l'imminence d'un événement qui de toute façon interviendrait à plus ou moins longue échéance. Il mesura aussitôt la précarité de sa situation. Il ne portait pas son épée et, s'il avait bien le petit pistolet, présent de Bourdeau, dans l'aile de son tricorne, le saisir alors qu'il était menacé lui semblait impossible. La pointe de l'épée s'agita. La pouvait-il saisir ? Eût-il porté des gants que l'action aurait pu être hasardée. Mais à mains nues et dans cette espèce de réduit, il n'était pas question de tenter le moindre geste.

— Allons, monsieur le commissaire, reculez doucement et sortez de cette cabane.

Qu'y avait-il à faire, sinon obtempérer en guettant le cas échéant une erreur de l'adversaire ou un moment d'inattention. Il recula donc, suivi par la pointe de l'épée, et se retrouva sur la terrasse. La nuit était tombée. Le vent s'était levé et poussait de sombres nuages dans la rage lointaine des orages. L'arme s'agita et indiqua la direction de la rambarde. Nicolas pour le coup comprit l'intention du criminel. S'il ne jouait pas le tout pour le tout, son corps s'écraserait bientôt en bas devant la façade de l'église, pantin sanglant et désarticulé. Il reculait à petits pas, toujours aux aguets. Soudain il bondit sur le côté dans l'intention de s'enfuir et de gagner au plus vite la chambre des cloches et l'escalier. Malheureusement, le sol étant couvert de gravats, il buta sur une pierre et tomba à genoux. La lame de l'épée de Trabard siffla et lui taillada le gilet, le blessant d'une longue estafilade sur la poitrine.

— Debout, monsieur, et ne m'obligez pas à vous tuer. Je ne suis pas un meurtrier. C'est le cheval qui a piétiné mon frère. Sachez enfin que ce benêt croyait pouvoir me faire confiance. Il m'avait fait appeler ce soir-là pour transporter ses effets !

— Et M. Bezard ?

— Il s'est jeté sur le rasoir.

— Merci, monsieur, de me confirmer que le capucin, c'était bien vous.

— Vous ne profiterez pas de mon aveu. C'est toujours un privilège de mourir au fait de la vérité ! Allons, avancez vers la rambarde.

Nicolas en prit son parti. C'en était bien fini.

— Montez sur le parapet. Plus vite !

Nicolas s'appuya des deux mains pour se hisser sur le petit muret. Il se redressa, respira profondément et attendit la fin. Un terrible coup de tonnerre éclata. Trabard leva son épée. Elle approchait la poitrine de Nicolas et le forcerait à tomber dans le vide. Il lui semblait qu'il avait épuisé tout sentiment en Angleterre quand sa vie s'était déjà trouvée menacée. Il n'éprouva qu'un grand vide et un suprême détachement. Il ferma les yeux. À ce moment, un fracas effroyable accompagné d'une lumière éclatante l'enveloppa. Un souffle brûlant le frappa. Il fut soulevé du sol et précipité à quelques toises à demi renversé sur la rambarde, les jambes dans le vide. Ses mains glissaient sur la pierre à peine rugueuse. Il fit appel à toutes ses ressources et, peu à peu, sans à-coups, parvint à se hisser par la seule force des bras à plat ventre sur la rambarde. Encore un effort et il retomba lourdement sur le flanc. Un tremblement glacé le saisit. En quelques secondes tout avait failli basculer et sa vie s'achever. Encore étourdi, il ne prit pas tout de suite conscience de ce qui venait de se passer. Il s'appuya sur ses mains, se redressa et se leva, titubant. La première chose qui le frappa d'épouvante, ce fut l'atroce odeur de chair carbonisée. Dans l'obscurité que seuls les éclairs ponctuaient de courtes illuminations, il découvrit à quelques pas de lui le corps du chanoine disloqué. La tête n'était plus qu'un morceau noir et fumant. Les vêtements étaient brûlés et déchiquetés. Hors cette épouvantable vision, ce qui le saisit, ce fut l'aspect de l'épée que brandissait l'assassin quelques instants auparavant. Elle était tordue, fondue par endroits. Il comprit le drame qui avait consommé la fin de Trabard. La pointe de l'épée avait attiré la foudre et anéanti celui qui la portait. Il se signa, soudain persuadé que cette fin atroce manifestait une colère divine. Il se pencha sur la rambarde et mesura sa chance de n'avoir point pris son épée ce soir-là. Rien n'aurait empêché, si ce n'est la providence, que l'éclair du vengeur ne confondît les bras du crime et ceux de la justice.

Nicolas retourna dans la cabane pour y prendre un vêtement et revint recouvrir le cadavre encore fumant. Il redescendit dans le sanctuaire toujours étourdi et surgit sur le parvis où il appela Rabouine à haute voix. Celui-ci apparut aussitôt et fut choqué de l'aspect chaviré de son chef. À mots entrecoupés, celui-ci expliqua la situation et donna ses instructions. Il fallait appeler le guet et faire porter à la basse-geôle, au milieu de la nuit et par une porte dérobée, la dépouille du chanoine Trabard dans le secret le plus total. Il y avait dans le royaume trop d'exemples de crimes et de corruption pour qu'une nouvelle fois l'Église en fût éclaboussée. Le coupable ayant été puni, il n'y avait aucune raison d'en rendre publiques les circonstances. Seul l'archevêque de Paris serait mis au courant de cette effroyable affaire par le lieutenant général de police.

Nicolas regagna aussitôt le Grand Châtelet où il raconta l'événement à un Bourdeau transi d'effroi. Avant de le quitter, il le chargea de plusieurs missions et lui expliqua comment il concevait la séance du lendemain afin de mettre un point final à l'affaire du meurtre du vicomte de Trabard.

Rue Montmartre, Noblecourt ne dormait pas et le fit appeler. Comme Rabouine et Bourdeau, il fut étonné de l'apparence de Nicolas, marqué et courbé.

— Ma foi, mon ami, que vous est-il advenu ! Auriez-vous vu le diable, comme jadis le régent d'Orléans dans la plaine de Grenelle ?

— Vous n'êtes guère loin de la vérité. J'ai vu un fratricide et un meurtrier frappé par le ciel.

Il s'assit et fit le récit de sa soirée au vieux magistrat qui l'écouta, les yeux mi-clos, avec la plus grande attention. Il nota les tremblements dans la voix toujours si claire et posée de Nicolas. Noblecourt soupira.

— Il y a trop longtemps que vous fréquentez la mort, Nicolas. Trop tôt, trop jeune, trop souvent. Étonnez-vous de cette lassitude qui parfois vous étreint. Cette pensée, qui ne devrait toucher que ceux qui comme moi sont à l'aboutissement de leur siècle, demeure votre souci quasi quotidien et, cela, depuis tant d'années. Votre *curaillon* a subi la peine qu'il avait méritée, même si l'horreur de son trépas peut éprouver un cœur tendre. Le ciel ne lui a-t-il pas accordé la grâce de le réduire, le faisant échapper ainsi aux tourments que notre *bon* Sanson lui aurait fait subir en place de Grève.

Il se pencha et prit les mains de Nicolas dans les siennes.

— La mort est notre attente. C'est un chemin difficile sur lequel on avance à reculons. La distance qui nous en sépare est toujours trop courte. Il faut s'y résigner.

Nicolas sentit que son vieil ami s'évertuait à lui confier ce qui le hantait.

— Il est vrai que notre mort n'a rien de plus extraordinaire que notre départ d'un endroit où nous ne faisons que passer en voyageant. L'un perd son honneur et sa réputation ? Qu'en a-t-il à faire de sortir de cette existence ? Le peu d'espace que nous occupons, voilà ce qui nous échappe. Moi, je perdrai mes livres et mon cabinet.

— Et vos amis ? Les croyez-vous si insensibles à la perspective de ne plus profiter de ce que vous représentez pour chacun d'eux ? Allons, vous savez que je n'aime pas ces mouvements qui vous agitent trop souvent. Voyez comme vous êtes gaillard. Parfois, vous vous abandonnez à ces délaissements, vous rentrez en vous-même, mesurez l'inanité de la vie humaine et sa brièveté et, par là même, vous baissez vos défenses face à celle qui toujours, veillant à la tranchée, attentive aux moindres faiblesses, n'attend que cela. Vous êtes pour vos amis un exemple, le sage qui nous justifie, à qui on se réfère. Sachez que loin de vous, votre nom est évoqué, vos jugements pris en exemple et ce que vous représentez révéré.

— Ah ! dit Noblecourt en riant, me voilà en statue de commandeur, en vache sacrée. Vous me mettrez en morceaux. On fera des châsses qu'on distribuera à mes amis. Me voici soudain folâtre. Je vous en remercie, cela va m'inciter au sommeil.

Nicolas remonta dans ses appartements. Il espérait avoir distrait Noblecourt de ses sombres pensées. Lui-même tarda à s'endormir, hanté de faux sommeils peuplés d'atroces visions dont il ressortit trempé de sueur et haletant. Il s'apaisa peu avant l'aube.

Samedi 2 août 1783

Le dernier acte de l'affaire Trabard se jouait dans la grand'salle du Châtelet. Nicolas venait d'informer Le Noir et Sartine des événements de la nuit et de la mort du chanoine Trabard. Il s'apprêtait à prendre la parole quand Decroix se leva. Son geste déclencha un mouvement des exempts, soucieux de maîtriser toute éventuelle action inconsidérée du prisonnier.

— Je demande à faire une déclaration, dit-il d'une voix à peine audible.

Le Noir jeta un regard à Nicolas, lui fit un geste invitant Decroix à parler.

— Je tiens à protester contre la version donnée par le commissaire Le Floch à la suite de mon indignation du piège tendu à ma bonne foi par le témoignage forgé d'un petit gredin des rues.

— Pourquoi, intervint Nicolas, avoir affirmé que ce n'était pas celui que vous aviez chargé d'acheter des pétards ?

— Il m'accusait, me désignant. Je ne pouvais pas demeurer inerte devant cette grave mise en cause.

— Vous reconnaissez avoir chargé un *vas-y-dire* de cette acquisition.

— Certes ! Mais pas pour les raisons que vous vous entêtez à soutenir. Ces pétards n'étaient pas destinés à… ce que vous supposez.

— Bien, alors pouvez-vous nous expliquer ce que vous comptiez en faire ?

— C'était destiné au dressage des chevaux.

— Des pétards ! Pouvez-vous expliquer ce qui justifiait le recours à ceux-ci pour entraîner des chevaux de course ?

— Pas seulement, monsieur, répondit Decroix soudain véhément, pas seulement. Ceux de nos chevaux qui ne révèlent pas des qualités de coursiers sont vendus. Et certains d'entre eux sont acquis par des officiers. Il est donc nécessaire de les accoutumer au bruit des détonations qu'ils subiraient sur les champs de bataille. Je dis et je prétends que ces pétards ont été dérobés dans les écuries où ils sont d'ordinaire entreposés et utilisés, hors ma volonté, dans le piège criminel tendu à mon malheureux maître par Diego Burgos, ce fourbe.

— *Se non è vero, è ben trovato !* Continuez à vous enfoncer dans votre mensonge. Nulle part nous n'avons trouvé trace de ces pétards, si ce n'est près de la couchette du *vas-y-dire,* assortis d'une fausse piastre. Le domestique et les valets d'écurie, interrogés par l'inspecteur Bourdeau hier soir, n'ont jamais, au grand jamais, entendu d'explosions ni ouï parler de cette pratique.

— Il n'y en avait plus, c'est pourquoi j'en avais acheté.

— En utilisant les services d'un *vas-y-dire* pourtant quasiment impossible à quérir rue du Val d'Enfer. Vous n'êtes pas crédible, j'ai le regret de vous le dire.

Nicolas se tourna vers Le Noir et Sartine.

— Il nous faut conclure, messeigneurs. Dans des conditions que nous ignorons en tout cas pour ses débuts, ceux-ci…

Il désigna la ligne des suspects.

— … se sont ligués pour faire disparaître le vicomte de Trabard. Contrairement à ce qu'il apparaissait vu de l'extérieur, ce dernier n'était pas ruiné, mais feignait de l'être dans le but de gagner l'étranger une fois son magot arrondi. Celui-ci provenait d'un trafic de fausses monnaies dans lequel ses commanditaires étaient sans doute escroqués et du commerce d'informations scandaleuses qui alimentaient pamphlets et libelles. Cette ligue a fini par traverser ces menées. Le soir du 13 juillet, elle savait depuis quelques jours que le vicomte de Trabard allait s'enfuir en Espagne. Tout avait été préparé et accompli comme je vous l'ai expliqué.

— Quel conte ! jeta la vicomtesse de Trabard.

— Ah ! Madame, meilleur et mieux connu de vous que le roman de Lesage ! Un conte que celui qui est venu ce soir-là en carrosse de cour, sans doute pour compromettre…

Sartine frappa du plat de la main sur le bureau, le visage convulsé.

— Celui-là même, poursuivit le policier imperturbable, qui, avec vous tous, a bâti ce terrible complot.

Il m'a tout avoué, précisant le rôle de chacun dans cette tragédie. Comment croyez-vous que je puisse en dérouler les actions sans qu'on me les ait démontrées précisément ? Je parle évidemment du chanoine de Trabard, votre principal complice, venu ce soir-là mettre à l'abri le trésor en or du vicomte et certains compromettants documents. Son frère aîné lui faisait confiance et l'avait chargé de venir les prendre avec ses hardes.

— C'est lui qui a tout fait, tout organisé, hurla Mme de Trabard.

— Taisez-vous, dit Decroix à voix basse.

Nicolas s'approcha.

— Organisé quoi ? Madame ?

— L'assassinat de mon époux. Il nous a forcés, oui forcés. Je ne voulais pas.

Elle se mit à hurler, à se griffer le visage et sombra dans une crise de quasi-démence.

— Hors de cour ! ordonna Le Noir debout. Nous en avons assez entendu. Les suspects comparaîtront devant le lieutenant criminel. Le commissaire Le Floch demeure. Nous avons quelques questions complémentaires à lui poser.

Les exempts entraînèrent les trois complices.

Sartine prit la parole :

— Maintenant que nous sommes seuls, nous direz-vous ce qui vous conduit à soupçonner le chanoine de Trabard, frère de la victime, d'être à l'origine de ce complot meurtrier ?

— Monseigneur, il me semblait peu conséquent et contradictoire que le chanoine censure et dénonce la vie débauchée de son frère aîné et, dans le même temps, participe à son niveau à ce que j'appellerai la dissolution des piastres fausses en monnaie sonnante et trébuchante.

— Soit, je vous suis, mais ce n'était qu'une présomption.

— Ce qui a déclenché mon soupçon, c'est la question du carrosse de cour que l'on voit mystérieusement surgir dans cette affaire à deux reprises. La première au Val d'Enfer la nuit du crime, la seconde dans les cours intérieures de la Bastille. Le capucin qui égorge Bezard arrive et repart dans ce véhicule pareillement timbré. Bref, musant près du Palais et admirant la grille superbe qui en fait l'ornement, mon esprit s'est mis en marche et comme un engrenage, déclic après déclic…

— Au fait, Nicolas, au fait. Vous nous faites languir. Épargnez l'itinéraire et la mécanique !

— Soit. Je me remémorai alors un détail qui m'avait frappé, mais qui était demeuré enfoui au tréfonds de ma mémoire.

— Et de quelle nature était ce vestige oublié ?

— C'est quelque chose que j'avais remarqué sans y prêter attention dans la sacristie de Saint-Sulpice, lors du premier entretien avec le chanoine Trabard. Il y avait un amoncellement de vestiges des décorations de la dernière Fête-Dieu et, en particulier, un blason en bois aux armes de France.

— Et le rapport avec la grille du Palais ?

— Elle est surmontée des mêmes armoiries. J'ai retourné ce fait dans ma tête. Il m'est apparu que si un visiteur était venu au Val d'Enfer et si c'était le même qui s'était introduit à la Bastille, il devait disposer non seulement d'une voiture, mais également d'un cocher pour la mener. Et je me suis dit que c'était peut-être la même voiture au Val d'Enfer et à la Bastille.

— Et comment vous en êtes-vous persuadé ? demanda Le Noir qui ne souhaitait pas laisser Sartine mener le débat.

Nicolas sortit une feuille de papier de dedans son pourpoint.

— Considérez, messeigneurs, ce carton. Vous observerez, quand je l'aurai soumis à votre sagacité, qu'à ses quatre coins transparaît, à la mine de plomb, l'empreinte de trous.

— Et où cela nous mène-t-il ? Je ne vous félicite pas. Où est l'adroit conteur ? Le voilà plus que compendieux. Il nous fait part de détails incompréhensibles.

— Mon cher, répliqua Le Noir excédé, le laisseriez-vous achever que vous en comprendriez sans doute la raison.

— Je poursuis donc. Qui pouvait avoir servi de complice à Trabard ? Le seul envisageable devait être impliqué dans l'affaire des fausses piastres.

Le Noir se frappa le front.

— M. Bezard ! Le caissier infidèle.

— Vous y êtes. Il n'y avait que lui. Et cela était d'autant plus vraisemblable que, dans les deux cas, nous avions des voitures aux armes de France.

— Alors ? dirent en même temps Sartine et Le Noir.

— Alors, nous nous sommes penchés sur la question. Bezard a un cocher qui, un peu malmené par Bourdeau, a fini par manger le morceau. Et double preuve, il fut aisé de relever les empreintes que je vous ai présentées, sur la portière.

— Et le rapport avec Trabard ?

— Et dans la sacristie de Saint-Sulpice j'ai pu constater la parfaite concomitance de ces trous avec ceux de la décoration de la Fête-Dieu trouvée dans ce même lieu ! La même voiture pour les deux crimes.

— Prodigieux ! dit Le Noir.

— Il nous surprendra toujours, c'est bien mon disciple ! consentit à reconnaître Sartine, enfin souriant.

Cependant, comment saviez-vous que le chanoine conservait le fruit de sa rapine dans la tour du sanctuaire ?

— Parce que je disposais de documents à demi détruits où j'avais repéré des groupes de mots dans lesquels je pus déchiffrer *tour nord* et *Saint-Sulpice.* Il y eut dans ce meurtre si bien organisé une sorte de désordre dans les papiers du vicomte de Trabard. Il est vrai que les criminels oublient trop souvent les détails. Heureusement pour la justice !

— Comment se fait-il que le vicomte de Trabard était réputé ruiné et couvert de dettes ?

— Il l'était ! Mais ne voulait pas purger cette situation. Le fruit de ses malversations, il le thésaurisait, décidé à prendre la fuite aussitôt que possible. Nul doute, d'ailleurs, que le chanoine, son frère, se serait dissous dans la lointaine Espagne et n'aurait pas partagé le butin avec ses complices.

— Et l'ordre des Prémontrés ?

— Ils n'obtiendront rien. Leurs droits n'existent pas. Ils sont forclos. Mais je ne pleure point la situation de ces bons pères si fertiles en grasses spéculations. Le trésor reviendra au Trésor…

— Je crois que nous en avons fini, dit Le Noir qui se levait.

— Pas encore, messeigneurs, intervint Nicolas. Puisque nous sommes en comité réduit, j'aimerais vous poser à mon tour quelques questions.

— Des questions ! À nous ? s'exclama Sartine déjà sur la défensive. Allons, la séance est close.

— Il me paraît utile, dit Le Noir, que nous prêtions quelque attention aux interrogations du commissaire Le Floch qui, au péril de sa vie, a su démêler cette sombre histoire. Ce ne serait que justice de l'entendre.

— Merci, monseigneur, dit Nicolas qui maintenait les règles de politesse qu'imposait la solennité du lieu. J'ai démontré l'usage fait d'un semblant de carrosse de cour, mais il y a eu, en vraisemblance, une autre voiture rue du Val d'Enfer, cette nuit-là. Car, enfin, comment…

Il regarda autour et derrière lui. Seul Bourdeau était là, attentif. Sartine à nouveau s'agitait.

— … comment la nouvelle en est-elle parvenue si tôt à Versailles au point que le magistrat en fut de suite informé et moi-même dûment mandé au château ?

— Je n'ai, à cet égard, répondit Le Noir, aucun éclaircissement à vous offrir. Je fus pris de court, comme vous-même !

Il se tourna vers Sartine dont les lèvres fines ciselèrent une phrase sibylline.

— *Cette nuit-là le vent soufflait du nord.*

Nicolas comprit aussitôt cette allusion qui confirmait la présence au Val d'Enfer d'un émissaire de la reine. Un homme venu de Suède…

— Une dernière question, sans abuser de votre patience. Nous avons entendu ce que le contrôleur général des finances a bien voulu nous confier. Certes, je comprends qu'une enquête ouverte et un débat public seraient de nature à porter préjudice aux intérêts et au renom du royaume, mais je m'interroge et serais heureux de savoir qui se trouvait derrière ce trafic de fausse monnaie. Ceux que nous avons arrêtés n'étaient, selon moi, que la valetaille d'une organisation plus importante.

Sartine, grave, prit la parole :

— Votre curiosité est légitime, mais impossible à satisfaire. La seule chose que je peux vous confier c'est que nous soupçonnons une société dont les membres sont les bénéficiaires de ce crime et qui, hélas, comptent des grands noms de France. L'entreprise de fausse monnaie que vous avez si heureusement bousculée n'est malheureusement qu'une petite partie d'actions et de tentatives délétères. Ces tentatives s'ajoutent à la crise générale, à la démoralisation de l'opinion, à la corruption qui gagne peu à peu tous les ordres de la société. Hélas ! Nicolas, vous aurez encore à les combattre, ces forces d'autant plus redoutables qu'elles n'ont point de visage, mais bien de multiples apparences. Pour une fois, je serai, comme vous, à la surface des choses…

Le silence tomba sur ce terrible verdict. Peu après, les cloches de Saint-Jacques-de-la-Boucherie sonnèrent l'heure comme un glas.

21 novembre 1783

M. de Noblecourt, dans sa pelisse de fourrure, la tête enfouie dans sa vaste perruque, jasait avec Aimée d'Arranet qui, par ce froid déjà vif, se pelotonnait contre lui. Sur l'autre banquette Nicolas devisait avec son ami La Borde. Il s'était trouvé que Mme de Polignac, gouvernante des enfants de France, occupait pendant le séjour des souverains à Fontainebleau le château royal de la Muette avec Monseigneur le dauphin. Ayant appris qu'une machine aérostatique devait s'élever dans les airs avec deux téméraires passagers, elle avait engagé M. de Montgolfier à la faire partir depuis le jardin du château, bâti sur un coteau d'environ quatre-vingts toises, lieu idéal pour cette expérience. Aucune des précédentes n'avait impliqué la présence d'humains dans la nacelle. Mme de La Borde, lectrice de la reine, avait obtenu des billets pour assister à cette première.

— Vous voilà sorti de cette sinistre affaire du Val d'Enfer.

— Sinistre est bien le mot, répondit Nicolas songeur. Son dénouement est à la mesure du crime commis. Présentés au lieutenant criminel, les prévenus n'ont cessé de reporter les uns sur les autres la responsabilité du meurtre.

— Malaisé dans ce cas de mesurer le degré de culpabilité de chacun d'eux !

— Ce fut le sentiment des juges. Je ne sais si Decroix échappera à la potence. Dans le meilleur des cas, il ira pourrir au bagne de Brest.

— Et la vicomtesse de Trabard ?

— Réputée, à tort ou à raison, démente, elle sera enfermée au fond d'un couvent de province. Et quant à sa femme de chambre, au grand scandale de notre Bourdeau, elle sera jetée à Bicêtre. N'est pas noble qui veut !

— Ce Moloch-là ne pourra que la broyer et la détruire. Et la reine ?

— Je lui devais faire rapport, mais les circonstances et, sans doute, les suites de mon séjour à Londres… bref, je n'ai pas eu d'audience.

— Les Polignac n'y sont pas pour rien, j'imagine ?

— Et autre chose aussi qu'elle n'aurait pas aimé me voir lui révéler. Un certain cavalier trop matinal… Gast ! Ses bouderies ne durent jamais très longtemps, aussi n'en ai-je cure.

— Connaissez-vous le nouveau contrôleur des finances ?

— M. de Calonne ? Point du tout. Vous qui êtes féru de ces matières, quelle est la raison du départ de M. d'Ormesson qui m'était apparu un parfait honnête homme ?

— Trop, mon cher Nicolas, trop au gré de la reine et des Polignac. Le déficit et les mesures qu'il a prises pour y parer ne pouvaient que le détruire. Le

Trésor à sec, il a voulu solliciter un emprunt auprès de la Caisse d'escompte. Panique immédiate dès que la rumeur en a couru. Les déposants et, en particulier, ceux de l'étranger, se sont rués pour retirer leurs fonds. D'où ont suivi, catastrophe inévitable, le cours forcé des billets et l'interdiction de l'exportation des métaux précieux. Là, c'en était fait de lui. Il suffisait pour le comprendre d'écouter la mode : les jolies femmes se mirent à porter des chapeaux sans fond appelés *à la Caisse d'escompte*. Sonnez trompettes, voici Calonne !

Leur voiture venait de franchir le cordon de sécurité formé par des Gardes-françaises qui empêchaient la foule d'approcher la terrasse où se tenaient le dauphin, sa gouvernante et leur suite. Alors qu'il aidait Noblecourt à descendre, Nicolas jeta un œil sur la foule maintenue à bonne distance des privilégiés pourvus de billets d'invitation. Elle lui parut sombre et mêlée. Il est vrai que le froid avait contraint chacun à sortir très tôt les vêtements d'hiver. De sourds grondements l'agitaient. Il y avait là des habitants des banlieues, des paysans des alentours, des jardiniers, des bourgeois de Paris qui avaient franchi la demilieue pour l'occasion, poussés par la curiosité, mais aussi de ces gagne-deniers sans travail montés de leur province. Tout l'été, les précédentes démonstrations n'avaient cessé d'exalter les esprits. De ces ascensions, celle-ci était la première qui emporterait dans les cieux des courageux prêts à en braver les risques. Il remarqua, çà et là, quelques mines patibulaires qui ne s'associaient pas aux vivats qui, par intervalles, acclamaient le petit prince, espoir de la nation.

À l'heure dite, le marquis d'Arlandes et M. Pilâtre de Rozier prirent place dans une sorte de cage d'osier qui entourait la base de l'aérostat. On les vit jeter des brandons de paille dans le réchaud établi au centre de la machine afin d'augmenter la quantité d'air chaud. Les amarres furent coupées et le globe s'éleva avec majesté au-dessus du château. Une clameur énorme éclata devant un spectacle si rare et si nouveau. L'enthousiasme indescriptible porta l'émotion à son comble au point que plusieurs dames de la cour se trouvèrent mal lorsque la machine dépassa le coteau, plana sur toute la profondeur du vallon, sembla s'arrêter, puis s'éleva à nouveau, voguant vers Paris pour, enfin, disparaître complètement.

M. de Noblecourt, enthousiaste, avait mis sa perruque au bout de sa canne et prenait La Borde à témoin pour affirmer que tout serait désormais bousculé par cette révolution qui voyait l'homme, à l'égal de l'oiseau, quitter le sol et voler. On pouvait tout espérer du progrès et des lumières de la raison. Nicolas serrait Aimée contre lui. L'odeur de son parfum, jamais oubliée depuis leur première rencontre à Chaville, l'enivrait comme une promesse de bonheur. Noblecourt prédisait-il le vrai ? Il considéra les nuages sombres qui barraient l'horizon. Le ciel épargnerait-il le royaume ? Le tremblement général de l'univers augurait-il celui des peuples ?

La Bretesche,
janvier 2012-octobre 2012

NOTES

I.

1. L'auteur avance un peu la date exacte de ce crime qui intervint en octobre 1783. Chabanne fut exécuté le 11 octobre 1783.
2. Philippe de Beaumanoir au XIIIe siècle.

II.

1. *Bluteau* : tamis qui sépare la farine du son.
2. Ainsi nommait-on le lieutenant général de police.
3. *Le Délien* : évidemment Boileau évoque Apollon, né sur l'île de Délos.

III.

1. *Patard* : petite monnaie.
2. Cf. *L'Affaire Nicolas Le Floch.*
3. Anecdote authentique.

IV.

1. Cf. *L'Honneur de Sartine.*
2. Toutes ces informations sont celles de Cagliostro données

dans son mémoire en défense lors du procès du collier (Paris, 1786). Par commodité romanesque, l'auteur a quelque peu modifié la chronologie et avancé l'installation du mage rue Saint-Claude.

3. *Lettres de Suisse* de Benjamin de La Borde, 1783.

4. Grand dictionnaire de police.

5. Détails authentiques.

6. Cf. la belle analyse d'Ulrike Krampl : *Les Secrets des faux sorciers* (2012).

7. *Errements* : dont je rappelle, *encore une fois*, qu'il signifie habitudes.

V.

1. *Grignotis :* gravures en points, tailles courtes et traits tremblés.

VI.

1. Cf. *L'Honneur de Sartine.*

2. *Périploques* : plantes grimpantes.

VIII.

1. Le pied valait 33 cm et le pouce 2,77 cm.

2. L'auteur reprend ici l'hypothèse avancée au XIXe siècle par l'écrivain Edgar Allan Poe.

3. *Brandiller* : balancer entre deux attitudes.

IX.

1. Cf. *L'Affaire Nicolas Le Floch.*

2. Il sera frappé d'une apoplexie en 1785, avant de mourir fou quelques années plus tard.

3. La substance des reproches de Vergennes est tirée d'une lettre du ministre en date du 5 juillet 1783.

X.

1. Cf. *Le Cadavre anglais.*
2. Cf. *Le Noyé du Grand Canal.*
3. *Donner dans la vue* : fasciner.
4. *Palinodiser* : répéter comme en refrain.

XI.

5. Rendons à César… et à mon ami Bruno Gauchet de *l'Auberge bretonne* de La Roche-Bernard, qui excelle dans cette préparation.

6. 30 septembre 1782.

REMERCIEMENTS

Ce livre est dédié à Isabelle Tujague qui depuis tant d'années fait naître le premier texte. Elle a droit à ma gratitude et à ma reconnaissance.

À Monique Constant, conservateur général du patrimoine, pour ses conseils et ses encouragements sans faille.

À Pascale Arizmendi et Miquèl Ruquet pour leur sourcilleuse relecture et leur tâche considérable d'animation du site www.nicolaslefloch.fr.

En fidèle souvenir de mon ami Maurice Roisse (†).

À mon éditeur, à ses collaborateurs et à mes lecteurs toujours si enthousiastes.

À tous merci !

TABLE

Liste des personnages 9

I. Bucéphale 15
II. Crime ? 52
III. Pièce déchirée 83
IV. Le grand cophte 121
V. Grignotis 156
VI. Maquerelle, notaire et Turc 187
VII. Implications 219
VIII. Faux-semblant ? 253
IX. Remember 285
X. Tribulations 322
XI. Cour et entours 355
XII. En cascade 390

Épilogue. Irae celestes 425

MIXTE
Papier issu de sources responsables
FSC® C003309
www.fsc.org

10/18, une marque d'Univers Poche,
est un éditeur qui s'engage pour
la préservation de son environnement
et qui utilise du papier fabriqué à partir
de bois provenant de forêts gérées
de manière responsable.

Impression réalisée par

CPI
BRODARD & TAUPIN

La Flèche (Sarthe), 3005182
Dépôt légal : janvier 2014
Suite du premier tirage : avril 2014
X06202/02

Imprimé en France